Sean Easley

Das Hotel der Wünsche

Sean Easley

Das Hotel der Wünsche

Übersetzung aus dem amerikanischen Englisch
von Ulrike Raimer-Nolte

Baumhaus

Dieser Titel ist auch als Hörbuch und E-Book erschienen

MIX
Papier aus verantwortungsvollen Quellen
FSC® C014496

Titel der amerikanischen Originalausgabe:
»The Hotel Between«

Umschlaggestaltung: Tanja Østlyngen unter Verwendung
einer Illustration von Petur Antonsson
Satz: hanseatenSatz-bremen, Bremen
Gesetzt aus der Goudy Old Style
Druck und Einband: GGP Media GmbH, Pößneck
Printed in Germany
ISBN 978-3-8339-0682-4

5 4 3 2

Sie finden uns im Internet unter: luebbe.de
Besuchen Sie auch die bunte Welt der BuchstabenBande: buchstabenbande.com

Für Lizzie und Becca, wohin sie auch gehen …
und für Shelly, wohin sie mich auch führt.

1

Hier, dort und überall

Bestimmt sterbe ich in diesem blöden Spind.

Ich starre auf die Lichtschlitze in der Metalltür und könnte mir selbst in den Hintern treten, weil ich wieder einmal feststecke. Noch dazu am letzten Tag vor den Winterferien. Wenn alle zurück aus dem Urlaub kommen, sind sie garantiert überrascht von der zusammengeschrumpelten Mumie im Schranksarg, in deren Hosentasche noch immer eine leere Packung Smarties steckt.

Wir spielen ›Sardine in der Dose‹. Einer versteckt sich, die anderen suchen. Wer ihn entdeckt, hockt sich dazu und muss nun auch gefunden werden. Am Anfang des Spiels kam mir der Metallschrank wie das perfekte Versteck vor, aber jetzt warte ich schon über eine Stunde, dass die anderen Lehrerkinder mich finden. Und ich bin immer noch der einzige Dosenfisch. Das war's also. Sie haben mich vergessen.

Vor Frustration bollere ich den Hinterkopf gegen die Innenseite meines Spinds. Mit dem Finger fahre ich die Umrisse des Baums nach, den ich als Zeichnung an die Tür geklebt habe. Fast kann ich das Rascheln der Blätter hören, genau wie neuerdings in meinen Träumen. Der gleiche Baum prangt auf dem Kettenanhänger um meinen Hals. Das kleine Holzstück in Münzform hat Dad gehört. Vermutlich kann es mich nicht aus den Klauen eines zugeschnappten Schranks retten, trotzdem sorgt es dafür, dass ich mich besser fühle. Die Münze ist das Einzige, was Dad mir hinterlassen hat, als er verschwand. Solange ich den Anhänger trage, passiert mir hoffentlich nicht dasselbe.

Schritte. Da naht meine glorreiche Rettung. Wer immer dort draußen durch den leeren Sozialkundeflur kommt, wird mich bestimmt aus dieser fiesen Falle befreien, in die ich freiwillig getappt bin.

»Hallo?« Mein Hals ist so trocken, dass meine Stimme bricht.

Die Schritte verstummen. Ich kann durch die Schlitze in der Tür nicht viel sehen, aber stelle mir vor, wie meine Rettung mit schimmernden Flügeln und Herzchen-Zepter den Flur entlanggleitet.

»Cameron?«, ertönt eine vertraute Stimme, die meiner Grandma gehört ... oder genauer gesagt meiner ›Oma‹, denn ihre Familie stammt aus Deutschland. Bestimmt haben ihre schrägen Glücksamulette sie zu mir geführt.

»Holst du mich bitte hier raus?«

Sie geht vor dem Spind in die Hocke, sodass ich sie durch die Schlitze sehen kann. Keine Flügel, kein Zepter – einfach nur Oma, die für mich und meine Zwillingsschwester sozusagen Mom und Dad in einer Person ist, seit wir denken können. »Wie lange bist du schon dadrin?«, fragt sie mit ihrem gedehnten texanischen Akzent.

Eine Ewigkeit.

»Weiß ich nicht«, sage ich, weil ich kein Drama daraus machen will. »Kannst du mich rausholen?«

»Cammy …«, sagt sie, was der babyhafteste Spitzname aller Zeiten sein dürfte. »Ich glaube, die Tür hat drinnen einen Riegel.«

War ja klar.

Ich taste herum und finde den Schnappverschluss aus Metall. Die Tür öffnet sich wie durch Zauberhand. Meine Beine kribbeln, als ich hinausstolpere und mich gegen Oma lehne. Man könnte es eine Umarmung nennen, aber so was tue ich natürlich nicht. Bald werde ich dreizehn, also bin ich definitiv zu alt, um meine Oma im Schulflur zu knuddeln.

»Tut mir leid«, sage ich, ohne genau zu wissen, warum.

»Geht es dir gut?« Sie trägt ihre typische Blümchenbluse und eine beigefarbene Hose.

Ich nicke. Auf keinen Fall will ich darüber reden, dass die anderen Kinder mich mal wieder mitten im Versteckspiel sitzen gelassen haben.

»Ich muss leider noch in der Schule bleiben«, sagt sie. »Heute ist ein bisschen mehr zu tun.«

Eine glatte Lüge, denn Oma arbeitet in Teilzeit. Sie hatte keine volle Stelle als Lehrerin mehr, seit Dad verschwunden ist. Also gibt es keinen Grund, warum sie länger als alle anderen in der Schule bleiben sollte. Und der Blick, den sie mir zuwirft, lässt in meinem Kopf die Alarmsirenen losschrillen.

Heute wollte sie mit dem Arzt reden, der meine Schwester behandelt. Also hat sich etwas verschlimmert – wieder einmal.

»Was hältst du davon, nach Hause zu gehen und deiner Schwester Abendbrot zu machen?«, fragt sie und wirft mir ein erschöpftes Lächeln zu. »Bei mir wird es spät.«

Auf dem Weg nach Hause mache ich einen Zwischenstopp beim Kiosk und kaufe mir ein Eis mit Orangengeschmack. Im Dezember mein Gehirn tiefzufrieren gibt mir irgendwie das Gefühl, die Kontrolle über mein Leben zu haben. Meine Schwester Cass zieht mich gerne damit auf. »Niemand isst Eis am Stiel im Winter«, sagt sie jedes Mal. Aber da irrt sie sich eben.

Genau wie sie sich bei der Sache mit Dad irrt. Denn er hat uns nicht sitzen gelassen. Wie Oma immer sagt: *Jemand hat ihn gestohlen.*

Ich spiele mit der bemalten kleinen Holzscheibe, die an meinem Hals baumelt. Meine Münze ähnelt der meiner Schwester zum Verwechseln, bis auf einen Unterschied: Meine ist golden und schimmert im Licht, während die von Cass eine graue Holzfarbe hat. Ihre Kette hat früher Mom gehört. Oma sagt, der Anhänger hat sich grau gefärbt, weil unsere Mutter tot ist. Die einzig logische Folgerung wäre also, dass meiner schimmert, weil Dad noch lebt und irgendwo da draußen ist.

Mag sein, dass Cass nicht daran glaubt, aber ich schon. Und eines Tages beweise ich es ihr. Ich werde Dad finden, ihn nach Hause bringen, und dann ist alles wieder so, wie es sein sollte. Ich weiß nur nicht wie. Noch nicht.

Ich wäge einen Moment lang ab, ob ich mich an den Picknicktisch bei der Tankstelle setzen soll, um in Ruhe mein Eis zu essen. Aber aus einer von den Dokus, die Cass so gerne schaut, weiß ich, dass zu langes Sitzen zu Blutgerinnseln in den Venen führen kann. Auf meiner Liste unerfreulicher Todesarten gehört Thrombose zu den langweiligsten.

Also marschiere ich stattdessen weiter, quer über den Parkplatz hinter dem Kiosk und mustere im Gehen das Einkaufszentrum, das auf dem Weg zu meinem Wohnblock steht.

Etwas daran sieht heute anders aus als sonst. Das Gebäude ist der einzige moderne Neubau in unserer Gegend. Eigentlich sollten dort Läden einziehen, aber seit der Fertigstellung vor zwei Jahren hat sich in den gut zwanzig Schaufenstern nichts gerührt. Kein einziger Laden wollte hier aufmachen. Das Gebäude ähnelt einer Geisterstadt mit gespenstisch herumwehenden Plastiktüten.

Doch heute hängt ein brandneues Schild an einer Tür und fesselt sofort meine Aufmerksamkeit. Die großen, elegant verschnörkelten Buchstaben schimmern und strahlen trotz des bedeckten Himmels.

HOTEL DER WÜNSCHE
HIER, DORT UND ÜBERALL

Ein gigantischer Baum prangt hinter den Buchstaben auf der Glastür, sodass die Türflügel ihn in der Mitte zerteilen. Das Schild wirkt geradezu blendend und gleichzeitig so verführerisch, dass ich wie hypnotisiert daraufstarre. In dieser Gegend sind die meisten Schaufenster mit billigen, schiefen Buchstaben beklebt, und an den Türen hängen ›Geöffnet‹-Schilder aus Plastik. Aber hier leuchten die Worte wie Glitzerkonfetti.

Und der Baum dahinter sieht so vertraut aus. Ich kenne den Umriss. Er klebt als Zeichnung in meinem Spind und ziert die Münze um meinen Hals. Ich habe meine Finger unzählige Male über dieses Symbol gleiten lassen. Und seit meinem zwölften Geburtstag hat es sich auch in meine Träume eingeschlichen. Als sollte das Auftauchen des Baums eine besondere Bedeutung für mich haben.

Ich laufe zu der Tür und linse durch das Glas, aber kann drinnen nichts erkennen. Wahrscheinlich hat das Hotel noch nicht eröffnet. Ich schirme meine Augen ab, presse mein Gesicht gegen die Scheibe, und ...

Wumms!

Die Tür rammt mit voller Wucht gegen meine Nase. Glas und Metall scheppern, genau wie mein vom Eis gefrorenes Gehirn. Ich stolpere zurück, lasse das Orangeneis fallen und lande mit dem Hintern auf dem Bürgersteig. Es fühlt sich an, als wäre mir das Nasenbein in den Schädel gerammt worden. Garantiert habe ich einen Hirnschaden (Nr. 34 auf meiner Liste fieser Todesarten).

Ein Mann steckt den Kopf durch die Türöffnung, während ich meine Nase abtaste und hoffe, dass sie nicht anfängt zu bluten. Ich kämpfe gegen die Tränen an, aber das ist ungefähr so Erfolg versprechend, wie ein Lego-Schiff ohne Anleitung zusammenzubauen.

Der hochgewachsene Mann lacht und sagt etwas in einer fremden Sprache. Dann hält er mir eine Hand entgegen, um mir aufzuhelfen. Er hat eine Glatze und trägt ein langes Gewand mit einem grellen Muster aus gelb-grünen Formen, die an ein Puzzle erinnern. Meine Nase, die nun vermutlich wie bei einem Boxer aussieht, reicht ihm gerade bis zur Brust.

Zwei weitere Leute kommen hinter ihm aus der Tür: ein bärtiger Mann in einem weißen Leinenanzug und eine Frau mit Kopftuch. Die Stimme der Frau klingt, als würde sie sich entschuldigen, weil der Typ mich aus den Latschen gehauen hat, aber ich verstehe die Sprache nicht. Der Mann im Leinenanzug geht ein paar Schritte auf den Parkplatz und starrt zum texanischen Himmel empor.

Ich drehe mich zurück zur Tür und erhasche einen kurzen Blick auf etwas … Unfassbares. Ein dicker, weinroter Teppich erstreckt sich durch ein großes Foyer und eine gewundene Prunktreppe hinauf. Warmes Licht strahlt aus altertümlichen, wie von Thomas Edison entworfenen Glühlampen, in verschnörkelten Halterungen. Lange Kristallketten an einem glitzernden Kronleuchter malen Regenbogenfarben auf den Boden und tauchen den gewaltigen Saal in einen rauchig warmen Schimmer. Die Decke ist so hoch, dass ich sie nicht sehen kann. Und mir kommt es vor, als würde ich Blaubeerduft riechen.

Vielleicht hat die Tür mich wirklich k. o. geschlagen, und ich träume bloß. Aber Träume tun normalerweise weniger weh, oder?

Bevor ich den ganzen Anblick verarbeiten kann, kommt eine vierte Person heraus, schiebt mich mit den Worten »Treten Sie bitte zurück, Sir« von der Tür weg und schließt sie hinter sich. Die spektakuläre Szene im Inneren verschwindet.

Vor mir steht ein Junge. Er wirkt ungefähr so alt wie ich. Seine Haut hat einen leichten Bronzeton, und seine Kleidung ist piekfein: schwarzer Anzug, breiter Kragen und ein professionelles Namensschild, auf dem ›NICO‹ steht. Weiße Handschuhe. Der Anzug hat hinten zwei Frackzipfel, die dem Jungen bis zu den Kniekehlen reichen. Nicos schwarze Haare sind zur Seite gekämmt und glänzen von Gel. Das einzige Kleidungsstück, das nicht übertrieben poliert aussieht, ist sein Paar schwarzer Converse Sneaker.

Nico lehnt sich an die Tür und beobachtet mich, während er in einer unbekannten Sprache ein paar Sätze zu den anderen sagt. Als er endet, lachen alle.

»Keine Sorge«, wendet sich Nico danach in perfektem Englisch an mich, »schon alles geregelt. Ich habe sie wissen lassen, dass du nicht fürs Hotel arbeitest. Und wir brauchen heute auch keinen Fremdenführer, aber danke.« Er zwinkert mir verschwörerisch zu.

»Äh, was?« Ich bin völlig verwirrt.

Er sagt noch etwas zu den anderen und winkt sie zurück durch die Tür. Wieder umhüllt mich Wärme wie vom Ofen eines Kuchenbäckers, und ich erschnuppere den Duft von Blaubeeren, vermischt mit Feuerholz und scharfem Curry.

Ich starre erneut auf den Kristallleuchter, der über allem schwebt. Etwas daran kommt mir eigenartig vor. Er muss an einer Decke befestigt sein, die sich außerhalb meines Sichtfelds befindet, also mindestens drei Etagen hoch, vielleicht sogar vier. Aber das Einkaufszentrum ist ein einstöckiger Flachbau.

Ich will näher rangehen, um einen besseren Blick zu bekommen, doch der Junge im Frack schiebt mich zurück.

»Nääh, Kumpel«, sagt er mit einem breiter werdenden Grinsen auf dem Gesicht. »Das ist nichts für dich.«

»Aber –«

»Heute alles belegt, kein Platz in der Herberge.«

»Also ist das wirklich ein Hotel?«

»Das Hotel der Wünsche«, sagt Nico und zeigt auf das Schild. »Der Urlaub deiner Träume, auf halbem Weg zwischen hier, dort und überall.« Sein Blick huscht zu meinem Kettenanhänger, und er grinst erneut. »Komm wieder, wenn du dir ein Zimmer leisten kannst.«

»Ich träume, oder?«, frage ich.

Nico kichert. »Nö. Träume sind nicht gerade mein Gebiet.«

Dann tritt er durch die Tür zurück, schnippst einmal, und eine Münze erscheint zwischen seinem Daumen und Zeigefinger. Er lässt sie über seine Knöchel tanzen ...

... wirft sie in die Luft ...

... und sie ist weg.

Mit der anderen Hand klopft er mir auf die Brust. »Die Welt ist voller Magie, wenn man weiß, wo man suchen muss.«

Und er zieht die Tür hinter sich zu.

Ich taumele zurück und starre auf die geschlossene Tür. Nicos Worte hüpfen durch meinen Kopf wie ein Gummiball.

Die Welt ist voller Magie ...

Schon immer hat Oma uns Geschichten darüber erzählt, wie Zauberei und Geister in unsere Welt eindringen. Sie sagt, dass Magie weder gut noch schlecht ist, sondern einfach nur da. Erst durch die Person, die Zauberei benutzt, wird sie hilfreich oder zerstörerisch.

Außerdem sagt sie, dass die Magie uns Dad geraubt hat.

Aber ich glaube nicht daran. Kann Hokuspokus etwa Leute gesund machen, die man liebt, oder helfen, mehr Freunde zu finden? Unseren Vater hat das Gerede von Magie auch nicht zurückgebracht. Außerdem ergeben Omas Geschichten von Zauberei, meinen Eltern und dem ganzen Drumherum einfach keinen Sinn. Sie hat Hunderte von Postkarten, die Dad ihr aus der ganzen Welt geschickt hat – Japan, Botswana, Queensland, verschiedenen Orten in Europa –, aber wenn wir sie fragen, was Dad dort gemacht hat, antwortet sie nie. Sie tut so, als habe sie die wichtigen Details vergessen, zum Beispiel wie man in so kurzer Zeit an so viele Orte reisen kann – oder warum und mit wem er unterwegs war.

Etwas Nasses tropft aus meiner Nase, und ich wische es mit der Hand weg. Blut. Und nicht gerade wenig. Eher ein Wasserfall in Niagarastärke. Ich war von der Sache mit Nico so abgelenkt, dass ich nicht mal gemerkt habe, wie krass ich blute. Ich wische wieder daran herum, aber das hinterlässt nur einen großen, rot verschmierten Fleck auf meinem Handrücken und vermutlich quer über meinem Gesicht. Bestimmt sehe ich aus wie ein Kleinkind, das mit Fingerfarbe rumgespielt hat.

Ich suche in meiner Tasche nach dem benutzten Taschentuch von heute Nachmittag, doch stattdessen ertasten meine Finger etwas Hartes und Rundes.

Nicos Münze. Die sich beim Zaubertrick in Luft aufgelöst hat. Sie fühlt sich glatt an, und ein hineingeritzter Smiley grinst mich an. Anscheinend hat Nico die Münze irgendwie heimlich in meine Tasche befördert.

Ich drehe sie um und erstarre. Da ist der Baum wieder. Nicos Münze sieht genauso aus wie die beiden, die Cass und ich um den Hals tragen. Wie die Anhänger, die Dad vor zwölf Jahren bei Oma zurückgelassen hat, zusammen mit seinen Kindern.

Ich richte meinen Blick wieder auf die Türflügel, wo der gleiche goldene Baum funkelt. Hat Dad die Münzen etwa von hier? Hat er als Gast in diesem Hotel gewohnt? Tief in mir blubbert es nervös. Ich muss einen Weg finden, in das Gebäude hineinzukommen.

Noch ein roter Tropfen träufelt aus meiner Nase. Ich wühle das Taschentuch hervor und versuche es mit Zukneifen. Oma sagt, Nasenbluten gehört zum Großwerden einfach dazu, aber ich bin ziemlich sicher, dass es sich hierbei um ein subdurales Hämatom oder Hirnaneurysma handelt (Nr. 458 und 459 auf meiner Liste). Sie sollte mich zur Sicherheit ins Krankenhaus bringen. Leider weiß ich jetzt schon, dass sie mir bloß sagen wird, dass ich mich nicht so anstellen soll.

Das Krankenhaus. Cass. Bestimmt wartet sie schon auf mich.

Um das Hotel muss ich mich später kümmern. Jetzt sollte ich schleunigst nach Hause, um nach meiner Schwester zu sehen. Hoffentlich ist mit ihr alles okay.

Das Nasenbluten hört auf, bevor ich zu Hause ankomme. Das ist gut, denn Cass' Laune ist jetzt schon auf dem Tiefpunkt. Als ich die Tür öffne, überfährt sie mich fast mit ihrem Rollstuhl.

»Wo hast du gesteckt?«

Ich hechte aus dem Weg, dann ziehe ich mir die Schuhe aus. »In der Schule.«

»Oma hat gesagt, sie hat dich nach Hause geschickt. Das war ja wohl vor Stunden.«

»Sei nicht sauer. Schuld daran war ... äh ... höhere Gewalt.«

Cass schnaubt. Ich verstehe, warum sie wütend ist. Es geht nicht ums Abendessen oder darum, dass sie Hilfe braucht. Das meiste erledigt sie selbst. Es geht darum, dass etwas Schlimmes passieren könnte, wenn sie allein ist. Seit letztem Jahr haben wir für Cass keine Betreuung mehr, und seitdem mache ich mir noch größere Sorgen.

»Tut mir leid«, sage ich und sause in die Küche, um das Essen zu kochen.

»Was ist mit deinem Gesicht passiert?«, fragt sie und rollt hinter mir her. Ich versuche automatisch, meine Nase hinter der Hand zu verbergen. »Hast du dich wieder geprügelt?«

»Nein.«

»Du schwindelst doch. Das sehe ich dir an.«

Im Schwindeln bin ich tatsächlich eine Niete, aber dieses Mal ist es die reine Wahrheit. Außer man zählt den Boxhieb, den mir die Tür verpasst hat.

Cass verschränkt die Arme und wirft mir ihren besten Ich-bin-sehr-enttäuscht-von-dir-Blick zu. Den hat sie sich von Oma abgeschaut.

»Ich habe mich dieses Jahr nur ein einziges Mal geprügelt.« Und ich habe es nie übers Herz gebracht, ihr den wahren Grund zu sagen. Jaeden hat damals eine Bemerkung über sie gemacht, die … nun ja, ich brauche nur daran zu denken, und schon will ich ihm wieder eine reinhauen.

Ich tue so, als würde ich ihren Blick nicht bemerken, und schnappe mir den Pfannenwender aus der Schublade unter dem Herd.

»Kannst du gleich wieder wegpacken«, sagt sie. »Ich habe schon gegessen.«

»Ach ja, was denn?«

»Toasties aus der Packung.«

Ich stöhne. »Du hättest warten sollen.«

Sie stöhnt zurück. »Wenn ich weiter auf dich gewartet hätte, wäre ich verhungert.«

Oma hat in letzter Zeit öfter ›länger gearbeitet‹, also ist Cass mit dem barrierefreien Bus nach Hause gekommen. Vermutlich sollte ich sie begleiten, aber ich hasse den Bus. Er riecht wie die Abgasschwaden einer Tankstelle, und außerdem sagt Oma, dass es gut für Cass ist, allein klarzukommen. Im Übrigen gehe ich am liebsten zu Fuß, um gleich zu wissen, wenn sich in unserem Viertel was verändert. Wie das Hotel.

Automatisch taste ich nach meiner Hosentasche, um sicherzugehen, dass Nicos Münze noch da ist. Ich will mit ihm reden und mehr über das Hotel der Wünsche erfahren. Vor allem will ich herausfinden, warum er den gleichen Anhänger hat wie Dad.

Unauffällig werfe ich einen Blick auf die Münze, die Cass um den Hals trägt. Ob sie auch davon träumt? Am liebsten würde ich sie fragen ... und ihr von der Tür und Nico erzählen. Aber das ist vermutlich eine dumme Idee. Über Dad zu reden macht sie immer wütend, und wenn Cass erst mal wütend ist, kann man gleich den ganzen Abend im Klo runterspülen.

Ich hole die Packung mit Toasties aus dem Schrank und stecke zwei in den Toaster. Eigentlich bin ich froh, dass ich nichts Komplizierteres kochen muss. Wenn ich allein in der Küche rumhantiere, ist das Ergebnis selten genießbar. Kluge Entscheidung von Cass, lieber Toasties zu nehmen.

»Irgendwas ist mit Oma los«, sage ich.

Cass rutscht in ihrem Stuhl nach unten. »Ich weiß. Gestern Abend hat sie am Telefon mit Tante Jeri geredet.«

»Worüber denn?«

Sie zuckt mit den Schultern.

»Ich dachte, vielleicht hat sie was Neues von deinem Arzt gehört«, taste ich mich vor und hoffe auf einen Hinweis.

Cass verzieht die Lippen, was bedeutet, dass Oma tatsächlich was gehört hat, aber erst mal niemand mit mir darüber reden will. Typisch.

Meine Schwester kehrt vor den Fernseher zurück und schaut weiter eine Doku über ein Jägervolk im Kongo. Der National-Geographic-Kanal ist ihre größte Leidenschaft. Angeblich will sie sich auf die Zukunft vorbereiten, weil sie eines Tages durch die ganze Welt reisen wird. Ich weiß nicht, warum sie sich so quält. Schließlich haben wir Texas nie verlassen. Und ich bin ziemlich sicher, dass

Cass keinen dieser Orte je besuchen wird – nicht in ihrem Zustand. Eines Tages wird sie begreifen, was mir längst klar geworden ist: Für uns alle ist es am sichersten und besten, zu Hause zu bleiben.

Ich gehe in mein Zimmer und schalte das Licht an. Der Ventilator setzt sich in Bewegung und bringt die Erste-Hilfe-Broschüren und Gesundheitsposter zum Flattern, die ich von unseren zahllosen Fahrten ins Krankenhaus mitgebracht habe. Bei einem Notfall muss sich jemand um Cass kümmern können. Ihr Zimmer dagegen ist mit Landkarten von exotischen Orten gepflastert, die in Omas Geschichten auftauchen. Fotos von Städten in Südafrika, ein Landschaftsgemälde aus Peru, eine Kuckucksuhr von Tante Jeri aus Deutschland und sogar ein Didgeridoo, das eine Freundin vom Australienurlaub mitgebracht hat. Obwohl sie glaubt, dass Dad uns sitzen gelassen hat, leuchten ihre Augen jedes Mal auf, wenn Oma mit einer neuen fantastischen Story anfängt, in der unser Vater die Tempel von Burma erforscht oder unter dem Sternenhimmel der Sahara geschlafen hat.

Ich lasse mich aufs Bett fallen, und eine kleine Staubwolke wirbelt unter der Matratze hervor. Oma hält nichts von Staubwischen. Sie hat mir mal den Grund erklärt – es ging irgendwie darum, im Leben genug Staub anzusammeln, um sich an einem Ort zu erden – aber ganz ehrlich, eigentlich hat sie bloß keine Lust zu putzen.

Ich lege mich hin, nehme die Kette ab und vergleiche Dads Münze mit der, die Nico mir heimlich in die Tasche gesteckt hat. Mein Erbstück ist überraschend leicht für das dicke Holz und so zerkratzt, dass ich die Worte darauf nie entziffern konnte. Dagegen ist die eingeprägte Schrift auf Nicos Münze deutlich und klar. Die Vorderseite trägt verschnörkelt den Namen *DAS HOTEL DER WÜNSCHE* unter einem majestätischen Baum. Das Bild auf der Rückseite zeigt ein grandioses Gebäude, das an einen Palast erinnert, zusammen mit den Worten: *HIER, DORT UND ÜBERALL*. Darüber ist ein Smiley eingeritzt, der mir zuzuzwinkern scheint.

Die Welt ist voller Magie …

Habe ich tatsächlich etwas entdeckt, das mir weiterhilft?

Ich ziehe meine Dad-Box unter dem Bett hervor. Die Schuhschachtel steckt voller Hinweise, die ich im Laufe der Jahre gesammelt habe. Vor allem Fotos, Notizen und benutzte Fahrscheine aus Omas Schrank. Ich blättere einige Bilder durch, auf denen Dad und Mom zusammen zu sehen sind. Eines zeigt sie auf dem Empire State Building, ein anderes auf einem schroffen, schneebedeckten Gipfel, wo der Wind durch Moms lange schwarze Haare bläst.

Laut Omas Erzählungen war unser Vater an dem Abend, als er uns abgesetzt hat, sehr verängstigt. Er sagte bloß, Mom sei fort und jetzt hätte man es auch auf ihn abgesehen, deshalb müsse Oma gut auf uns aufpassen. Und danach sahen wir keinen unserer Eltern je wieder. Ich habe mich immer gefragt, was Mom und Dad getan haben, um von Unbekannten gejagt zu werden. Vor wem – oder was – war Dad auf der Flucht? Waren seine Verfolger daran schuld, dass er nie zu uns zurückgekommen ist? Und was hat er damit gemeint, Mom sei ›fort‹? Was genau ist mit ihr passiert?

Jetzt bleibt mein Blick an einem Foto hängen, das meine Eltern auf einer eleganten Party zeigt. Dad trägt einen Anzug und einen Schnurrbart, Mom ein Seidenkleid mit Kirschblütenmuster. Im Hintergrund ist schemenhaft eine vergoldete Doppeltür zu erkennen, in deren Glas ein vertrautes Baumsymbol eingeschliffen ist.

Nicos Münze ist der Beweis, sagt mir mein Gefühl. Der Beweis dafür, dass Dad noch lebt. Und dass jemand ihn von uns fernhält.

Der Beweis, dass mein Vater irgendwo da draußen ist und nur darauf wartet, von mir gefunden zu werden.

2

Die Dallas-Tür

Ein paar Stunden später kommt Oma nach Hause und tut so, als sei alles in Ordnung. Aber dann erwähnt sie beiläufig, dass sie vorm Zubettgehen noch kurz mit Cass reden muss. Ich weiß genau, was das bedeutet.

Die nächste OP.

»Ab ins Bett mit dir«, sagt sie mit einem Handwedeln, als wolle sie eine Fliege fortscheuchen.

Grummelnd gehe ich in mein Zimmer zurück. Oma spricht nicht mehr über den Zustand meiner Schwester, wenn ich dabei bin. Angeblich male ich mir immer alles schlimmer aus, als es ist. Sie murmelt höchstens, dass uns die Halsketten nur vor bösen Energien schützen und nicht vor Gesundheitsproblemen. Auch mit Cass redet Oma bloß über das Thema, wenn es absolut sein muss.

Cass ist mit Spina Bifida zur Welt gekommen. Das ist eine seltsame Krankheit, die viele Dinge nach sich zieht. Tatsache ist, dass

Cass' Wirbelsäule nicht normal geformt ist und somit die darin laufenden Nerven nicht optimal geschützt werden. Bei ihr hat diese Verformung dazu geführt, dass sich Flüssigkeit in ihrem Gehirn ansammelt. Und obwohl die Ärzte einen Eingriff vorgenommen haben, damit die Flüssigkeit abfließen konnte, hat sie immer noch viele Probleme. Sie hat Glück im Unglück - ihr Zustand könnte viel dramatischer sein. Aber niemals Laufen zu können und sich von einer Operation zur nächsten zu hangeln, ist auf jeden Fall schlimm genug.

Die anderen in der Schule finden es merkwürdig, wie viel Sorgen ich mir ständig um meine Schwester mache. Aber sie wissen ja nicht, wie sich das anfühlt. Cass kann jederzeit etwas zustoßen. Wenn wir nicht aufpassen und bereit sind, kann schlagartig alles anders werden. Am liebsten möchte ich darüber gar nicht nachdenken, aber ich habe keine Wahl. Im Notfall zählt jede Sekunde.

Es dauert nicht lange, bis ich einschlafe und wieder von dem riesigen Baum träume.

Ein gigantischer Stamm ragt vor mir hoch, mit einem Umfang wie unser Haus. Wurzeln krümmen und winden sich zu meinen Füßen. Blätter rascheln unter einer blendend hellen Sonne.

Offene Türen baumeln wie Früchte von den Zweigen. Etwas an ihnen kommt mir merkwürdig vor, und damit meine ich nicht, dass an Bäumen gewöhnlich keine Türen wachsen. Dieser Teil des Traums wirkt auf mich seltsam normal. Aber wenn ich durch die Öffnungen schaue, sehe ich dahinter weder den Baum, die Blätter noch den Himmel. Stattdessen zeigt jede Tür eine andere Szene von irgendwo auf der Welt: schneebedeckte Berggipfel, schimmernde Ozeane, Großstadtstraßen. Sie sind wie Fenster zu fernen Orten.

Am Fuße des Baumstamms springt eine weitere Tür auf, und bernstein-

farbenes Licht fällt auf die knorrigen Wurzeln. Eine Hand erscheint in dem leuchtenden Spalt und winkt mich näher.

Der Himmel verdunkelt sich, der Wind flüstert mir zu:

Komm.

Ein Geräusch im Haus weckt mich auf.

Ich taste nach Dads Münze um meinen Hals und rolle mich im Bett herum, um das Foto meiner Eltern auf dem Nachttisch zu betrachten. Ich muss einen Weg finden, unseren Vater zurückzuholen. In letzter Zeit ist alles so schwer. Wenn er doch nur hier wäre ... Oma ist immer müde, und ständig liegen unbezahlte Rechnungen auf dem Tisch. Ganz zu schweigen von Cass. Wenn ich Dad finden könnte, würde er uns helfen. Er würde hierbleiben und aufpassen, dass nichts Schlimmes passiert. Er würde mir zeigen, wie ich am besten für meine Schwester da sein kann. Er würde ...

Klopf, klopf.

Ich setze mich im Bett auf. Seltsam. Das klang fast, als käme es von meinem Fenster.

Klopf – klopf – klopf.

Ich lasse mich von der Matratze rutschen und ziehe vorsichtig die Gardine beiseite.

Ein Gesicht taucht hinter der Glasscheibe auf, und ich unterdrücke ein erschrockenes Quieken. »Nico?«

»Hi, Kumpel«, sagt der Junge mit den nach hinten gegelten Haaren gedämpft durchs Glas. »Lass mich rein. Hace frío.« Dabei schlingt er die Arme um sich, als wäre ihm kalt.

Ich schiebe den Riegel auf, und Nico klettert durchs Fenster, als hätte er so was schon Tausende Male gemacht. Statt seiner Uniform mit Frack trägt er ein schwarzes T-Shirt und Jeans. Allerdings sind genau wie bei seinem Anzug vier kleine Stoffschlingen an die Stelle genäht, wo sonst die Brusttasche sitzt.

»In Texas soll es doch angeblich warm sein«, sagt er und reibt sich die Arme. »Da draußen ist es eisig.«

Ich schließe das Fenster und verriegele es sorgfältig, um all die Schrecken, die auf meiner Liste für ›Fiese Todesarten‹, kurz FTA, stehen und in der Nacht lauern können, auszusperren. Andererseits habe ich gerade einen Fremden in mein Zimmer gelassen, also sollte ich wohl aufhören, mir Sorgen darüber zu machen, was draußen sein könnte. »Was machst du hier?«

Er grinst. »Nur ein kleiner Besuch unter Freunden.«

Klingt verdächtig. »Du kennst mich nicht mal. Wie hast du herausgefunden, wo ich wohne?«

Nico gräbt in seiner Tasche und zieht eine Münze hervor, die er in die Luft schnipst und genauso schnell wieder auffängt. »Magie«, sagt er mit einer Geste, als wäre er ein Zauberer auf einer Bühne. Der Anhänger in seiner Hand sieht exakt so aus wie der, den er in meine Tasche geschmuggelt hat. Sogar der Smiley ist derselbe.

»Wie –«, setze ich an, dann ziehe ich die Box mit den Sachen meines Vaters hervor und krame durch die Fotos. Ich habe Nicos Münze dort hineingepackt. Jetzt ist sie fort.

»Da kannst du lange suchen, Kumpel. Das hier ist meine Münze.«

»Aber … wie hast du sie dir zurückgeholt?«

Er lächelt mich neckend an. »Ein echter Zauberer verrät nie seine Tricks.«

Oh, er ist gut.

Nico lässt sich neben mir und den Fotos aufs Bett fallen. »Ich bin ziemlich talentiert darin, Leute aufzuspüren. Du hast es mir leicht gemacht.«

»Leute aufspüren?«, wiederhole ich, und mein Blick huscht dabei zu dem Bild auf dem Nachttisch.

»Das gehört dazu, wenn man fürs Hotel arbeitet«, erklärt er und macht es sich auf meinem Kissen bequem. »Wir finden Leute, Orte, Dinge. Nur so wird man ein echter *Concierge*.« Er spricht den Titel ehrfürchtig aus, als würde er etwas ganz Besonderes bedeuten.

»Bist du ein Concierge?«

Nico lacht. »Noch nicht. Aber eines Tages ... dann leite ich ein eigenes Haus.«

Ich habe keine Ahnung, wovon er spricht. So wie er es betont, klingt das irgendwie seltsam.

Er lässt die Münze über die Finger tanzen und mustert mich eindringlich, als würde er etwas Bestimmtes wollen und nicht wissen, wie er danach fragen soll. »Du hast mir noch gar nicht gesagt, wie du heißt.«

»Cameron.« Ich sammele die Fotos ein und lege sie zurück in die Box meines Dads. »Aber alle nennen mich Cam.«

Er richtet sich auf und schüttelt mir die Hand. »Nico. Sehr erfreut. Also dann ...«, er kneift die Augen zu Schlitzen zusammen, »... ich habe da eine Frage.«

»Okay?« Ich habe auch Fragen. Jede Menge.

»Warum hast du dich heute Nachmittag an der Dallas-Tür rumgetrieben?«

»Die Dallas-Tür?«, wiederhole ich.

»Ja, genau.« Er wartet, als müsste ich wissen, wovon er redet.

»Äh, das liegt auf meinem Schulweg. In dem neuen Einkaufszentrum hat sonst noch nichts eröffnet, also bin ich stehen geblieben.«

»Aha«, sagt er so, als würde er mir nicht glauben. »Und wann warst du das letzte Mal im Hotel?«

»Du meinst die Halle hinter der Tür? Nie.«

»Nie?«

Ich schüttele den Kopf. »Jetzt bin ich dran«, sage ich. »Was ist das für ein Ort?«

»Ein magischer.« Er lehnt sich wieder auf meinem Kissen zurück und schnippst die Münze hoch. »Bist du sicher, dass du noch nie im Hotel warst? Nicht einmal im Traum?«

Okay, jetzt geht er mir langsam auf die Nerven. »An Magie glaube ich nicht, und natürlich bin ich sicher. Ich weiß ja nicht mal, was das Hotel –« Doch dann breche ich ab. Die vielen Träume, die ich in letzter Zeit hatte ... von dem Baum und den fremden Orten jenseits der Türen ... Das waren doch bloß Träume, oder?

»Wusste ich's doch. Du warst schon mal im Hotel. Wie solltest du auch sonst an eine Münze kommen?« Er zeigt auf den hölzernen Anhänger.

Ich nehme die Kette ab und reibe mit dem Daumen über Dads Hinterlassenschaft. »Die gehört meinem Vater. Er hat sie mir gegeben, als ich klein war.«

Nico schnaubt amüsiert. »Dann muss er sie gestohlen haben.«

»Mein Vater ist kein Dieb!«, fahre ich ihn an.

Nico hält beschwichtigend die Hände in die Luft. »Wow, schon gut, ich wollte damit nicht sagen –«

»Er ist fort«, flüstere ich mit kalter Stimme. »Jemand hat ihn gestohlen.«

»Oh.« Nico schaut zu Boden.

Ups, das hätte ich nicht sagen sollen. In der Schule habe ich nie jemandem erzählt, was mit Dad passiert ist. Ich war immer der Meinung, wenn er tatsächlich auf der Flucht ist und uns bei Oma gelassen hat, damit wir in Sicherheit sind, sollten wir besser nicht auffallen.

»Sorry, also eigentlich –«

»Schon gut. Tatsächlich ergibt es sogar Sinn«, sagt Nico.

Ich zucke zurück. »Sinn? Was soll das denn heißen?«

Er beißt die Zähne aufeinander. »Ist mir nur so rausgerutscht. Vergiss es.«

»Nein, erklär es mir.« Ich lehne mich vor. »Wie hast du das gemeint?«

Nico rutscht von mir weg. »Ich … kann nicht.«

»Wieso?«, fragte ich verärgert. Dieser Typ will mich hoffentlich nicht an der Nase herumführen!

»Weil es mir nicht zusteht, über die Geheimnisse des Hotels zu sprechen«, sagt er ernst. »Du hast anscheinend keine Ahnung, wie geehrt du dich fühlen kannst, weil du schon mal einen Blick darauf werfen durftest. Die meisten Leute sehen nicht mal die Türen. Und niemand darf seine Münze behalten, wenn er das Hotel verlässt.«

Ich werfe ihm einen skeptischen Blick zu. »Aber du hast doch eine.«

»Ja, sicher. Ich gehöre zum Personal. Das heißt, ich kann kommen und gehen, wie ich will … aber am Ende muss ich immer zurück. Oder zumindest gilt das für meine Münze.«

Ich reibe den Anhänger zwischen meinen Fingern so fest, als könnte ich damit die Wahrheit aus Nico herausquetschen. Diese Nacht wird mit jeder Minute seltsamer.

»Tja, aber immerhin hast du eine Münze, also schätze ich … du hast ein gewisses Anrecht.« Seine Lippen verziehen sich zu einem schmalen Strich. »Du verrätst es doch niemandem, oder?«

»Verraten? Was denn? Ich will nur wissen, was du über das Verschwinden meines Dads weißt.«

Sein Gesicht strahlt plötzlich, als hätte er gerade eine tolle Geburtstagsüberraschung bekommen. »Weißt du was? Am besten zeige ich es dir.«

Normalerweise würde ich nie im Leben einem fremden Jungen mit Gelfrisur hinaus in die Nacht folgen, noch dazu im Pyjama. Eine ganze Reihe von Punkten auf meiner FTA-Liste fangen damit an, dass man sich nachts von einem Fremden mitschleppen lässt. Aber heute ist alles anders. Der Baum, die Münzen ... Ich weiß einfach, dass ich ihm folgen muss, auch wenn sich mein Magen wie eine zusammengeschrumpelte Rosine anfühlt. Vielleicht ist das hier meine einzige Chance.

Mit einer Hand in der Tasche, um mich am Foto meiner Eltern festzuhalten, laufe ich hinter Nico her. Der Weg führt durch die verschachtelten Straßen zurück zur ›Dallas-Tür‹, wie er sie nennt. Ich versuche, nicht darüber nachzudenken, dass er eine dieser gierigen Seelen aus Omas Geschichten sein könnte. Nein, natürlich nicht. Er ist bloß ein Junge wie ich. Wenn Oma von bösen Geistern erzählt, dann stehlen sie kleine Jungs.

Im Übrigen sind die ganzen Geschichten nur erfunden. Und ich bin ziemlich sicher, dass ein Dämon nicht so quasseln würde wie Nico. Er redet echt viel. Echt, echt viel. Was bedeutet, dass ich kaum was sagen muss, und das ist mir nur recht. Nico erzählt von den belebten Straßen nachts in Paris und von den Polarlichtern über Reykjavik und wie viel weiter der Himmel dort aussieht. Er fragt, wo denn die ganzen Pferde stecken und was man denn in Dallas soll, wenn es gar keine Cowboys und Mustangs gibt, und dass der Alte lieber eine Tür nach Florida hätte öffnen sollen.

Ich kann gar nicht alles behalten, was er sagt. Aber obwohl Nico merkwürdig ist, entspannt es mich irgendwie, ihm zuzuhören. Er kommt mir ein bisschen vor wie Dad in meiner Fantasie: ein Weltenbummler, der voller Geschichten über seine Abenteuer steckt und davon schwärmt, was er in den Wäldern des Libanon und in den Bergen von Peru am liebsten gegessen hat.

Aber natürlich kann Nico diese ganzen Orte nicht besucht haben. Er ist zu jung. Etwas an ihm ist seltsam – ich kann nur nicht genau sagen, was. Er kommt mir wie ein Verkäufer vor, der mir etwas andrehen will, obwohl ich nicht mal weiß, was.

Wir biegen beim Einkaufszentrum um die Ecke, und der schimmernde Schriftzug vom Hotel der Wünsche kommt in Sicht.

»Das Gebäude ist zu klein.« In Gedanken sehe ich den Kronleuchter vor mir, das warme Licht und die zweite, dritte, vierte Etage. »Da passt nie im Leben ein ganzes Hotel rein.«

»Stimmt genau.«

»Und wo ist es dann?«

»Genau hier. Und überall.« Nico zieht einen goldenen Schlüssel hervor und steckt ihn in die Tür.

Allerdings zielt er nicht aufs Schloss, wie man es normalerweise macht, sondern schiebt den Schlüssel einfach mitten in die Tür hinein. Das Glas beginnt schimmernd zu schäumen, und glitzernder, kupferroter Rauch steigt auf. Ich traue meinen Augen kaum.

Mit offenem Mund schaue ich zu, wie Nico in dem glühenden Wabern den Schlüssel herumdreht und die Flügeltür öffnet. Warmes Licht kommt uns wie die Dampfwolke eines Backofens entgegen. Gleichzeitig hüllt mich der schon bekannte Duft aus Blaubeeren, Holzfeuer und Gewürzen ein – wie eine Kuscheldecke.

Nico klopft mit dem Fuß gegen die Türschwelle. »Das Hotel der Wünsche. Ein altehrwürdiges Etablissement voller Türen, die in die ganze Welt führen.«

»Das ist ein Scherz, oder? Dahinter steckt irgendein Trick«, sage ich ungläubig.

»Nicht alles im Leben ist schwarz oder weiß, Cam«, erwidert Nico. »Manchmal muss man etwas riskieren.«

Ich trete näher, um die Wärme zu spüren, die aus der Tür strömt, doch Nico hält mich zurück.

»Über die Schwelle zu treten kostet immer einen Preis«, sagt er.

»Aber …« Ich befingere die Münze meines Vaters. »Ich dachte, damit darf ich durch den Eingang.«

Nico wiegt den Kopf hin und her. »Schon, aber das heißt nicht, dass du es auch solltest. Das Hotel ist kein Ort, den man leichthin betritt, verstehst du? Es ist gefährlich.«

Prickelnde Gänsehaut bildet sich auf meinen Armen. »Gefährlich? Ein Haus voller Gästezimmer?«

»Das Hotel der Wünsche ist mehr als nur eine Unterkunft. Es hat einen geheimen Zweck – eine Mission –, und darin willst du lieber nicht verwickelt werden.«

Ich lehne mich vor, atme die warme Blaubeerluft ein und starre auf den plätschernden Springbrunnen vor der Prunktreppe. Der Kronleuchter an der Decke ist noch größer, als ich ihn in Erinnerung hatte, und die Ketten aus Kristall funkeln noch strahlender. Diesen Ort gibt es wirklich.

»Das ist … fantastisch«, sage ich.

Nico verschränkt die Hände hinter dem Rücken. »Vor dir liegt die Eingangshalle für Nordamerika. Das Foyer ist normalerweise das Erste, was unsere Gäste zu Gesicht bekommen.«

An einem Tresen im hinteren Teil des Raums steht ein Mädchen mit Dutzenden kleiner Zöpfe und sortiert Papiere. Leute mit bunten Bermudashorts und Sonnenbrillen kommen durch einen Samtvorhang an der Saalseite geschlendert und betreten die gewundene Treppe zu den oberen Etagen.

»Indem du die Schwelle des Hotels übertrittst, verlässt du einen Ort auf dem Globus und reist zu einem anderen.« Nico lässt seine Hand über die gläserne Eingangstür wandern. »Auf dieser Seite ist Dallas.« Dann fährt er mit dem Finger über das dunkle Holz der Innenseite. »Und auf dieser das Hotel.«

So einladend es auch aussieht, erinnert mich das Foyer ein bisschen an das Lebkuchenhaus von Hänsel und Gretel. Alles in mir schreit Vorsicht, während das warme Licht mich gleichzeitig hineinwinkt. Ich sollte auf meinen nervösen Magen hören. Riskante Entscheidungen sind nicht mein Ding.

Nico schiebt uns beide wieder nach draußen und lässt die Tür zufallen. Die Farbenpracht des Hotels wird von der schwarzen Nacht aufgesogen, und das Einkaufszentrum sieht jetzt noch schmutziger und deprimierender aus als vorher.

»Tja, das war's.« Er lehnt sich an die Wand und schnipst wieder seine Münze hoch. »Du hast echte Magie gesehen. Wie geht's dir damit?«

Eine Frage liegt mir auf der Zunge, seit Nico vorhin die Sache über Dad gesagt hat, und unwillkürlich spreche ich sie aus. »Kannst du auch ihn aufspüren?«

Nico schnappt die Münze mitten aus dem Flug. »Wen? Deinen Vater?«

Ich zögere, denn ich kann kaum glauben, dass ich einem völlig Fremden meine Geheimnisse anvertrauen will. Und dass ich mein Vertrauen ausgerechnet in Magie setze. Aber Nico hat gesagt, er sei gut darin, Leute zu finden. Außerdem ist das die einzige Spur, die ich jemals hatte.

»Er wird schon ewig vermisst. Meine Schwester und ich waren damals noch Babys«, erkläre ich.

Nico zieht ein Foto aus seiner Jackentasche. »Ist er das?« Ich erkenne Mom und Dad in ihrer feinen Partygarderobe. Es ist das Bild, das ich vorhin mitgenommen habe.

Ich taste in meiner Hosentasche nach dem Foto und finde es nicht mehr.

»Wie hast du …?« Wütend funkele ich ihn an. Er hat das Bild geklaut wie ein Taschendieb.

»Nur Fingerübungen«, grinst er. »Aber wieso willst du ihn überhaupt finden? Wenn er euch verlassen hat –«

»Hat er nicht«, sage ich und schnappe mir das Foto. »Ich habe dir doch gesagt, dass er uns gestohlen wurde. Jemand war hinter ihm her. Ich glaube, dieselben Leute haben auch meine Mutter auf dem Gewissen.«

Nico schüttelt den Kopf. »Sorry, die Spur ist längst kalt. Magie braucht wenigstens einen Anhaltspunkt, um zu wirken. Wenn euer ganzes Leben lang niemand mehr von ihm gehört hat …« Er wirft erneut einen Blick auf den Anhänger an meinem Hals. »Andererseits, falls ich deine Münze bekomme –«

»Nein.« Ich kann doch nicht Dads Anhänger weggeben. Das ist die einzige Verbindung, die ich zu ihm habe.

Nico zuckt mit den Schultern. »Dann kann ich leider nichts machen.«

Ich umklammere meine Kette. Das ist eine ganz blöde Idee. Oder vielleicht ist alles nur ein blöder Traum.

»Ich mache dir ein Angebot«, sagt Nico. »Du kannst meine Münze eine Weile behalten.« Er schnipst sie mir zu. »Sozusagen als Pfand. Dafür gibst du mir die von deinem Dad und das Foto. Ich bringe beides zurück, sobald ich rausgefunden habe, ob ich helfen kann. Was hältst du davon?«

Damit habe ich nicht gerechnet. Nicos Münze ähnelt meiner zum Verwechseln, also bietet sie wohl auch den gleichen Schutz – falls die Anhänger überhaupt eine Wirkung haben. Jedenfalls würde ein böser Geist aus Omas Geschichten wohl kaum einen Tausch vorschlagen, oder?

»Ich weiß nicht recht ...«

Nico zwinkert mir zu und legt eine Hand auf die Dallas-Tür. »Ich bin zurück, bevor du es auch nur merkst.«

Aus der Tiefe meines Magens steigt ein übles Gefühl hoch. Die Münze ist mein wertvollster Besitz.

»Mach dir keine Sorgen«, sagt Nico. »Das ist ein Fingerschnipp.«

»Ein was?«

»Oh, Hotel-Slang. Soll heißen: Keine große Sache; stell dich nicht an wie ein Baby.« Er hält mir seine offene Hand entgegen. »Du bekommst deine Münze zurück, unversehrt in einem Stück. Großes Ehrenwort.«

Ich kann nicht glauben, dass ich überhaupt darüber nachdenke. Im Fernsehen haben sie mal gezeigt, dass es Parasiten gibt, die das Gehirn befallen und Menschen plötzlich Dinge tun lassen, die sie normalerweise nie tun würden. Fiese Todesart 637 auf meiner Liste. Ich fühle mich ziemlich gesund, aber vielleicht sterben meine Hirnzellen bereits ab.

»Okay«, sage ich, öffne die Kette und reiche sie ihm. Ich fühle mich ohne die Münze hier im Dunkeln ganz nackt. »Bring sie zurück, klar?«

»Mit etwas Glück bringe ich sogar ihn zurück.« Nico steckt wieder den Schlüssel mitten in die Tür und dreht ihn um. »Bis bald, Mr Cam.«

»Warte.«

Nico hält in der Bewegung inne, während der Schlüssel in dem magischen Schloss sprüht und funkelt.

Ich schlucke das trockene Gefühl in meinem Hals herunter. »Glaubst du wirklich, du kannst ihn finden?«

Er öffnet die Tür und lächelt schief. »Ich bin Nico. Solange der Preis stimmt, kann ich alles.«

3

Taschenspielertricks

Der Baum ragt einschüchternd über mir auf. Ein honigfarbener Lichtstreif fällt aus der offenen Tür im Stamm. Ich will nicht hineingehen, denn es fühlt sich an, als würde auf der anderen Seite etwas Beängstigendes warten. Aber gleichzeitig will ich es doch, denn ich muss wissen, was da ist.

Eines der raschelnden Blätter löst sich vom Ast und driftet nach unten, damit ich es aus der Luft pflücken kann. Doch plötzlich ist es gar kein Blatt mehr. Stattdessen halte ich eine Spielkarte in der Hand. Die Herz Vier. Auf der Rückseite stehen die Worte geschrieben: »Finde das Ziel deiner Reise.« Der Satz klingt so, als sei ich zu einer exklusiven Party eingeladen worden.

Dann kommt die Tür im Stamm auf mich zu, und zwar schnell. Ich mache kehrt und renne weg, aber da hat sie mich schon eingefangen. Ich ertrinke in einem wirbelnden Sog aus Kronleuchtern, Marmorsäulen und Jungs in schicken Anzügen.

Das alles war ein Riesenfehler. Ein wildfremder Junge taucht vor meinem Fenster auf, und sofort setze ich mein ganzes Vertrauen darauf, dass er meinen Vater findet ... Wie soll das gut gehen? Zuerst dachte ich, das Hotel wäre eine Art Zeichen oder Hinweis, dass ich mich nicht umsonst an dieser lächerlichen Hoffnung festklammere. Ich hätte wissen sollen, dass es im echten Leben nicht so läuft.

Zwei Tage vergehen, und nichts passiert. Kein Wort von Nico. Ich bin schon viermal an der Dallas-Tür vorbeigegangen, dick eingehüllt gegen die Winterkälte, aber wann immer ich durch die Glasscheiben schaue, sehe ich dahinter nur ein leeres Betongebäude. Keine Spur davon, dass hier mal das Hotel war.

Ich kann nicht glauben, dass ich Nico vertraut haben. Und noch dazu habe ich Dads Münze verloren. So etwas passiert mir immer ... Ich treffe dumme Entscheidungen. Ich sperre mich selbst in Spindschränke ein, gebe wertvolle Sachen aus der Hand und vertraue falschen Freunden. Genau aus diesem Grund tue ich am liebsten gar nichts.

Am dritten Ferienmorgen wache ich auf, weil Oma ungeduldig vor meinem Bett steht.

»Raus aus den Federn!«

»Frühstück?«, frage ich, was der einzig logische Grund wäre, mich vor dem Mittag zu wecken.

»Aufstehzeit!«, flötet sie, und ihr Lächeln hat die Strahlkraft eines Flammenwerfers. Ich bin in akuter Gefahr, von ihrem Enthusiasmus abgefackelt zu werden. »Man kann doch nicht die ganzen Ferien verschlafen.«

Aber genau das will ich, seit ich die letzte Verbindung zu meinem Vater verloren habe.

Dann stelle ich fest, dass sie weiße Mehlspuren an der Nase hat.

Eine Mehlnase kann nur eins bedeuten: Frühstücksbrötchen mit Fleischsauce – ein Klassiker im Süden. Anscheinend ist Oma wirklich entschlossen, mich aufzumuntern. So was gibt es sonst nie, weil es nicht zu ihrem aktuellen Ernährungsplan passt.

Also ziehe ich mich an und gehe in die Küche, um zu helfen. Cass kann gar nicht aufhören, über irgendeinen Wasserfall in Südamerika zu reden, während ich Würstchen zerkleinere. Mein Blick wandert zu der grauen Münze, die an der Kette um ihren Hals baumelt. Cass hat wenigstens noch ihre Erinnerung an Mom.

Ich werfe die Würstchenstücke in die Pfanne. »Oma, wie ist Mom gestorben?«

»Hmmm?« Sie schaut hoch und wischt sich über die Wange, auf der dadurch bloß noch mehr Mehl landet.

Das Thema ist normalerweise tabu, außer Oma erzählt eine ihrer Geschichten. Aber diesmal gebe ich nicht so leicht nach. »Du hast uns nie gesagt, was mit Mom passiert ist.«

Cass legt den Kopf schief und hört zu. Wir haben schon öfter danach gefragt, aber von Oma kommt nie viel zurück. Sie erzählt nur von unglaubhaften Abenteuern und Orten überall auf der Welt. In ihren Geschichten ist Dad ein ›wilder Freigeist, der sich nie an einen Ort fesseln ließ‹ und Mom ›mit der Erde verwurzelt‹. Sie lässt die beiden wie Märchenfiguren erscheinen. Aber wann immer es um die Ereignisse rund um Dads Verschwinden geht, wird sie plötzlich schweigsam.

»Tut mir leid, das weiß ich selbst nicht«, sagt sie. »Euer Vater hat es mir nie erzählt. Und selbst wenn … über seine Geheimnisse zu sprechen steht mir nicht zu.« Sie greift nach dem Küchenpapier, unter dem der Bacon abkühlt, und reicht mir einen Streifen. »Knusprig genug? Soll ich mehr machen?«

Cass gibt bloß ein Schnauben von sich und rollt ins benachbarte Wohnzimmer, wo im Fernseher ein Trupp kaum bekleideter Männer mit Speeren auf einem Jeep fährt. Oma lässt sie gehen. Wir wissen beide, was passiert, wenn Cass sich zu sehr mit unseren Eltern beschäftigt.

Ich wünschte, sie würde Dad nicht so hassen. Dabei würde ich das manchmal auch gerne können, weil er nicht für uns da ist. Aber die Wut verfliegt sofort, wenn ich ihn vor mir sehe, wie er in einer dumpfen, feuchten Zelle sitzt und verrottet. (Fiese Todesart 340: Fleischfäule durch Bakterien. Selten, aber extrem eklig.)

Oma knetet weiter den Brötchenteig. »Weißt du, euer Vater hat immer alle möglichen Sachen gekocht, von denen ich noch nie gehört hatte. Manchmal hat er diese kleinen Teigtaschen frittiert ... wie nannte er sie noch ... Dumm-Summ oder so ähnlich.«

Aber diesmal lasse ich nicht zu, dass sie meinen Fragen ausweicht. Irgendwann muss sie uns schließlich davon erzählen. »Wenn du nicht weißt, was passiert ist, wieso bist du sicher, dass Mom gestorben ist?«

Ich sehe, dass Cass ein wenig den Kopf in unsere Richtung dreht, auch wenn sie so tut, als würde sie nicht zuhören.

»Weil Reinhart es mir gesagt hat«, erklärt Oma. Sie nennt ihren Sohn natürlich nicht *Dad*, sondern beim Vornamen. »Das war damals, als er euch beide bei mir abgeliefert hat. Er hat gesagt, dass Melissa ...« Sie verstummt, als hätte sie plötzlich vergessen, wovon sie eigentlich reden wollte. »Na, wie schmeckt der Bacon?«

»Über das Wie hat er gar nichts gesagt?«, frage ich.

Oma seufzt und lässt den Teig auf die mehlige Küchenplatte klatschen. »Er war furchtbar in Eile und hat nur ein paar Worte gesagt: Bald würden sie auch hinter ihm her sein. Und dass die Münzen euch beschützen würden. Tragt immer eure Anhänger. Immer, ohne Ausnahme. Dadurch seid ihr sicher, Kinder.« Sie deutet zum Kühlschrank. »Könntest du mir bitte die Milch rausholen?«

Meine Schultern sacken nach unten. Also nichts Neues. Weder irgendwas über Hotels noch über Dads Verfolger. Und natürlich auch nichts über Mom.

Ich gehe zum Kühlschrank. »Aber wenn er die Münzen bei uns gelassen hat, heißt das doch, dass er selbst *nicht* geschützt ist.«

»Das ist was ganz anderes«, sagt sie. »Für Reinhart war wichtig, dass *ihr* in Sicherheit seid. Diese Giergeister würden am liebsten die ganze Welt an sich reißen, aber solange ihr eure Münzen habt, denken sie, dass ihr schon anderweitig gebunden seid. Deshalb lassen sie euch in Ruhe.«

Ich zupfe meinen Kragen höher, um meinen münzenlosen Hals zu verbergen, und fingere an Nicos Anhänger in der Hosentasche herum. Ist das der Grund, warum Nico auch eine Münze bei sich trägt? Damit die Giergeister glauben, er sei schon ›gebunden‹?

»Wenn du losgehen und Dad zurückholen könntest«, sage ich nach einem Moment. »Würdest du es versuchen?«

Oma schüttelt den Kopf. »Das kann ich nun einmal nicht.«

»Aber –«

Sie seufzt wieder und wischt sich über die Stirn. »Dein Vater ist ein guter Mann, und wenn er hier bei euch sein könnte, dann wäre er es.« Sie presst die Knöchel unnötig fest in den Teig. »Um Reinhart zurückzubekommen, würde ich jeden Preis bezahlen.«

Irgendwann am Nachmittag liege ich mit vollgestopftem Brötchenbauch auf meinem Bett und drehe endlos Nicos Münze in den

Händen. Ich wünschte nur, ich könnte sie auf magische Art in Dads verwandeln.

Es klopft an der Zimmertür, und ich stecke die Münze hastig wieder in die Tasche, bevor Oma reinkommt. »Cammy, du hast Besuch«, sagt sie. »Netter Junge. Sehr fesche Garderobe.«

Nico! Sofort hüpfe ich mit einem »Danke!« aus dem Bett und renne ins Wohnzimmer. Da sitzt er tatsächlich im Hotelfrack auf der Couch und hält eine von Omas Teetassen elegant zwischen Daumen und Zeigefinger.

»Hallo, Mr Cam.« Er nickt in Richtung von Cass, die ihm gegenübersitzt. »Ich lerne gerade deine Schwester näher kennen.«

»Du –« Ich breche ab, weil ich kaum weiß, was ich sagen soll. Ein Teil von mir hat schon daran gezweifelt, dass Nico überhaupt real ist, und hier hockt er und plaudert mit Cass. Dabei ist sie zu hundert Prozent die letzte Person, die vom Hotel erfahren sollte. »Wo hast du so lange gesteckt?«

Cass lacht etwas nervös. »Sei nicht unhöflich, Cam.«

Nico zwinkert ihr zu, und in seinen Augen liegt ein amüsiertes Glitzern.

Mein Herzschlag dröhnt mir in den Ohren. Ist es möglich, dass er wirklich etwas über Dad herausgefunden hat? Aber Cass darf von der ganzen Sache nichts wissen. Sie würde ausrasten und mich für verrückt erklären. Wer glaubt schon einem Fremden, der behauptet, er habe magische Fähigkeiten?

Vielleicht *bin* ich verrückt?

»Woher kennt ihr euch überhaupt?«, will Cass von ihm wissen. »Du bist nicht in unserem Jahrgang.«

»Nein, ich werde zu Hause unterrichtet«, sagt Nico. »Meine Familie reist ständig in der Welt herum.«

Die Wimpern meiner Schwester flattern, als habe er ihr gerade erzählt, er sei der Weihnachtsmann. Argh. Cass kann so peinlich sein. Sie hat nicht mal gemerkt, dass Nico ihrer Frage ausgewichen ist.

Er setzt die Tasse ab und zieht ein Kartendeck aus seiner Jacke. »Willst du was richtig Magisches sehen?«

»Klar!« Cass rollt mir fast über den Fuß, um näher zu kommen.

»Warte mal«, sage ich. »Was ist mit –?«

»Ein kurzer Kartentrick, Mr Cam. Dann können wir reden.« Er fächert die Karten auf, damit meine Schwester sich eine aussuchen kann.

Cass wählt eine aus und zeigt sie mir. Es ist eine Herz Vier. Die Herzen werden von kleinen chinesischen Winkekatzen gehalten.

Mir stockt der Atem. Das ist ... die Karte, die ich im Traum gesehen habe. Draußen kommt ein plötzlicher Wind auf und rauscht durch die Bäume.

Nein. Nie im Leben. Das bilde ich mir ein. Bestimmt glaube ich bloß im Nachhinein, dass ich die Karte schon gesehen habe. Erinnerungen können täuschen. Es ist einfach nicht möglich, dass ...

»Jetzt«, sagt Nico zu meiner Schwester, während er das Blatt mischt, »falte die Karte in der Mitte zusammen, und steck sie in meine Manteltasche.«

Cass knickt die Herz Vier und drückt einen Kuss darauf, bevor sie die Karte Nico in die Tasche schiebt.

»Und hier kommt der Trick!« Nico klatscht in die Hände, und das Kartendeck verschwindet spurlos. »*Et voilà!*«

Sie betrachtet ihn skeptisch. »Das ist kein Trick. Du hast nur mit den Händen rumgewedelt.«

Nico dreht sich zu mir um. »Tja, Mr Cam?«

Ich warte darauf, dass noch mehr kommt, aber er starrt mich nur auffordernd an, als wäre *ich* an der Reihe, etwas zu tun. »Was denn?«

»Gib ihr die Karte.«

»Hab ich nicht.«

Er nickt mit einem listigen Schmunzeln. »Dann check mal deine Hosentasche.«

Also greife ich hinein und ziehe eine gefaltete Karte hervor – die Herz Vier, inklusive Winkekatzen. In meinem Traum habe ich genau diese Karte aus der Luft gepflückt. Das Bild blitzt in meiner Erinnerung auf, ich zucke zurück und lasse die Karte fallen wie ein heißes Eisen.

Cass quietscht begeistert und lässt ihren Rollstuhl vor und zurück tanzen. »Du warst vorher eingeweiht?«

»Ähm ...« Ich weiß nicht, was ich sagen oder auch nur denken soll. Durch meinen Kopf fegt ein Tornado aus herzigen Spielkarten-Kätzchen.

Mit einem Schnalzgeräusch lässt sie mich links liegen und wendet sich wieder Nico zu. »Hast du noch mehr davon auf Lager?«

»Jede Menge. Aber ich glaube, dein Bruder will was bereden.« Er macht eine Handbewegung zur Tür. »Lieber draußen?«

»Okay«, sage ich auf der Terrasse hinter dem Haus, obwohl ich am liebsten gar nicht darüber nachdenken würde, was die Szene eben mit meinem Traum zu tun hat. »Wie hast du das gemacht?«

»Meinst du den Kartentrick?« Er lacht. »Ein Magier verrät nie –«

»Nein, woher konntest du das wissen? Wie ...?«

Ich sehe seinem Gesicht an, dass er keine Ahnung hat, wovon ich rede.

Also wechsle ich das Thema. »Okay, ist auch egal. Was hast du herausgefunden?«

»Wer sagt denn, dass ich deshalb hier bin? Vielleicht wollte ich nur bei meinem texanischen Kumpel vorbeischauen«, sagt er und gibt sich kühl wie Dezemberluft. Gleichzeitig stochert er mit dem kleinen Spaten, der immer an der Hintertür lehnt, zwischen den welken Pflanzen in Omas Blumenbeet herum. »So was nennt man ›eine Freundschaft aufbauen‹. Solltest du mal probieren.«

Ich werfe ihm einen finsteren Blick zu. Er spielt mit mir. Und versteckt sich wieder hinter seinem dämlichen Grinsen.

»Okay, schon gut.« Nico dreht den Spaten in der Erde und hebelt die oberste Schicht weg. »Kann sein, dass ich noch was anderes haben muss, bevor ich mich für die Suche engagieren lasse.«

Unter meinen Rippen fällt alles in sich zusammen. Totales Herzversagen. Gestorben an tödlicher Enttäuschung.

Nico buddelt sich noch ein bisschen tiefer in die feuchte Erde.

Ich mustere ihn eingehend. »*Gartenmatsch?*«, frage ich dann. »Du brauchst Gartenmatsch, um meinen Vater zu finden?«

»Das ist schon mal ein Anfang.« Er gräbt eine letzte Portion aus, dann lehnt er den Spaten zurück an die Hauswand. »Und ich will mehr darüber erfahren, wem ich eigentlich helfe. Weißt du, wenn ich erst mal über ein eigenes Haus herrsche, dann muss ich unterscheiden können, wer zu den Guten gehört und wer nicht.«

Er harkt mit den Fingern durch die Erde, bis er eine Handvoll in seiner weiß behandschuhten Faust hält.

»Was ist denn eigentlich mit deiner Schwester los?«, fragt er und lässt die Erde in ein kleines Einweckglas rieseln, das er aus der Manteltasche holt. Als er den Deckel zuschraubt, fegt ein kalter Wind durch das Herbstlaub.

»Spina bifida«, erkläre ich. »Seit ihrer Geburt. Davon gibt es ja viele Formen, aber bei ihr ist es besonders kompliziert.«

»Ah«, sagt er und mustert mich nachdenklich. »Also ist sie der Grund, warum du unbedingt deinen Vater finden willst?«

»Ich schätze schon. Oma und ich tun unser Bestes, aber manchmal ist es schwierig. Wenn Dad hier wäre, könnte er vielleicht ... *mehr* tun.«

Nico steckt das Glas ein. »Cass kommt mir nicht besonders hilflos vor.«

»Inzwischen nicht mehr, stimmt«, sage ich. »Aber manchmal funktioniert ihr Körper nicht, wie er sollte. Heute war ein guter Tag.«

»Vielleicht solltest du ihr mehr zutrauen. Ich wette, sie ist selbstständiger, als du denkst.« Er klopft seine Handschuhe ab und wendet sich dem Gartentor zu. »Jetzt muss ich zurück. Heute warten wichtige Pflichten.«

»Das war's? Du gehst schon?«

Er bleibt stehen, eine Hand auf den Gartenzaun gelehnt, und wirft mir etwas zu. Dads Münze. Er hat sie mir zurückgegeben. Jetzt habe ich ein schlechtes Gewissen, weil ich ihm nicht vertraut habe. Cass sagt immer, ich mache mir um alles einen Kopf.

»Halt dich bereit«, sagt er. »Und überleg dir in der Zwischenzeit, wie du mich bezahlen willst.« Er wedelt auffordernd mit den schmutzigen Handschuhfingern. »Es soll schon was für mich rausspringen.«

»Ich ... ich habe kein Geld.«

»Dir fällt bestimmt was ein.« Er zieht die Hand zurück und öffnet die Gartenpforte. »Wenn du mich brauchst, klopf einfach an die Dallas-Tür. Das Hotel hält sich an den Spruch ›Wer anklopft, dem wird aufgetan‹.«

Er wendet sich zum Gehen, doch etwas hält ihn zurück. »Hast du das gehört?«

Ich lausche. »Nein, ich –«

Dann ertönt das Geräusch. Es klingt, als würde jemand würgen.

Adrenalin schießt kribbelnd durch meine Arme. »Cass!«

Ich renne nach drinnen und entdecke sie auf dem Fußboden. Erbrochenes tropft an ihrem Shirt herunter. Ihr Kopf ruckt vor und zurück, als würde sie versuchen zu schreien, aber kein Ton kommt heraus.

Oh nein ... vielleicht funktioniert einer der eingesetzten Shunts nicht richtig. Was, wenn ...

Ich lasse mich neben Cass auf die Knie fallen und helfe ihr, sich aufzurichten. Der Arzt hat gesagt, wenn so etwas passiert, sollen wir sie mit dem Gesicht nach unten lagern, damit sie das Erbrochene nicht einatmet. Aber sie hustet und zeigt auf ihre Kehle, als sei es schon zu spät. Nicht gut.

»Was soll ich tun?«, fragt Nico, der gleich hinter mir ins Zimmer gestürzt kommt.

Ruhig bleiben. Jetzt muss ich ruhig bleiben. Das hier ist der Grund, warum ich immer einsatzbereit bin. »Das Telefon!«

Ich schreie nach Oma, während Nico mir den Hörer reicht und ich den Notruf wähle.

Sofort nimmt jemand ab. »Wo hat sich der Notfall ereignet?«

Nico stützt den Kopf von Cass, damit ich die üblichen Fragen beantworten kann: Adresse, Symptome, Details zum Zustand meiner Schwester. Er hält ihre Hand und schaut sie unverwandt an.

In der Mitte der Routinefragen schnappt Oma mir den Hörer vom Ohr weg, sodass ich die Hände frei habe und mich um Cass kümmern kann. »Alles wird gut«, versichere ich meiner Schwester und streiche ihr die Haare zurück. Doch in Wirklichkeit schlägt die Angst wieder zu. Was, wenn ich falschliege? Was, wenn es diesmal schlimmer ist? Was, wenn ...

›Komplikationen‹ stehen gleich an dritter Stelle auf meiner FTA-Liste. Zum Teil deshalb, weil sie besonders schrecklich sind, und zum Teil, weil ich Cass wahrscheinlich auf diese Art verlieren werde.

Am Ende verliert man alles irgendwie.

Einige Stunden später haben wir im Krankenhaus unser Lager aufgeschlagen, wie üblich. Wenn man eine Zwillingsschwester hat, die schon eine Vielzahl OPs hinter sich und noch einige vor sich hat, kennt man sich mit Krankenhäusern echt gut aus. Das Gebäude ist wie ein Labyrinth aus Erinnerungen, über denen ein Fluch liegt – ich habe immer das Gefühl, nicht mehr herauszukommen, wenn ich erst mal drin bin. Auch keine schöne Todesart.

Nico bleibt eine Weile bei uns, tigert hin und her und lässt nervös sein Kartendeck durch die Hände gleiten. Nach einer Weile kann ich ihn überzeugen, dass es okay ist, einfach zu gehen. Er kennt diese Situation nicht so wie wir. In einem Krankenhaus zu warten ist langweilig, und er hat bestimmt Besseres zu tun.

Trotzdem ist es nett, dass er so lange ausgehalten hat.

Später kommt der Arzt vorbei und lässt uns wissen, dass Cass fürs Erste wieder okay ist. Das sind die erlösenden Worte, auf die wir jedes Mal warten. Allerdings weiß ich nicht, ob ich ihm glauben soll. Schließlich steht immer noch die OP bevor, über die Oma nicht mit mir reden will, und das Krankenhaus will noch eine Reihe von Tests durchführen. Aber im Moment geht der Arzt davon aus, dass es keine schlimme Komplikation war.

Außerdem sagt er, wie gut es war, dass wir Cass rechtzeitig gehört haben. Aber ich weiß es besser: Nico hat sie gehört, nicht ich. Vielleicht wäre mir das Geräusch entgangen. Eines Tages wird es so weit sein. Ich werde sie nicht hören und Oma auch nicht.

Wie soll ich denn ohne meine andere Hälfte ein Zwilling sein?

Eine Pflegerin holt Oma, und sie verschwinden zusammen den Flur hinunter, um Was-auch-immer zu besprechen. Ich bleibe allein auf dem unbequemen Stuhl im Krankenzimmer sitzen und tue so, als würde ich mich mit meinem Handy beschäftigen.

Wenn Dad hier wäre, könnte er mit uns ins Krankenhaus fahren und bei mir bleiben, während Oma den Papierkram erledigt. Er würde einfach da sein, bei mir. Uns helfen, mit dem Ganzen umzugehen. Dann würde sich unsere Familie nicht länger so lückenhaft anfühlen.

Dafür würde ich jeden Preis bezahlen.

Ein Klopfen an der Tür des Krankenzimmers reißt mich aus meinen Gedanken.

»Hi, Kleiner.« Es ist Nico, der sich umgezogen hat und wieder sein schwarzes T-Shirt trägt. Die flapsige Anrede lässt mich das Gesicht verziehen, schließlich bin ich kein Kind mehr. Aber es ist schön, einen Kumpel zu haben. Wir sind uns zwar gerade erst über den Weg gelaufen, trotzdem hat er sich wie ein echter Freund verhalten. Das kann ich sonst von niemandem behaupten, außer meiner Familie.

»Hi«, sage ich nur cool, um mir nicht anmerken zu lassen, wie superfroh ich bin, ihn so schnell wiederzusehen. Im gedimmten Licht erkenne ich schwach die waagerecht eingenähten Stoffschlingen an seinem Shirt. Diesmal steckt in einer davon ein Holzpflock. Er ist ungefähr zehn Zentimeter lang, an einem Ende flach und am anderen zugespitzt. »Was machst du hier?«

»War gerade in der Nähe, um jemanden zu treffen.« Er stellt sich ans Bett und lässt die Hände darauf ruhen. »Wie geht es ihr?«

»Wahrscheinlich kann sie morgen nach Hause. Sie braucht nur etwas Ruhe.« Und neue Lungen. Und eine neue Wirbelsäule. Und einen neuen Verdauungsapparat. Und ... Hör auf, Cam. Du übertreibst wieder maßlos – machst alles schlimmer als es ist. Sie braucht nicht wirklich neue Lungen und eine neue Wirbelsäule. Sie wird auch so wieder okay. Moment ... was hat er gerade gesagt? »Du musstest jemanden treffen? Mitten in der Nacht?«

»Das Hotel ist rund um die Welt aktiv. Die Zeitzonen passen oft nicht zusammen.« Nico hält einen Strohhut an die Brust gepresst, während er Cass beim Schlafen zuschaut. »Deine Schwester ist echt nett. So wie du.«

Rund um die Welt. »Du arbeitest tatsächlich in einem magischen Hotel.«

Keine Ahnung, wie lange ich noch brauche, um mich daran zu gewöhnen.

»Hmm.« Nico zieht seine Münze aus der Tasche und lässt sie über die Knöchel tanzen, ohne die Augen von Cass abzuwenden. »Passiert so was oft?«

»Ab und zu.«

»Noch ein Grund, warum du deinen Vater finden willst. Du hoffst, er ist die Antwort auf all deine Probleme.«

Nico hat es begriffen. Das ist mal was ganz Neues.

Er setzt sich den Hut auf. »Ich möchte dir jemanden vorstellen. Vermutlich kann er helfen.«

»Wobei?« Der Gedanke fegt durch mein Gehirn wie ein heißer Luftstoß: »Er kann helfen, Dad zu finden?«

Nico nickt. »Aber du musst tun, was ich dir sage. Und zwar aufs Wort.«

Ein Mini-Feuerwerk explodiert in meinem Herzen. »Wen treffen wir denn?«

Nico wirft mir ein schiefes Lächeln zu. »Wirst du schon sehen. Er wartet auf uns.«

Ich nage an meiner Lippe und schaue auf Cass hinunter. »Ich kann sie nicht einfach allein lassen.«

»Das wird ein Fingerschnipp«, versichert Nico. »Wir sind zurück, bevor du es erwartest.«

Wenn ich Dad finde, bräuchte ich mir nicht mehr ständig Sorgen zu machen. Wenn wir wieder zusammen sind, kann ich vielleicht endlich glauben, dass auch bei Cass alles gut ausgeht.

Nico stellt sich neben mich und zaubert eine Spielkarte aus seiner Tasche hervor: die Herz Vier von seinem früheren Trick. Er legt sie neben Cass auf den Nachttisch und schenkt ihr ein sanftes Lächeln. »Wir kümmern uns um sie, Cam.«

Eine Wärmewelle breitet sich in meiner Brust aus. »Okay. Lass uns gehen.«

Ich kritzele noch eine kurze Nachricht auf einen Zettel und platziere ihn neben Nicos Spielkarte.

»Ich werde Dad für dich finden«, flüstere ich. »Ob du es willst oder nicht.«

4

Der Mann im Nadelstreifenanzug

Draußen vor dem Krankenhaus beißt sich die Kälte der Nacht durch meine Klamotten. Ich schlinge die Arme um meinen Körper und ignoriere den zischelnden Wind und das Flattern schwarzer Flügel in den Bäumen. Das ist nur ein Krähenschwarm und kein schlechtes Omen.

»Okay«, sagt Nico, als wir um das Krankenhaus herumgehen, »die Hauptsache ist: Stell nicht zu viele Fragen. Glaub mir, manche Dinge willst du gar nicht wissen.«

Das klingt nicht gerade vielversprechend. Ich ziehe an meinem Pulli, um mich gegen den vampirischen Wind zu schützen. »Wer ist denn überhaupt dieser Typ, mit dem wir uns treffen?«

Nico hält vor einer schlichten Metalltür an, die im Schatten verborgen liegt. »Jemand, der die Geheimnisse des Hotels kennt.«

»Bei dir klingt es immer so, als wäre das Hotel etwas Schlechtes.«

Er zögert, doch seine Miene sagt mir, dass ich damit nicht allzu falsch liege.

Statt einer Antwort zieht er den Pflock aus der Halteschlaufe an seinem Shirt. »Ein Schwellenpflock«, erklärt er. Dann hält er zusätzlich ein Gerät in die Höhe, das an eine altertümliche Schusswaffe erinnert. Am Griff befinden sich übereinander zwei runde Läufe aus Messing. Aus dem unteren ragt ein kleiner Eisensporn hervor, der am Ende einer metallisch schimmernden Sprungfeder sitzt. »Und das hier ist ein Pflocker.«

Ich strecke die Hand aus und berühre das glatte Messing.

»Pflock und Pflocker sind zwei Werkzeuge, mit denen jeder vom Hotelpersonal vertraut sein sollte«, fährt Nico fort und kniet sich neben die Tür. »Schwellenpflöcke werden mit Bindungsmagie an einen bestimmten Ort gefesselt. Wenn man den passenden Pflock ins Scharnier einer Tür steckt, verwandelt sie sich in einen direkten Weg zu diesem Ort. Pflocker dagegen sind überhaupt nicht magisch ... nur mechanische Geräte, die ein bisschen nachhelfen, wenn wir die Pflöcke aus den Türgelenken rein- und rausbekommen wollen.«

Er schiebt den Pflocker sorgfältig um das mittlere Scharnier herum. Der Metallsporn mit der gespannten Sprungfeder passt gerade unter den Achsenstift, der zum Türgelenk gehört. Nico spannt den Hahn, drückt auf den Abzug, und ... *ploing*! Der Pflocker rammt den normalen Metallstift aus dem Scharnier, sodass er klirrend auf dem Betonboden landet.

»Tja, ein Fingerschnipp.« Nico lässt den Holzpflock, den er mitgebracht hat, auf der Hand kreiseln. »Jetzt setzen wir stattdessen unseren Achsenstift ins Scharnier.« Er schiebt das Holzstück in die Öffnung, dreht den Pflocker mit dem Sporn nach unten und hämmert den magischen Pflock ein. »Und schon haben wir eine brandneue Tür«, sagt er mit einer Geste wie ein Showmaster. »Tadaaa!«

Die Tür knistert, als sei sie elektrisch aufgeladen.

»Sind Scharnierstifte nicht eigentlich aus Metall, damit sie halten?«, frage ich.

Nico schnalzt abwertend mit der Zunge und zieht einen schimmernden Silberschlüssel aus der Tasche. »Das hier ist Magie, Kumpel. Da läuft alles ein bisschen anders.«

Nico steckt den Schlüssel mitten in die Tür, wie ich es schon einmal gesehen habe, und Glitzerschaum wabert aus dem neu erschaffenen Schloss. Dann dreht er den Schlüssel um und zieht die Tür auf. Dahinter liegt tiefe, kalte Dunkelheit. Keine Ähnlichkeit mit der einladenden Empfangshalle des Hotels.

Ich beiße die Zähne zusammen. Da will ich auf keinen Fall rein. »Sieht nicht wie das Hotel aus.«

»Stimmt«, bestätigt Nico. »Weil Stripe nicht im Hotel wohnt.«

»Du hast doch gesagt, er weiß mehr darüber als sonst jemand. Kennt alle Geheimnisse und so.«

»Und? Das bedeutet nicht, dass er dort lebt oder arbeitet.«

»Aber –«

»Ich habe doch schon gesagt, es ist kompliziert. Das Hotel ist nicht der einzige Ort mit Magie.« Er verschwindet in dem schwarzen Durchgang.

Ich lehne mich über die Schwelle, um nach drinnen zu schauen. In meinem Kopf summt es, als hätte ich einen kleinen elektrischen Schlag bekommen, und meine Ohren ploppen wie beim Druckausgleich in einem Flugzeug. »Hier ist es stockdunkel«, sage ich. Keine Antwort. »Wo steckst du?«

»Hey.« Nicos Stimme ertönt nur ein paar Handbreit vor meinem

Gesicht und lässt mich zusammenfahren. »Jetzt komm schon rein. Dann kann ich das Licht anmachen.«

Er zieht die Tür hinter uns zu und drückt auf einen Schalter.

Vor mir liegt ein schnurgerader Flur mit schwarz-weiß kariertem Fliesenboden. Eine lange Reihe von Türen zieht sich an beiden Seiten entlang. Die weinrote Tapete ist mit silbernen Ornamenten verziehrt und hat sich teilweise von den Wänden abgerollt, sodass darunter schmutzigbrauner Putz zum Vorschein kommt. Alle Türen sehen gleich aus: schlichtes Holz mit angelaufenen Messingscharnieren und einem Türknauf aus Kristall. Es gibt mindestens fünfzig. Den Abschluss des Korridors bildet an beiden Enden jeweils eine einzelne Tür. Auf der einen prangt ein silbern verschnörkeltes M, auf der anderen ein knorrig hölzernes H.

»Du musst mir nur folgen, was auch geschieht. Pass auf, dass du nicht auf Abwege gerätst.« Mit einem Lachen fügt er hinzu: »Das wollte ich schon immer mal sagen.«

Ich weiß nicht, was ich erwartet habe, aber das hier sicher nicht.

Nico marschiert auf die Tür mit dem M zu. Er wirkt angespannt und zieht die Schultern hoch.

»Was soll der Buchstabe bedeuten?«, frage ich.

»Museum«, erklärt Nico. »Stripes Museum ist eines der alten, mächtigen Häuser, genau wie das Hotel, und benutzt die gleiche Form von Magie – zum Beispiel in den Türen. Allerdings zu einem anderen Zweck. Stripe ist so was wie ein ... Konservator. Ein Sammler historischer Objekte. Der Korridor ist eine Art Hintertür, die heimlich das Museum mit dem Hotel verknüpft.«

Heimlich? Wieso denn das?

Ich bleibe stehen und lege meine Hand an eine der Türen auf dem Weg. Eine statische Entladung kribbelt von meinen Fingern bis zu meinem Ellbogen hoch. Das Gefühl wabert durch mich hindurch wie die Wärme einer dampfenden Tasse Tee. Dad könnte gleich auf der anderen Seite sein, direkt hier, und auf mich warten.

Ich greife nach dem Kristallknauf und drehe ihn.

Hinter der Tür empfängt mich ein wildes Lichterchaos, und wummernde Rockmusik dröhnt mir in den Ohren. Überall schreien Neonfarben nach Aufmerksamkeit: Grün, Pink, Quietschgelb und Rot. »Das sieht wie eine riesige Spielhalle aus.«

Nico zieht mich zurück und knallt die Tür zu. »Was machst du denn da?«

»Ich ... wo war das?«, frage ich, als der Lärm und die Lichter verschwunden sind.

»Vegas.« Er wirft einen Blick auf seine Taschenuhr, bevor er durch den Gang weitermarschiert.

Meine Schuhe quietschen auf dem Fliesenboden, als ich ihm hinterhereile. »Du meinst *Las* Vegas? In Nevada?«

»Genau.« Er zeigt auf die Türen, an denen wir vorbeikommen. »Und diese führt nach Bagdad, die nächste nach Nairobi und ... egal, wir haben keine Zeit für so was. Stripe erwartet uns.« Er führt mich bis zum Ende des Korridors und lässt eine Hand an der M-Tür ruhen. »Er ist ein wichtiger Mann, weißt du. Ihn persönlich zu treffen ist eine große Ehre. Also bemüh dich, es nicht zu verbocken.«

Na toll. Als würde ich mich nicht schon genug unter Druck gesetzt fühlen.

Nico klopft, und ein Junge in einem eleganten grauen Anzug öffnet die Tür.

»Orban«, sagt Nico mit einer leichten Verbeugung.

Orban erwidert die Geste. Er wirkt etwas älter als ich, aber nicht viel. Unter seinem rechten Auge sitzt ein haariger Fleck wie ein übergroßes Muttermal. »Stripe ist auf dem Weg«, sagt er und rückt sein Einstecktuch aus roter Seide zurecht.

Ich stelle mich auf die Zehenspitzen, um an Orban vorbei durch die Tür schauen zu können. Die Halle dahinter ist mit einem königsblauen Teppich ausgelegt und voller Glaskästen, in denen alte Waffen, Töpfereien oder Schriftrollen ausgestellt sind. Gemälde und Bildteppiche hängen an den Wänden. Die Luft riecht süßlich und erinnert mich irgendwie an vergilbtes Papier.

Am Ende der Halle kommt ein Mann durch einen Gewölbebogen, neben dem links und rechts Ritterrüstungen stehen. Ähnlich wie Orban trägt er einen grauen Nadelstreifenanzug und dazu eine rote Seidenkrawatte. Seine blassbraunen Haare sind dünn, und er hinkt sichtbar. In der Hand hält er einen geschnitzten Gehstock, der an einen verzwirbelten Strick erinnert und in einem knotenförmigen Griff endet. Der Mann muss sich bei jedem Schritt darauf stützen.

»Nico!«, sagt er, als er auf dem Weg zum Flur an Orban vorbeikommt, und breitet zur Begrüßung den freien rechten Arm weit aus. »Wie schön, dich zu sehen!«

»Ganz meinerseits, Mr Stripe.« Nico schüttelt ihm die Hand. »Danke, dass Sie uns empfangen.«

»So etwas würde ich doch nie verpassen.« Mr Stripe lehnt sich vor und raunt Nico in Bühnenflüsterton zu: »Wie ich höre, gibt es eine überraschende Entwicklung.«

Nico wendet sich in meine Richtung. »Darf ich vorstellen, das hier ist Cameron ...«

»Kuhn«, vervollständige ich an seiner Stelle und begrüße Mr Stripe mit einem warmen Handschlag. »Sehr erfreut, Sie kennenzulernen.«

»Wie höflich«, lacht Stripe. »Von dem Jungen kannst du noch was lernen, Nico.«

Mit einem nervösen Lachen gibt Nico zurück: »Ja, Sir, ohne Frage.«

Stripe befiehlt Orban mit einer Geste, die Tür zu schließen. »Also dann«, sagt er, legt mir eine Hand auf die Schulter und führt mich zurück durch den Korridor. »Nico hat mir erzählt, dass du nach jemandem suchst.«

»Ja, Sir.« Es fällt mir schwer, nicht zu optimistisch zu klingen, was die Suche nach Dad betrifft. Bestimmt kann Stripe mir helfen ... bei der Menge an Selbstbewusstsein und Macht, dir er ausstrahlt.

»Nico hat mir die Münze deines Vaters gezeigt.« Stripe bleibt stehen und wendet mich so, dass wir uns ansehen. »Ich denke, dass ich auf einzigartige Weise geeignet bin, dir zu helfen. Es ist nämlich so, dass ich deinen Vater kannte.«

Nico wirft mir ein breites Grinsen zu, und ich kann nur mit großer Mühe das Brennen in meinen Augen wegzwinkern. Bloß nicht heulen, Cam. Nicht gerade jetzt.

»Reinhart und ich waren gute Freunde«, fährt Stripe fort. »Wir haben zusammengearbeitet. Er hat wertvolle Artefakte für mein Museum gesammelt, und wir hatten einige ... ungewöhnliche Abenteuer.« Stripe zieht ein Foto aus seiner Brusttasche und reicht es mir. »Wie sehr habe ich ihn die ganzen Jahre lang vermisst!«

Das Foto zieht mich ganz in seinen Bann. Ja, das ist wirklich Dad. Er sieht jung aus – nur ein paar Jahre älter als ich – und trägt die gleiche Kleidung wie Nico bei unserer ersten Begegnung. Neben ihm steht Mr Stripe, hat einen Arm um Dads Schulter gelegt und tippt sich grüßend mit dem Finger an die Hutkrempe.

Ich fahre Dads breites Lächeln mit dem Finger nach. Unglaublich. Die ganzen Geschichten von Oma sind wahr. »Dad ist wirklich durch die Welt gereist?«

»Mehr als das«, sagt Stripe. »Dein Vater hatte ein Talent zum Türenspringen wie kein anderer. Ich konnte ihm nie lange auf den Fersen bleiben. Die ganze Zeit habe ich mich gefragt, was nur mit dir und deiner Schwester geschehen ist, nachdem Melissa ...« Er verstummt.

»Schon in Ordnung«, sage ich und gebe ihm das Foto zurück. »Ich weiß, dass sie nicht mehr da ist.«

Er schenkt mir ein warmes Lächeln. »Und sicher weißt du auch, dass ich für den Sohn von Reinhart Kuhn einfach alles tun würde. Natürlich helfe ich dir.«

Ein Gedanke regt sich in meinem Hinterkopf. Woher weiß ich, dass Dad uns nicht vor diesem Mann verstecken wollte? Vielleicht ist Stripe der unbekannte Verfolger? Aber das ergibt wenig Sinn. Auf dem Foto sieht Dad so glücklich aus. Und Stripe ist Museumskurator von Beruf, noch dazu hat Dad für ihn gearbeitet, und die beiden haben zusammen Abenteuer erlebt. Der alte Herr sieht aus, als könnte er niemandem ein Haar krümmen. Was sollte er mir schon antun, außer mich mit einer langweiligen Geschichtslektion quälen? Und ich brauche wirklich Hilfe. Ohne ihn und Nico habe ich keine Chance, meinen Vater zurückzubekommen.

Stripe legt mir wieder seine warme Hand auf die Schulter. »Alles in Ordnung mit dir, mein Junge?« Die Art, wie er das sagt, lässt mich innerlich schmelzen. Ich habe mir immer vorgestellt, dass Dad mich so anspricht. *Gut gemacht, mein Junge. Ich bin stolz auf dich, mein Junge.*

»Ja, schon«, sage ich. »Ich muss das alles bloß erst mal verarbeiten. Äh, ich meine, vielen Dank für das Angebot, Sir.«

»Dank mir nicht zu früh«, sagt Stripe ernst. »Du weißt ja noch nicht, was ich von dir verlange.«

Ich schaue Nico an, der nur mit den Schultern zuckt.

»Das wird keine leichte Angelegenheit.« Stripe lehnt sich vor und flüstert mir vertraulich ins Ohr: »Nur das Hotel kann enthüllen, was mit Reinhart passiert ist. Also muss jemand dort hingehen und es herausfinden. Und zwar jemand, der an ihn gebunden ist.«

»Ich ... ich verstehe nicht ganz.«

Stripe deutet auf meinen Anhänger. »Die Antwort steckt dort drin. Du hast sie die ganze Zeit um den Hals getragen.« Er richtet sich auf und lehnt sich wieder auf seinen Stock. »Lass mich raten: In letzter Zeit hast du *lebhaft* geträumt. In den Träumen gab es Türen zu Orten, an denen du nie gewesen bist. Es gab Bankette und –«

»Bäume?«

Stripe lächelt. »Na, also.«

»Aber was haben die Träume zu bedeuten?«

»Sie werden von der Münze ausgelöst«, sagt Stripe. »Denn früher war sie mit Bindungsmagie an deinen Vater gefesselt. Wenn ein Objekt an einen Menschen gebunden ist, enthält sie ein Stück von ihm. Das Museum ist voller solcher Artefakte. Als würde man Seelenstücke von Leuten besitzen, die vor langer Zeit gelebt haben. Ihre Erinnerungen und Träume. Die Münze ist wie ein Schlüssel – sie öffnet den Weg zu Reinharts Erinnerungen aus der Zeit, als er für das Hotel der Wünsche gearbeitet hat.«

»Mein Vater ... er war Hotelpersonal wie Nico?«

»Allerdings. Und das Hotel wurde zu seinem Verderben.« Stripe atmet tief durch. »Es wacht eifersüchtig über seine Geheimnisse. Deshalb habe ich Reinhart gebeten, sich hineinzuwagen und mir seine Erkenntnisse zu bringen. Aber statt zum Museum zurückzukommen, ließ Reinhart sich von den Versprechungen des Hotels betören. Er konnte nicht ahnen, dass es ihn zerstören würde. Ich habe am Ende noch versucht, ihn zu retten, aber … vergebens.«

Ich muss schlucken. »Was ist mit ihm passiert?«

»Die Antwort kann uns nur dein Anhänger liefern.« Stripe zieht mich nah an sich heran. »So eine Münze will immer zu ihrem Besitzer zurückkehren, deshalb wird sie uns bei der Suche helfen. Doch die darin enthaltenen Erinnerungen sind nicht für jeden zugänglich. Nur, wer durch Blutsbande mit ihm verknüpft ist – seine Familie –, kann Reinharts Geheimnisse entschlüsseln.«

Ich umklammere Dads Münze. Also hatte Oma recht, und der Anhänger ist tatsächlich etwas Besonderes.

Stripe führt mich zu der Tür am entfernten Ende des Korridors, die mit dem knorrigen H beschriftet ist. »›Der Urlaub deiner Träume‹, so nennen sie es. Hah! Wenn die Gäste nur wüssten, wie sie mit schönen Versprechungen manipuliert werden –«

»Sir«, sagt Nico, »wollen wir ihn wirklich dort hineinschicken?«

Stripe beißt die Zähne zusammen. »Ich fürchte, wir haben keine Wahl.«

»Was ist daran so schlimm?«, frage ich.

»Ich hätte angenommen, gerade du könntest dir die Antwort denken«, sagt Stripe. »Viele durchschreiten die Türen des Hotels, doch nicht alle kehren zurück. Und wer eingeladen wird, dort Gast zu sein, ist hinterher nicht selten … verändert.«

Ich erschauere. »Wieso? Was stellt das Hotel mit ihnen an?«

Nico tritt zu mir vor die Tür. »Die wahre Mission des Hotels ist das am besten gehütete Geheimnis von allen«, sagt er. »Selbst wer es kennt, kann nicht darüber sprechen.«

Stripe schaut auf mich herab, und seine Augen funkeln. »Cameron, ich will ebenfalls wissen, was aus deinem Vater geworden ist. Es war mein Freund, und ich habe darin versagt, ihn zu beschützen.« Er berührt die Münze an meinem Hals. »Du bist zu mir gekommen, weil du um Hilfe bitten wolltest, aber eigentlich ist es umgekehrt. Wir brauchen *deine* Hilfe. Wirst du dich dem Hotel stellen, um deinen Vater zu finden?«

Ich zögere. »Wenn es so gefährlich ist …«

»Gefahr lauert nur für den, der sich vom schönen Schein des Hotels blenden lässt. Was Reinhart passiert ist, konnte nur geschehen, weil er sich ablenken ließ. Solange du dich auf das Ziel konzentrierst, deinen Vater zu finden, droht keine Gefahr.« Stripe legt eine Hand auf Nicos Schulter. »Im Übrigen wirst du dort Freunde und Verbündete finden, so wie Nico hier. Er wird dich mit anderen bekannt machen, denen du vertrauen kannst.« Er wirft dem Jungen, der mich hergebracht hat, einen langen, strengen Blick zu. »Du wirst dich um Cameron kümmern, nicht wahr?«

Nico verneigt sich. »Gewiss, Sir.«

»Gut.« Stripe lächelt mich an. »Mein Sohn, bist du bereit, dich dieser Prüfung zu stellen?«

»Ich … ja, natürlich.« Während ich zurücklächele, drohen die Gefühle aus meiner Brust hervorzubrechen wie ein Alien in einem Horrorfilm. Keine Todesart, die ich auf meine Liste setzen will.

Stripe legt sich eine Hand aufs Herz. »Ich bin so froh, das zu hören. Vielleicht ist Reinhart doch nicht verloren.«

Nico und ich treten durch das Portal ins Hotel, während Mr Stripe in sein Museum zurückkehrt. Kaum hat Nico die Tür hinter uns geschlossen, hüllt mich der Geruch von altem Staub und chemischem Lösungsmittel ein.

Hier auf der anderen Seite befindet sich ein kurzer, enger Flur, der mit Gerümpel vollgestellt ist: schmutzige Regale voller rostiger Werkzeuge und Farbdosen. Servierwagen mit abgebrochenen Rollen. In jeder schummrigen Ecke hängen Spinnenweben, wodurch der Raum eine gruselige Horrorfilm-Atmosphäre bekommt.

»Sieht aus wie die Abstellkammer vom Hausmeister«, sage ich.

»Gut beobachtet.« Nico manövriert sich im Zickzack durch das Gerümpel. »Du kannst ja schlecht durch den Haupteingang spazieren und verkünden: ›Hi, ich suche meinen verschwundenen Vater. Hat ihn jemand gesehen?‹ Natürlich muss ich dich heimlich reinschleusen.«

»Ich dachte nur, das Hotel wäre irgendwie … einladender als das hier.«

»Ist es auch. Aber, Kleiner, das Hotel hat natürlich zwei Seiten. Die Eingangshalle, die du letztes Mal gesehen hast, gehört zur Verpackung. Alles Fassade, und das Personal sorgt dafür, dass sie für die Gäste schön glänzt.« Er wedelt mit der Hand. »Das hier sind die Dienstbotenflure. Die schäbigen Ecken. Kein Glamour weit und breit, aber dafür kann ich sicher sein, dass die Besenkammertür hier unten geheim bleibt.«

Ich schaue zurück auf den Eingang, durch den wir gekommen sind, und speichere ihn als ›Besenkammertür‹ ab.

»Du verrätst doch niemandem davon, oder?«, sagt Nico und packt meine Schultern. »Ganz egal, was passiert, du darfst niemandem von dem Durchgang erzählen.«

»Wem sollte ich es schon verraten?«

»Das Hotel sorgt dafür, dass Dinge schiefgehen.« Er schaut über meine Schulter, als wolle er sich versichern, dass die Tür noch da ist. »Am besten betrachtest du es als feindliches Gebiet.«

Was ich da höre, gefällt mir gar nicht. »Jetzt mal ehrlich, was kann uns denn passieren, falls wir erwischt werden?«

»Tja, dann sind wir Schmorbraten.«

Ich stelle mir vor, wie wir den Hotelgästen als Dinner serviert werden. Garantiert ist das nur wieder so ein Ausdruck von Nico, aber es wäre eine passend fiese Todesart für meine Liste.

Nico führt mich um die Ecke und durch einen geschnitzten Torbogen. In meinen Ohren ploppt es laut, als wir das schäbige Linoleum hinter uns lassen und plötzlich in einem düsteren Gang stehen. Er besteht aus uraltem rauem Felsgestein und festgestampfter Erde. Altertümliche Glühbirnen hinter Drahtgittern tauchen die zerbröckelnden Mauern in ein gelbliches Licht. Der Geruch von Staub und Moder lässt mich husten. Wenn es tatsächlich einen Ort gibt, wo gierige Geister hausen und Kinder stehlen, sieht er bestimmt so aus.

»Wer ist der Typ eigentlich?«, frage ich, als wir unter einem weiteren Torbogen hindurchgehen. »Stripe, meine ich.«

»Habe ich doch schon gesagt. Man nennt ihn den Kurator. Er sammelt Magie aus der ganzen Welt und stellt sie in seinem Museum aus.«

»Aber warum? Und was hat er mit dem Hotel zu tun?«

Nico zuckt die Achseln. »Warum *nicht*? Wenn du dein Leben lang über Magie Bescheid gewusst hättest, würdest du dann nicht möglichst viel davon sammeln wollen?«

»Kann schon sein.« Ich versuche, die Puzzlestücke zusammenzusetzen. »Aber normalerweise nimmt sich ein Museum nicht einfach, was es will, oder?«

»Dabei geht es um mehr, als sich ›einfach was zu nehmen‹«, sagt er und führt mich weiter den dunklen Flur entlang. »Und was das

Hotel betrifft: Es hat ein paar grandiose Vorstellungen von Gut und Böse, und auf den ersten Blick wirkt das alles ganz nett, aber eine Menge läuft hinter den Kulissen ab. Da passieren Dinge, bei denen sich dir die Nasenhaare kräuseln. Also kümmere dich lieber nicht um die Was-hat-das-Hotel-eigentlich-vor-Frage. Die kannst du ruhig mir überlassen ... und Sev, den du bald treffen wirst. Das ist *unsere* Aufgabe, und deine ist, Infos über deinen Dad aus der Münze zu holen. Wenn du das hinkriegst, kommen wir hoffentlich heil und unzerbunden aus der Sache raus.«

Wir biegen um eine weitere Ecke, und mir kommt der Verdacht, dass mit dem Grundriss des Hotels etwas nicht stimmt. Unser Weg erinnert an eine dieser optischen Täuschungen, die einem das Hirn schmelzen lassen, weil Treppen nirgends enden und Gänge in sich selbst münden. Unser Gang gabelt sich, und vor uns liegen drei Holzbögen, die durch Wände getrennt sind. Als wir den rechten betreten, biegt er nach links ab, sodass wir eigentlich durch die übrigen zwei hindurchgehen müssten. Noch dazu gibt es hier Fenster, die eine weite Hügellandschaft zeigen anstatt der angrenzenden Gänge ... als würden die restlichen Räume gar nicht existieren.

»Die Flure überschneiden sich, ohne sich zu berühren«, überlege ich laut. »Wie können sie gleichzeitig am selben Platz sein?«

»Das Hotel ist nur ein Flickenteppich aus Orten, die durch Magie zusammengeheftet wurden. Stimmt, die Korridore sehen so aus, als ob sie sich in einem gemeinsamen Gebäude befinden. Aber ich habe ja schon gesagt, dass du in Wirklichkeit von einer Stelle auf dem Globus zur nächsten reist. Das passiert jedes Mal, wenn du eine Tür oder einen Torbogen durchquerst.«

Wir gehen eine Wendeltreppe hinab, bis wir unter der Erde sein müssten, doch hinter dem nächsten Torbogen sagt mir ein Blick aus dem Fenster, dass wir uns nun höher befinden. Die sonnigen Hügel wurden durch schneebedeckte Berge ersetzt. Und der folgende Bogen verwandelt die Schneelandschaft in eine Steinwüste.

»Also ist das Hotel kein einzelnes Gebäude?«

»Natürlich nicht«, sagt Nico. »Das Hotel ist überall. Ein Foyer in Dubai, Gästezimmer in Neapel ... die meisten Abstellkammern sind irgendwo in Portugal, glaube ich. Die Gänge, durch die wir jetzt gerade gehen, sind innerhalb der Chinesischen Mauer verborgen.«

»Deshalb sehen sie so uralt aus.«

»Genau.« Er lehnt sich vor, um durch ein Fensterloch zu blicken. »Und *deshalb* solltest du dafür sorgen, dass du immer dicht bei mir bleibst. Die Dienstbotengänge sind ein Labyrinth. Vor allem können wir es jetzt gar nicht gebrauchen, dass wir dem Putzgeschwader über den Weg laufen.«

Während wir weitergehen, lasse ich meine Finger über die Steinquader wandern. Die Chinesische Mauer. Cass wäre begeistert. Wenn ich nach Hause komme und ihr davon erzähle ...

Nein, das geht nicht. Ich müsste nur den ersten Satz anfangen, da würde sie schon ihre Reisetasche packen. Es ist sonst schon anstrengend genug, sie davon abzuhalten, zum Zirkus durchzubrennen.

Nico führt mich eine schmale Metalltreppe nach oben, die an einer weinroten Tür mit der Aufschrift ATRIUM endet. Ist das nicht so etwas wie ein Innenhof?

Bevor Nico die Tür öffnen kann, halte ich ihn zurück. »Wieso tust du das alles? Wenn es so gefährlich ist, mich herzubringen, warum gehst du das Risiko ein?«

»Weil Stripe es möchte. Wenn er glaubt, dein Vater ist es wert, dann glaube ich das auch.« Er grinst. »Und außerdem ist es cool, stimmt's?«

»Ich finde es nicht gerade cool, mich in Gefahr zu bringen.«

»Dann hast du nie richtig gelebt, Kleiner.« Er öffnet die Tür, und sofort hüllt warme, nach Blaubeeren duftende Luft mich ein. »Willkommen im Hotel der Wünsche. Wir hoffen, Sie haben einen angenehmen Aufenthalt und finden das Ziel Ihrer Reise.«

5

Russischer Tanz

Nico und ich betreten einen warmen, lichtdurchfluteten Innenhof. Ich atme frische Luft ein, die nach gemähtem Gras und Trauben riecht. Zwitschernde Vögel sitzen in Zedernbäumen, überspannt von einem wolkenlosen Himmel. Das alles ist von einer runden Mauer aus poliertem Marmor umschlossen, die im Sonnenschein glänzt. Kletterpflanzen hängen daran herab, Rosenbüsche wiegen sich in der Brise, und sorgfältig arrangierte Blumen wachsen in riesigen Terrakottatöpfen.

Außerdem gibt es Türen ... unglaublich viele Türen, die mit ein paar Schritten Abstand in die runde Mauer eingelassen sind. Das Sonnenlicht fängt sich gleißend auf ihren farbigen Holzrahmen, die alle ganz und gar einzigartig aussehen. In einen Rundbogen sind Saphire zwischen weiße Mosaik-Kringel getupft, und die Tür trägt ein Muster aus Sternschnuppen. Daneben ist ein Elefant so lebensecht ins Holz geschnitzt, dass die Tür selbst fast eine Armlänge dick sein muss. Dann folgen zwei von Drachen umwundene Pfeiler, auf denen ein geschwungener Querbalken liegt. Die Tür erinnert mich an den Eingang zu Omas chinesischem Lieblingsrestaurant.

Sämtliche Türen sehen genau wie die aus meinen Träumen aus, nur dass sie nicht an einem Baum hängen. Sie setzen sich im ganzen Rund des Innenhofs fort und ähneln sich bloß darin, dass sie alle so verschieden sind. Jede wirkt wie ein Mix aus Symbolen. Auf den Wegen eilen Leute durcheinander, die ich für Hotelangestellte halte, denn sie tragen allesamt Weinrot und altmodische Hosenträger. Manche rollen gefüllte Servierwagen vor sich her, andere Kofferwagen aus Messing. Das ganze Atrium ist so grün und sonnenhell, wie ich es mir von unserem Innenhof zu Hause höchstens erträumen kann. Einen schöneren Ort habe ich noch nie gesehen.

Aber ... war es nicht eben noch Nacht? Und bitterkalt?

Nico biegt nach links unter ein Sonnendach ab. Für ihn sind der plötzliche Wetterwandel und die Zeitumstellung anscheinend keine große Sache.

Ich mache einen Schritt auf den Rasen und starre zum wolkenlosen Himmel hoch. »Es ist mitten am Tag.«

»Hm.« Er umrundet eine Säule und marschiert quer über den Innenhof auf einen Springbrunnen zu: ein prachtvolles Wasserbecken in mehreren Ebenen, in dessen Mittelpunkt ein riesenhafter Baum aus Marmor steht. Wasser fließt von den geneigten Zweigen und wirft goldene Sonnensprenkel auf die Baumkrone.

»Aber ... es ist *Tag*«, sage ich wieder und muss rennen, um hinter ihm herzukommen.

»Und?«

»Gerade war noch Nacht.«

»Ja, *in Texas*.« Nico verdreht die Augen. »Nacht in Dallas heißt gleichzeitig Tag auf der anderen Seite der Welt. Versuch mal, ein bisschen mitzudenken.«

Das kann alles nicht echt sein. Ich meine, ein Teil von mir hat daran geglaubt, sonst wäre ich nicht mitgekommen, aber das hier – die fantastischen Türen und glitzernden Mosaike, der warme Sonnenschein, die schillernd orangen Fische im Springbrunnen ...

»Okay, und wo genau sind wir?«, frage ich, während ein Mädchen in buntem Flattergewand mit haufenweise Schmuck an mir vorbeihuscht.

Nico bleibt vor einer großen, waagerecht geneigten Tafel stehen, über die ein bräunlich vergilbter Pergamentbogen gespannt ist. Die Worte FINDE DAS ZIEL DEINER REISE schnörkeln sich in Bronzeschrift darüber. »Das hier ist das Atrium der Sonnenuhr ... so was wie eine Abkürzung.« Er zeigt auf die römischen Ziffern, die über jeder Tür eingraviert sind. »Siehst du die Zahlen? Sie stehen für Zeitzonen. Es gibt vierundzwanzig.«

Eine Sonnenuhr ... römische Ziffern ... der Innenhof ähnelt dem Ziffernblatt einer riesigen Uhr! Und der Baum des Marmorbrunnens hüllt meine eigene Zeitzone in wässerig schimmernden Schatten. Denn dort ist jetzt Nacht.

Ich drehe mich langsam um die eigene Achse und lasse jede einzelne Tür in dem runden Innenhof auf mich wirken.

»Die Pflockschwellen hier unten werden nur vom Personal benutzt«, erklärt Nico und lehnt sich an die Pergamenttafel. Er nickt hinauf, wo sich ein Geländer am Rand der Atriummauer entlangzieht. »Für die Gäste gibt es ähnliche Türrahmen oben auf der Galerie.«

»Da stehen Leute«, stelle ich fest. Ganze Grüppchen lehnen sich über die Balustrade und schauen dem Personal zu, das unten auf den Wegen hin und her eilt. Ein kleiner Junge spuckt übers Geländer und trifft beinah ein Mädchen in Weinrot, während sie einen Gepäckwagen schiebt.

Plötzlich wird mir bewusst, dass wir hier auf dem Präsentierteller stehen. »Jeder kann uns sehen.«

»Nur die Gäste auf der Galerie. Kein Problem, denn sie haben hier keinen Zugang.« Nico wühlt in seiner Tasche. »Für sie ist das Atrium der Sonnenuhr nur ein weiteres Mysterium des Hotels. Wirklich verstecken müssen wir dich nur vorm Putzgeschwader.«

»Du meinst vor den Zimmermädchen?«, lache ich.

»Glaub mir, du willst dich NICHT mit ihnen anlegen.«

Er zieht seine Münze heraus und steckt sie in einen Schlitz an der Tafel.

Das Pergament erwacht sprühend wie ein Feuerwerk zum Leben. Golden glitzernde Tintenlinien rasen darüber, zeichnen ein Muster von immer größer werdenden Kreisen wie Wasserringe auf einem Teich und illustrieren sie mit Bäumen, Flüssen und Türen.

Ganz zum Schluss lassen die Wirbel aus Bernsteinlicht noch die Worte DU BIST HIER in der Mitte des mittleren Kreises erscheinen.

»Eine Karte!«, rufe ich.

»So etwas in der Art.« Nico zeigt auf das Papier. »Wenn wir alle Teile des Hotels gleichzeitig sehen könnten, würde das nicht viel Sinn ergeben. Also sorgen die Kartentische für den Durchblick. Sie zeigen uns nur, was wir gerade brauchen. Außerdem verfolgen sie sämtliche Münzen, damit wir uns gegenseitig finden können.«

Ich tippe mit dem Finger auf das Pergament, und ein elektrisches Summen vibriert durch meinen Körper. Tintenstrudel malen eine gewundene Linie über die Karte, und neue Pfade tauchen auf. Worte wie *Vereinigte Staaten* und *Texas* erscheinen über einigen Türen, als würde eine unsichtbare Feder sie kritzeln.

Nico zieht hastig meine Hand weg, und die Tintenlinien verschwinden. »Anfassen verboten! Es soll doch niemand wissen, dass du hier bist.«

»Stimmt. Sorry.«

Er tippt auf die Markierung in der Mitte, und die Tinte erwacht wieder zum Leben. Diesmal schreibt sie Bezeichnungen wie *Rio-Saal* und *Pyramiden-Foyer* auf die Tafel.

»Das Atrium ist sozusagen der innerste Kern des Hotels«, sagt Nico und zeigt auf den Kreis, in dem wir stehen. Als er den Finger einen Kreis weiter nach außen zieht, werden die Tintenzeichnungen darin klarer und geraten sprühend in Bewegung. »Das Atrium ist von der Galerie umringt.« Er deutet nach oben auf das Geländer, wo die Gäste uns zuschauen. »Zusammen bilden beide das Herzstück des Hotels. Die Galerie ist eine Art runder Balkon mit Wänden voller Türen. Von dort aus kommt man zum Aufzug-Ring und weiter nach draußen.«

Auf der Karte sind viele weitere Ringe zu erkennen. Der äußerste trägt die Beschriftung *Foyer-Etage*. Dazwischen sind kleinere Kreisformen eingeschoben, aber ich kann nicht erkennen, ob es sich um eigene Orte oder nur um irgendwelche Extralinien handelt.

»Okay …« Nico wendet seine ganze Aufmerksamkeit dem Kartentisch zu. »Wo steckt Sev?«

Die Linien schlängeln sich über das Pergament und bilden Worte wie *Romantische Dinner-Party*, *Internationales Bingo-Turnier* und *Dim-Sum-Buffet*. Mein Magen knurrt bei dem Gedanken an ein richtiges Abendessen, denn ich konnte mich bisher nur am Snackautomaten im Krankenhaus bedienen.

Ich hoffe, Cass geht es gut.

»Da.« Nico legt den Finger auf eine Tür mit der Aufschrift *Russische Cocktails* und einen winzigen Kreis, der als *Vsevolod Pronichev* markiert ist. »Komm mit.«

Er folgt einem der Wege, die vom Brunnenbaum ausgehen. Sein Ziel ist eine Tür zwischen zwei gedrehten bunten Säulen mit Spitzen, die aussehen wie Zwiebeln.

»Hier geht es zum russischen Zweig des Hotels«, sagt er. »*Dobro pozhalovat!*«

In meinen Ohren ertönt wieder ein nerviges Ploppen, als wir den nächsten Dienstbotenflur betreten. Ich würde Nico gerne fragen, wieso das passiert, aber ich muss mich schon genug anstrengen, um hinterherzukommen.

»Ich mag Russland«, sagt Nico und nickt im Vorbeigehen einem Jungen in meinem Alter zu, der einen Putzeimer vor sich herschiebt. »Die Gebäude sind echt cool.«

»Oma hat eine Postkarte vom Roten Platz, die Dad ihr mal geschickt hat.«

»Ja, genau. Die Zwiebeltürme da haben irre viele Farben.«

Wir nehmen die dritte Tür im Gang – das Schild daran trägt die Aufschrift POCCNR, allerdings sind das N und R rückwärts geschrieben – und schon treten wir auf der anderen Seite durch eine getarnte Tapetentür mit Blumenmuster in einen prunkvollen Ballsaal. Der Klang eines beschwingten Streichorchesters mischt sich mit dem betörenden Duft von Parfüm. Männer in maßgeschneiderten Anzügen und Frauen in glitzernden Kleidern plaudern in einer unverständlichen Sprache. Alle halten volle Gläser in den Händen, lächeln, lachen, tanzen.

Russland. Wir sind in Russland. Ich war noch nicht mal in einem anderen US-Bundesstaat als Texas.

Ein Bleigewicht senkt sich auf meinen Magen. Ich weiß nicht, ob ich mit all den neuen Eindrücken klarkomme, die gleichzeitig auf mich einstürzen. »Total dumme Idee«, murmele ich, als Nico sich an Paaren vorbeischiebt, die im farbigen Licht über die Tanzfläche wirbeln. »Wir sollten wieder gehen.«

Nico macht eine höflichen Verbeugung vor jedem Gast, während er sich über den blank polierten Boden manövriert. »Zu spät, Kleiner.«

Er zeigt auf einen Jungen im Oberstufenalter, der neben einem mit Speisen überladenen Tisch steht. Sein Gesicht wirkt gleichzeitig sonnengebräunt und unterkühlt, und eine auffällige Schärpe in Weinrot mit braunen Fransen ist über seiner Schulter drapiert. Er spricht mit einem Mädchen in Hotelkluft. Sie ist viel kleiner als er und trägt ein Kopftuch, einen Hijab aus schwarzem Satin.

»Warte hier.« Nico schnappt sich ein Mini-Sandwich von einem Messingtablett, das gerade von einem Angestellten vorbeigetragen wird. »Rühr dich nicht vom Fleck!«

Er schlingt das Sandwich herunter und beeilt sich, den Jungen auf sich aufmerksam zu machen.

Alles geht viel zu schnell. Ich versuche, nicht darüber nachzudenken, was wir hier tun, aber in meinem Kopf schrillen die Alarmglocken. Omas Geschichten, Stripes Warnungen, Nicos Voraussage, dass man immer einen Preis dafür zahlt, die Schwelle des Hotels zu übertreten. Der Gedanke, dass ich mich tatsächlich in einem *magischen Gebäude* befinde. Was, wenn das alles eine Falle ist? Möglich, dass ich mich ahnungslos genau den Personen ausliefere, vor denen Dad uns verstecken wollte. Und Cass – ich habe sie einfach alleingelassen. Was für ein Bruder tut so etwas?

Das Mädchen mit Kopftuch stürmt durch den Ballsaal davon,

und schon ist Nico mit dem zweiten Jungen bei mir. Sie schieben mich durch eine Seitentür in einen dunklen Korridor.

Der Junge schließt die Tür hinter uns, und die Partygeräusche verstummen schlagartig. »Also«, sagt er mit tiefer Stimme und russischem Akzent, »den hat Stripe geschickt?«

Ich schlucke schwer. Der Typ ist riesig. In seine bärenstarke Gestalt würde ich gleich zweimal hineinpassen. Es kommt mir vor, als würde er mich völlig überschatten.

Dann lässt ein winziges Lächeln seinen stoppeligen Mundwinkel hochzucken. »Vsevolod Pronichev.« Er hält mir eine Hand entgegen. »Man nennt mich Sev.«

Ich zögere, aber nach einem aufmunternden Nicken von Nico schüttele ich Sevs Hand. Sein Griff ist fest, die Handflächen rau und schwielig.

»Kommt«, sagt Sev. »Wir brauchen einen Platz, wo wir ungestört sind.«

Er führt uns durch einen weiteren Korridor zu einem Fahrstuhl, dessen Doppeltüren das Baumsymbol tragen, und drückt auf den Knopf.

Ich lasse meine Finger über die Metallgravur fahren. An diesem Ort begegnet mir der Baum aus meinen Träumen überall. Auf einem Foto von Mom und Dad stehen sie vor genau so einer Fahrstuhltür. Sie waren wirklich *hier*, genau wie ich jetzt. Ich beiße mir auf die Lippe, um das Gefühlschaos zu unterdrücken, das in mir hochwallt. Ich habe nie etwas zusammen mit ihnen machen können, aber das hier kommt dem sehr nahe.

Der Fahrstuhl erscheint mit einem Ping, die Türen gleiten auf und teilen den Metallbaum in der Mitte. Ich kann geradezu sehen, wie eine Hand mich hineinwinkt.

Nico wirft einen Blick den Korridor entlang. »Sollten wir uns Sorgen wegen Rahki machen?« Ich nehme an, dass er von dem Mädchen spricht, das davongestürmt ist.

Die tiefe Stimme von Sev hallt in der Aufzugkabine wider, als wir einsteigen. »Sie wird nichts tun. Vertrau ihr.«

Der Fahrstuhl besteht auf allen Seiten aus Glas. Doch was mir den Atem verschlägt, ist die Aussicht dahinter. Jede Wand ist ein Fenster, das einen anderen Ort zeigt. In einem sehe ich eine nächtliche Metropole voller leuchtender Hochhäuser, Autos und Straßenlaternen. Die nächste Wand zeigt schroffe, moosbedeckte Hügel, die von Nebel umhüllt sind. Gegenüber davon befindet sich eine Landschaft aus bleicher, rissiger Erde, die sicher seit Jahren kein Wasser mehr gesehen hat, und darüber ein azurblauer Himmel.

Sev presst den Knopf für die einundzwanzigste Etage. »Dieser Aufzug ist normalerweise für Gäste vorgesehen«, sagt er, »aber ich glaube, er ist eine gute Erfahrung für dich.«

Die Kabine beginnt nach oben zu fahren, aber es fühlt sich an, als würden wir uns gleichzeitig seitwärts bewegen. Einmal bin ich sogar ziemlich sicher, dass wir die Richtung ändern. Aber die Landschaften hinter dem Fensterglas ändern sich nie. Wenn man darauf schaut, bekommt man den Eindruck, wir würden uns überhaupt nicht vom Fleck rühren.

Ich lege die Hand auf die durchsichtige Wand, die sich zwischen mir und der flachen bleichen Wüste befindet. Die Hitze dahinter wärmt meine Handfläche. Als Nächstes berühre ich das Kabinenfenster mit den grünen Nebelhügeln und spüre, wie Kälte gegen meine Finger prickelt. Ob ich mich je daran gewöhnen werde? Bisher will mir das alles nicht in den Kopf. Ich befinde mich im Grunde an mehreren Orten gleichzeitig.

»Ist das alles echt?«, frage ich und starre auf die lebendige Metropole, die sich unter mir ausbreitet.

Nico gesellt sich zu mir und schaut ebenfalls durchs Fenster. »Und ob. Die ganze Welt liegt nur einen Schritt weit entfernt.«

Die Suche meines Lebens hat endlich begonnen. Dad ist irgendwo dort draußen, das fühle ich. Nicht mehr lange, dann werde ich ihn wiederhaben. Und dann ist endlich alles, wie es sein sollte.

6

Der Türhüter vom Zimmer 2109

Als der Fahrstuhl sich öffnet, liegt vor mir ein Flur mit dickem, gemusterten Teppichboden. In Wandleuchtern flackern Glühbirnen, die dicken Türen sind nummeriert – 2103, 2104, 2105 –, und dazwischen hängen gerahmte Bilder von Bären.

Sev hält beim Zimmer 2109 an und steckt einen Schlüssel ins Schloss, wobei ein blasses, silbriges Leuchten aufflammt. »*V gostyah horosho, a doma lutshe.*«

Nico übersetzt. »Ein Gast zu sein ist schön, Zuhause zu sein ist am schönsten.«

Sie haben ja keine Ahnung, wie wahr das ist.

Sevs Zimmer ist klein, aber gemütlich. Die Wände sind aus dunklem Schiefer, und es riecht wie im Werkraum unserer Schule. Rundherum stehen Regale, die mit Büchern, Schraubgläsern und kleinen Schnitzfiguren überladen sind. Im grauen Licht des Fensters tanzen Staubwolken durch die Luft. Sägespäne liegen haufenweise auf dem Boden, auf dem Lederstuhl und sogar vor dem Bett.

»Himmel, Sev.« Nico fährt mit dem Finger durch den Holzstaub, der den Tisch bedeckt. »Putzt du diese Rumpelkammer eigentlich nie?«

»Würde nichts bringen. Außerdem ist es schön warm.« Er räumt die Werkzeuge vom Tisch. »Hast du mir Land mitgebracht?«

Nico holt das Schraubglas mit der Erde aus Omas Garten aus der Tasche. »Nebenbei habe ich einer Tür eine neue Bindung verpasst.«

Sev hebt eine Augenbraue.

»Ich muss halt üben«, sagt Nico. »Außerdem war das der einzige Weg, ihn zum Treffen mit Stripe zu bringen.«

»Ich glaube kaum, dass ausgerechnet du Bindungsmagie üben musst.« Sev hält das Glas hoch und schüttelt es, dann stellt er es neben Hunderte anderer kleiner Gefäße voll Erde. »Und Stripe hat zugestimmt, dass du ihn herbringst?«

»Er hat es mir mehr oder weniger befohlen.« Nico lässt sich auf den Ledersitz fallen. Staub wirbelt empor. »Das ist eine Story, die du echt hören musst. Erzähl's ihm, *Kleiner.*«

Ich zögere, denn eigentlich habe ich nie zu den Leuten gehört, die viel reden. Jetzt fühlt es sich an, als würde ich jedem meine Lebensgeschichte auf die Nase binden. Andererseits macht es wenig Sinn, vor Nicos Verbündetem etwas geheim zu halten, was er selbst schon weiß.

Also erzähle ich Sev alles. Auch die Teile der Geschichte, die ich von Stripe erfahren habe. Sev lauscht jedem Wort, ohne mich zu unterbrechen oder auch nur den Blick abzuwenden. Man hat das Gefühl, wir zwei seien die einzigen Menschen auf der Welt.

Als ich fertig bin, reibt er sich die Brauen. »Dein Geheimnis zu bewahren dürfte schwierig sein, wenn du im Hotel bleibst.«

»Warte mal, wieso *bleiben?*«, protestiere ich. »Ich bin nur kurz hergekommen, um mehr über die Münze rauszufinden, dann muss ich zurück nach Hause.«

Nico schüttelt den Kopf. »So wird es nicht funktionieren.«

Was er da sagt, gefällt mir gar nicht. »Wenn ich nicht bald zurück bin, machen Oma und Cass sich Sorgen. Wahrscheinlich rufen sie die Polizei und lassen mich suchen.«

»Was du dir wünschst, braucht eine Weile«, sagt Sev. »Du willst doch an die Erinnerungen deines Vaters kommen. Damit die Münze sie freigibt, braucht sie Zeit im Hotel.«

»Dann lasse ich eben die Münze hier!«

»Die Magie funktioniert aber nicht ohne dich«, sagt Nico. »Keine Sorge, wir werden dich gut verstecken.«

Sev runzelt die Stirn. »Er bringt unseren Auftrag in Gefahr. Das Risiko wächst mit jedem Moment, den er hierbleibt.«

»Er ist *Teil* des Auftrags!«, schießt Nico zurück.

»Äh, welcher Auftrag denn?«, frage ich. Beide schauen mich an, als hätten sie einen Moment lang vergessen, dass ich existiere.

»Mach dir darum keinen Kopf«, sagt Nico und beobachtet, was Sev für eine Miene zieht. »Dein Job ist nur, deinen Vater zu finden. Für deine Sicherheit sorgen wir. Ehrenwort.«

Sev seufzt. »*Bez truda, ne vitashish i ribku iz pruda.* Ohne Mühe fängt man keine Fische. Gut, du musst bleiben.«

»Und was passiert, wenn wir Dad gefunden haben?«, frage ich.

Nico zuckt mit den Schultern. »Dann könnt ihr beide nach Hause gehen. Ein Fingerschnipp.« Sein Blick verdunkelt sich. »Schwierig wird es nur, falls du in den Geheimnissen des Hotels rumstocherst. Deshalb sollst du auch nichts weiter machen, als deinen Vater zu suchen. Wir beide stecken hier fest. Ihr nicht.«

Sev nickt zustimmend.

»Ich … das geht nicht«, sage ich. Vor dem Fenster steht die Sonne hoch am Himmel. Ich habe keine Ahnung, welche Tageszeit gerade zu Hause in Dallas ist. Irgendwann werden Cass und Oma aus dem Krankenhaus zurückkommen. Dann braucht Cass jemanden, der ihr bei den täglichen Dingen hilft, bis sie wieder über den Berg ist. Zum Beispiel ihren Rollstuhl in Omas Kombi heben und festmachen. Oma ist so schnell erschöpft und langsam zu alt, um solche Sachen allein zu machen.

Aber genau deshalb bin ich ja im Hotel, oder? Um jemanden zu finden, der für uns alle sorgen kann.

Sevs Blick wird milder. »Die Entscheidung liegt bei dir. Du hast die Wahl. Egal, was du sagst, wir nehmen es dir nicht übel.«

Ich habe nicht gerne zu viele Wahlmöglichkeiten, und sofort veranstalten meine Gefühle ein wildes Tauziehen. Wofür ich vom Schicksal bestimmt bin, weiß ich ziemlich sicher: mein Leben zu Hause zu verbringen. Am besten nie wieder vor die Tür zu treten. Aber hier geht es um Dad. Mehr noch … es geht um meine Schwester. Cass und Oma behaupten immer, ich bräuchte mir um sie keine Sorgen zu machen. Aber jemand muss sich doch um die beiden kümmern. Und um *mich*. Ich will auch, dass sich jemand um mich sorgt. Ich stelle es mir toll vor, Eltern zu haben, die das übernehmen.

Aber das ist egal. Ich kann sie jedenfalls nicht tagelang allein lassen.

»Es geht nicht«, sage ich noch einmal, auch wenn ich mich selbst dafür hasse. Ich klinge wie ein Feigling. »Meine Familie braucht mich.«

Sev schaut mir in die Augen. »Deine Familie ist aber nicht verloren. Dein Vater schon.«

Ich balle die Hände zu Fäusten. Es gibt so viel, was ich an diesem Ort nicht verstehe. Oma hat gesagt, sie würde jeden Preis bezahlen, aber ich glaube, das kann ich nicht. Dad zu finden war bloß ein leerer Wunsch. Ich kann nicht auf der Suche nach ihm durch die Welt reisen. Ich bin doch einfach nur Cam. Ängstlich. Unauffällig. Eben Cam.

Bumm – bumm – bumm!

Ein Hämmern an der Tür lässt uns alle zusammenfahren.

»Putzgeschwader!«, brüllt eine Stimme. »Sofort öffnen!« Bumm – bumm – bumm!

»Das ist die Mamsell!« Sev zeigt auf ein Fenster. »Wir müssen ihn verstecken. Da draußen.«

Nico reißt das Fenster auf, und ein eisiger Windzug wirbelt um mich herum. Sev hilft mir, über das Fensterbrett in den Pulverschnee zu klettern. Seine Wohnung liegt im Erdgeschoss. Das Gebäude ist von einem Zaun umschlossen, dessen gewundene Eisenstäben voller Eiszapfen hängen. Die Straße dahinter dampft vor Nässe. Grauer Schneematsch türmt sich vor einem großen, historisch aussehenden Bauwerk, das nur aus spitzen Zwiebeltürmen, Schmiedeeisen und Reihen blickdichter Fenster zu bestehen scheint. Die Luft ist so kalt, dass sich in mir alles zusammenzieht.

»Tretet die Tür ein«, höre ich die Frauenstimme sagen, während Nico das Fenster zuwirft und mich draußen ausschließt.

Ich ducke mich hinter die Büsche und presse meinen Rücken gegen die kalte Backsteinmauer. Gedämpfte Stimmen sind durch das Glas zu hören. Eine Frau bellt Kommandos. Das alles ist doch lächerlich. Ich verstecke mich draußen im Schnee, weil Sev und

Nico Angst vor den Zimmermädchen des Hotels haben? Was sollen die schon tun? Uns mit dem Wischmopp verprügeln?

Ich schlinge die Arme eng um den Körper und starre auf die Kathedrale, die auf der anderen Straßenseite über die Häuser ragt. Das hier ist garantiert nicht Dallas. Ich weiß nicht einmal genau, wo ich bin. Cass wäre hingerissen. Sie würde schon ausrasten vor Begeisterung, wenn sie *überhaupt* reisen könnte, schließlich ist Fliegen nicht so einfach für sie. Aber das hier würde alles toppen. Sie wäre völlig fasziniert, weil im Hotel jede Kleinigkeit blitzt und glänzt wie frisch geprägte Münzen ... Neue Sachen sind wir nämlich nicht gewohnt. Oma muss jeden Cent zweimal umdrehen. Fast alles, was wir benutzen, ist secondhand. Cass würde bleiben wollen. Garantiert. Vielleicht nicht, um Dad zu finden, aber einfach so. Weil sie durch das Hotel alle Orte besuchen könnte, die bisher unerreichbar waren. Cass wäre mutig genug, sich dem Unbekannten zu stellen. Also, warum schaffe ich das nicht?

Ich linse durch den Busch und über das Fensterbrett nach drinnen, doch jemand hat einen dünnen, durchscheinenden Vorhang zugezogen. Durch den Stoff erkenne ich nur schemenhaft die Umrisse von Sev, Nico und einer dritten Person – vermutlich der so genannten Mamsell. Sie wird von zwei bulligen Schattengestalten in Anzügen flankiert.

Ihre Silhouette erinnert nicht gerade an die von einem Zimmermädchen. Die Hose und Jacke sind geradezu militärisch geschnitten, und an ihrer Hüfte sehe ich so etwas wie eine Schwertscheide hängen. Sie hat eine Stimme wie ein General, der Fußsoldaten zusammenstaucht, und schreit damit Nico und Sev an.

Todesart 899: zornige Zofe.

Der Wind peitscht mir um die Ohren. Es gibt eine Menge Arten, wie man durch Kälte sterben kann. Nr. 221: Die Hände und Füße gefrieren, bis sie schwarz und steif werden und abfallen. Nr. 224: Wenn man zu kalte Luft einatmet, wird das Wasser in den Lungen zu Eis. Nr. 237: Die Körpertemperatur sinkt so tief, dass sich das Gehirn von selbst abstellt. Nichts davon erscheint mir erstrebenswert.

»Komm rein«, flüstert Nico nach einer Weile und hält mir eine Hand hin, um mich über das Fensterbrett zurück nach drinnen zu ziehen. Die Mamsell ist nirgends zu sehen. »Wir müssen dich zurück nach Dallas bringen, bevor noch mehr schiefläuft.«

Mein ganzer Körper fühlt sich schmerzhaft steif an. Ich genieße die Wärme, die aus Sevs Heizung wabert. Meine Zähne klappern, und die beiden rubbeln mir die Arme, um mich aufzuwärmen.

»I-i-ihr seid sie l-l-losgeworden?«

»Für eine Weile.« Sev wickelt mir eine dicke Wolldecke um die Schultern und wirft Nico einen angespannten Blick zu.

»W-w-was ist mit eurem P-p-plan?«

»Einen Plan, wie wir dich verstecken sollen, obwohl das Putzgeschwader von dir weiß? So etwas haben wir nicht.« Sev seufzt. »*Vek zhivi, vek uchis.*«

»Man lernt nie aus«, übersetzt Nico, auch wenn ich ihm ansehe, dass er von Sev lieber etwas anderes gehört hätte. »Ich habe dir ja gesagt, dass wir Rahki nicht trauen können.«

»D-d-das Mädchen aus d-d-em B-ballsaal?«

Sev lässt den Kopf hängen. »Sie meint es gut.«

»Mir ist s-s-so k-kalt.« Das ist alles, woran ich im Moment denken kann. Kalt. Kalt. Muss warm werden.

Nico drückt sein Ohr gegen die Tür. »Ich glaube, sie sind weg. Wir müssen los. Jetzt sofort.«

»D-d-d-anke.« Ich reiche Sev die Decke zurück.

Er nimmt sie und schüttelt meine Hand. »Denk manchmal an uns. Ich wünschte, wir könnten mehr für dich tun.« Seine Augen lächeln, und ich weiß, dass er es wirklich so meint. *»Shastlivovo puti.«*

Nico und ich hetzen durch die Dienstbotenflure. Von dem Gerenne wird mir zwar wieder warm, aber nicht genug, um mit Nico mitzuhalten.

»Beeil dich schon, *Kleiner*«, sagt er, und ich balle die Hände zu Fäusten. Langsam reicht es mir. Ich schwöre, wenn er mich noch einmal mit diesem Spitznamen anredet, dann boxe ich ihm auf die Nase. Wir sind praktisch gleich alt! Ich bin kein Kind mehr.

»Wohin gehen wir?«, frage ich. »Ist der Fahrstuhl denn nicht dahinten?«

»Labyrinth aus magischen Türen, schon vergessen?«

Nico drückt gegen eine Wand, die zurückweicht und einen versteckten Gang enthüllt. Auf der Treppe nach unten nehmen wir zwei Stufen auf einmal und erreichen eine schwach erleuchtete Halle mit Holzvertäfelung und einem abgetretenen grünen Teppich. Dann folgen die dunklen, modrigen Steingänge, die ich schon kenne.

Das Hotel zu verlassen ist vielleicht ein Fehler, aber ich kann nicht bleiben. Ich muss mich zu Hause um so viel kümmern.

Nach ein paar Abzweigungen sind wir fast wieder bei der Besenkammer, aus der wir ursprünglich gekommen sind.

»Hab's doch gesagt«, prahlt Nico, »ein Fingerschnipp. Wir sind hier raus, bevor du es glaubst.«

Er umrundet eine Treppe, und wir befinden uns in dem Flur voller Gerümpel, der zur Besenkammer-Tür führt.

Da bemerke ich ein Geräusch hinter uns. Schritte. Ich drehe

mich um und sehe einen Mann und eine Frau in schwarzen Anzügen den Flur entlangmarschieren, gefolgt von dem Mädchen aus dem Ballsaal und einer einschüchternden Gestalt, bei der es sich vermutlich um die Mamsell handelt.

Sie durchbohrt mich mit Blicken. Ihre grauen Haare sind zu einem straffen Dutt zurückgebunden, und eine Brandnarbe verläuft senkrecht über ihr strenges Gesicht. Im Vergleich zu den Smoking-Typen wirkt sie eher schlank, aber wie sie so entschlossen auf uns zumarschiert, macht sie den Eindruck, als könne sie mich zertrampeln wie einen Käfer (Fiese Todesart Nr. 136).

»Äh, Nico?« Ich ducke mich um die Ecke und sehe, dass er sich bereits durch die Servierwagen schiebt. »Sie sind hier.«

Nico bleibt stehen und lauscht, wobei er den silbernen Schlüssel schon in der Hand hält. »Nicht gut.« Er schiebt den Schlüssel zurück in die Tasche.

»Was machst du da?«, frage ich. »Öffne die Tür!«

»Ist schon okay. Du hast doch noch die Münze, die ich dir gegeben habe?«

»Nein. Die hast du dir wieder genommen.«

Er verdreht die Augen. »Check mal deine Tasche.«

Also greife ich hinein und ziehe eine kleine, goldlackierte Scheibe hervor. Offenbar hat er sie mir heimlich zugespielt. Schon wieder.

Nico packt meine Hand und schiebt sie hastig zurück in die Jeanstasche. »Steck das wieder ein! Und halt dich an mich.«

Rahki und die anderen kommen um die Ecke und bauen sich siegessicher vor uns auf. Die Frau links lässt ihre Knöchel knacken, der Mann rückt sich das Hemd zurecht. Rahki zieht einen Holzstab aus ihrem Gürtel und umfasst ihn mit beiden Händen wie eine Waffe.

Ich verstecke mich hinter Nico, damit die Mamsell mich nicht weiter mit Blicken durchbohren kann.

»Miss Rahkaiah war der Meinung, es würde sich auszahlen, noch in Sichtweite des Zimmers zu warten, und sie hatte recht.« Sie rollt manche Laute, als könne sie sich nie ganz für einen entscheiden. Ich glaube, der Akzent ist französisch, aber bin mir nicht sicher. »Mr Nico, alle Eindringlinge werden direkt zu mir oder dem Alten Herrn gebracht. Das wissen Sie.«

Nico verbeugt sich tief. »Verzeihen Sie mir.«

Die Mamsell schiebt ihn zur Seite, tritt vor mich und mustert mich von oben bis unten. Ich kann ihr Parfüm riechen, das irgendwie an Walnuss erinnert. »Und wen haben wir hier?«

Ich schlucke. »Mein Name ist Cameron.«

Ihre Augen werden schmal. »Cameron … und weiter?«

Ich klappe den Mund auf, aber kein Laut kommt heraus. Schließlich kann ich ihr nicht sagen, dass ich Kuhn heiße, oder? Wenn Dad hier früher gearbeitet hat, würde sie den Namen bestimmt erkennen.

»Äh, Jones«, sage ich und benutze den Nachnamen meiner Oma. »Cameron Jones.«

»Sind Sie sich da ganz sicher?«, fragt die Mamsell.

Ich nicke. Nico ebenfalls.

Der Hotelmitarbeiter blättert die Zettel auf seinem Klemmbrett durch. »Er steht nicht auf der Gästeliste.«

»Nein, das habe ich auch nicht erwartet.« Ihr Blick bohrt sich noch tiefer in mich. »Wie sind Sie hier hereingekommen, Mr Cameron? Durch welche Tür?«

»Die … äh … Dallas-Tür?« Auf keinen Fall die Besenkammer-Tür hinter uns, so viel ist sicher.

»Er wollte sich reinschleichen«, fügt Nico hinzu. »Zuerst hatte ich vor, ihn zu melden, aber er hat eine Münze, also –«

Die Mamsell richtet ihren durchdringenden Blick auf ihn. »Eine Münze?«

Ich hole das Halsband unter meinem Shirt hervor.

Sie schnappt danach und zieht mich ruckartig zu sich heran. Während sie Dads Münze zwischen den Fingern dreht, summt sie zufrieden vor sich hin. »Nicht Ihre eigene, nehme ich mal an?«

Ich bin nicht sicher, was ich antworten soll. Stripes Warnung schießt mir durch den Kopf: Viele durchschreiten die Türen des Hotels, doch nicht alle kehren zurück. Sie verschwinden spurlos, so wie Dad. Wenn ich die falsche Antwort gebe, lässt mich das Hotel dann auch verschwinden?

»Antworte, Bengel!«

»Nein, nicht meine eigene, Ma'am.« Ich schlucke. Auf keinen Fall darf ich verraten, dass die Münze meinem Vater gehört hat. Falls diese Leute in der Geschichte meiner Familie wirklich die Bösen sind, so wie Stripe behauptet, werfen sie mich vielleicht in eine Zelle, aus der ich nie wieder rauskomme. »Ich habe sie ... gefunden.«

»Hmm. Und warum haben Sie ihn hierher in die Dienstbotenflure gebracht?«, fragt sie Nico.

Er funkelt Rahki wütend an, bevor er sich der Mamsell zuwendet. »Ich wollte ein Kurzzeit-Versteck für ihn finden, wo die Gäste ihn nicht sehen. Dann wäre ich zu Ihnen gekommen und hätte gefragt, wie es weitergehen soll. Na ja ... da er eine Münze hat, dachte ich, das sei okay.« Die Lüge klingt aus seinem Mund so überzeugend, dass ich sie selbst fast glaube.

Sie nickt in Richtung der Tür hinter den Regalen. »Ich kann mich an diesen Durchgang nicht erinnern. Hat er eine Bindung?«

Er schüttelt den Kopf. »Keine Ahnung.«

»Öffnen Sie ihn.«

Nico gehorcht. Man merkt ihm am, dass er es gewohnt ist, von ihr Befehle entgegenzunehmen. Ob er es genauso gewohnt ist, sie anzulügen? Tja, das spielt jetzt wohl keine Rolle mehr. Denn gleich wird sie sehen, wohin die Tür führt, und dann wird das Ganze als noch größere Katastrophe enden.

Nico drückt die Klinke hinunter – aber hinter der Tür liegt nichts als eine Kammer voller Putzmittel.

Die Mamsell verzieht das Gesicht. »Mr Nico, Sie wissen, was ich meine. Benutzen Sie gefälligst Ihren Personalschlüssel.«

Nico sucht in seiner Tasche herum, dann steckt er den Schlüssel wieder mitten in die Tür, wo er funkelnd ins Metall einsinkt. Nico dreht ihn um, zieht die Tür auf, und dahinter erscheint ...

Dieselbe Kammer voll Putzmittel wie zuvor. Nichts weiter.

Dann fällt mir der Schlüssel auf. Er ist nicht silbern, sondern messingfarben. Nico hat den Hotelschlüssel genommen, mit dem er damals die Dallas-Tür zum Foyer geöffnet hat.

Mit anderen Worten, er hat die beiden vertauscht.

Meine Hand wandert wie von selbst zu meiner Hosentasche. Dort ertasten meine Finger zuerst Nicos Münze und dann ein längliches Metallobjekt.

Er hat mir den Silberschlüssel für Stripes Korridor zugesteckt. Clever.

Die Mamsell schnaubt verärgert. »Wir gehen. Bringen wir den Burschen zum Büro des Alten Herrn. Mr Cameron ist dem Hotel noch etwas schuldig.«

7

Der Alte Herr und sein Meer

Das Spiel ist aus. Das Hotel hat mich geschnappt, und jetzt wird man mich auf eine einsame Insel vor der Balinesischen Küste verbannen, wo mir beim Überleben nur Kokosnüsse und Willensstärke helfen. Dabei *habe* ich eigentlich keine Willensstärke. Also werde ich wohl einer Fiesen Todesart der Kategorie ›Hungertod‹ zum Opfer fallen.

Die Mamsell verschränkt die Hände hinter dem Rücken und wartet darauf, dass wir in den Aufzug steigen.

Der Fahrstuhl unterscheidet sich deutlich von dem, der uns zu Sevs Zimmer gebracht hat. Schon die Außentüren zeigen nicht das vertraute Baumsymbol auf goldenem Grund, sondern bestehen aus düsterem Metall mit Schnörkelmuster. Innen erwarten uns keine Aussichtsfenster, sondern nur ein klapperiger Eisenkäfig, umgeben von Dunkelheit. Ich würde diesem Ding nicht zutrauen, mich auch nur eine Etage weit zu befördern.

Rahki steigt zuerst ein. Ich folge Nico und starre durch das Gitter, das mich daran hindert, mich über den Rand nach außen zu lehnen.

»Der Schacht«, flüstert Nico.

Das einzige Licht stammt von einem kreisrunden Stück Himmel unendlich weit über uns und reicht nur, um den Schacht bis zur Hälfte zu beleuchten. Man hat das Gefühl, aus dem Inneren eines Vulkans nach oben zu blicken.

»Die Gitter sind nachträglich eingebaut worden«, sagt Nico mit einem Nicken zu dem Drahtnetz, das an einen Käfig erinnert. »Es gibt Gerüchte, dass jemand in den Abgrund gefallen und gestorben sei.«

Rahki räuspert sich tadelnd.

»Ach, halt die Klappe.« Nico streckt ihr die Zunge heraus.

»Das reicht«, befiehlt die Mamsell vor der offenen Fahrstuhltür. Aus der Nähe sieht sie noch mehr wie eine Generalin aus. Farbige Schulterteile schmücken die weinrote Jacke, und die Hose hat eine perfekte schnurgerade Bügelfalte. Die Mamsell lehnt sich durch die Käfigtür, zeigt auf einen Fahrstuhlknopf mit dem Kürzel UG und blafft in Rahkis Richtung: »Bring die beiden ins U-Geschoss zu Agapios, und komm hinterher zu mir. Ich will wissen, was der Alte Herr entschieden hat.«

»Jawohl, Ma'am.« Rahki schiebt die Gittertür zu.

»Und Mr Nico«, sagt die Mamsell durch die Käfigstäbe, »wir sehen uns morgen pünktlich zu Ihrer Arbeitsschicht. Das heißt, wenn Sie dann noch zu unserem Haus gehören.«

Die Metalltüren schließen sich, und wir sind mit Rahki in der Kabine eingesperrt.

Das Gefährt setzt sich ruckelnd nach unten in Bewegung. Ich

klammere mich ans Geländer und konzentriere mich auf den Anblick des gigantischen Felsenschlots. Mein Blick folgt den Wänden des Schachts nach unten, tiefer und tiefer. Der Abgrund scheint kein Ende zu nehmen, zumindest sehe ich keinen Boden. In dem Hohlraum entdecke ich weitere Fahrstühle, die mir furchtbar weit entfernt vorkommen. Sie hängen wie Achterbahnwaggons an eisernen Schienen. Manche sind rundum geschlossen und glänzen golden wie unsere vorige Kabine, andere ähneln Käfigen. Die Schienen führen nach oben, nach unten, sogar diagonal oder parallel nebeneinander und tragen die Fahrstühle in alle möglichen Richtungen auf Türen zu, die in die Schachtwände eingelassen sind.

Nico hat gesagt, Aufzüge gäbe es überall im Hotel, aber anscheinend kommt man, wenn man durch eine Fahrstuhltür tritt, immer zu diesem Schacht.

»Das war echt mies, Rahki«, sagt Nico, während wir nach unten rattern. »Warum konntest du nicht einfach mal ein Auge zudrücken?«

Rahkis Stimme klingt giftig. »Man bringt keine Unbefugten ins Hotel, Nico. Das weißt du genau.«

»Aber Cam *ist* befugt.« Er zeigt auf mein Halsband. »Legal gemünzt.«

»Das werden wir noch sehen.«

Der Käfig schüttelt sich, und ich umklammere das Geländer fester. Das Drahtgitter ist alles, was sich zwischen mir und dem Abgrund der Hölle befindet. Ich wünsche mir wirklich sehr, wir hätten eine Kabine mit Fensterwänden.

»Sev hat darauf vertraut, dass du den Mund hältst«, fährt Nico fort. »Ich sage ihm ständig, er soll sich von dir fernhalten, und du beweist mir jedes Mal, wie recht ich habe.«

»Ich habe der Mamsell nur einen Wink in die richtige Richtung gegeben.« Rahki schiebt eine lose Haarsträhne unter das Kopftuch zurück. »Und im Übrigen habe ich *Sev* nicht verraten, obwohl ihr den Jungen ganz offensichtlich draußen vorm Fenster versteckt hattet. Mir war schließlich klar, dass alles deine Schuld ist. Du bist derjenige, dem er misstrauen sollte. Keine Ahnung, was du jetzt schon wieder vorhast, aber Regeln sind Regeln.«

»Blöde Petze.«

»Fieses Wiesel«, feuert sie zurück.

Er knurrt sie an, während die Kabine ratternd auf einen anderen Schienenpfad umschwenkt und uns noch tiefer in die Dunkelheit führt.

»Ich weiß nicht, was Nico dir erzählt hat«, sagt Rahki in meine Richtung, »aber du solltest dich vor ihm in Acht nehmen. Er führt immer irgendwas im Schilde.«

Nico verzieht spöttisch die Lippen. »Meistens plane ich nur, dir das Leben so schwer wie möglich zu machen.«

»Da sind wir doch mal einer Meinung.«

Der Aufzug hält mit einem ›Ping‹, und Rahki zieht die Gittertür auf, während sich gleichzeitig die äußere Fahrstuhltür öffnet. In meinen Ohren ploppt es, als wir in einen engen Metallgang treten. Er ist voller Gerätschaften und wird von rötlichen Glühbirnen nur schwach erhellt.

Rahki bezieht Posten vor der Fahrstuhltür, während Nico mich den Gang entlangführt. »Ich kriege schon raus, was du vorhast. Das ist nur eine Frage der Zeit«, ruft sie uns nach.

Nico salutiert mit einem spöttischen: »Schönen Abend, Ma'am!« Dann zieht er mich durch eine runde Schleusenöffnung in den nächsten Teil des Gangs.

Alles hier ist eng und besteht aus grau lackiertem Metall. Unsere

Schritte scheppern auf Stahlplatten. Rohre und Kabel verlaufen an der Decke entlang, und der feuchte Geruch von Eisen steigt mir stechend in die Nase. Von allen Seiten fühle ich einen seltsamen Druck auf meinem Körper lasten. Diese ganze Umgebung mit ihren Kabeln, Metallnieten, Wandlampen hinter Gittern ... es macht fast den Eindruck, als wären wir in einem alten U-Boot unter See.

»Gott sei Dank, dass wir sie los sind«, sagt Nico, während wir den schnurgeraden Gang entlanggehen. »Rahki gehört zum Putzgeschwader, also dem Feind. Halt dich lieber von ihr fern.«

»Sie sieht nicht gerade wie ein Zimmermädchen aus«, stelle ich fest und werfe einen Blick zurück. Rahki steht immer noch vor der Fahrstuhltür, hinter der sich der Metallkäfig verbirgt. »Und ist das hier ein U-Boot?«

»Klar. Deshalb heißt die Etage ja U-Geschoss.« Nico muss sich unter niedrig hängenden Kabeln ducken und klettert durch eine offene Metalltür mit Drehradverschluss – eine von vielen in diesem langen Gang. »Und das Putzgeschwader hat wenig mit Zimmerservice zu tun. Dafür hat das Hotel normale Reinigungskräfte. Nein, das Putzgeschwader zieht los, wenn es was anderes zu beseitigen gibt als Zahnpastareste. Gefährlichen Kram. Und die Kommandantin ist diese fiese Hexe, die von allen nur die *Mamsell* genannt wird. Glaub mir, du willst keine Bekanntschaft mit ihrem Staubwedel machen.«

Ich stelle mich ihm in den Weg, bevor er die nächste Metalltür erreichen kann. »Stopp mal.«

»Was denn jetzt noch?«

Ich weiß kaum, wo ich anfangen soll. »Angeblich sollte uns doch niemand auf die Schliche kommen. Aber jetzt stecken wir trotzdem voll im Schlamassel. Und was passiert als Nächstes?«

»Tja, der Alte macht Schmorbraten aus uns.«

»Könntest du bitte normal reden?«

Nico seufzt. »Der Alte heißt eigentlich Agapios. Er ist so was wie … der Chef-Concierge. Vielleicht auch der Hotelbesitzer, wer weiß das schon. Aber ich habe dir ja gleich gesagt, dass es immer einen Preis kostet, über die Schwelle zu treten. Welchen du bezahlen musst, kann ich nicht sagen. Darüber wird das Hotel entscheiden.«

Ich funkele ihn an. »Das ist alles deine Schuld. Wenn du und dein Mr Stripe nicht –«

Nico presst mir die Hand auf den Mund und stößt mich mit dem Rücken gegen die Metallwand.

»Sprich seinen Namen hier nicht aus«, zischt er. Nervös schaut er im Gang zurück, aber Rahki ist zu weit weg, um sie noch zu sehen oder zu hören. »Namen sind wichtig. Die Mamsell bei deinem anzuschwindeln war eine gute Idee, aber trotzdem musst du vorsichtiger sein. Falls das Hotel herausbekommt, warum wir hier sind, ist es mit uns beiden vorbei.«

»Wieso?«, frage ich dumpf durch seine Finger. Mein Herz schlägt wie wild. Was tue ich hier eigentlich? Da taucht ein Junge mit ein paar Taschenspielertricks auf, und ich vertraue ihm mein Leben an? Ich kenne Nico doch gar nicht. Er könnte mir hier und jetzt den Hals umdrehen.

Ich muss wirklich vorsichtiger sein.

»Du hast ja keine Ahnung, was sie mit uns anstellen könnten. Ganz besonders *er*. Jetzt sind wir schon so weit gekommen, also vertrau mir. Wir brauchen einen kühlen Kopf.« Er lässt mich los, rückt sein Hemd zurecht und fährt sich mit der Hand durch die Haare. »Wenn du einfach meinem Beispiel folgst, ist das alles ein Fingerschnipp.«

Nicos Reaktion, bloß weil ich Stripe beim Namen genannt habe, macht mich nervös. Warum sollte das Hotelpersonal sich um den Kurator eines Museums scheren … so ungewöhnlich seine Sammlung auch sein mag? Hinter der Geschichte steckt definitiv mehr, als Nico mir verraten will.

Ich folge ihm eine scheppernde Metalltreppe hinauf zu einer schweren Eisentür, an der steht:

AGAPIOS PANOTIERRI
CONCIERGE / MANAGER

Nico pikt mir mit einem Finger gegen die Brust. »Was immer auch passiert, überlass das Reden mir. Ich werde die Sache schon schaukeln.«

Ich nicke, und er öffnet das Drehrad am Schott.

Die Lukentür klafft quietschend auf, und warmes Kerzenlicht strömt mir entgegen. Als ich über die hohe Schwelle steige und meine Hand an der Innenseite der U-Boot-Tür entlangstreicht, spüre ich kein Metall mehr, sondern Holz – alt und abgenutzt, mit tiefen Kerben und muffigem Geruch. Ein alter Deckenventilator surrt über einem Eichentisch, der mit Papieren übersät ist. Die Fenster sind mit hölzernen Läden verschlossen, durch deren Ritzen grelles Sonnenlicht dringt. Die Kuppeldeckel des Raums besteht aus Lehm und wird bis obenhin von Regalen voller Bücher und exotischem Kleinkram gesäumt.

Und an dem Tisch in der Mitte des Raums sitzt ein Mann. Er sieht aus wie der Tod auf dem Weg zur Abschlussparty. Schwarze, glatt gegelte Haare auf der hohen kantigen Stirn, das blasse Gesicht wirkt unnatürlich lang, und die Wangenknochen springen vor wie kantige Würfel.

An seinem glänzenden Revers steckt eine Schmucknadel, die zwei überkreuzte Goldschlüssel zeigt.

Der Mann winkt uns heran. »Bitte, setzen Sie sich.« Seine Stimme ist tief mit einem scharfen Akzent, der eindeutig fremdsprachig ist, aber ich kann nicht erraten, wo er herstammt.

Nico nimmt auf einem der durchgesessenen Stühle vor dem Tisch Platz. An einer Seite flackert ein Holzfeuer in einem kleinen Metallofen.

Agapios – alias Graf Dracula – folgt meinen Bewegungen mit emotionslosem Blick, als ich mich setze. Durch die Falten im Gesicht und den verknitterten Mund sieht er ungefähr so alt wie Oma aus. Aber wenn ich in diese undurchsichtigen Augen schaue, überkommt mich das Gefühl, Jahrhunderte in die Vergangenheit zu blicken.

»Mr Nico.« Agapios lehnt sich auf seinem knirschenden Stuhl zurück und verschränkt die langen, gekrümmten Finger. »Wollen Sie mir nicht Ihren Freund vorstellen?«

Nico blinzelt. »Er heißt Cameron. Ist durch die Dallas-Tür gekommen.«

»Mmh«, erwidert Agapios, »und *warum* ist dieser junge Mann durch die Dallas-Tür gekommen?«

»Keine Ahnung. Fragen Sie ihn.«

Was? Nico sollte mir doch helfen. Und jetzt wirft er mich dem Concierge zum Fraß vor?

Der Mann lehnt sich nach vorne, und sein Tonfall lässt den Raum zusammenschrumpfen. »Ich frage aber *Sie*. Weil ich annehme, dass Sie ihn dazu ermutigt haben. Oder etwa nicht?«

Nico läuft vor Wut rot an. »Er ist ganz von selbst reingekommen.«

Agapios starrt ihn an, als würde er direkt in Nicos Seele hineinblicken. Ich kenne diese Taktik. Oma kann das auch sehr gut. Er wartet darauf, dass Nico aus der Haut fährt, einen Fehler macht und sich selbst die Schlinge um den Hals legt. Ein ziemlich fieser Trick, um bei einem Streit zu gewinnen, aber es funktioniert.

»Er ist mir über den Weg gelaufen, als ich den saudischen Konsularen die neue Tür vorgeführt habe«, sagt Nico. Die Schlinge wird enger. »Also habe ich sie ihm auch gezeigt, sonst nichts.«

»*Sie* haben ihm den Zugang zum Hotel gezeigt?«

»Nein, ich –« Nico beißt sich auf die Lippe. Das war's.

»Mit anderen Worten, Sie haben unsere geheime Existenz verraten, ohne über die Konsequenzen nachzudenken.«

»Ich –«

»Dazu hatten Sie kein Recht. Dieses Geheimnis weiterzugeben steht Ihnen nicht zu. Es gibt allzu viele, die bis zum Äußersten gehen würden, um Zugang zu erlangen ...«

»Aber das Hotel –«

»... und noch mehr würden sich verführen lassen, die Schwelle zu übertreten, obwohl sie nicht bezahlen können. Wie Ihr Freund hier, Mr ...«

»Cameron«, helfe ich seinem Gedächtnis nach.

Agapios unterbricht sich und bohrt seinen Blick diesmal in meine Seele.

Geheimnisse und Mysterien, genau wie Stripe gesagt hat. Ich wette, es waren diese Geheimnisse, die Dad zur Flucht gezwungen und jahrelang von uns ferngehalten haben. Und ›viele, die bis zum Äußersten gehen würden‹? Das ist bestimmt ein Seitenhieb gegen Stripe.

Agapios wendet sich wieder Nico zu, öffnet einen Hefter auf seinem Tisch und löst eine Seite heraus. »Ich fürchte, Sie haben einen schweren Fehler begangen, Mr Nico. Das Hotel fügt Ihrem Konto eine neue Schuld hinzu und erwartet, dass Sie Mr Camerons Rechnung begleichen.«

»Aber er hat eine Münze!«, widerspricht Nico lauthals.

Agapios lehnt sich zurück und mustert nun wieder mich. »Stimmt das?«

Ich schlucke und ziehe die bemalte kleine Holzscheibe unter meinem Shirt hervor.

»Interessant.« Er legt die Fingerspitzen zusammen. »Ist diese Münze an Sie gebunden?«

Stille legt sich über das Büro, während Agapios auf eine Antwort wartet. Ich schaue Hilfe suchend zu Nico hinüber, doch er weicht meinem Blick aus.

»Ich ... ich weiß es nicht«, sage ich schließlich. Am besten stelle ich mich dumm, bis ich eine Ahnung habe, was ich als Nächstes tun soll. »Was bedeutet ›an mich gebunden‹?«

Agapios hebt eine Augenbraue. »Unser sehr spezielles Etablissement beruht auf einer Magie, die wir ›Bindung‹ nennen. Die Münze ist ein Beispiel dafür. Jede Person, die unsere Schwelle überschreitet, wird bei ihrer Ankunft an eine solche Münze gebunden.« Er macht eine bedeutungsvolle Pause. »Doch wie es scheint, haben Sie ein Exemplar ohne unser Wissen erlangt.«

»Sehen Sie?«, sagt Nico. »Er hatte was zum Bezahlen. Ich wusste nicht, was ich tun sollte.«

»Hmm ...« Der Alte Herr betrachtet Nico aus schmalen Augen und schiebt das Blatt Papier aus dem Hefter über den Tisch. »Und dennoch hat das Hotel verfügt, die Bezahlung für seinen Einlass von *Ihrem* Konto abzuziehen.«

Nico schnaubt. »Ich habe sowieso nur Schulden.«

»Abgesehen davon«, Agapios stemmt die Handflächen auf den Tisch und erhebt sich, »wurde Ihnen die Schlüsselgewalt aberkannt.«

Jetzt hat er Nicos volle Aufmerksamkeit. »Was?«

»Das Hotel kann sich keinen Pagen leisten, der Eindringlinge über die Schwelle lässt. Besonders nicht jetzt. Wir müssen auf der Hut sein.«

Er lässt sich auf seinen Stuhl zurücksinken, und mein Herzschlag verlangsamt sich wieder. Bis eben war mir gar nicht klar, wie angespannt ich gewesen war. Eindringlinge, kämpferische Putzgeschwader, ein U-Boot ... Man hat fast das Gefühl, das Hotel befände sich im Krieg. Und irgendwo in diesem Schlamassel steckt Dad. Das Hotel hütet ein schreckliches Geheimnis, und anscheinend wurde er mit hineingezogen. Die Situation ist noch schlimmer, als ich dachte.

»Hiermit sind Sie degradiert«, verkündet Agapios.

Nico sieht aus, als würde er gleich explodieren. »Das ist nicht fair!«

»Das Hotel hat entschieden.« Der Alte Herr streckt ihm seine langen, knochigen Finger entgegen. »Händigen Sie mir bitte Ihren Schlüssel aus.«

Nico starrt ihn mit offenem Mund an, dann landet sein wütender Blick auf mir. So hat mich Cass bestimmt schon tausendmal angesehen, nur bin ich in diesem Fall unschuldig. Ja, stimmt, ich habe Nico um Hilfe gebeten, aber *er* hat darauf bestanden, dass ich Stripe treffe und ins Hotel mitkomme.

»Okay, hier.« Nico holt den Messingschlüssel hervor und legt ihn Agapios in die wartende Knochenhand.

Ich taste in meiner eigenen Tasche nach, und der Silberschlüssel – den Nico für Stripes Korridor gebraucht hat – ist immer noch da. Interessant.

Agapios öffnet einen großen Zedernholzschrank hinter seinem Schreibtisch. Ein metallisches Klirren ertönt, als die Türen weit aufschwingen und Tausende von Schlüsseln an Haken enthüllen. Große und kleine, eiserne und silberne, blanke und rostige. Einige sehen sogar aus, als seien sie aus Stein gemeißelt.

Ich werfe einen Blick auf Nico, während Agapios uns den Rücken zukehrt, und er zwinkert mir zu.

Er wusste Bescheid. Nico wusste schon vorher, dass man ihm den Schlüssel wegnehmen würde. Seine ganze lautstarke Empörung ... alles nur Theater. Er tut so, als sei er stinksauer, und trägt dabei extra dick auf. Aber wieso weiß Agapios nichts von Nicos zweitem Schlüssel? Gehört der etwa nicht zum Hotel?

Und was soll ich jetzt machen?

Agapios kehrt an seinen Schreibtisch zurück. »Warten Sie bitte draußen, Mr Nico. Ich habe noch ein paar Angelegenheiten mit Mr Cameron zu klären.« Er schaut mich unter schwarzen Brauen finster an. »Und zwar allein.«

Ich rutsche auf meinem Stuhl herum, als die Tür hinter Nico zufällt und mir den Fluchtweg vor Herrn Dunkel-und-Tödlich versperrt. Agapios schwarze Haare schimmern in dem Licht, das die altertümliche Lampe des Ventilators auf den Schreibtisch wirft. Die gekreuzten Schlüssel an seiner Anzugnadel glitzern wie Theaterschmuck.

Die Stimme des Alten Herrn durchschneidet die Stille. »Gewöhnlich würde ich Sie in unserem Hotel begrüßen, aber es scheint, als hätten Sie sich bereits bekannt gemacht. Ich bin Agapios Panotierre, Grand Concierge im Hotel der Wünsche.«

Er lehnt sich vor und streckt mir einladend seine Hand entgegen.

Unwillkürlich lehne ich mich zurück und frage mich, ob er mir per Händeschütteln die Lebensenergie aussaugen kann.

»Ich bin sicher, Sie haben viele Fragen«, sagt er und lässt die Hand sinken.

Und ob ich Fragen habe, zum Beispiel: *Was werden Sie mit mir anstellen?* oder *Was wissen Sie über meinen Dad?* Aber damit kann ich mich wohl kaum aus dieser Klemme befreien. Der Typ kennt bestimmt Strafen aus der ganzen Welt. Wenn ich das hier nicht richtig angehe, könnte ich als Gorillakauknochen enden (FTA 764).

Ich muss also cool bleiben. »Warum haben Sie Nico degradiert?«

Agapios hebt eine Augenbraue so weit, dass sie auf seine hohe, glänzende Stirn zu rutschen scheint. »Diese Entscheidung hat das Hotel getroffen. Mr Nico kennt die Klauseln seines Vertrags. Er hat Sie durch die Tür gelockt, und darauf folgen Konsequenzen.«

»Gelockt …« Das Wort erweckt in mir das ungute Gefühl, ich könnte ausgetrickst worden sein. »Ich bin ganz von selbst durch die Tür gekommen.«

»Möglich«, sagt er und lässt das Wort zischend ausklingen. »Deshalb stellt sich eine Frage: Dem Hotel sind im Laufe der Jahre nur sehr wenige Münzen verloren gegangen. Wem hat Ihre gehört?«

Ich zögere. Soll ich ihm die Wahrheit sagen? Nicht, wenn das Hotel für Dads Verschwinden verantwortlich ist. Und das weiß ich bisher schließlich nicht. »Keine Ahnung. Ich hatte sie schon immer.«

»Hmm …« Er lehnt sich zurück und dreht den Kopf, um den offenen Schlüsselschrank zu mustern.

»In was für einer Art Hotel bin ich überhaupt? Wozu wird es benutzt? Sie haben von Geheimnissen gesprochen –«

Agapios bringt mich mit erhobener Hand zum Schweigen. »Das Hotel der Wünsche ist ein … einzigartiges Etablissement. Unsere Türen erlauben eine schnelle, unbeschwerliche Reise zu allen denkbaren Zielen, solange man dafür bezahlen kann. Eine wahrhaft einmalige Erfahrung!« Er wendet sich wieder mir zu. Seine blassen Lippen zwingen sich ein Lächeln ab, und er zitiert den Slogan: »Der Urlaub deiner Träume, auf halbem Weg zwischen hier, dort und überall dazwischen.«

Der Urlaub deiner Träume … »Ich glaube, ich habe von dem allen hier schon geträumt«, sage ich.

»Ja, gewiss. Mit der Münze um Ihren Hals kann es auch gar nicht anders sein. Seit Ihrem zwölften Geburtstag, junger Mann?«

»Woher wissen Sie –?«

Agapios erhebt sich, kommt um den Tisch auf mich zu und gestikuliert dramatisch mit seinen langen, skelettartigen Fingern. »Wer immer sich in unserem Hotel befindet, kann die tiefsten Lagunen durchtauchen und die höchsten Berge erklimmen, alles an einem einzigen Tag. Nur hier kann man den Morgen mit gefüllten Arepas in Venezuela beginnen, zum Mittag ein authentisches Philadelphia-Steak-Sandwich essen und abends ein luxuriöses Dinner auf dem Rhein genießen.« Er lehnt sich weiter zu mir herunter. »Und die klebrig-knusprigen Erdnussbutterriegel unseres Chefkochs Silva sind … zum Sterben lecker.«

Das flackernde Licht des Holzofens lässt Schatten über seine tiefen Augenhöhlen tanzen. Er wendet sich wieder dem Schrank zu und dreht einen langen, schimmernden Schlüssel zwischen den Fingern, der wie Austernschalen glänzt – Perlmutt.

»Doch das Hotel ist mehr als nur eine Ansammlung von Türen«, sagt er. »Es ist in Mysterien verwurzelt, die darauf warten, sich jenen zu enthüllen, die unser Haus an sich gebunden hat. Sie jedoch, Mr Cameron«, er wendet sich mir zu, »sind noch immer ungebunden. Der Preis für Ihren Aufenthalt wurde Mr Nico in Rechnung gestellt. Was bedeutet, dass Sie frei sind zu gehen.«

Frei zu gehen. Ich könnte nach Dallas zurückzukehren. Aber dafür würde ich in Kauf nehmen, Dad niemals zu finden. Vor mir sehe ich Cass in ihrem Krankenhausbett. Ihr Leben war nicht immer leicht ... Sie hat es sich verdient, auch mal etwas Gutes zu erleben. Genau wie Oma. Sie hat unglaublich viel für uns aufgegeben, und alles, was sie sich wünscht, ist, dass ihr Sohn zurückkommt.

»Oder«, sagt Agapios und umfasst den Perlmuttschlüssel fast zärtlich, »das Hotel könnte Ihnen erlauben zu bleiben.«

Ich muss mich verhört haben. »Das würden Sie zulassen?«

»Nicht als Gast.« Er hängt den Schlüssel zurück, verschränkt die Hände hinter dem Rücken und beginnt vor dem kleinen Ofen auf und ab zu gehen. »Da Sie das angemessene Alter erreicht haben, um in den Dienst des Hotels zu treten, könnte es Ihnen eine Stellung anbieten. Auf Probe, versteht sich. Sagen wir für zehn Tage. Ich könnte Ihnen ein Zimmer zuweisen und Ihnen eine eigene Münze anvertrauen, damit Sie fähig sind, Ihre verschiedenen ... Dienste zur Zufriedenheit auszuführen, während das Hotel entscheidet, ob –«

»Ja!« Das Wort blökt aus meinem Mund, bevor ich es stoppen kann.

Agapios starrt mich an, während ich versuche, meine Gefühle besser in den Griff zu bekommen.

»Ich meine ...« Während ich Dads Münze mit der Faust umklammere, denke ich fieberhaft nach. Vielleicht ist das alles eine Falle. Warum sonst sollte der Concierge einem Niemand wie mir einen Posten anbieten? Andererseits besteht fast das ganze Personal aus Kindern und Jugendlichen, so weit ich es gesehen habe. Vielleicht kommt das Hotel so an seine Angestellten: indem es Kinder wie mich verschwinden lässt.

Doch falls Stripe recht hat, gibt es nur diese Möglichkeit, herauszufinden, was mit Dad passiert ist. Nico und Sev arbeiten im Hotel. Dad hat im Hotel gearbeitet. Vielleicht überstehe ich das auch. Und wenn das Ganze nur für zehn Tage ist, werden Cass und Oma schon zurechtkommen. Ich werde Nico bei erster Gelegenheit fragen, wie ich sie kontaktieren kann, damit sie sich keine Sorgen machen und wissen, dass ich bald wieder zurück bin.

»Ich meine, sehr gerne, Sir«, sage ich mit gesenktem Kopf. »Ich könnte mir gut vorstellen, hierzubleiben.«

Der Alte Herr lächelt. »Hervorragend.« Er bittet mit einer Handbewegung um Ruhe und neigt den Kopf schräg, als könne er von der Decke her etwas hören, das mir verborgen bleibt. »Das Hotel ist interessiert und gespannt. Es scheint Sie zu mögen.« Okay, das ist gruselig.

Agapios zieht ein Blatt Papier aus der Tischschublade und schreibt mit einem seltsamen hölzernen Füllhalter darauf. Ich lehne mich vor und versuche, die elegant geschwungenen Buchstaben zu entziffern, doch ohne Erfolg. Seine Handschrift sieht aus wie auf der amerikanischen Verfassung, die ich von Fotos kenne.

Er zeichnet mit der Feder eine scharfe Linie ans Ende und reicht mir das Blatt. »Das ist Ihr Vertrag. Darin steht, dass Sie als Angestellter willkommen sind, bis die zehntägige Probezeit beendet ist oder bis das Hotel entscheidet, dass dieses Arrangement nicht länger wünschenswert ist. Vor allem verpflichten Sie sich, die Geheimnisse des Hotels zu bewahren und zu beschützen, um jeden Preis.«

Ich überfliege die verschnörkelten Worte und muss mich anstrengen, die Schrift zu entziffern und den Inhalt zu verstehen. Hat es genauso bei Dad angefangen? Hat er hier in diesem Büro gesessen und einen Vertrag unterzeichnet? Gilt das Gleiche für Nico?

»Was, wenn ich das Hotel verlassen will?«, frage ich. »Bin ich durch die Magie an meinen Arbeitsplatz gefesselt? Kann ich meine Familie besuchen?«

»Natürlich können Sie jederzeit gehen. Es gibt keine versteckten Klauseln. Das Hotel sieht solche Konditionen für Neuankömmlinge vor, die es erst einmal … bewerten will. Wenn Sie sich entscheiden, uns zu verlassen, steht Ihnen das jederzeit frei. Falls das Hotel am Ende der Probezeit allerdings entscheidet, dass Sie für den Dienst geeignet sind, wird es Ihre Rolle innerhalb unseres Hauses für die vorhersehbare Zukunft festlegen. Akzeptieren Sie diese Bedingungen? Dann unterschreiben Sie bitte unten auf der Linie.«

Er reicht mir den Füllhalter.

Ich kritzele hastig meinen Namen auf das Schriftstück. Schließlich will ich wissen, was passiert ist, und dafür gibt es nur einen Weg: Augen zu und durch. Allerdings fühlt es sich seltsam an, mit dem Nachnamen ›Jones‹ zu unterschreiben. Ich bin froh, dass der Concierge nicht direkt danach gefragt hat. Ich kann nicht gut lügen. Ob der Vertag überhaupt gültig ist, wenn man mit falschem Namen unterzeichnet?

Vermutlich schon, denn kaum habe ich den Füllhalter abgesetzt, ploppt ein elektrisches Knistern in meinen Ohren.

»Wunderbar.« Agapios hält mir eine kleine lackierte Holzmünze aus seiner Schublade entgegen.

Ich nehme sie und reiche ihm die Hand. Es fühlt sich an, als würde ich dem Sensenmann die Knochenfinger schütteln. Als ich loslassen will, verstärkt Agapios seinen Griff und zieht mich zu sich heran. Ich kann seinen Atem riechen – warm, feucht und leicht modrig –, während er flüstert: »Die Mission des Hotels lautet, die Bedürftigen zu erheben und die Kluft zu überspannen. Wenn ich herausfinde, dass Sie unsere Ziele in Gefahr bringen, sind Sie hier nicht länger willkommen.«

Er gibt mich frei und verzieht die Lippen zu einem zurückhaltenden Lächeln. Meine schmerzende Hand warnt mich, dass hinter den Worten mehr steckt, als mir lieb ist.

»Mr Nico wird Ihnen zeigen, wo sich Ihre Unterkunft befindet, und Sie morgen früh in alles einweisen.« Agapios entlässt mich mit einem Wink zur Tür. »Wir hoffen, Sie finden das Ziel Ihrer Reise.«

Ich blicke ein letztes Mal in seine Granitaugen. Sie verraten mir absolut nichts darüber, was der Concierge gerade denkt.

Und dabei hatte ich mir eingebildet, noch nervöser könnte ich nicht werden.

8

Nicht länger Gast

Der Baum ragt hoch und majestätisch vor mir auf.

Die Tür unten im Stamm öffnet sich, doch diesmal winkt mich keine Hand hinein. Stattdessen höre ich die mächtigen Äste über mir knacken und brechen.

Die daran hängenden Türen stürzen herab, eine nach der anderen, und zersplittern auf dem Boden.

Eine fällt geradewegs durch mich hindurch. Und dann ist der Baum verschwunden. Stattdessen sitze ich auf dem Steg eines Jachthafens und schaue auf eine weite Wasserfläche, in der sich die Lichter einer großen Stadt am anderen Ufer spiegeln. In der Ferne steht eine Statue mit ausgebreiteten Armen auf einer Bergspitze und wacht über die Menschen.

Eine weitere Tür verschluckt mich, und ich reite auf einem Kamel durch eine Sandwüste. Bei der dritten Tür verwandelt sich das Kamel in ein seltsames Fahrrad mit überdachten Sitzen. Es regnet, dann hört es schlagartig auf, dann fängt es wieder an, als mich eine Tür nach der anderen verschluckt.

Zum Schluss stolpere ich vorwärts und lande in einem offenen Fahrstuhl. Das Metall rattert und sprüht bernsteinfarbene Funken. Bäng-bäng-bäng. Bäng-bäng-bäng.

Bäng-bäng-bäng. »Aufwachen!« *Bäng-bäng-bäng.*

Ich rolle mich im Bett auf die andere Seite und versuche, die Reste des Albtraums aus meinem Kopf zu vertreiben.

»Hey, Mr Cam«, schreit eine Stimme durch die Tür. »Du musst jetzt aufstehen, sonst hast du keine Zeit mehr fürs Frühstück.«

Ich drücke das Kissen an mich und presse mein Kinn hinein. Nico. Das Hotel. Kein Albtraum, sondern Wirklichkeit.

Ich drehe mich auf den Rücken und starre die Decke über meinem Bett an, das im siebzehnten Stock eines polnischen Mietshauses steht. Hierher hat Nico mich geführt, nachdem ich den Vertrag unterschrieben hatte. Polen. Warum ist es in meinem Zimmer so kalt? Weil ich in Polen bin. Warum ist der Himmel draußen dunkel? Weil ich in Polen bin.

Bäng-bäng-bäng.

»Verschwinde«, brülle ich zurück.

Nach einer kurzen Pause verkündet Nico: »Ich komme jetzt rein.« Ein Schlüssel dreht sich im Schloss, und schon stürmt er ins Zimmer, als sei eine Horde wilder Affen hinter ihm her.

Ich verstecke mich unter der Bettdecke. Mein Schlafanzug besteht nur aus Dads Halsband und meiner Unterwäsche. »Hey! Du kannst nicht einfach in mein Zimmer reinplatzen. Wieso hast du überhaupt einen Schlüssel dafür?«

»So was nennt man einen Schlossdreher«, sagt er. »Nicht ganz so gut wie ein Topdreher, aber fast. Und schließlich bist du kein Gast. Du gehörst jetzt zum Personal, und das heißt, du musst zur Arbeit.«

Er marschiert auf mein Bett zu, in voller Uniform, während ich hier in Boxershorts liege. Für manche Leute wäre das vielleicht kein großes Problem, für mich aber schon. Bei einer Klassenfahrt in der Grundschule bin ich nur mit einer Unterhose bekleidet aus dem Badezimmer zu meinem Bett spaziert. Zu Hause war das schließlich normal. Aber die anderen haben mich ausgelacht. Ich wäre am liebsten im Boden versunken. Sogar Cass hat davon gehört und mich eine Woche lang nur ›Die wandelnde Unterhose‹ genannt.

»Wie spät ist es?«, frage ich und wickele die Decke enger um mich.

»Ende der zweiten Schicht.«

»Und das heißt?«

»Jetzt steh schon auf!« Nico zerrt an meiner Decke.

Ich zerre sie mit einem Grunzen zurück. »Draußen ist es noch nicht mal hell.«

»In Polen nicht, aber in Südamerika schon. Und danach richtet sich unser Dienstplan.«

Nicos Uniform sieht anders aus als die, in der ich ihn kennengelernt habe. Heute trägt er einen weinroten Anzug mit Schärpe um die Taille und einen Hut, der aussieht, als hätte er sich einen Hundenapf über den Kopf gestülpt. Keine Frackzipfel, kein Seidenfutter.

»Wo ist denn deine normale Uniform?«, frage ich.

Er stöhnt. »Ich bin kein Page mehr, schon vergessen? Das Hotel behauptet, dass ich Schulden bei dir zu begleichen habe. Und deshalb hat die Mamsell mich zu deinem Leibdiener gemacht.«

»Und was soll das heißen?«

Er verdreht die Augen und greift wieder nach der Bettdecke. »Ich muss dich anziehen.«

»Bitte was?«

»Mach es nicht noch schwieriger, okay? Ich habe mächtig Ärger bekommen, und jetzt muss ich dich bedienen wie die Promis vom zwölften Stock. Mir gefällt das auch nicht, aber wenn ich noch mal gegen die Regeln verstoße, hat die Mamsell gedroht, meine Bindung zu kappen. Das würde heißen, ich verliere meinen Job und du deinen einzigen Freund im Hotel.«

Er zerrt ein letztes Mal an der Decke und reißt sie mir aus den Händen.

Durch die kalte Luft bekomme ich eine Gänsehaut. »Ich kann mich allein anziehen, vielen Dank.«

Nico seufzt und dreht sich um. »Wie du willst. Mach schon.«

Also stehe ich auf und schnappe mir hastig meine Jeans vom Stuhl.

Er zeigt auf ein Bündel Klamotten neben der Tür. »Ich habe deine Uniform mitgebracht.«

Sie ist perfekt gefaltet und sieht genauso aus wie die Kleidung, die er gerade trägt. Die weinroten Hosenbeine haben einen schmalen gelben Glitzerstreifen an der Seite. Es gibt ein weißes Hemd mit Knopfleiste, einstellbare Hosenträger, mit goldenen Verschlüssen und Schnallen, sowie einen Hut aus Filzstoff.

»Und? Brauchst du Hilfe?«

»Nein.«

Doch schon bei der Hose wird mir klar, dass ich mich womöglich übernommen habe. Rund um den Hosenschlitz gibt es verwirrend viele Knöpfe, innen und außen, dazu noch eine merkwürdige Klammer am Bund. Und wie die Hosenträger funktionieren, bleibt mir ein Rätsel.

»Wer hat sich denn so was ausgedacht?«, frage ich.

»Probier es am besten Schritt für Schritt.«

Also teste ich ein paar Varianten, aber nichts fühlt sich ganz richtig an.

»Sicher, dass du keine Hilfe brauchst?«

»Absolut.« Das ist die dämlichste Hose aller Zeiten. Mal im Ernst, wozu braucht jemand fünf verschiedene Arten, den Hosenschlitz zu schließen? Ich klicke und knöpfe, dann knöpfe ich und klammere, klammere und klicke, bis ich schließlich aufgebe. »Schon gut. Wie geht das hier?«

Also bringt Nico mir bei, wie ich meine Hose zumache. Ich komme mir vor wie ein Zweijähriger. Und damit ist es noch nicht geschafft. Zum Hemd gehören zusätzliche Schnallendinger und eine Krawatte. Für den Hut braucht man seltsame Haarnadeln, damit er fest am Kopf sitzt. Sogar die Socken werden an den Waden mit Haltebändern befestigt.

»Ich komme mir vor wie in einem Zirkuskostüm«, sage ich, während Nico mir das Hemd zurechtzupft. »Und was soll denn überhaupt ein Leibdiener sein?«

»Oh man, du hast echt keine Ahnung. Weißt du, was ein Butler ist? Das hat Tradition in manchen Kreisen. Von den älteren Konsulatsgästen sind die meisten daran gewöhnt, dass jemand alles für sie erledigt. Also lernt das Hotelpersonal, wie so etwas läuft.«

Ich habe noch nie Kleidung getragen, die so steif und unbeweglich ist. Ich komme mir vor wie aus Holz geschnitzt.

Als ich mich im Spiegel betrachte, sehe ich das Foto von Mom und Dad vor mir, wie sie herausgeputzt vor den spiegelnden Fahrstuhltüren warten. Mein Vater hat einst die gleiche Hoteluniform getragen. Er hätte genau hier stehen können, an meiner Stelle in derselben Kleidung. Aber ich wette, die beiden hatten nie so viel

Angst wie ich jetzt. Ob sie die Antworten auf die ganzen Fragen kannten, die für mich immer noch ein Mysterium sind? Was würden sie wohl denken, wenn sie mich sehen könnten, wie ich in Dads Fußstapfen trete? Ich stecke den Finger durch eine der vier Schlaufen, die an meiner Uniform die Brusttasche ersetzen. Daraus hat Nico beim Krankenhaus seinen magischen Holzpflock gezogen.

»Pass auf, dass du deine Pflockschlingen nicht ausleierst. Sonst können sie abreißen.« Nico reicht mir ein Paar schwarzer Turnschuhe, die genauso aussehen wie seine. »Hier hast du deine Sneaker. Glaub mir, die solltest du mit deinem Leben verteidigen.«

Das Lachen bleibt mir im Halse stecken, als ich seinen Blick sehe. »Ich bekomme keine blankpolierten Lederschuhe? Würde das nicht besser passen?«

Nico schiebt die Sneaker vor meine Füße. »Wir sind nicht gerade ein gewöhnliches Hotel. Manchmal marschiert man lange Strecken durch merkwürdige Orte.« Er klopft mit seiner Turnschuhsohle auf den Boden. »Die hier sind magisch darauf zugeschneidert, dich überall hin- und zurückzubringen. Und außerdem kann man sie zusammen mit den Gästehandtüchern in die Waschmaschine stecken.«

»Wie kommt das Hotel überhaupt an Gäste?«, frage ich. »Ich habe vorher nie was von ihm gehört.«

»Das ist schwer zu erklären.« Er zuckt mit den Schultern. »Ich weiß nur, dass die Leute vom Hotel ›gerufen‹ werden. Durch Träume oder so. Und dann kümmert sich das Hotel um den ganzen Rest: gibt der Büroabteilung die Adresse, an die eine Werbebroschüre geschickt werden soll, führt einen Portier zur richtigen Tür, um sie magisch zu binden, macht uns Pagen auf das Anklopfen von Leuten aufmerksam, die es aufnehmen will. Die Gäste suchen sich nicht das Hotel aus, sondern umgekehrt.«

Ich starre ihn an und frage mich, ob er mich auf den Arm nimmt. »Hat das Hotel dich auch ›gerufen‹?«

Er grinst. »Das ist ein Geheimnis, und darüber zu reden steht mir nicht zu.«

Ich will widersprechen, doch plötzlich wird mir klar, dass so etwas mit mir selbst passiert ist: zuerst die Träume, dann die Tür, die plötzlich im Einkaufszentrum auftauchte. Vielleicht hat das Hotel auch mich gerufen. Aber nein, warum sollte es das tun? Schließlich bin ich doch hier, um die Spur meines Vaters zu verfolgen. Im Übrigen waren es Nico und Stripe, die mir Zugang verschafft haben, nicht das Hotel selbst.

»Oh! Das hätte ich fast vergessen.« Nico gräbt in seiner Tasche und holt eine Münze hervor. Es ist sein Smiley-Exemplar, das er mir schon früher zugespielt hat. »Nimm sie.«

Ich halte die Münze hoch, die Agapios mir überreicht hat. »Wozu? Ich habe meine eigene. Und Dads. Drei brauche ich wohl nicht.«

»Meine ist anders«, sagt er und drückt mir die Münze in die Hand. »Okay, die Sache ist so. Die Reiseagentur des Hotels organisiert für Leute, die eingeladen wurden, die besten Ferien der Welt. Aber wenn unsere Gäste sich hinterher an die Magie des Hotels erinnern könnten, würden sie wie verrückt versuchen, es wiederzufinden. Oder noch schlimmer: Sie könnten über eine dunklere Art von Magie stolpern. Deshalb erlauben die Münzen den Gästen zwar einerseits, die Kartentische und Türen zu benutzen, aber gleichzeitig fesseln sie auch alle Erinnerungen, die während des Urlaubs entstehen. Dadurch vergessen die Leute nach der Abreise die ganzen … na ja, *Besonderheiten*. Das erspart dem Hotel eine Menge Ärger, weißt du. Die Gäste geben ihre Münzen ab, und wir behalten die Erinnerungen.«

»Das klingt total sinnlos. Wozu sollte man einen Urlaub machen, an den man sich hinterher nicht mehr erinnern kann?«

»Das Hotel behält nicht *alles*. Viele Eindrücke von den Reisen bleiben im Unterbewusstsein hängen. Die Gäste können das Erlebte in ihren Träumen wiederholen.«

»Okay«, sage ich und umklammere mein Halsband. »Aber ich sehe Erinnerungen, die gar nicht *ich* erlebt habe, sondern Dad. Wie funktioniert das?«

»Dafür gibt es mehrere Gründe. Erstens sind Familienbindungen so ziemlich die stärksten überhaupt. Zweitens trägst du die Münze am Körper. Und drittens wird durch die Magie des Hotels immer mehr von den gefesselten Erinnerungen in dich einsickern, je länger du hier bist.« Nico zeigt auf die Smiley-Münze in meiner Hand. »Komm schon, steck sie ein!«

Nico hat wieder diesen Taschenspielerblick, von dem ich inzwischen weiß, dass er garantiert Ärger bedeutet. Trotzdem gehorche ich und lasse seine Münze zusammen mit meiner eigenen in der linken Tasche verschwinden.

»Meine Münze ist enger an mich gefesselt als es sonst der Fall ist«, erklärt er. Er klopft auf seine eigene Tasche, und dann holt er gleich zwei Münzen hervor. »Siehst du? Sie kommt immer zu mir zurück.«

Ich schaue in meiner Tasche nach, und tatsächlich sind beide Münzen weg. Er hat sie stibitzt, obwohl er nicht mal nah genug war, um mich zu berühren. »Wie hast du das gemacht?«

»Ich habe meine Münze mit ein bisschen Magie ... na ja, modifiziert. So was nennen wir hier ›zuschneidern‹.« Er lässt die kleine Holzscheibe über die Finger tanzen. »Magie kann man nicht nur für Türen verwenden. Diese Münze hat zwar die gleichen Eigenschaften wie alle anderen, aber zusätzlich bildet sie um sich herum ein kleines Areal, in das ich greifen kann. Und wenn ich sie rufe, kehrt sie zu mir zurück.«

»Aber ... wie bekommst du deine Münze denn ständig in meine Tasche *rein?*«, frage ich.

»Ach, das ist bloß Bühnenzauber. Man wird ziemlich geübt darin, Leuten heimlich was in die Tasche zu stecken, wenn man den Gegenstand jederzeit wieder zurückbekommt. Ich übe gerade, die Münze auch gezielt irgendwo hinzuschicken, aber bisher hatte ich kein Glück.«

Als erste Aufgabe übernehmen wir einen Job, den Nico *Frühstücksservice* nennt.

Er führt mich durch schmuddelige unterirdische Dienstbotengänge in eine gigantische Küche. Die Fensterreihe an der Wand überblickt den Eiffelturm in Paris. Das Küchenpersonal ist wieder mal kaum älter als ich, genau wie die Kofferträger und Bediensteten im Ballsaal, die ich gestern gesehen habe. Ein Mädchen mit langen schwarzen Zöpfen hackt Gemüse klein. Ein Junge mit gerötetem Gesicht schrubbt einen Kupfertopf in der Spüle. Ein anderer hat eine große Schale vor sich, in der er Früchte arrangiert. Sie alle tragen die gleichen weißen Jacken und weißen Kochmützen wie der bärtige Küchenchef, der ihnen Befehle zuruft.

Ich jogge an den wartenden Tabletts für die Gäste vorbei, auf denen sich alle möglichen süßen und herzhaften Gebäckstücke türmen. »Woher kommen die ganzen Kinder?«

»Von überall«, sagt Nico, schnappt sich einen der Servierwagen und schiebt ihn in einen Dienstbotengang. Jeder Teller darauf ist ein kleines Kunstwerk. Saucen schäumen auf herzhaft überbackenen Pfannkuchen, die mit Petersilie und Schnittlauch gesprenkelt sind. Berge von Früchten sind in Sternform geschnitten und mit lächelnden Gesichtern versehen. Eine aufgeschnittene Ananas ist mit einem roten Gewürzpulver bestäubt, das an Feuerflammen erinnert. »Das Personal kommt aus sämtlichen Ländern der Welt. Zumindest aus denen, die das Hotel erreichen kann.«

»Aber warum arbeiten sie hier? Was haben sie davon?«

»Das Hotel hat sie ausgesucht. Mehr kann ich dir nicht sagen. Ich bin schon in Schwierigkeiten, weil ich Geheimnisse ausgeplaudert habe. Von jetzt an gehe ich kein Risiko ein, wenn ich nicht muss.«

Er steckt seine Münze in einen Schlitz hinten am Servierwagen. Dann lässt er ihn einfach stehen und marschiert den Flur entlang. Nach kaum zwei Schritten schimmert der Wagen golden auf und fängt an, Nico von selbst hinterherzufahren wie von einer unsichtbaren Leine gezogen.

»Das ist …« Mir fehlen die Worte. Ich kann kaum glauben, was ich sehe.

»Nur simple Bindungsmagie. Die Münze verbindet mich mit dem Wagen, also tut er, was ich will. Davon wirst du noch jede Menge überall im Hotel sehen, wenn du genauer hinschaust.« Er wirft einen Blick auf seine Taschenuhr. »Und jetzt beeil dich. Wenn du deinen Hoteljob lange genug behalten willst, um rauszufinden, was mit deinem Vater passiert ist, müssen wir pünktlich zur Arbeit.«

9

Auf ins Gefecht

Die Gäste, denen wir das Frühstück servieren, sind nicht gerade freundlich. Ein Scheich beschwert sich über Lärm (obwohl Nico erklärt, dass es sich um das Wellenrauschen des Indischen Ozeans vor seinem Fenster handelt), ein Paar hat einen lautstarken Ehestreit auf Deutsch (die Worte sollte ich besser nicht vor Oma wiederholen), und ein äthiopischer Adliger scheucht uns mit einem geschnitzten Holzstab aus dem Zimmer (wozu er den hat, werde ich wohl nie erfahren).

Nico geht damit sehr professionell um. Ich tue mein Bestes, so gelassen und cool aufzutreten wie er. Aber bei jedem Halt bereue ich meine Entscheidung, hier zu arbeiten, ein bisschen mehr. Auch wenn es nur für kurze Zeit ist.

»Ich kann nicht glauben, dass jemand freiwillig bereit ist, diese Leute zu bedienen«, sage ich, als wir mit einem Personalaufzug zum nächsten Stockwerk fahren.

Nico zuckt mit den Schultern. »Die Gäste sind nicht alle so schlimm. Das Hotel hat das Ziel, sie zu verändern.«

»Also verwandelt es sie in totale Idioten?«

Er lacht. »Ich bin ziemlich sicher, dass diese Typen schon Idioten waren, bevor sie hergekommen sind. Außerdem gibt es auch viele angenehme Gäste. Die brauchen bloß weniger Aufmerksamkeit.«

»Wen will Stripe denn aufhalten? Die Gäste? Oder das Personal?«

Nico schaut sich nervös im Flur um. »Ich habe dir doch gesagt, du sollst vorsichtig sein, wenn du von ihm redest. Das Hotel hört immer mit.«

Als wir den Frühstücksservice hinter uns haben, will ich am liebsten gleich mit der Suche nach meinem Vater loslegen, aber Nico sagt, wir müssen in die Gefechtszentrale und uns bei der Mamsell zum Dienst melden.

Ein kurzer Teil des Wegs führt durch eine tropisch schwüle Loggia im siebten Stock. Man blickt über einen Strand, ein Meer aus endlosem Türkis und einen mit Möwen betupften Himmel. Der glockenartige Klang von karibischen Steel Drums liegt in der Luft. Kleine, schilfgedeckte Sonnendächer sind überall verstreut. Ihre Balken sind mit Holzmasken behängt.

»Okay, wenn du mir nichts über ... Du-weißt-schon-wen sagen kannst«, frage ich weiter, »erklärst du mir dann wenigstens, warum das Hotel etwas hat, das sich Gefechtszentrale nennt?«

»Warum sollte es das nicht haben?«, erwidert Nico, als hätte ich die dümmste Frage der Welt gestellt.

Hinter der nächsten Schwelle fällt die Temperatur schlagartig ab, und Gänsehaut überzieht meine Unterarme. Aus einem Luftgebläse in der holzgetäfelten Wand wird vergeblich versucht, mit warmer Heizungsluft den Raum zu wärmen. Alles ist voller Bärenfelle, Elchköpfe und Jagdgewehre. Durch ein nahes Fenster sehe ich eine Bergkette, deren Gipfel wie ein uraltes Drachenskelett in den Himmel ragen.

»Weil Hotels nicht in den Krieg ziehen.« Ich schiebe den Kiefer hin und her, und meine Trommelfelle ploppen laut.

»Ohrenploppen?«

»Ja. Das nervt.«

»Liegt an den Höhenunterschieden«, erklärt Nico. »Bei jedem neuen Ort ändert sich der Druck. Außerdem sollte ich wohl erwähnen, dass man höhenkrank werden und Blähungen bekommen kann, wenn man zu lange in einer Bergregion rumhängt. Daran solltest du denken. Wir wollen ja nicht, dass du vor den Gästen herumpupst.« Er drückt auf einen weiteren Fahrstuhlknopf. »Was die Gefechtszentrale betrifft: Du bist hier in einem *magischen Hotel*. Im Laufe der Zeit hat es sich mit seinen Methoden und Plänen eine Menge Feinde eingehandelt.«

»So wie dich? Und Mr –«

Er wirft mir einen warnenden Blick zu. »Das hier war nicht immer ein Hotel. Das ist nur eine Tarnung. Alles bloß Fassade, weißt du noch? Das Haus existiert seit langer, langer Zeit und war im Laufe der Jahre schon alles Mögliche. Ein Palast. Eine Bibliothek. Ein militärisches Hauptquartier.« Er hebt eine Augenbraue. »Stell dir vor, was eine Nation anstellen könnte, wenn sie die Macht hätte, augenblicklich überall auf dem Globus zu sein. Was eine *Armee* damit anstellen könnte.«

»Die Welt erobern«, stelle ich fest und greife nach Dads Münze.

Nico gibt ein zustimmendes Brummen von sich. »Unser gemeinsamer ... *Freund* will das Hotel davon abhalten, zu mächtig zu werden. Damit alles im Gleichgewicht bleibt. Dazu gehört, die Aktivitäten des Hotels zu beobachten und alle magischen Artefakte einzusammeln, die wir in die Finger bekommen.« Er wirft mir ein Lächeln zu. »Aber mach dir darüber keine Sorgen. Dich mit den ganzen Fesselungen und dem Zuschneidern des Hotels auszukennen würde deinen Job nur schwerer machen. Die Drecksarbeit kannst du ruhig Sev und mir überlassen.«

»Du hast leicht reden.«

Er zieht mich ein Stück von der Fahrstuhltür weg. »Das Putzgeschwader und der Alte Herr sind unsere kleinsten Probleme«, flüstert er. »Das Hotel selbst kann in die Herzen der Menschen blicken, die sich in ihm befinden. Wenn es glaubt, dass du für die Gegenseite arbeitest, stecken wir richtig tief im Schlamassel.«

»Aber *du* arbeitest doch für die Gegenseite.«

»Schon, aber die Sache ist komplizierter. Sev und ich wissen, wie man sich mit dem Hotel gutstellt. Und zu den wichtigsten Regeln gehört, dass wir über solche Themen hier drinnen nicht reden.«

Die Fahrstuhltür gleitet auf und enthüllt ein Mädchen mit schmalen Zöpfen voller Perlen und einem Nasenring. Sie trägt die gleiche Uniform wie Nico bei unserer ersten Begegnung. Außerdem kommt sie mir bekannt vor. Ich glaube, als Nico mich damals einen Blick durch die Dallas-Tür werfen ließ, stand sie hinter dem Empfangstresen.

»Sieh mal an.« Ihr Lächeln wird breit. »Nico, der Ex-Page.«

»Halt die Klappe, Elizabeth.« Nico betritt den Aufzug, und ich bin sehr froh zu sehen, dass es sich um einen für Gäste handelt. Die Wände zeigen einen Strand bei Sternenlicht, eine Eishöhle und eine Stadtkulisse mit himmelhohen Wolkenkratzern.

»Ist das der Neue?« Elizabeth lässt mir ihre Hand entgegenschießen, als ich eintrete.

Ich nicke, schüttele sie und stelle mich vor. »Cam.«

»Sehr erfreut, Mr Cam.« Ihr weicher, kehlig gehauchter Akzent erinnert mich an eine Doku-Serie, die Cass besonders mag. Da geht es um den Kongo.

Nico nickt in Richtung der Etagenknöpfe. »Zur Gefechtszentrale.«

»Immer nur Gefechtszentrale, Gefechtszentrale ... da wollen alle hin«, sagt sie und drückt einen Knopf.

»Du bist heute Morgen also Liftpilotin?«, fragt er, als die Kabine sich in Bewegung setzt.

Elizabeth schüttelt lächelnd den Kopf, sodass die Perlen in ihren Zöpfen gegeneinanderklicken. »Ich springe für Audrey ein, während sie in Australien was für mich erledigt. Ich fliege lieber den Lift, als mich mit kolossalen Spinnen rumzuschlagen.«

Nico lehnt sich zu mir vor. »Der Job als Liftpilotin ist eigentlich unter ihrem Niveau. Stimmt's, Elizabeth?«

»Und das bleibt auch besser so, sonst hab ich mit jemandem ein Huhn zu rupfen.«

»Ich bin echt froh, dass ich keine Schulden bei dir offen habe, Minibeth.«

Sie grinst.

Wie geschickt er das anstellt – scheinbar mit jedem befreundet zu sein, während hinter seinem Lächeln lauter Geheimnisse lauern. Innerlich lässt es mich kalt werden. Trotzdem bin ich froh, dass *ich* sein Geheimnis kenne. Oder zumindest eines von vielen. Es ist gut, einen Verbündeten zu haben, auf den ich bei diesem ganzen Mist zählen kann.

Der Fahrstuhl hält.

»Hier sind wir«, sagt Elizabeth. »Reiß dich am Riemen, damit sie dich nicht noch weiter runterstufen, sonst endest du wieder in

Berlin auf der Straße.« Sie zwinkert Nico zu, als die Tür sich hinter uns schließt.

»Berlin?«

Nico zuckt mit den Schultern. »Mein Zuhause ist überall und nirgends. Als ich zum ersten Mal ins Hotel gekommen bin, wurde ich durch die Berlin-Tür reingelassen.« Er marschiert durch den cremeweißen Flur, und sein Finger gleitet über die Holzvertäfelung der Wand. »Die Welt ist nicht so zersplittert, wie du glaubst. Regierungen mögen Grenzen, aber wo das Hotel existiert, erschafft es sein eigenes Gebiet. Grenzen sagen nichts darüber aus, wer wir sind. Ich habe schon alle möglichen Leute getroffen: französische Asiaten, orientalische Kanadier und weiße Afrikaner. Am Ende sind Menschen eben Menschen, ganz gleich, wo sie herstammen oder wie sie aussehen. Wichtig ist nur, wie sie miteinander umgehen.«

Er bleibt vor einer spiegelblanken Metalltür stehen, in die das Wort *Gefechtszentrale* eingraviert ist.

»Okay«, sagt Nico, »hier gilt das Gleiche wie vorher. Du weißt hoffentlich, was das heißt?«

Ich werfe ihm einen übertrieben finsteren Blick zu. »Du bist der Boss.«

»Ganz genau. Lass mich die Sache regeln«, sagt er und öffnet schwungvoll die Tür.

Der Raum, in den wir eintreten, erinnert an das Innere eines riesigen Leuchtglobus. Die Decke ist ein gläsernes Halbrund, strahlend bunt wie ein Kirchenfenster. Aus dem Farbwirbel schälen sich die unregelmäßig gezackten Formen von Ländern heraus. Ein Liniennetz aus Längen- und Breitengraden erstreckt sich über die himmelblauen Ozeane zwischen Kontinenten.

»Wow.«

»Ganz deiner Meinung«, stimmt Nico mir zu. Asien und Australien hängen uns gegenüber am Kuppelrand und werden mit einem Strahler von hinten beleuchtet. »Das Licht folgt dem Weg der Sonne, sodass wir immer wissen, welche Uhrzeit gerade überall auf der Welt herrscht.«

Unter der Weltkartenkuppel befindet sich eine kreisrunde, mit Hightech vollgestopfte Kommandozentrale. Riesige Computerbildschirme säumen rundum die Wände. Darauf flimmern Namenslisten, Dienstpläne und die Aufnahmen von Überwachungskameras. Auf einem Monitor entdecke ich das Foyer, das zur Dallas-Tür gehört, und auf einem weiteren den Ballsaal, wo ich Sev getroffen habe.

Es gibt keine Tische oder Stühle – alle Mitarbeiter stehen in strammer Haltung. Bald sehe ich auch, warum. Der enorme Fußboden wird vollständig von einer zweiten Landkarte ausgefüllt. Sie hat die Farbe von vergilbtem Papier und wird von den gleichen fließenden Tintenlinien bedeckt wie die Kartentische des Hotels. Allerdings ist die Zeichnung hier deutlich komplizierter und ergibt für mich überhaupt keinen Sinn. Schimmernde Tinte formt sich unter unseren Füßen zu eleganten Federstrichen, zeichnet Räume und Flure, die sich zu seltsamen Winkeln verbinden und überlappen. Dazwischen bewegen sich Worte in gewundener Schrift.

»Man nennt den Fußboden hier auch das Kartenparkett. Er zeichnet die Wege sämtlicher Münzen nach, die zu den Gästen und dem Personal gehören«, flüstert Nico mir zu. Er zeigt auf kleine Kreise mit Namen wie *Malana Bustamante, Eric Frösche* und *Ylin Patel*. »Die Wirkmeister haben ihn erschaffen, nachdem vor ein paar Jahren irgendwas Schlimmes passiert ist. Die Kartentische zeigen nur, was man gerade wissen muss, aber das Kartenparkett verfolgt *alles*. Egal, was du tust, das Hotel schaut immer zu.«

Ich suche auf der Karte nach einem Raum, der an diesen Kuppelsaal erinnert, und entdecke ihn ein bisschen rechts von der Mitte. Zwei Namen springen mir ins Auge – *Nico Flores* und *Cameron Jones* – zwischen vielen anderen, die mir nichts sagen.

Doch ein weiterer Name ist mir nur allzu bekannt. *Reinhart Kuhn* erscheint in Schnörkelschrift auf einem Fähnchen neben meinem eigenen falschen Namen. Die Linien verblassen und verschwinden fast so schnell, wie ich sie bemerkt habe. Als habe jemand sie mit einem Tintenkiller ausradiert.

Anscheinend hat der Fußboden entdeckt, dass ich Dads Münze trage. Aber wieso ist der Name verschwunden, obwohl alle anderen noch da sind? Hat ihn außer mir jemand bemerkt? Wissen die Leute vom Hotel, wem meine Münze früher gehört hat?

Oder vielleicht habe ich mir das alles nur eingebildet.

»Da kommt die Mamsell«, murmelt Nico.

Sie marschiert quer durch die Gefechtszentrale direkt auf uns zu.

Nicos Gesicht verzieht sich. »Na toll. Rahki ist bei ihr.« Das Mädchen von gestern Abend hält mit ihrer Chefin Schritt. Sie trägt ein Klemmbrett unter dem Arm und mustert uns mit zusammengezogenen Brauen.

»Da haben wir ja meinen neuen Rekruten.« Die Mamsell bleibt ein paar Schritte vor uns stehen. Sie stemmt die geballten Hände in die Hüften und schaut auf uns herab. Ein gigantisches Europa leuchtet in Kirchenfensterfarben hinter ihr. »Mr Cameron, nicht wahr?«

»Jawohl, Ma'am«, sage ich höflich. »Ich bin hier, um zu arbeiten.«

»Tja, das will ich doch hoffen. Sonst werden Sie nicht lange bei uns bleiben.« Ihr Tonfall ist schneidend. »Wir alle streben unermüdlich danach, unsere Pflicht zu tun, die Sicherheit und das Wohlergehen unserer Gäste zu garantieren, und die Mission des Hotels zu verteidigen. Halbherzigkeit wird nicht toleriert. Wenn Sie mich enttäuschen, werde ich Sie vor die Tür setzen, bevor die Sonne im Osten ankommt.«

Ich schaue hoch auf das blasse Licht, das Nordamerika durchströmt. »Aber ich dachte, mein Vertrag ist mit Agapios«, stoße ich unbedacht hervor. »Er hat gesagt, dass er entscheidet, wann ich wieder gehe.«

Sie bläht die Nasenflügel auf. Nicos Augen werden riesengroß. Rahki schüttelt den Kopf.

Wie kann man bloß so dämlich sein? Warum kann ich eigentlich nie den Mund halten?

»Der Alte Herr hat darauf keinen Einfluss, junger Mann«, faucht die Mamsell, und ich sehe förmlich, wie die Worte an mir vorbeizischen und den Pazifischen Ozean in tausend Scherben zerschmettern.

Sie schnappt sich Rahkis Klemmbrett und blättert durch die Seiten.

»Miss Rahkaiah«, befiehlt die Mamsell, »nehmen Sie Mr Cameron mit auf die Ungarn-Mission. Wir wollen mal sehen, wie er zurechtkommt. Und denken Sie daran, was wir besprochen haben.«

»Ja, Ma'am.« Rahki wirft mir einen finsteren Blick zu.

Die Mamsell wendet sich Nico zu. »Und Sie haben heute Thronpatrouille.«

Was? Sie kann mich nicht einfach von Nico trennen.

»Klo-Dienst?« Nico verschränkt die Arme. »Ich bin immer noch ein Page, niemand für die Drecksjobs.«

»Sie sind mir vor allem ein Dorn im Auge«, schnaubt sie verächtlich. Das Geräusch passt zu ihr. Ich kenne sonst niemanden, der beim Reden *tatsächlich* schnaubt. »Wir alle müssen einen Preis dafür zahlen, wenn wir die Regeln brechen.«

Nico verdreht die Augen und legt mir eine Hand auf die Schulter. »Sieht so aus, als wärst du auf dich allein gestellt.«

»Nein, warte«, sage ich. »Du kannst doch nicht einfach gehen.«

»Er kann nicht bloß, sondern er muss.« Die Haltung der Mamsell versteift sich, falls das überhaupt möglich ist. Ich stelle mir vor, wie ihre schrille Stimme die ganze Glaskuppel über uns zusammenstürzen lässt. Todesursache? Herabfallender Kontinent.

»Keine Sorge«, sagt Nico. »Wir sehen uns später.« Sein Lächeln verblasst, als sein Blick auf Rahki fällt. »Pass bloß auf, dass sie dir keinen Mist erzählt.«

Er marschiert aus der Gefechtszentrale, wobei er grummelt, er sei ein wehrloses Opfer des Systems.

»Also«, sagt die Mamsell zu Rahki, »Sie wissen, was zu tun ist. Bringen Sie uns die Lieferung, damit wir sie platzieren können, und sorgen Sie dafür, dass Mr Cameron auf dem Laufenden ist.« Sie rümpft die Nase in meine Richtung. »Wir werden schon sehen, was Mr Cameron wirklich hier will.«

10

Die Lichter von Budapest

Rahki führt mich nach unten zur Foyer-Etage, also dem äußersten Ring des Hotels.

Ich atme erleichtert auf, als wir das Nordamerika-Foyer betreten. Endlich ein Ort, den ich wiedererkenne. Der plätschernde Springbrunnen, der Kristallkronleuchter, die gewundene Marmortreppe, über die ein roter Teppich führt – hier habe ich zum ersten Mal geglaubt, dass Magie wirklich existieren könnte.

Allerdings bin ich diesmal am anderen Ende des Foyers. Hinter den Polstersesseln und Sofas zieren kunstvolle Türen die Wand. Jede trägt ein funkelndes Bronzeschild: *Washington, Chicago, Vancouver ...*

Dallas.

Rahki biegt jedoch ab und läuft in Richtung eines Samtvorhangs, der halb zur Seite gezogen ist. Er befindet sich unter der Granitstatue eines Elchs, die zwei ganze Stockwerke hoch ist. Ich muss einem magischen Gepäckwagen ausweichen, der einem jungen Türhüter hinterherrollt, und komme bei ihrem Tempo kaum nach.

»Wohin gehen wir?«

»Osteuropa-Foyer«, raunt Rahki. »Budapest.«

Durch den Vorhang betreten wir ein weiteres Foyer, das ähnlich und doch anders ist. Auch hier erwartet uns die Empfangshalle eines Hotels, doch sie hat bunt verputzte Wände und mit Lichterketten geschmückte Bäumchen in Kübeln. Eine weitere Riesenstatue – diesmal ein exotischer Vogel – breitet ihre rot-gelben Flügel über uns aus. Er scheint uns zu beobachten, als wir unter ihm durchgehen.

Die Härchen auf meinen Armen stellen sich auf, als ich an Nicos Worte denke. Das Hotel sieht alles. Es kann in unsere Herzen schauen. Was genau bedeutet das? Wird es versuchen, mich aufzuhalten?

»Jetzt sind wir im Südamerika-Foyer«, sagt Rahki. »Als Nächstes kommt Osteuropa.«

»Wie viele von diesen Foyers gibt es denn?«

»Acht«, sagt sie. »Das würdest du wissen, wenn du das Hotel auf korrekte Art betreten und die Führung mitgemacht hättest.«

Plötzlich verstehe ich, warum Nico ihr die Zunge rausgestreckt hat.

Hinter dem nächsten Vorhang liegt eine weitere Empfangshalle. Portraitgemälde, Skulpturen und Goldverzierungen, wohin man auch blickt.

»Okay, also die Kurzversion«, sagt sie. »Jedes Foyer gehört zu einer anderen Region der Welt.« Sie zeigt auf die lange Reihe von Türen, an denen die Namen osteuropäischer Orte stehen. »Die Durchgänge nach draußen nennt man Klopfer. Sie ziehen sich an der Außenwand des Foyer-Rings entlang.« Dann nickt sie in Richtung der Prunktreppe. »Weiter oben, wo wir gerade hergekommen sind, liegt die Galerie, auf der –«

»Ja, das hat Nico mir schon erklärt. Aber wie passt der Fahrstuhlschacht in das alles rein?«

»Tja, so läuft es im Hotel nicht. Der Schacht ist eben der Schacht. Du musst ihn dir vorstellen wie ... den Kleber, der alles zusammenhält. Wichtig für dich sind erst mal die vier Hauptringe, die den tragenden Stamm bilden: Foyer-Etage, Liftkabinenring, Galerie, Atrium. Alles andere zweigt davon ab, und zwar mit der Hilfe von Krümmern. So nennen wir die Türen, mit denen die ganzen Teile des Hotels verknüpft sind.«

»Wie die Äste eines Baums«, sage ich und sehe das immer wieder auftauchende Symbol vor mir.

Sie nickt. »Krümmer und Klopfer gibt es in sämtlichen Großen Häusern. Du musst dir nur merken, dass die Krümmer alles im Inneren zusammenhalten, während die Klopfer uns mit dem Draußen verbinden.«

Wir machen noch einen kurzen Abstecher, um uns pelzgefütterte Mäntel aus einem Garderobenschrank zu holen, dann steuert Rahki auf die Budapest-Tür zu.

»Noch was«, sagt sie, bevor sie die Tür ... nein, den Klopfer öffnet. »Falls wir getrennt werden, versuch, nicht in Panik zu geraten.«

Meine Haut prickelt. »Warum sollten wir denn getrennt werden?« Ich habe nicht vor, für immer in Ungarn verloren zu gehen.

»Das kann eben passieren. Aber falls etwas schiefgeht, möchte deine Münze hierher zurück. Sie bindet dich ans Hotel, also wird sie immer nach einem Weg suchen, euch beide wieder zusammenzubringen. Solange du die Münze hast, führt sie dich zur Tür. Du musst nur anklopfen, und jemand wird dich einlassen. Denn wer anklopft, dem wird aufgetan.«

Ihr Blick huscht zum oberen Absatz der Foyertreppe, und sie presst die Lippen zusammen. Dorst steht Agapios, die Hände hinter dem Rücken verschränkt, und starrt auf mich herab. Sein düsterer Blick lässt einen Schauer über meinen Rücken laufen.

»Dann also los«, sagt Rahki und öffnet die Tür. Schnee weht uns entgegen. »Willkommen in Budapest.«

Die Budapest-Tür führt direkt auf einen großen Marktplatz.

»Wow«, sage ich. Mehr bringe ich nicht heraus.

Rundherum stehen hohe, von Weihnachtsbeleuchtung glitzernde Häuserfassaden aus Granit und Fensterglas. Behauene Steinbögen glühen in der untergehenden Sonne. Lichterketten hängen zwischen den Zeltdächern von zahlreichen Buden, die über den Platz verteilt sind. Kahle Äste ragen in den Himmel und tragen die Lichter mit sich in die Höhe wie den feurigen Atem eines Drachen.

Rahki kniet sich hin, um ihre Sneaker neu zu schnüren. »Das hier ist der *Vörösmarty Tér*«, sagt sie und zieht die Schleife stramm. »Um diese Jahreszeit liefern die ganzen orthodoxen Länder ein tolles Spektakel.«

»Ja, das ist …«

»Und den Budapester Weihnachtsmarkt mag ich am liebsten.«

Ich werfe ihr einen verwirrten Blick zu. »Aber bist du nicht …?« Ich nicke in Richtung ihres Kopftuchs.

»Stimmt, ich feiere kein Weihnachten, aber trotzdem kann ich das Fest genießen. Was schön ist, bleibt nun mal schön, egal aus welchem Blickwinkel.«

Als sie sich in meine Richtung wendet, fällt mir zum ersten Mal eine Art Stock auf, der an ihrem Gürtel unter dem Mantel baumelt. Sein poliertes Holz ist so glatt wie das seidene Holster, in dem er steckt, nur am Ende ist er buschig ausgefranst.

»Das ist mein Staubwedel«, erklärt sie, als sie meinen Blick bemerkt. »Die Waffe des Putzgeschwaders.«

Sie reibt einen behandschuhten Finger über das Holz.

»Unsere Handschuhe sind rau, ähnlich wie Sandpapier«, sagt sie und tippt die Fingerkuppen zusammen. »Damit schmirgeln wir die oberste Holzschicht ab und bekommen eine Portion Bindungsmagie, den Fesselstaub.« Sie hält mir ihre Hand entgegen, und auf ihrem Zeigefinger glitzert feiner Holzabrieb.

»Und wie funktioniert der Staub?«

Sie grinst. »Gib mir deine Hand.«

Ich zögere, aber schließlich gehorche ich.

Rahki tupft etwas Staub auf meinen Mittel- und Zeigefinger, dann drückt sie beide zusammen. »Der Staub fesselt. Wie der Name schon sagt. Probier es aus: Zieh sie wieder auseinander.«

Zuerst bin ich nicht sicher, was sie meint. Doch als ich die Finger bewegen will, kann ich es nicht. Rahki hat die beiden mit Glitzerstaub aneinandergebunden. »Fühlt sich an, als wären sie mit Sekundenkleber zusammengepappt.« Ich versuche, den Kleber abzuschütteln, aber ganz egal, was ich tue, die Finger lassen sich nicht lösen. »Wie macht man das wieder rückgängig?«

»Die Wirkung hört irgendwann von selbst auf.«

»Irgendwann?!«

»Reg dich ab«, sagt sie grinsend. »Du bist deutlich besser als Nico davongekommen.« Sie kichert. »Als er die Waffe vorgeführt haben wollte, habe ich ihm seinen dämlichen Hut mit Bindungsmagie ans Gesicht geklebt. War ein bisschen viel Fesselstaub, aber das war es wert. Einen ganzen Tag ist er fast blind durch die Gegend gelaufen.«

Ihre Augen werden schmal. »Ich kann ziemlich kreativ werden, wenn sich jemand nicht an die Regeln hält.«

Das war eindeutig eine Drohung. Sie traut mir so weit über den Weg wie ich ihr – also gar nicht.

Rahki zeigt auf ein Glasgebäude, an dem riesige Weihnachtskugeln hängen. Dahinter kann ich schemenhaft den Kopf einer Statue erkennen, die über die Zelte ragt. »Unsere Kontaktperson wird uns hinter dem Mihaly-Denkmal treffen. Wir sollten uns beeilen.«

»Also sind diese Staubdinger zum Kämpfen gedacht?«, frage ich und versuche vergeblich, meine Finger auseinanderzubekommen, während sie vor mir hermarschiert.

»Dafür eignen sie sich bestens, aber sie lassen sich auch auf andere Arten einsetzen. Fallen legen, Hände fesseln, Türen reparieren – mit einem guten Staubwedel lässt sich eine Menge anstellen, wenn man bereit ist, die nötige Menge Fesselstaub dafür zu opfern.«

Ich versuche, meine Finger zu befreien, indem ich in meine Hand spucke und die Feuchtigkeit verreibe. Das klappt auch nicht. Ich war schon kein großer Fan von Rahki, nachdem sie uns verpfiffen hat, aber das hier ist wirklich gemein.

Während wir uns durch den belebten Platz schlängeln, werden meine Blicke von den Marktständen angezogen. Die Holzstangen, an denen die Zeltplanen hängen, sind mit grünen Girlanden und funkelnden Lichtern umwunden. Der Duft von Räucherfleisch, Honig, Zimt und Fichtennadeln schwebt in der Luft, sodass es sogar nach Weihnachten riecht. Rahki hat recht. Das hier ist cool. Aber ich darf mich nicht davon ablenken lassen. *Wir mögen dieses Mädchen nicht.* Sie hat uns bei der Mamsell angeschwärzt und meine Finger verklebt. Sie gehört zum Putzgeschwader, und Nico hat gesagt, damit ist sie unser Feind.

Das kommt mir allerdings etwas übertrieben vor.

Rahki reicht einem Händler einen Geldschein und bekommt einen Teigkringel mit Marmeladenfüllung.

»Du hast sogar die passende Währung dabei?«

»Nein, nur die Geldscheine des Hotels«, sagt sie. »Sie sind darauf zugeschneidert, überall gültig zu sein. Durch ihre Bindung sehen sie immer wie die Währung aus, die wir gerade brauchen.«

»Und niemand bemerkt den Unterschied?«

»Die Hoteltüren bemerkt ja auch niemand, stimmt's?« Sie zuckt mit den Schultern. »Einige Arten von Magie täuschen die Sinne. Niemand, den wir mit Hotelgeld bezahlen, wird sofort misstrauisch. Bevor den Leuten doch auffällt, dass die Scheine nicht echt sind, ruft das Firmenbüro sie zurück und ersetzt sie durch die passende Währung.«

»Aber kannst du nicht einfach ... mit ein bisschen Magie ... du weißt schon?«

Sie schaut mich verwirrt an.

»Ich meine, wieso zauberst du dir nicht, was du brauchst?«

»Oh, du sprichst von echter Verwandlung? Das nennen wir Bildnerei, und so einfach funktioniert das Ganze nicht. Magie hat Regeln.« Sie beißt von dem Kringel ab und mustert mich von oben bis unten. »Okay, jetzt bist du dran. Wie lautet deine Geschichte? Warum bist du im Hotel?«

»Ist das so wichtig?«

Rahki schaut mich misstrauisch an. »Na gut, dann erzähl es mir eben nicht. Aber garantiert gibt es etwas, was du willst.« Sie vergräbt ihre Zähne in dem Gebäckstück und marschiert weiter die Zeltreihe entlang.

Ich bemühe mich, im Gedränge hinterherzukommen. Münze

oder nicht, auf keinen Fall will ich hier verlorengehen. »Das kannst du gar nicht wissen! Vielleicht will ich ja nur die Welt sehen.«

Sie hält an, sodass ich beinah in sie hineinrenne. »Die Welt sehen? Echt? Seit wir aus dem Hotel raus sind, steht dir die Panik ins Gesicht geschrieben.«

Meine Hände ballen sich zu Fäusten. Es stimmt, ich habe wirklich Angst. Mein Gehirn malt sich ein Dutzend verschiedener Arten aus, wie dieser Trip mich umbringen kann – angefangen von einem ungarischen Virus bis zu Raubmord in einer dunklen Gasse. Aber das will ich Rahki natürlich nicht wissen lassen.

»Das Hotel zeigt sich nicht einfach jedem«, sagt sie. »Es lädt Menschen zu sich ein, die auf der Suche sind. Solche, die etwas wollen oder brauchen, das sonst nirgends zu finden ist. Also spuck es schon aus.«

Ich gebe keine Antwort.

Sie schaut zu einer Turmuhr hoch und stöhnt. »Keine Zeit zu trödeln. Wir haben einen Terminplan einzuhalten. Aber wenn du vorhast, länger zum Hotel zu gehören, musst du schon mit irgendwas rausrücken.«

Wie kommen an einem Zelt vorbei, aus dem ein himmlischer Bratenduft strömt. Gegarte Fleischstücke baumeln an Haken. Der Grillgeruch erinnert mich an zu Hause: an meine Familie und Abendessen draußen im Hof. Ich vermisse die beiden, besonders Oma. Bestimmt macht sie sich verrückt vor Sorge, weil sie nicht weiß, wo ich bin. Ich habe noch kein einziges Mal versucht, mich bei ihnen zu melden. Als Bruder und Enkel bin ich eine Katastrophe.

In einer Verkaufsbude entdecke ich einen Stapel Postkarten, und mir fällt Omas Riesensammlung von Karten ein, die Dad ihr aus aller Welt geschickt hat. »Wenn ich vorhätte, jemandem zu schreiben …?«

Rahki versteht sofort und gibt mir einen der magisch gebundenen Geldscheine. »Geh schon und kauf dir eine Karte. Du kannst sie von unserem Postbüro verschicken lassen.«

Sie mustert mich durchdringend, während ich eine Karte kaufe, auf der in Schnörkelschrift *Üdvözöljük Magyarország* über einem mit Kuppeln und Türmchen übersäten Gebäude steht. Mir gefällt nicht, wie Rahki mich anschaut. Als könnte sie in mein Innerstes blicken.

»Da drüben ist der Treffpunkt«, sagt sie, als ich zu ihr zurückkehre, und verschwindet zwischen einer Gruppe lachender Teenager.

Gerade will ich ihr folgen, da fällt mir etwas ins Auge: ein Mann im Nadelstreifenanzug und mit flachem Strohhut, der eine Tüte kandierte Nüsse bestellt.

Mr Stripe schaut herüber, tippt grüßend mit seinem Gehstock an die Hutkrempe und zwinkert mir zu.

Weshalb ist er hier?

»Cam?«, ruft Rahki von der anderen Seite der Budenreihe. »Wo bleibst du?«

Stripe deutet mir, Rahki zu folgen, dann dreht er sich wieder zu dem Verkäufer um. Ich schlucke die Fragen herunter, die in meinem Hals feststecken, und haste Rahki nach.

Eine große Steinstatue ragt über uns auf, warm beleuchtet von den Lichterbäumen. Der Mann sitzt selbstbewusst auf einer Bank, während gemeißelte Kinder einen Absatz tiefer zu seinen Füßen stehen. Ein bisschen erinnert mich die Statue an den Alten Herrn mit seiner strengen Miene und den dunklen, undurchdringlichen

Augen. Ob der Concierge sich ähnlich fühlt, während Kinder unter seiner Aufsicht für ihn arbeiten?

Aber die Kleinen auf dem Podest wirken nicht eingeschüchtert. Eher behütet und beschützt, als würde der Mann über sie wachen. Danach habe ich mich immer gesehnt. Behütet aufzuwachsen. Beschützt zu werden. So leben zu können wie die ganzen anderen in meiner Schule. Oma kümmert sich gut um uns, aber trotzdem muss es für Kinder mit Eltern anders sein. Sie wirken alle so ... selbstbewusst.

Ich werfe einen Blick zurück zu der Stelle, wo ich Stripe gesehen habe, aber er ist nicht mehr da. Vielleicht will er mir etwas mitteilen. Vielleicht können wir Dad auf weniger riskante Art aufspüren. Aber wie hat Stripe mich überhaupt gefunden?

Rahki lässt den Blick über die Menge schweifen. »Wo steckt er denn?«

»Schon längst hier.«

Ein blasser Junge taucht hinter dem Denkmal auf. Er trägt einen schweren Marinemantel mit Silberknöpfen, und schwarze Locken quellen unter einem runden Filzhut hervor, der an meinen eigenen erinnert. Auf seinem Gesicht wachsen haarige Flecken.

Ich brauche einen Moment, bis mir klar wird, warum er so bekannt aussieht.

»*Szia*, Orban«, begrüßt ihn Rahki.

»*Szia.*« Er schüttelt ihre Hand.

Orban ... den ich im Durchgang zum Museum gesehen habe, an der Seite von Stripe. Er wirkt so entspannt und locker. Damals bei Stripe war er furchtbar steif und hat keine Miene verzogen.

Unsere Blicke treffen sich, und Orban lächelt mir zu. »Ich glaube, wir kennen uns noch nicht.«

Warte mal ... natürlich kennen wir uns! Fast will ich ihn verbessern, aber dann verstehe ich, was los ist. Er tut nur so, als hätten wir uns nie getroffen.

»Cameron ist neu«, sagt Rahki. »Ich führe ihn herum.«

»Sehr angenehm, Mr Cameron«, sagt Orban, rollt dabei das »R« und deutet eine Verbeugung an. Ich schüttele seine kräftige Hand und versuche, die Flecken auf seinem Gesicht nicht anzustarren. Einer unter seinem Auge sieht wie ein Stiefel aus, ein anderer am Kiefer könnte glatt der Bundesstaat Kalifornien sein ... nur eben in haarig.

»Orban ist einer unseren Zulieferer«, sagt Rahki. »Er gehört zwar nicht direkt zum Personal, aber das ist nur eine Formsache.«

»Zulieferer?«, frage ich.

»Das Hotel handelt mit sehr speziellen Gütern und Dienstleistungen.« Orban richtet seinen Blick auf mich. »Solange sich jeder auf seinen Job konzentriert, läuft alles problemlos.«

Das ist eindeutig an mich gerichtet. Stripe lässt mich wissen, dass er die Situation unter Kontrolle hat.

Rahki entgeht die versteckte Botschaft. »Wo ist die Abholstelle?«

»Typisch Rahki, immer zuerst die Pflicht.« Orban zaubert einen Keks aus seinem Mantel hervor. »Hast du wenigstens unsere Leckereien probiert? Hier auf dem *Vörösmarty*-Platz gibt es die allerbesten.«

Rahki reißt die Augen auf. »Sind das etwa Honigkekse?«

»In der Tat. Und sie sind halal!« Darauf lässt Orban noch einen ungarischen Ausruf folgen, der Rahki zum Lachen bringt. Die beiden wirken so entspannt miteinander. Als sei diese ganze ›Mission‹ keine große Sache. Vielleicht ist sie das auch gar nicht, und die beiden machen so was ständig.

Sie setzten ihr Gespräch ohne mich fort. Währenddessen lasse ich die Szene aus verschnörkelten Straßenlaternen und schneebedeckten Fassaden auf mich wirken. Ich bin in Ungarn. Und das ist gar nicht so schlimm, wie ich angenommen hatte. Durch die Welt zu reisen. An einem Ort zu sein, der nicht mein Zuhause ist. Fast schon finde ich es ... aufregend.

Aber nur fast.

Mein Blick wandert wieder über die Menge, bis zu dem Mann im Nadelstreifenanzug, der am Rand des Marktplatzes steht. Stripe vergräbt die Finger in der Tüte mit kandierten Nüssen und beobachtet uns aus dem Augenwinkel. Ich muss dringend mit ihm reden. Wie soll ich mich verhalten, nun da das Hotel mich entdeckt hat ... und vielleicht sogar von Dads Münze weiß? Ich mache einen Schritt von Rahki und Orban weg, die so ins Gespräch vertieft sind, dass sie wahrscheinlich gar nichts merken. Aber Stripe schüttelt den Kopf. Sein ernster Blick sagt mir, dass ich warten soll.

Wenig später führt Orban uns eine Gasse entlang, die vom Marktplatz abzweigt. Während auf dem *Vörösmarty Tér* alles festlich aufgeputzt ist, versinken die Seitenstraßen in schmutzig grauem Schnee. Gaslampen werfen lange Schatten in die Gasse wie gierige Finger. Die Geräusche vom Festplatz verklingen, und uns umgibt eine unheilvolle Stille.

Rahki und Orban unterhalten sich weiter, während ich hinter ihnen hertrotte. Orban spricht schnell – zu schnell, finde ich, als ob er nervös wäre. Ab und zu übersetzt Rahki für mich.

»... er sagt, sie mussten in einer Fabrik schuften, oben am Fluss ...«

»... hatten kaum was zu essen ...«

»... brauchen etwas Schonzeit, bevor man ihnen einen Platz zuweisen kann ...«

Ich unterbreche sie. »Warte mal, redest du etwa von *Menschen?*«

Rahki verzieht das Gesicht. »Ich rede von unserer Mission.«

Orban bleibt vor der Hintertür eines Gebäudes stehen, das direkt an der Donau liegt. Große Flussschiffe mit beleuchteten Fenstern dümpeln auf den Wellen. Ich kann von hieraus die nassen Ufersteine riechen.

Er schließt die Tür auf. Dahinter kommt ein dunkler Flur mit einem Boden aus Beton zum Vorschein. Die Wände haben eine schmutzig graublaue Farbe.

Rahki geht als Erste hinein. »Wenn wir hier fertig sind, holen wir ihnen ein paar Honigkekse. Du bist auch herzlich willkommen«, lädt sie Orban ein.

Er wirft einen Blick zurück in die Richtung, aus der wir gekommen sind. Das hat er schon mehrmals gemacht – als hätte er Angst. Aber dafür gibt es keinen erkennbaren Grund. Ich sehe nur die Menschenmenge, die Verkäufer und Stripe.

»Stimmt etwas nicht?«, frage ich.

Er legt warnend einen Finger an die Lippen, dann führt er mich ebenfalls durch die Tür. Fort von den Schatten, der Kälte und dem Duft kandierter Nüsse.

Wir befinden uns in einem Hotel: durchnummerierte Türen, der Geruch von Reinigungsmittel ... aber nicht im Hotel der Wünsche. Hier werden Schlüsselkarten benutzt, keine altmodischen Bartschlüssel wie bei den Krümmern, die das Hotel verbinden. Außerdem hat es nicht in meinen Ohren geploppt, als wir über die Schwelle getreten sind.

Ich lasse mich ein paar Schritte zurückfallen. Orban wirft mir ständig seltsame Blicke zu, und jetzt redet er auch nicht mehr. Die ganze Zeit sehe ich den Ausdruck auf Stripes Gesicht vor mir. Ich sollte mir keine Sorgen machen – Orban ist schließlich ein Verbündeter –, trotzdem schrillen in meinem Gehirn sämtliche Alarmglocken los.

Orban zieht eine Schlüsselkarte durch den vorgesehenen Schlitz, dabei erhasche ich einen Blick auf einen Gegenstand, der aus seiner tiefen Manteltasche ragt. Das sieht fast aus wie ein … Messer? Als er meinen Blick bemerkt, versucht er, es schnell zu verbergen.

Ich halte Rahki am Arm zurück, bevor sie durch die geöffnete Tür treten kann. »Lass mich zuerst gehen.«

Rahki mustert mich mit schrägem Kopf. »Wieso?«

Weil sich das alles falsch anfühlt. Weil ich mich, wenn etwas Schlimmes passiert, immer als Erster davorwerfe. Das ist meine Aufgabe. Ich beschütze andere vor den Gefahren des Lebens. Cass. Oma. Am besten jeden.

»Ich will nur sehen, was los ist«, sage ich und schiebe mich durch die schäbige Tür.

Aber auf das, was mich auf der anderen Seite erwartet, bin ich nicht vorbereitet.

»Das sind ja Kinder«, sage ich. Fünf, um genau zu sein. Alle sind sehr jung, keine acht Jahre, und schauen uns mit ängstlichen Mienen an.

Omas Geschichten über Giergeister wirbeln durch meinen Kopf: Sie sind unersättlich. Sie würden die ganze Welt an sich reißen, wenn sie könnten. Oma hat immer gesagt, Kinder kann man nur schwer beherrschen. Sie tun nicht, was man ihnen befiehlt, und das macht sie zu einer Herausforderung. Also schmeicheln sich besonders hinterhältige Geister bei ihnen ein und nähren sich an ihrer Lebensfreude, bis nichts mehr übrig ist.

Die fünf sehen aus, als hätte man ihnen nicht nur die Freude ausgesaugt, sondern auch alles andere. Ihre Augen wirken leer und übergroß. Die Haut spannt sich straff über ihre Gesichter, Arme und Rippen. Die Kleidung hängt an ihnen, als wären sie nur klapperige Bügel in einem Schrank.

Rahki eilt mit offenen Armen zu ihnen. Sie kniet sich inmitten der Kinder auf den Boden. »Kommt her, meine Kleinen.«

Die Mädchen schmiegen sich an sie. Die Jungen weichen zurück und starren sie misstrauisch an.

Viele durchschreiten die Türen, doch nicht alle kehren zurück. Hat Stripe damit Kinder wie diese hier gemeint? Gehört Agapios zu den Giergeistern aus Omas Geschichten? Raubt das Hotel ihnen die Lebensfreude? Oder liege ich mit allem völlig falsch?

»Was ... ist mit ihnen passiert?«

Ich bekomme keine Antwort. Rahki ist zu beschäftigt, die Kinder zu trösten, und Orban steht noch immer draußen bei der Tür.

Ich starre auf die Kinder. Bei dem Ausdruck in ihren Augen vermisse ich meine Familie und mein Zuhause mehr, als ich mir je vorstellen konnte. Ob sie nach mir suchen? Ob sie schon die Polizei verständigt haben? Und ob ich auch spurlos verschwinden werde?

Aus dem Augenwinkel sehe ich, dass Orban einen Schritt zurück macht und nach der Türklinke greift. Unsere Blicke treffen sich, und mir gefällt überhaupt nicht, was ich darin lese.

»Orban?«

Er zieht das Messer aus dem Mantel und richtet es auf mich. Doch eigentlich ist es gar kein Messer ... zumindest nicht von der Sorte, die ich kenne. Es besteht vollständig aus Holz, vom Griff bis zur Spitze. Eine Art langer, rund geschnitzter Splitter, nicht dicker als ein Bleistift.

Orban macht eine warnende Finte in meine Richtung, um mich

auf Abstand zu halten. »Ich lasse mich nicht zerbinden«, sagt er mit brechender Stimme. Seine nächsten Worte sind fast ein Flüstern und direkt an mich gerichtet: »Such einen Ausweg!«

Rahki wirbelt erschrocken herum, als er die Tür zuschlägt.

Ich greife hastig nach der Klinke, um die Tür wieder aufzureißen, aber bekomme nichts zu fassen. Auch beim zweiten Versuch greifen meine Finger ins Leere.

Es gibt keine Klinke mehr.

Gänsehaut kribbelt über meine Arme. In meinen Ohren rauscht es dröhnend.

Auf der anderen Seite der Tür sagt Orban etwas auf Ungarisch, dann höre ich seine davoneilenden Schritte.

Ich schaue fragend Rahki an, damit sie übersetzt.

Sie blinzelt verwirrt. »Er hat zu jemandem gesagt … *meine Schulden sind beglichen.*«

11

Staub zu Staub

Rahki sammelt die verängstigten Kinder um sich.

Ich lasse mich nicht zerbinden.

Such einen Ausweg.

»Was ist hier eigentlich los?«, frage ich, aber im Grunde weiß ich es schon. Wir sitzen in der Falle. Keine Ahnung, in was für einer, aber trotzdem berechnet mein Gehirn bereits Wahrscheinlichkeiten.

Vierzig Prozent: Jemand kommt, um uns mit einer Kettensäge zu zerstückeln.

Dreiundzwanzig Prozent: Die Wände rücken näher und zerquetschen uns zu Brei.

Sechzehn Prozent: Wir ertrinken in giftigem Glibber.

Zehn Prozent: Der Boden klappt auf, und wir enden als Haifischfutter.

Sieben Prozent: Budapester Giftspinnen wickeln uns in ihre Ko-

kons des Todes und saugen uns leer, sodass die Polizei nur noch verschrumpelte Hüllen findet.

Ich bin nicht sicher, wie viel Prozent noch übrig bleiben. Mathe ist nicht gerade meine Stärke. Okay ... vielleicht vier Prozent, dass alles gut ausgeht. Die Zahlen gefallen mir gar nicht. Zumal ich ziemlich sicher bin, dass ich mich irgendwo verrechnet habe.

Orban sollte doch auf meiner Seite sein, oder nicht? Warum hat er mich hier eingeschlossen?

Rahki starrt auf die Tür, als müsste das Ding jeden Moment von selbst aufgehen. »Seine Waffe ... Orban hatte einen Spleiß. Das heißt, er gehört zum Gegenpart.«

»Zum was?«

Sie richtet sich auf, durchbohrt mich mit Blicken, und dann ... fährt sie mit der Hand über den Staubwedel. Schimmernde Finger schießen auf mein Gesicht zu. Meine Wange prallt gegen die Wand ...

Und ich klebe fest.

»Was soll –?«

»Klappe halten!«, herrscht sie mich an. »Ich muss nachdenken.«

Na toll. In der Zwischenzeit bleibt meine Wange mit Fesselstaub an die Wand gekleistert. Ich kann mich nicht loszerren, nicht nach unten rutschen lassen oder auf andere Art von der Wand schälen. »Mach mich los!«

»Ich habe gesagt, du sollst die Klappe halten!« Sie fuchtelt drohend mit dem Staubwedel.

»Okay, schon gut.« Ich drehe mich zu ihr, so weit ich eben kann, während mein Kiefer als Wanddekoration dient. »Nur eine klitzekleine Frage. Warum hast du deine Bindungsmagie ausgerechnet auf mich losgelassen?«

Sie fährt mit einer Hand den Türrahmen entlang, als würde sie nach etwas tasten. »Weil du vielleicht einer von denen bist.«

Ich schlucke und suche krampfhaft nach Worten. Nach irgendeiner Entgegnung, die Rahki beweist, dass ich nicht … was auch immer bin. Hinter mir höre ich die Kinder wimmern. Ich kann mich nicht umdrehen, um nach ihnen zu schauen. Bestimmt sind sie außer sich vor Angst. »Ich soll einer von *was* sein?«

»Vom Gegenpart«, sagt Rahki und zerrt an der Tür.

»Würdest du mir bitte erklären, was los ist?« Ich ergebe mich wohl besser in mein Sekundenkleberschicksal.

Ihr Blick bleibt immer wieder an den Stellen hängen, wo normalerweise die Türscharniere sitzen. Aber in diesem Fall sind sie auf der anderen Seite befestigt und damit unerreichbar. »Der Gegenpart will das Hotel zerschlagen. Diese Leute sind unsere Feinde und haben uns gerade in eine ihrer Fallen gelockt.«

Stripe. Nico und Sev. Orban. Sind sie der Gegenpart? Bin ich es auch?

Rahki untersucht jeden Winkel, jedes Fenster und jede Unregelmäßigkeit im Putz.

»Was tust du da?«

»Ich suche nach einem Ausweg«, sagt sie.

Nicht den Kopf drehen zu können ist echt nervig. »Mein Hals fängt an, steif zu werden. Und meine Schulter ist schon ganz taub.«

»Tja, dein Problem.« Rahki kehrt zur Tür zurück und hämmert wütend eine Faust dagegen. »Ich brauche ein Scharnier. Sie haben sämtliche Möbel entfernt, die Fenster vergittert … sogar die Klotür ausgehängt.«

»Hör zu«, rede ich auf sie ein. »Ich habe keine Ahnung, worum es hier geht. Aber wenn du mich losmachst, kann ich vielleicht helfen.«

Sie wirft mir einen abschätzenden Blick zu. »Du hast wirklich keinen Schimmer, oder?«

»Großes Ehrenwort.« Ich halte beschwichtigend die Hände hoch, allerdings sieht das mit meiner festgeklebten Wange wohl eher aus wie ein peinlicher Ententanz. »Bevor du vom Gegenpart gesprochen hast, habe ich den Namen nie gehört. Ich weiß auch nicht, was du eigentlich mit diesen Kindern willst und warum Orban uns hier eingesperrt hat.«

Rahki verzieht den Mund, holt den Staubwedel aus seinem Holster und schwenkt ihn in meine Richtung.

Ich zucke zusammen. »Bitte, nicht schlagen.«

»Ich habe nicht vor, dich zu schlagen, Dummkopf. Halt still.« Sie schiebt das schmale Ende des Staubwedels unter meine Wange und dreht es herum. »Die Bindung zwischen dem Fesselstaub und dem Holz, von dem er stammt, ist stärker als zwischen der Wand und dir. Staub zu Staub und so weiter.«

Sie zieht ihre Waffe zurück, und mein Gesicht löst sich so ruckartig, dass ich auf den Hintern falle.

Eines der Mädchen stößt ein leises Kichern aus.

»Das macht dir Spaß, hm?«, sage ich und klopfe mich ab. »Bestimmt brauche ich eine Woche, bevor mein Gesicht wieder normal aussieht.«

Das Mädchen sagt etwas auf Ungarisch und lächelt mich an.

Ich schneide eine Grimasse. »Was meinst du, sieht es okay aus?«

Sie lacht, aber das Mädchen neben ihr rutscht mit panischem Blick von mir weg. Vermutlich sollte ich lieber keine lustigen Monstergesichter schneiden.

Ich krieche auf den Knien zu dem kleinen Mädchen und lege vorsichtig meine Hand auf ihrer Schulter, so wie bei Cass, wenn sie Angst hat. Mit einem sanften Händedruck murmele ich: »Alles wird gut.«

Als meine Schwester und ich noch klein waren, hat Oma mir eingeschärft, dass ich auf Cass besonders aufpassen muss. Sie hat gesagt, manche Menschen brauchen ein bisschen mehr Rücksicht als andere, und meine Aufgabe sei es, für Cass zu sorgen und sie zu beschützen. Heutzutage ist ihr Körper nicht mehr so schwach – in den ersten Jahren gab es die meisten Komplikationen. Es gibt zwar noch immer Schreckmomente wie den, als sie sich neulich Nachmittag übergeben hat, aber Cass kann damit umgehen. Sie ist clever, hoffnungsvoll und unabhängiger denn je.

Die Mädchen hier erinnern mich daran, wie meine Schwester früher war.

Als ich aufschaue, merke ich, dass Rahki mich beobachtet. »Du machst das gut.«

»Jede Menge Übung.« Ich wische der ängstlichen Kleinen eine Träne von der Wange und zwinkere dem Mädchen zu, das über mich gekichert hat.

»Okay.« Rahki zieht einen hölzernen Pflock aus den Schlaufen an ihrem Hemd. »Der ist ans Hotel gebunden. Aber der Gegenpart weiß, dass ich immer einen für Notfälle dabeihabe, also hat das Zimmer nirgends Türscharniere.«

Ich mache kurz die Augen zu und denke nach. Das hier ist nur eine weitere Schulspindfalle. Irgendwo muss es einen Riegel geben. Einen Ausweg. Garantiert wird nicht von Zauberhand ein Scharnier auftauchen, wie verbissen Rahki auch sucht. Wir müssen uns mit dem begnügen, was wir haben: die Kinder und alle Dinge, die wir am Körper tragen. Es gibt Rahkis Staubwedel und den Pflock, den sie aus der Schlaufe gezogen hat und –

Moment mal … »Steckt ein Teil der Magie im Scharnier oder nur im Pflock?«, frage ich.

»Alles im Pflock. Ein Scharnier braucht man bloß, um den Pflock am Türrahmen zu befestigen.«

»Das heißt … eigentlich muss man nichts weiter tun, als beides sicher miteinander zu verbinden, und dann fesselt der Pflock automatisch die Tür ans Hotel?«

»So ungefähr. Aber wie schon gesagt: kein Scharnier weit und breit.«

»*Noch* nicht.«

Sie schaut mich mit schmalen Augen an. »Worauf willst du hinaus?«

»Wir könnten uns doch selbst eines basteln.« Ich stecke den Finger in eine der leeren Pflockschlingen an meinem Shirt und ziehe kräftig. Die Fäden an der Naht reißen einer nach dem anderen, bis ich das schmale Stoffband in der Hand halte. Ich überreiche es Rahki. »Hier. Jetzt kannst du deinen seltsamen Holzstaub benutzen, um die Schlinge zwischen Tür und Rahmen zu kleben. Und schon gibt es auf unserer Seite auch ein Scharnier, in das wir den Pflock schieben können.«

Sie zögert und fährt mit den Fingern über den Stoffstreifen.

»Oder geht das etwa nicht?«, frage ich.

»Keine Ahnung«, sagt sie. »Theoretisch vielleicht. Wenn wir Glück haben, trennt es unsere Seite der Tür sogar vom Scharnier auf der anderen Seite.«

»Dann gibt es wohl nur einen Weg, das herauszufinden.«

Ein Grinsen stiehlt sich auf ihr Gesicht. »Okay, sehen wir, was passiert.« Rahki schabt über ihren Staubwedel und kleistert die Stoffschlinge an die Stelle, wo normalerweise ein Türscharnier sitzt.

Gerade, als sie das letzte Stück an die Tür klebt, lässt ein lautes Klopfen sie erschrocken zurückspringen.

»*Helló?*« Die Stimme gehört einem Mann. »*Ez senkit nem?*«

»Wer ist das?«, flüstere ich.

»Weiß ich nicht.« Rahki hebt den Kopf und gibt dem Mann eine Antwort auf Ungarisch.

Anscheinend hat sie einen deutlichen Akzent, denn der Mann fragt: »Sie sprechen Englisch?« Er wartet kurz, dann erklärt er: »Ich habe gesehen, wie ein junger Mann von Ihrem Zimmer weggelaufen ist. Er kam mir verdächtig vor.«

»Orban, der Verräter, als er abgehauen ist«, murmelt Rahki.

»Glaubst du, das ist jemand vom Gegenpart?«, frage ich.

Sie schüttelt den Kopf. »Unwahrscheinlich. Dann würde der Typ nicht mit uns reden, sondern hier mit Gewalt reinmarschieren und sich nehmen, was er will. Schätze ich jedenfalls.«

»Du weißt es nicht genau?«

»Ich bin noch nie einem Anzügler begegnet. Die Mamsell schickt mich erst seit Kurzem auf Missionen, die gefährlich sein könnten.«

Ein weiteres Klopfen. »Alles in Ordnung da drinnen?«

»Mach weiter mit der Bindung«, sage ich zu Rahki. »Wir sollten machen, dass wir hier wegkommen.«

Rahki steckt ihren Pflock in das improvisierte Stoffscharnier. Es knistert, als die Bindung aktiviert wird. »Ich glaube, es klappt«, sagt Rahki.

Die Tür springt einen Spalt weit auf, und ich erschnuppere einen Hauch von Blaubeerkuchenduft. Wir haben es geschafft! Wir können tatsächlich –

Doch bevor die Tür ganz aufgeht, ertönt ein reißendes Geräusch. Dann ein dumpfes Plopp. Eine schimmernde Lichtwoge überrollt uns, die Pflockschlinge zerfetzt, und die gesamte Tür fällt auf mich zu. Die normalen Achsenstifte aus Metall, die auf der anderen Seite die Tür festgehalten haben, klirren zu Boden.

Rahki hilft mir, die Tür aufzufangen. Gemeinsam legen wir sie im Zimmer auf den Boden. Dann steckt Rahki den Pflock wieder ein.

Als ich aufstehe und durch die leere Türöffnung schaue, sehe ich allerdings nicht das Hotel der Wünsche auf der anderen Seite.

Mr Stripe steht auf der Schwelle und mampft seine kandierten Nüsse. »Tja«, sagt er. »Ich dachte, hier könnte jemand Hilfe brauchen. Der junge Mann hatte einen sehr schuldbewussten Blick. Aber anscheinend habe ich mich geirrt.«

Meine Gedanken rasen, und ich versuche zu durchschauen, was hier vor sich geht. Wieso ist Stripe immer noch da? War er etwa verantwortlich dafür, dass Orban uns im Zimmer eingesperrt hat?

»Nachdem das geklärt ist, gehe ich wohl wieder.« Stripe tippt sich an die Hutkrempe und schüttelt mir ausgiebig die Hand. »Frohe Weihnachten, alle miteinander.«

Er schlendert den Flur hinunter, wobei er sich lässig auf seinen Gehstock stützt.

Ich spüre etwas zwischen den Fingern, das wie ein gefaltetes Stück Papier wirkt. Stripe hat es mir beim Händeschütteln zugesteckt.

Eine Nachricht.

12

Gemopst

Die Mamsell wartet mit ihrem Mitarbeiterstab im Foyer Osteuropa, als wir zurückkommen. Alle vom Putzgeschwader tragen genau wie Rahki elegante Anzughosen, Westen und geknöpfte Hemden, außerdem hölzerne Staubwedel, die zu verschiedenen Längen abgeschmirgelt sind. Die Mamsell schaut mich so grimmig an, als hätte ich ihr Kaugummi in die Haare geschmiert.

»Darf ich vorstellen, das Putzgeschwader«, verkündet Rahki.

»Die Staubwedel sind unverkennbar«, murmele ich. »Garantiert habe ich noch monatelang Albträume, in denen mein Gesicht mit Sekundenkleber an einem fahrenden Auto hängt.«

Sie gluckst. »Ich übernehme den Rest, okay? Denk daran, dich für die Nachmittagsschicht bei Nico zu melden. Wir reden dann später.« Sie will schon losgehen, aber bleibt noch einmal stehen. »Und übrigens, toller Job vorhin. Vielleicht erlaubt das Hotel nach deiner Probezeit, dass du mit mir beim Putzgeschwader arbeitest.«

Rahki führt die Kinder in Richtung der Prunktreppe, wo sie von der Mamsell zum Liftkabinenring weitergeleitet werden. Ich frage mich, wohin man die Kinder wohl bringt und ob sie jemals wieder auftauchen werden. Die Vorstellung, dass ich dem Hotel vielleicht geholfen habe, ein paar weitere Menschen verschwinden zu lassen, dreht mir den Magen um. Aber schließlich weiß ich gar nicht sicher, was hier vorgeht. Ich muss mehr darüber rausfinden, und zwar schnell.

Die Mamsell bleibt oben auf der Treppe stehen und blickt mit der Hand auf dem Schwertgriff zu mir herunter. Dann dreht sie sich auf dem Absatz um und verschwindet ebenfalls. Zum ersten Mal bin ich im Hotel allein.

Obwohl das vielleicht der falsche Ausdruck ist. Das Foyer ist voller Gäste, die durch die Krümmertüren zu anderen Hotelteilen rein- und rausspazieren. Personal wartet bei den Klopfern, damit Leute von ihren Ausflügen nach draußen zurückkehren können. Zu beide Seiten der Prunktreppe stehen riesige Stierstatuen, die auf mich herabstarren. In einer Ecke sitzt ein Mann und spielt slawische Volksmusik auf dem Akkordeon, doch die Töne scheinen von überall gleichzeitig zu kommen. Ich habe das Gefühl, dass sein Instrument mit dem Saal verbunden ist und die Wände die Melodie mitspielen.

Trotzdem fühlt sich das warme Licht des Hotels nicht mehr so heimelig an. Ohne jemanden, der mich führt, wirkt alles fremd, wie von einem anderen Stern. Vielleicht ist es das sogar. Ein Werk von Außerirdischen – und Agapios ist der König der Aliens. Das Hotel sammelt Kinder für Experimente ein, und dann ...

Nein, ich bin ziemlich sicher, dass die Mamsell und der Alte Herr keine Aliens sind. Andererseits war ich vor zwei Tagen auch noch davon überzeugt, dass es keine magischen Türen gibt. Und der einzige ›Feind‹ in meinem Leben war der Typ aus meiner Klasse, der es witzig findet, seine Popel an mir abzuwischen, wenn wir uns im Schulflur begegnen.

Orbans Stimme hallt wie ein Ohrwurm in Dauerschleife durch meinen Kopf. *Ich lasse mich nicht zerbinden. Such einen Ausweg.*

Ich setze mich auf eine der Polsterbänke mit Blumenmuster und taste in meiner Tasche nach dem Zettel, den Stripe mir zugesteckt hat. Die schnörkelige Handschrift ist kaum lesbarer als die von Agapios.

Mein lieber Cameron,
verzeih mir meine kleine Finte mit Orban. Als ich von Nico erfuhr, dass du die Hotelzofe bei ihrer Mission begleiten solltest, die Kinder zu stehlen, sah ich darin eine einmalige Gelegenheit. Deine Stellung im Hotel ist nun deutlich gestärkt, auch wenn unsere kleine Farce dazu geführt hat, dass Orban als einer der Unseren enttarnt wurde. Das Hotelpersonal dürfte nun deutlich geneigter sein, dir zu vertrauen.

Ich bin sehr erfreut, dass es dir gelungen ist, eine Arbeitsstelle im Hotel zu erhalten. Dadurch wird es uns wesentlich leichter fallen, deinen Vater zu lokalisieren und ihn aus jener misslichen Lage zu befreien – worin auch immer sie bestehen mag –, die ihn zwölf Jahre lang von euch ferngehalten hat. Exzellente Arbeit, mein Junge! Aber nun, da du ins Hotel gelangt bist, lauern Gefahren hinter jeder Ecke. Ich bin sicher, unser Treffen in Budapest hat dir gezeigt, wie verblendet das Personal ist, was die sogenannte ›Mission‹ ihres Hauses betrifft.

Genau diese Mission ist es, die ich und deine neuen Freunde mit größter Mühe zu verhindern suchen. Agapios hat alle davon überzeugt, dass sich das Hotel um das Wohl der Kinder sorgt, doch in Wirklichkeit handelt es sich schlicht um Raub und Entführung. Die gestohlenen Kinder sind gänzlich ahnungslos, was sie erwartet.

Lass dich jedoch nicht zu sehr davon beunruhigen, sonst könnte das Hotel deine Absichten spüren. Stattdessen setze dir nur zum Ziel, die Erinnerungen zu entschlüsseln, die in Reinharts Münze verborgen sind. Daraus dürfte das Hotel dir keinen Vorwurf machen. Wenn du dich ganz auf deinen Vater konzentrierst, wirst du schließlich finden, wonach du dich immer gesehnt hast.

Reinhart wäre stolz auf dich.

Stripe

Ich lese den Brief wieder und wieder, wobei ich jedes Mal bei den letzten Worten hängenbleibe.

Reinhart wäre stolz auf dich.

Das Hotel stiehlt also Kinder, und Rahki ist auf den Schwindel hereingefallen, dass alles zu einem guten Zweck geschieht. Deshalb sieht Nico in ihr eine Feindin. Ich glaube eher, dass Rahki zu den Guten gehört, auch wenn sie mich bei meiner Ankunft erst mal an die Haie verfüttert hat. Ich bin sicher, dass sie bloß nicht die Wahrheit kennt.

Stripe hat geschrieben, Orban sei als ›einer der Unseren‹ enttarnt worden. Das könnte bedeuten, dass Stripe und die Leute, die mit ihm zusammenarbeiten, wirklich der Gegenpart sind. Der Auftrag von Nico und Sev dürfte also lauten, das Hotel an weiteren Entführungen zu hindern.

Darüber darf ich gar nicht weiter nachdenken, sonst werde ich zu wütend und alarmiere das Hotel. Als Dad mit Stripe versucht hat, das Hotel aufzuhalten, hat er anscheinend etwas Wichtiges herausgefunden. Vielleicht reicht es sogar, ihn zu finden, um auch all den Kindern zu helfen.

Leider habe ich immer noch keine Spur, und mir bleiben nur wenige Tage, bis meine Probezeit vorbei ist.

Das lebendige Treiben des Foyers geht um mich herum weiter seinen Gang. Ständig klopfen Leute an die Türen, gemünzte Gepäckwagen rollen hinter Pagen her, die Kinder von Gästen rennen lachend um die Statuen.

Ich stehe auf, schließe die Augen, atme tief die Hotelluft ein und warte. Auf irgendetwas. Einen Hinweis. *Führe mich, oh mächtige Münze.*

Nichts.

Also beschließe ich, die Foyers abzugehen. Vielleicht reagiert die Münze, wenn ich Dads frühere Wege kreuze. Sie könnte ... na ja ... anfangen zu schweben? Oder zu leuchten? Mir egal, solange sie mir nur die richtige Richtung zeigt.

Während ich mich umschaue, fallen mir Unterschiede zwischen den Klopfern auf. Viele Türen entlang der Außenwand tragen die Aufschrift AUSSER BETRIEB anstelle des Zielorts, an den sie gebunden sind. Sie wirken düsterer, schäbiger, als wäre jede Farbe aus ihnen gewichen.

Zwischen dem Osteuropa-Foyer und dem Asien-Foyer entdecke ich einen Ständer mit Broschüren. Unter den Reihen von »Verpassen Sie nicht die Sehenswürdigkeiten in ...« und »Genießen Sie den Luxus von ...« gibt es auch Flyer mit Sicherheitsinfos. So etwas liebe ich. Im Laufe der Jahre haben die Ärzte uns alles Mögliche an Infomaterial nach Hause mitgegeben, damit wir im Notfall wissen, was zu tun ist. Ich habe jede Broschüre von vorne bis hinten gelesen.

Jetzt nehme ich mir einen der Flyer vor. Er ist offenbar eher an die Mitarbeiter gerichtet und trägt den Titel *Im Falle eines Pflock-Defekts.*

1. Falls ein Schwellenpflock versagt, ist das Personal verpflichtet, sämtliche Gäste auf die Galerie zu evakuieren. Suchen Sie den nächstgelegenen Kartentisch auf, und folgen Sie den Anweisungen.
2. Wenn Sie sich im nahen Umkreis des Pflock-Defekts befinden, geraten Sie nicht in Panik. Benachrichtigen Sie sofort den nächsten Türhüter. Auch hier ist höchste Priorität, unsere Gäste auf die Galerie zu bringen.
3. Falls kein Türhüter auffindbar ist, kontaktieren Sie die Hausmeisterwerkstatt und informieren Sie die dortigen Mitarbeiter über den Pflockdefekt.
4. Wenn der Pflockdefekt Ihnen den Weg abschneidet, geraten Sie nicht in Panik. Suchen Sie den nächstgelegenen Kartentisch auf, und folgen Sie dem eingezeichneten Weg ...

Was immer ein Pflock-Defekt sein mag, es klingt schaurig. Ich stecke den Flyer ein, um ihn später genauer zu studieren, und gehe zum Asien-Foyer weiter.

Am Ende der Prunktreppe steht ein Granitpfeiler mit allerlei Verzierungen. Ich lasse die Finger über das Mosaik aus Porzellankacheln und Perlmutt gleiten. Rote Seidentücher fallen in Wellen von der Decke. Daneben hängen Lampions, und eine Frau zupft beruhigende Melodien auf einem unbekannten Saiteninstrument, während Menschen lachen und plaudern ... Das alles kommt mir unwirklich vor. Wunderschön. Erstaunlich. Nur allzu leicht könnte man vergessen, welche dunklen Geheimnisse hinter all dem Glanz lauern.

Ich stecke meine Münze in den Schlitz eines Kartentisches, und die Tinte beginnt schlängelnd und wabernd, einen Lageplan des Hotels zu zeichnen. Eine schimmernde Linie windet sich von Tür zu Tür und zeigt, welche Wege ich bisher genommen habe. Über dem Plan formt sich ein Banner mit der Aufschrift *Finde das Ziel deiner Reise*.

Doch die Tinte hört noch lange nicht auf. Von den Ecken her kräuseln sich kunstvolle Verzierungen über das Pergament. Scharfe Tintenstriche und Schraffuren formen ein Gesicht. Das Gesicht eines Mannes.

Ich will zurückweichen, doch etwas an der Zeichnung hält mich fest. Ich kenne diese Augen. Sie schauen mich jedes Mal aus dem Spiegel an, wenn ich mir die Zähne putze ... und aus den Fotos, die ich unter meinem Bett aufbewahre.

Das ist mein Vater.

Ich zeichne sein Gesicht mit dem Finger nach. Nico hat gesagt, die Kartentische spüren, welches Ziel ich habe ...

In der anderen Ecke erscheint ein weiteres Gesicht und der dazugehörige Körper. Cass. Allerdings sitzt sie nicht in ihrem Rollstuhl. Sie kann gehen. In einer Reihe von Zeichentrickbildern setzt sie einen Fuß vor den anderen. Die geisterhafte Gestalt aus Tinte wirkt völlig gesund. Cass beim Laufen zuzusehen ist echt seltsam. Sie konnte nie selbstständig gehen, selbst nachdem ihr Klumpfuß in mehreren Operationen begradigt wurde. Mir ist klar, dass sie trotzdem glücklich ist, aber ich habe mir immer vorgestellt, sie könnte mit mir herumrennen und spielen, was irgendwie egoistisch ist.

Weitere Bilder erscheinen auf dem Pergament, doch mein Blick wandert bloß zwischen diesen beiden hin und her. Deshalb bin ich hier. Das ist mein Ziel.

Und das Hotel weiß es.

Schnell ziehe ich die Münze aus dem Schlitz und weiche einen Schritt zurück. Jeder hier spricht vom Hotel, als hätte es einen eigenen Willen. Die Münze zu benutzen, war ein Fehler. Dadurch konnte es sehen, was ich mir wünsche … und wer ich tatsächlich bin. Ist ihm bewusst, warum ich hier arbeite? Nein, das ist doch lächerlich. Das Hotel ist nur ein Gebäude.

Such einen Ausweg.

Ich werfe einen unauffälligen Blick an die Decke und sehe die Sicherheitskameras in den Ecken des Foyers. Das Putzgeschwader hat mich im Auge. Es beobachtet jeden meiner Schritte. Rahki hat mein Gesicht an die Wand gekleistert, nur auf den leisesten Verdacht hin, dass ich für den Gegenpart arbeiten könnte. Was wird man erst mit mir anstellen, wenn herauskommt, wer ich wirklich bin und was ich hier im Hotel tue?

Später bekomme ich die Chance, meinen Berg an Fragen loszuwerden. Wir treffen uns wieder in Sevs Zimmer in der 22. Etage des Hotels. Es riecht wie in einem Heuschober, weil alles voller Holzspäne und Behältern mit staubiger Erde ist. Ich muss ständig niesen, während ich Sev und Nico von meinen Erlebnissen in Budapest und von Stripes Brief erzähle.

»Du hast eine Pflockschlinge benutzt, um eine Tür neu zu binden?«, fragt Nico. Er sitzt auf Sevs Bett und mischt ein Kartendeck hin und her. Die von Schnee gepuderte Kathedrale füllt das Fenster hinter ihm aus. »Das ist doch mal was Neues. Ziemlich clever.

Wenn du Rahki dazu bringst, dir zu vertrauen, macht das deine Aufgabe gleich viel leichter.«

»Nico hat leider keine Chance«, frotzelt Sev. »Sie wird ihn nie leiden können.«

Nico streckt ihm die Zunge heraus.

»Okay«, sage ich zögernd, »heißt das, ihr seid *wirklich* der Gegenpart?«

»Und ob«, sagt Nico.

Ich bin nicht sicher, ob ich seine lässige Reaktion beruhigend oder verstörend finde. »Rahki hat mir erzählt, dass der Gegenpart das Hotel bekämpft. Sie hält euch für die Schurken.«

Sev reagiert mit einem »Hmpf« und zuckt mit den Schultern.

Nico wirft ihm einen verärgerten Blick zu. »Unsere Aufgabe ist es, die Menschen zu *beschützen*, und zwar um jeden Preis.«

Aber das ist genau, was Rahki auch möchte. »Wohin bringt das Putzgeschwader die Kinder?«, frage ich. »Was macht das Hotel mit ihnen?«

»Das willst du gar nicht wissen«, sagt Sev, der konzentriert an einem schmalen Stück Holz in seiner Hand herumschnitzt.

»Doch, will ich. Kommt schon! Geht es bei eurer Mission darum? Ihr hindert das Hotel daran, noch mehr Kinder zu stehlen?«

Nico legt warnend einen Finger auf die Lippen, »Psst! Nicht hier.«

Aber ich habe genug davon, den Mund zu halten. »Sag mir einfach die Wahrheit. Wusste mein Vater, was das Hotel vorhat? Hatte er einen Weg gefunden, es aufzuhalten?«

»Das musst du ihn schon selbst fragen«, sagt Nico. »Ihn zu finden ist dein einziger Job hier. So kannst du das Hotel besser stoppen als jeder von uns.«

Wieder einmal ist er meinen Fragen ausgewichen. Aber wenigstens weiß ich, wer auf welcher Seite steht. Dad hat Stripe vertraut, und das reicht mir. Wenn ich ihn finde, kann er mir den Rest erzählen, den ich jetzt aus niemandem herausbekomme. *Falls* ich ihn finde.

Sev wirft Nico einen Blick von der Seite zu, dann konzentriert er sich wieder auf seine Schnitzarbeit. Während er an dem Holz herumsäbelt, wirkt er so entspannt, als sei das die natürlichste Sache der Welt. Gleichzeitig stelle ich mir bei jedem Messerhieb vor, was passiert, wenn er danebenzielt und mit der Schneide durch seinen Finger säbelt. Ab und zu reibt er Erde aus einem Schraubglas ins Holz ein. Die Dreckschicht wird aufgesogen wie von einem Schwamm.

»Rahki hat gesagt, die Magie steckt im Pflock«, sage ich, als mir klar wird, dass er gerade einen neuen schnitzt.

»Nein, die Magie steckt in allem, was *lebt*«, erwidert Sev. »Also in der Lebenskraft vieler Dinge. Erde. Pflanzen. Blut. Nico kann das besser erklären. Er hat ein Gespür für Bindungen. Mehr als jeder andere, den ich kenne.«

Nico lehnt sich zurück und lässt seine Spielkarten durch die Luft wirbeln. »Bindungen entstehen aus Leben«, erklärt er. »Wenn etwas eng genug miteinander verknüpft ist, kann man die Magie sogar spüren. Obwohl das nicht oft vorkommt. Am häufigsten zwischen Menschen, vor allem in Familien – wo man sich vertraut und voneinander abhängig ist. Je enger man sich verbunden fühlt, desto stärker ist die natürliche Magie.«

Ich zeige auf den Pflock, den Sev gerade glatt schmirgelt. »Aber das da ist kein Mensch.«

Nico fächert die Karten auf und jongliert damit wie ein Bühnenzauberer. »Damit die Türen funktionieren, braucht man mehr als nur die natürliche Bindung zwischen Leuten. So viel Magie aus einer Person herauszuziehen wäre ... gefährlich.«

»Man könnte auch sagen: böse und unmenschlich«, verbessert Sev und starrt ihn herausfordernd an.

Ich schlucke. Stellt das Hotel etwa seine Pflöcke aus der Lebensenergie von Kindern her?

Nico wischt die Bemerkung weg. »Der Punkt ist, wenn man genug Magie aus einem Menschen abzapft, um eine Tür zu fesseln, dann wäre er hinterher ... nur noch ein Bruchteil seiner selbst.« Er legt das Kartendeck beiseite und hält mir einen Klotz aus altem, grauen Holz entgegen. »Deshalb benutzen wir stattdessen das hier.«

»Ein besonderes Holz.« Sev reibt das Sandpapier fast zärtlich über die Oberfläche des Pflocks. »Von einem besonderen Baum. Seine Magie zieht sich wie ein Wurzelwerk durch das ganze Hotel.«

So wie der Baum aus meinem Traum. Und wie das Symbol, das überall im Hotel zu sehen ist. Allerdings hat dieses Holz eine leblos graue Farbe, die an den Münzanhänger von Cass erinnert.

»Zu schade, dass der Baum weg ist«, fügt Nico hinzu. »Jetzt haben wir nur ein paar alte Reste.«

»Was ist denn mit dem Baum passiert?«, frage ich. »Ist er abgestorben?«

Nico schüttelt amüsiert den Kopf. »Jemand hat ihn gemopst.«

Ich werfe Nico einen verwirrten Blick zu.

»Du weißt schon. Stibitzt.« Er seufzt. »Geraubt, entwendet, geklaut, ergaunert, wie immer du es nennen willst. Vor über einem Jahrzehnt hat sich jemand das gesamte Gewächshaus unter den Nagel gerissen und den Vesimabaum gleich dazu. Seitdem geht es mit dem Hotel bergab.«

»Man kann doch kein ganzes Gewächshaus stehlen.«

»Doch, kann man.« Sev hält sich den Pflock vor die Augen und mustert ihn kritisch. »Wenn der einzige Weg, dorthin zu kommen, eine gebundene Tür ist. Dazu muss man nur die Pflöcke am Krümmer raushauen.«

»Stimmt nicht«, widerspreche ich. »Man könnte einfach in der normalen Welt zum Gewächshaus gehen. Dann setzt man neue Pflöcke ein und fertig. Oder?«

Sev schaut auf. »Dazu müsste man wissen, wo man suchen soll. Manche Orte sind so verborgen, dass man sie nur durch die Bindung erreichen kann.«

Nico blickt auf seine Uhr. »Wir müssen los, Kleiner. Die Nachmittagsschicht wartet.«

»Bevor ihr geht …« Sev wirft ihm einen weiteren unlesbaren Blick zu.

»Ach ja«, sagt Nico. »Hatte ich fast vergessen.«

Sev holt ein längliches, nadelspitzes Holzstück aus der Tischschublade. »Zeig mal deine Hand her, Cameron.«

Ich rutsche auf meinem Stuhl zurück. Die Spitze der Holznadel schimmert unnatürlich. Meine Schultern verkrampfen sich. »Ähm, warum?«

Nico rollt mit den Augen. »Tu es einfach.«

»Keine Chance.«, sage ich. »Das letzte Mal, als ich die Hand ausstrecken sollte, wurden mir die Finger zusammengekleistert.«

»Pff.« Nico schnappt sich meinen Unterarm und hält Sev meine offene Hand entgegen.

Mein Puls rast. Ich versuche mich zu befreien, doch Nico lässt nicht locker. »Hör auf damit!«

»Das ist nur ein Fingerschnipp. Halt still.«

Ich habe Schweißperlen auf der Stirn. Sevs Augen verdunkeln sich. Er fixiert meine Fingerkuppe und sticht die Nadelspitze hinein.

»Alles gut.« Sev hält eine Pipette an den winzigen Blutstropfen, der sich auf meiner Fingerkuppe bildet, und saugt ihn auf. »Schon fertig.«

Nico lässt mich los.

Ich reibe mir den Unterarm. »Wofür war das denn?«

Sev hält mir seine Handfläche entgegen. »Gib mir die Münze deines Vaters, und ich zeige es dir.«

Widerstrebend nestele ich mein Halsband los und reiche es ihm. »Ihr seid echt seltsam.«

»Das sollte ich vermutlich als Kompliment nehmen.« Sev bringt den Holzanhänger und die Pipette zu seinem Arbeitstisch. »Die Münze enthüllt ihre Geheimnisse nur dem wahren Besitzer. Im Augenblick weiß sie noch, dass sie eigentlich nicht dir gehört. Wir müssen die Bindung zwischen dir und der Münze verstärken, dann beschleunigt sich der Prozess, und sie gibt die verborgenen Erinnerungen frei.«

Also dafür brauchen sie mein Blut. Weil es mich an meine Familie bindet. An meinen Vater, an Cass und Oma.

Ich reibe mir den feuchten Finger. »Ihr hättet fragen können.«

»Aber das hätte nur halb so viel Spaß gemacht«, meint Niko und zwinkert mir zu.

Sev lässt mein Blut auf die Münze tropfen und verschmiert es mit dem Finger. Die Rückseite des Anhängers leuchtet rubinrot auf, und ich höre in meinem Kopf das laute Klicken einer sich öffnenden Tür. Gleich darauf verblasst das Glühen wieder.

»Das war's?« frage ich und hänge mir Dads Münze zurück um den Hals.

»Wollen wir hoffen«, murmelt Nico.

»Noch eine Kleinigkeit«, sagt Sev, als Nico mich in Richtung der Zimmertür ziehen will. Er reicht mir den Pflock, an dem er die ganze Zeit gearbeitet hat. »Der ist für dich. Wenn du in Schwierigkeiten steckst, hilft er vielleicht. *Iz dvukh zol vybirayut men'sheye.* Wer zwischen Übeln wählen muss, sollte tun, was am wenigsten verletzt.«

Der Pflock ist perfekt. Glatt. Makellos. Er sieht genauso aus wie die von Nico und Rahki.

»Brauche ich nicht auf eines von diesen kleinen Schießkolbendingern?«

Nico lacht. »Die Pflocker sind nicht magisch oder so. Es gibt viele Arten, ein Stück Holz in ein Scharnier zu kriegen.«

Sev packt mich an der Schulter und schaut mir in die Augen. »Benutz ihn nicht ohne guten Grund. Der Pflock ist ein … Ausweg. Für den Notfall.«

Wieder hallen Orbans Worte durch meinen Kopf. *Such einen Ausweg. Such einen Ausweg.*

Ich nicke und schiebe den Pflock in die unterste Schlaufe an meinem Hemd, während Nico mich bereits durch die Tür schiebt, wo Arbeit auf uns wartet.

13

Auf die Skulpturen

Ich bewege mich auf gewundenen Pfaden. Von den bemoosten Felsen Schottlands zu den belebten Straßen Kubas. Weiter zu den Tempeln von Laos, den uralten Stätten Israels und einer wuchernden Großstadt auf den Hügeln Marokkos. Ich kenne all diese Orte, weil ich nicht ich selbst bin. Sondern … jemand anderes.

Und ich habe Angst.

Ich spüre die Münze in meiner Tasche. Inzwischen hasse ich dieses Ding. Es hat mir nichts als Probleme eingebracht. Aber bald werde ich frei sein.

Jeder Korridor und jede Tür führt mich weiter von dem Mann weg, der ich sein will. Die glänzende Fassade erdrückt mich. Das alles ist nicht länger mein großartiges Abenteuer. Aber ich habe einen Pakt geschlossen. Nur noch diese eine Aufgabe, damit alles wieder in Ordnung kommt. Auch Melissa.

Ich stehe in einem Personalaufzug und drücke den Knopf zur vierten Etage. Der kalte Wind aus dem Schacht lässt mich frösteln bis auf die Knochen.

Alles geschieht so schnell. Panik überkommt mich. Jemand ist bei mir. Lange, seidige Haare und ihr Duft … wie Blaubeeren. Meine wunderschöne Melissa, mein einziges Licht in diesem Abgrund.

Sie ist mir ganz nah und dann plötzlich nicht mehr. Etwas reißt sie von mir fort. Ihr Gesicht verschwindet in dunkler Ferne.

Ein lautes Splittern und ein scharfer Windstoß. Agapios starrt mich an.

Und die Türen öffnen sich.

Als ich aufwache, bin ich erschöpft und fühle mich wie zerschlagen. Daran könnte entweder die endlose Liste an Arbeiten schuld sein, die Nico und ich gestern bis spät in die Nacht erledigen mussten, oder die seltsamen Träume, die ich seit ein paar Tagen habe … genauer gesagt, seit Sev mein Blut an Dads Münze gebunden hat. Jedenfalls dreht sich in meinem Gehirn alles, und ich kann kaum die Augen öffnen. Eigentlich will ich das auch gar nicht, denn solange ich sie geschlossen halte, ist da meine Mutter. Nicht nur ein Bild oder Foto, sondern eine ganze Person. Ich dämmere in den Wachzustand und wieder zurück, während ich am Rand des Schlafes nach ihr suche.

Nico ist so aufgekratzt und laut wie immer, als er auftaucht, um mich anzuziehen, und ich hasse ihn ein bisschen. Na ja, vielleicht ist Hass ein zu starkes Wort, aber jedenfalls kann ich ihn im Moment überhaupt kein bisschen leiden.

»Streck die Arme aus«, befiehlt er und zieht die Hosenträger über meine Schultern.

Selbst die bunt gestrichenen Häuserfassaden von Warschau vor meinem Fenster bringen mich nur zum Gähnen. »Will nicht zur Arbeit. Will schlafen.«

Nico lässt die Hosenträger gegen meine Brust schnappen, sodass es ordentlich zwiebelt. »Keine Chance. Wenn du nicht arbeitest, kickt der Alte dich raus, und du findest deinen Vater nie. Dir ist hoffentlich klar, dass du nur noch sechs Tage hast?«

Aber noch so einen Tag wie gestern kann ich unmöglich durchstehen. Das überlebe ich nicht. Ich sterbe an Erschöpfung, und Nico muss meine Leiche zu Oma schleppen und ihr erklären: »Sorry, aber Mr Cameron hat's einfach nicht gepackt.«

Ich werfe einen Blick auf den Stapel Postkarten für Cass und Oma, der deutlich gewachsen ist. Heute Nachmittag sollte ich mal wieder welche abschicken, bevor sich noch mehr ansammeln. Oder ich muss aufhören, bei unseren Jobs in jedem Winkel der Erde neue zu kaufen. Es ist schön, dass ich meiner Familie schreiben kann – so wissen sie wenigstens, dass es mir gut geht und ich nicht durchgebrannt bin. Aber noch besser wäre es, wenn sie mir zurückschreiben könnten.

Gestern nach der Arbeit waren Nico und ich in Brüssel und haben Schokolade in einem Laden probiert, der aussah wie eine Traumfabrik von Willy Wonka. Wir haben unter den Neonlichtern des Time Square in New York zwei Tickets für den Broadway gekauft und uns eine Show angeschaut. In Havanna haben wir aus einem süßlich duftenden Laden voller Holz- und Lederwaren eine Geschenkschachtel Zigarren mitgenommen (die Nico gleich öffnen wollte, aber Oma würde mich umbringen, wenn ich auch nur auf die Idee käme, so was anzurühren.) Wir konnten uns sogar eine Gondelfahrt durch Venedig organisieren. Obwohl es mir da nicht so gut gefallen hat, weil Nico als Scherz versucht hat, mich in den Kanal zu schubsen.

Meine Füße stöhnen auf, als ich die Sneaker überstreife. »Was ist in der vierten Etage?«, frage ich durch ein weiteres Gähnen hindurch.

Nico hält mitten in der Bewegung inne. »Warum?«

Ich habe ihm noch nicht von meinen Träumen erzählt, obwohl ich genug Gelegenheiten hatte. Die Arbeit fürs Hotel war in den letzten Tagen zwar eine Schinderei, aber wann immer wir frei hatten, waren Nico und ich gemeinsam unterwegs. Ich bin froh, dass ich Zeit mit ihm verbringen kann. Er hat so viele Geschichten auf Lager und scheint wirklich gerne mit mir zusammen zu sein. Mit mir! Dem Jungen, mit dem nie jemand rumhängen will. Allmählich gewöhne ich mich sogar an seine Streiche. Aber er weigert sich immer noch, darüber zu reden, welche Aufgabe er im Hotel erfüllen soll.

»Klingt ganz so, als ob die Bindung an die Münze deines Dads geklappt hat«, sagt er, nachdem ich drei Nächte voller Träume zusammengefasst habe. »Die letzten und stärksten Erinnerungen tauchen normalerweise zuerst auf. Also haben die Szenen, die du gesehen hast, vielleicht was mit dem Verschwinden deines Vaters zu tun.« Er denkt einen Moment nach. »Aber was in der vierten Etage ist, weiß ich nicht …«

»Wieso?«

»Weil sie außer Betrieb ist. Schon die ganze Zeit, seit ich hier arbeite. Um da reinzukommen, bräuchte man einen Topdreher.«

»Einen was?«

»Ein Topdreher ist eine Art Generalschlüssel. Nur die Mamsell und der Alte Herr haben so was. Damit kann man jede Tür öffnen, die ans Hotel gebunden ist.« Er mustert mich und kneift die Augen zusammen, als würde er eine schwierige Matheaufgabe lösen. »Hmm. Ich habe eine Idee. Könnte allerdings gefährlich werden.«

Wann immer Nico das Wort *gefährlich* benutzt, weiß ich, dass ich mich auf sehr dünnes Eis begeben muss. »Und das heißt?«

Er zuckt mit den Schultern. »Du müsstest nur einen Topdreher klauen. Also eigentlich ganz simpel.«

»Ja, klar. Am besten hole ich ihn mir von der Mamsell«, sage ich ironisch.

»Natürlich nicht.« Nico grinst übermütig. »Sondern vom Alten Herrn. In seinem Schlüsselschrank hängt ein zusätzlicher Topdreher als Ersatz. Mit Perlmutt überzogen. Den wirst du stibitzen.«

Nico und ich planen während des Frühstückservices unser weiteres Vorgehen. Während wir Gäste in Dubai bedienen, diskutieren wir hin und her. Ich finde, dass Nico den Schlüssel – also, den Topdreher – gefälligst selbst klauen soll. Aber er will davon nichts hören.

»Du musst lernen, auch mal was zu riskieren, *Kleiner*«, sagt er nach unserem letzten Halt. »Anders geht es nicht.«

»Na schön.« Mit Nico zu diskutieren ist ungefähr so, als wolle man eine Planierraupe aufhalten. »Du und Sev sorgen also für die Ablenkung ... auch wenn du mir nicht verraten willst, welche. Und dann *was*? Soll ich mich etwa runter ins U-Geschoss schleichen, ins Büro des Concierge einbrechen und seinen Schlüssel stehlen? Ganz alleine?«

»Stimmt genau.« Nico zieht seine Münze aus dem Schlitz des Frühstückswagens, und die Magie verpufft mit einem honigfarbenen Schimmer. »Der Alte wird es gar nicht merken. Ich rede mit Sev, damit wir was organisieren. Halt dich bereit.«

Bei der Vorstellung, heimlich durch das U-Boot zu kriechen zum Büro des Concierge, fangen meine Arme an zu jucken. Meine FTA-Liste enthält nicht mal im Ansatz all die Dinge, die Agapios mit mir anstellen könnte, wenn er den Diebstahl entdeckt. »Woher soll ich wissen, wann es losgeht?«

»Glaub mir«, sagt Nico, »du wirst es merken.«

Wir machen uns auf den Weg zur Gefechtszentrale, um uns die heutigen Pflichten aufbrummen zu lassen. Wieder einmal verkuppelt die Mamsell mich mit Rahki. Die Mission führt uns in die Demokratische Republik Kongo.

Elizabeth stöhnt neidisch, als wir ihr im Personalaufzug begegnen, und Rahki erzählt, wohin wir unterwegs sind.

»Darf ich bitte, bitte mitkommen?« Sie ist tatsächlich ganz versessen darauf ist, dem Hotel bei seiner ›Mission‹ zu helfen. Der Gedanke dreht mir den Magen um. Oder vielleicht habe ich einfach nur was Falsches gegessen.

»Sorry«, sagt Rahki, leckt ihren Stift an und kritzelt etwas in Arabisch auf ihren Block. Die Worte werden vom Papier aufgesogen und verschwinden. Ich sehe heute zum ersten Mal, wie sie den Block benutzt. Sie hat mir erklärt, dass er an ein Notizheft in ihrem Zimmer gebunden ist, und ich frage mich unwillkürlich, was sie wohl gerade aufgeschrieben hat. »Wir sollen nur kurz rein und gleich wieder raus. Ich lasse die Mamsell wissen, dass du nächstes Mal mitkommen möchtest.«

Mit einem letzten Seufzer steigt Elizabeth auf der Foyer-Etage aus.

Ich will ihr automatisch folgen, aber Rahki erwischt mich an den Hosenträgern und zieht mich zurück.

»Wir brauchen ein Transportmittel, sonst kommen wir diesmal nicht weit.« Sie drückt auf einen Knopf mit der Aufschrift TA.

Ich blicke in den Schacht, während wir immer tiefer sinken, und verfolge die Wege der Fahrstuhlkabinen, die sich auf dem Schienensystem nach oben, unten und seitwärts bewegen. In mir steigt eine Erinnerung hoch: Moms Gesicht, als sie in die Dunkelheit gezogen wird. In meinem Traum hat es sich angefühlt, als würde ein schattenhaftes Monster die Krallen in sie schlagen und sie von mir fortziehen.

Nein, nicht von mir. Von meinem Vater.

Ich lenke mich ab, indem ich mit dem Finger die Konsole entlangwandere, auf der die Fahrstuhlknöpfe angebracht sind. Die meisten sind ganz normal mit Zahlen markiert. Das gilt für die Etagen mit Gästezimmern und Personal-Unterkünften. Aber es gibt auch andere: UG, TA, GZ. Das U-Geschoss kenne ich immerhin schon. Die übrigen sagen mir nichts. Ich muss grinsen, als ich zwei weitere Abkürzungen sehe. »PO und KLO?«

Rahki lacht. »Programm-Organisation ... für die ganzen Ausflüge. Und die Kreuzfahrtschiff-Loge.« Sie zeigt auf den PG-Knopf darunter. »Da geht es zum Quartier des Putzgeschwaders.«

Eine Reihe von Knöpfen sind dunkler als der Rest und erinnern an die außer Betrieb genommenen Türen in den Foyers.

Ich zeige auf den lichtlosen Knopf für die vierte Etage. »Wieso hat das Hotel diese Stockwerke überhaupt, wenn sie nicht erreichbar sind?«

Sie zuckt mit den Schultern. »Einige sind verboten. Und der Rest? Ich glaube, das Hotel hofft immer noch, dass wir sie eines Tages wieder eröffnen können. Aber ohne das Gewächshaus ist das leider sehr unwahrscheinlich.« Der Aufzug beendet seine Fahrt nach unten und ruckt seitwärts. Rahki schreibt noch etwas auf ihren Block, der die Worte sofort verschwinden lässt. Schickt sie Nachrichten an die Mamsell? Vielleicht sogar über mich?

»Nico und Sev haben schon vom Gewächshaus gesprochen«, erwähne ich beiläufig, »und von einem bestimmten Baum?«

»Der Vesima. Ich kenne auch nicht die ganze Geschichte. Das alles ist vor einer ganzen Weile passiert. Ich weiß nur, dass der Baum seine Bindung zum Hotel verloren hat, und ohne ihn werden zukünftig immer mehr Türen versagen.«

»Weil die Pflöcke alt und morsch werden?«

»Nein, mehr als das. Eine Tür mit Vesima-Holz zu fesseln ist so, als würden wir sie zu einem Teil des Baums machen. Alle Teile des Hotels sind unsichtbar miteinander verzweigt. Aber wenn die neuen Äste von den Wurzeln abgetrennt werden, die sie ernähren –«

»Dann sterben sie.«

Rahki nickt. »Die Verbindung zwischen dem Vesima und den Türen wird immer schwächer, weil sie schon zu lange voneinander entfernt sind. Die Magie, aus denen die Türen ihre Kraft beziehen, beginnt zu versickern.« Sie seufzt. »Wenn es so weitergeht, verlieren wir irgendwann das ganze Hotel.«

Sie lehnt sich gegen den Gitterkäfig und schaut den Kabinen zu, die auf funkelnden Schienen dahinsausen. Ihre Augen sind so traurig, dass ich ihr am liebsten alles erzählen würde, aber ich tue es nicht. Schließlich will ich nicht, dass meine Geheimnisse in ihrem magischen Notizblock verschwinden.

Der Fahrstuhl macht ein Pling, und die Schiebetür hinter dem Käfiggitter gleitet auf.

»Transportabteilung«, verkündet Rahki, und ihre Miene hellt sich ein bisschen auf. »Schnappen wir uns was Passendes für den Kongo.«

Die Transportabteilung ist die größte Parkgarage, die ich je gesehen habe. Gelbliches Licht spiegelt sich auf dem versiegelten Betonfußboden, wo Reihen über Reihen und *noch* mehr Reihen von Autos warten: schwarze Stretch-Limousinen, kastenförmige Busse in Pastellfarben, ein halbes Dutzend Krankenwagen. Ein Lamborghini scheint schnurrend darum zu betteln, gefahren zu werden.

Das laute Surren von Elektrowerkzeugen holt mich zurück in die Wirklichkeit. Ich beeile mich, Rahki zu folgen, die gerade hinter einer herumstehenden Fahrstuhlkabine verschwindet.

In diese Richtung geht die Garage noch weiter. Aber hier sieht sie anders aus. Statt Autos empfängt mich in der hinteren Hälfte eine riesige Mechanikerwerkstatt. Hydraulikwerkzeuge hängen von der Decke, angestrahlt von Neonlicht. Ein Dutzend älterer Wagen steht auf Hebebühnen, und eine Horde Kinder und Jugendlicher in Overalls liegen schraubend, kurbelnd und lötend darunter. Ein überwältigend starker Geruch von Öl hängt in der Luft, als ich einatme.

Rahki sucht sich im Slalom einen Weg zwischen den Stellplätzen hindurch. Ich muss mich anstrengen, hinterherzukommen und dabei keine Werkzeugkästen, Reifen oder Mitarbeiter umzurennen, was mir nur halbwegs gelingt. Rahki bleibt irgendwann stehen und ruft: »Sana, wir sind da!«

Ein Mädchen kniet vor einem Werkzeugkasten, aber jetzt hebt sie den Blick und begrüßt uns mit einem breiten Lächeln unter warmen braunen Augen. Auf ihren Wangen sind Ölspritzer verschmiert, und ein schmaler Zopf aus schimmernd schwarzen Haaren fällt über ihre Schulter auf ihren Overall.

»Hallo, Rahki.« Sie wischt sich über die Stirn, verteilt das Schmieröl dabei nur noch mehr und schiebt einen Schraubenschlüssel in einen ledernen Werkzeuggürtel. Den hat sie wie einen indischen Sari um sich gewickelt. Das Leder knirscht bei jeder Bewegung. »Ich habe die Avatare für euch durchgecheckt. Ihr solltet jetzt eine starke Bindung hinbekommen.«

Rahki nickt. »Sana, das hier ist Cameron.«

Ich blinzele verwirrt, als Sana die Hände vor der Brust aneinanderlegt. Ihre Finger und Handgelenke sind mit mathematischen Formeln bedeckt. Vielleicht hat sie ihre Haut mit Henna bemalt? Sie verbeugt sich leicht und sagt: *»Namaste.«*

»Ääh ...« Ich werfe einen Blick auf Rahki, die nur die Augen verdreht. *»Namaste?«*, gebe ich zurück und kopiere Sanas Bewegung.

»Perfekt«, findet Sana und zwinkert mir zu. Dann sagt sie mit einer dramatischen Geste: »Und jetzt rauf auf die Skulpturen!«

Sana führt uns durch die Werkstatt und am Fahrstuhl vorbei wieder zu den Autoreihen. Im Vorbeigehen deutet sie auf einige ihrer Lieblingsmodelle. Die Fahrzeuge reichen von blank poliert über rostig bis zu merkwürdigen ohne Räder, und dann kommen die Panzer ... schwere, kraftvolle Maschinen. Sana weiß unfassbar viel über Militärfahrzeuge. Sie spricht darüber mit der gleichen Begeisterung wie Cass über ihre exotischen Fernsehdokus. Ich wünschte, sie wäre bei mir, um das alles erleben zu können.

Irgendwann endet der militärische Fuhrpark, und wir stehen vor einer Riesensammlung Statuen. Kamele aus Sandstein. Pferde aus Onyx. Jadelöwen mit Steinsätteln. Ein gigantischer, gewundener Drache, der seine Pranke auf ein Rind aus Messing stützt.

»Wir nennen sie Avatare«, erklärt Rahki.

Also, ich würde sie eher gruselig nennen. Die Avatare starren mich mit leblosen Holzaugen an. Sie erinnern an die Riesenskulpturen in den Foyers.

»Perfekt«, sagt Rahki, als wie vor einem Elefantenpaar aus Granit stehen bleiben.

»Was sollen wir mit denen anstellen?«, frage ich.

Sana legt die Hände zusammen. »War Mr Cameron noch nie an einen Avatar gebunden?«

»Nein.« Rahki klopft ihrem Steinelefanten auf die Rückseite. »Kannst du das übernehmen?«

»Klar.« Sana nickt und winkt mich heran. »Hast du deine Münze?«

Ich hole sie aus der rechten Hosentasche – in der linken habe ich immer noch Nicos, weil er sie mir ja ständig zuschiebt – und reiche sie Sana.

»Wird kaum wehtun«, sagt sie, ergreift meine Hand und zieht eine Nadel aus ihrem Werkzeug-Sari.

Ich zucke zurück. »Muss ich schon wieder gepikst werden?«

»Schon wieder?« Sie zieht die Brauen zusammen.

Rahki hält in der Bewegung inne und mustert mich. Das ist gar nicht gut. Ich hatte ganz vergessen, dass niemand wissen darf, was Nico, Sev und ich hinter verschlossenen Türen tun.

»Ich hatte nicht vor, dich zu piksen.« Sana hält mir die Nadel entgegen, und bei näherem Hinsehen entpuppt sie sich als etwas anderes. Nämlich ein Tintenschreiber, der die schmale Form eines Hotelpflocks hat.

»Wozu ist der gut?«

»Die Bindung an einen Avatar ist zeitlich begrenzt«, sagt sie. »Berühr den Stift mit deiner Zunge, sodass die Spitze nass ist, und schreib deinen Namen auf die Münze. Deine Spucke und dein Name verstärken die Bindung für kurze Zeit und fesseln damit den Avatar an dich.«

Ich werfe Rahki einen Blick zu. Sie hat sich wieder ihrem Elefanten zugewandt. »Ähnlich wie dein Fesselstaub.«

»Genau.« Rahki tätschelt den Staubwedel an ihrer Hüfte.

Als ich die Stiftspitze mit der Zunge berühre, durchzuckt mich ein kitzelnd brennendes Gefühl und hinterlässt einen Metallgeschmack, als hätte ich eine Minibatterie angeleckt. Zeitlich begrenzt, spreche ich mir Mut zu. Kein Grund zur Panik. Ich schreibe meinen Namen mit Spucke auf die Münze und lächele, als es in meinen Ohren elektrisch summt und dann ploppt.

Sana nimmt den Stift zurück. »Das sollte eine Weile halten. Wenn die Bindung zu schwach wird, musst du das Gleiche nur mit Rahkis Stift wiederholen. Und jetzt rauf mit dir.«

Sie zeigt auf eine Trittleiter neben einem der Steinelefanten. Rahki sitzt schon auf ihrem und steckt ihre Münze in einen Schlitz hinten am Hals der Skulptur. Eine Welle aus allen Farben des Regenbogens durchläuft die Oberfläche, der harte Stein weicht auf und beginnt sich zu regen. Ein Spinnwebenmuster aus feinen Rissen breitet sich über die Beine aus und verwandelt den Granit in dicke, lederige Haut.

Rahkis Elefant schüttelt den Kopf, und seine flappenden Riesenohren wirbeln eine Wolke aus Granitstaub in die Luft.

Das Ding ist lebendig. Auf die gleiche Art wie die Gepäck- und Servierwagen. Mein Blick wandert über die anderen Statuen in der Transportabteilung und bleibt an dem gigantischen Drachen hängen, der die übrigen um Längen überragt. »Können das alle?«

»Mehr oder weniger.«

Ich steige die Trittleiter hoch und versuche dabei zu ignorieren, auf wie viele Arten ein steinerner Riesenelefant meinen verfrühten Tod herbeiführen könnte. Dann nehme ich auf einem Sattel Platz, der viel zu groß für eine Person ist. Der Schlitz im Nacken meines Avatars starrt mir entgegen. Ich werde gleich einen Ritt auf einem magischen Steinelefanten unternehmen. Cass wäre so neidisch.

Rahki gibt ihrem Reittier einen Knuff mit den Füßen, und es trottet vorwärts. »Jetzt mach schon, Cam. Am besten heute noch.«

»Nimm ein bisschen Rücksicht«, tadelt Sana. »Jeder muss die Bindung auf seine Art erfahren.«

Ich atme tief durch und schiebe meine Münze in den Schlitz.

Ein Lichtschimmer glimmt in alle Richtungen. Der Elefant beginnt sich unter mir zu regen.

Ich klammere mich krampfhaft am Sattel fest, um nicht hinunterzufallen. »Wo sind die Zügel?«

»So was brauchen wir nicht.« Rahki nickt in Richtung des Münzschlitzes. »Er tut, was immer du willst.«

Mein Elefant macht einen Schritt vorwärts. Der kalte Stein fühlt sich jetzt warm und lebendig an. Ich verlagere hastig das Gewicht, als das riesige Geschöpf sich rückwärts aus der Lücke bewegt.

»Versuch, dich zu beruhigen«, sagt Sana in einem melodiösen Singsang. »Der Avatar fürchtet, was du fürchtest. Sei stark. Selbstbewusst.«

So würde ich mich nicht bezeichnen. Aber wenn ich das Hotel überleben und Dad finden will, muss ich es wohl sein.

Die Bewegungen des Elefanten werden langsamer.

»Gut.« Sana zieht einen dicken Pflock aus ihrem Werkzeug-Sari und geht auf einen gigantischen Torbogen zu.

»Denk einfach die ganze Zeit daran, dass du mir folgen willst«, sagt Rahki. »Dann läuft der Avatar mir von selbst hinterher.«

Sana entfernt einen Holzbolzen aus dem Scharnier des Torbogens und schiebt den neuen Pflock hinein. Als hätte man platschend einen Stein ins Wasser geworfen, wellen in der Öffnung zwischen den Pfeilern plötzlich grüne Bäume und grauer Himmel auf. »Viel Spaß bei deinem ersten Trip zum Kongo.«

14

Auf schwankendem Boden

Kaum dass sich unsere Elefanten durch das Kongo-Tor gedrängt haben, fange ich an zu schwitzen. Die Luftfeuchtigkeit legt sich als klebriger Dunst auf meine Stirn und die großblättrigen Pflanzen überall um uns herum. Sie sammelt sich zu matschigen Pfützen, in denen sich der Gewitterhimmel spiegelt.

Eine Insektenwolke schwirrt um mich herum. Ich versuche, sie fortzuscheuchen, aber dann fliegt mir ein Tier direkt in die Nase und bringt mich zum Husten. Mein Elefant macht einen Satz vorwärts. Ich umklammere mit tränenden Augen den Sattel und kämpfe ums Gleichgewicht, damit ich nicht hinunterfalle.

»Schließ das Tor«, ruft Rahki nach hinten zu Sana. »Damit die Viecher nicht reinkommen.«

Die Transportabteilung verschwindet, kaum dass Sana den massigen Pflock herausgezogen hat.

Ich erschlage einen Moskito, der mich für eine Zwischenmahlzeit hält. »Hätte ich nicht ein paar Impfungen gebraucht, bevor ich in den afrikanischen Dschungel reise?« Die Zahl exotischer Krankheiten auf meiner FTA-Liste ist endlos.

»Das Hotel schützt vor Ansteckungen.« Sie lässt ihren Elefanten vorwärtstraben. »Aber es dauert ewig, lästige Insekten aus den Foyers zu entfernen. Moskitos sind am schlimmsten.«

Mein Avatar trottet im Wiegeschritt hinter ihr her, und ich fange wieder an, aus dem Sattel zu rutschen. Ich umklammere den Elefanten, um nicht in eine Matschpfütze zu plumpsen. »Das Hotel kann Krankheiten bekämpfen?«, frage ich und tue so, als hätte ich die ganze Lebende-Statuen-Sache voll im Griff.

Rahki ist bereits fünf Elefantenlängen vor mir und reitet gerade an einigen strohgedeckten Hütten vorbei, die zwischen den Bäumen stehen. »Es beschützt eben seine Gäste«, sagt sie. »Das Hotel kann sogar das Leben von Menschen verlängern, wenn die Bindung stark genug ist. Das konnte es zumindest mal – vielleicht jetzt nicht mehr, weil das Vesimaholz immer älter wird.«

Ich frage mich, ob das Hotel auch angeborene Krankheiten wie die von Cass heilen kann. Ein weiteres Beispiel dafür, wie wenig ich nach den paar Tagen als Angestellter über meinen Arbeitsplatz weiß. Ich muss mehr herausfinden. Und zwar schnell.

Vielleicht kann Rahki mir helfen, ein paar Wissenslücken zu schließen. »Heißt das, nicht nur die Türen sind mit dem Baum verbunden, sondern auch die Leute? Also wir?«

»Bei Menschen läuft es ein bisschen anders. Türen sind einfach nur Türen. Das heißt, die Bindung ist bei allen gleich. Aber zwischen einer magischen Residenz und den Menschen darin kann eine unterschiedlich enge Beziehung bestehen. Je nachdem, wie stark die Bindung ist, können sie auch verschiedene Arten von

Magie daraus ziehen. Agapios hat vor einer Ewigkeit unser Haus gegründet, also ist seine Bindung am stärksten, und er kann am meisten damit anstellen.«

Das erklärt allerdings immer noch nicht, wozu er Kinder raubt.

Der Fuß meines Elefanten landet in einer Pfütze, und er schüttelt den Kopf, sodass Schmutz und Wasser überall in die Gegend spritzen.

Rahki lacht, als ich ums Gleichgewicht kämpfe und mir Matsch vom Gesicht wische. »Vielleicht sollte ich dich an den Sattel fesseln?«

»Nein danke!«, stoße ich hervor. Ich habe wirklich keine Lust, dass sie meinen Hintern an einen steinigen Dickhäuter kleistert.

Als wir weiterreiten, wird das Blätterdach so dicht, dass ich den Himmel nicht mehr sehen kann. Insekten zirpen in den Ästen. Ein Dschungel voller schwirrender Krankheitsüberträger, giftiger Baumfrösche und Würgeschlangen ... Ich bin kein Fan des kongolesischen Dschungels.

Der Gedankengang führt mich zu Mom, Dad und dem Riesenbaum. Ob sie den Vesima je zu Gesicht bekommen haben, bevor er verschwand? »Warum ist der Alte Herr so sicher, dass sich kein zweiter magischer Baum in irgendeinem Urwald versteckt?«

»Dann hätten sie den Vesima wohl schon ersetzt, oder nicht?«

Tja, wer weiß.

Der Pfad mündet in eine Lichtung, auf der eine Reihe von Lehmhäusern stehen. Eine Frau mit Wasserkanistern auf dem Kopf beobachtet mich aus den Augenwinkeln. Sie ist nicht die Einzige. Tatsächlich ziehen wir alle Blicke auf uns. Zwei Fremde in Uniform, die auf Elefanten den Weg entlangstampfen, sind nicht gerade unauffällig. Wissen sie, dass wir hier sind, um weitere Kinder ›abzuholen‹? Hassen sie uns dafür?

»Wenn es einen anderen Weg gäbe, das Hotel zu retten, hätte Agapios es längst getan«, sagt Rahki.

Ich sehe das knochige, blasse Gesicht vor mir, das mich in Dads Träumen angestarrt hat. »Ist er so uralt, wie er aussieht?«

»Niemand weiß, wie lange er den Job schon macht. Und die Mamsell verrät auch niemandem ihr Alter. Aber ich habe mal ein Foto gesehen, auf dem sie zusammen vor einem Klopfer aus den Dreißigern standen.«

Mein Elefant stockt mitten im Schritt »Du meinst 1930?«

Sie nickt. »Da haben sie genauso ausgesehen wie heute. Kein Wunder, dass Agapios wieder angefangen hat, nach einem Nachfolger zu suchen.«

Eigentlich sollte es mich nicht überraschen. Stripe benutzt ein *Museum* für seinen Kampf gegen das Hotel. Wahrscheinlich hat er die Geschichte von Agapios' Residenz erforscht und dadurch herausbekommen, was der Alte Herr plant. Nico hat gesagt, der Hotelbetrieb sei nur eine Fassade und in Wirklichkeit gäbe es das Haus in verschiedenen Formen schon viel länger.

Hat er nicht erwähnt, dass Stripe ebenfalls sehr alt ist? Jedenfalls sieht er heute nicht anders aus als auf dem Foto mit Dad.

Rahki springt von ihrem Elefanten und tippt mit dem Handschuhfinger gegen eine kleine Tafel, die an einer Hütte hängt. In das Holz sind Zeichen eingeritzt: ein Baum und zwei überkreuzte Schlüssel – dasselbe Symbol, das Agapios als Schmucknadel am Revers trägt.

»Wir sind da«, sagt sie und verschwindet durch einen verblichenen, gemusterten Vorhang. Ich rutsche hastig von meinem Elefanten, um ihr zu folgen.

Die Nachmittagssonne fällt in gedämpften Strahlen durch das

Strohdach und beleuchtet einen Raum voller Kinder. Genau wie in Budapest. Ein paar tragen Verbände, und die meisten haben nicht mal ein Shirt. Ein kleiner Junge hockt auf einer Bank und lässt das verbundene Knie über den Rand hängen. Und da endet das Bein. Der Teil darunter fehlt. Ein anderes Kind starrt mich mit einem Auge an, weil das andere mit einer schmutzigen Mullbinde abgedeckt ist.

Mein Blick huscht zurück zu dem kleinen Jungen, dem das Bein fehlt. Er lächelt mich an, und ich schaue schnell weg. Ich wünschte, ich hätte eine Ahnung, was mit ihnen passieren wird, wenn wir sie im Hotel abliefern. Und ich kann nicht mal mit ihnen reden. Keines der Kinder, denen ich bisher auf einer Mission begegnet bin, hat meine Sprache gesprochen.

Erst jetzt bemerke ich einen schlaksigen Mann mit geblümtem Shirt und kurzer Jeans. Er hebt lächelnd die Hand. »Hey, Raki! Schön, dich zu sehen!«

»Dich auch, Philippe«, sagt sie.

»Und wer ist das?«, fragt Philippe mit dunkler Stimme. »Ein neuer Freund?«

Rahki stellt mich vor, und ich schüttele dem Mann die kräftige, schwielige Hand.

»Cameron Jones?«, sagt er. »Du kommst mir irgendwie bekannt vor. Und dein Name ... Cameron. Du bist nicht zufällig verwandt mit Melissa und Reinhart Kuhn?«

Rahki wirft mir einen verwirrten Blick zu, und ich erstarre. Was soll ich jetzt machen? Der Typ kennt meine Eltern.

»Natürlich bist du das!«, lacht Philippe. »Jones war der Mädchenname von Reinharts Mutter, oder? Du bist wirklich sein Junge! Cameron und ... wie heißt deine Schwester noch?«

Ich schlucke. »Ca-Cassia.«

»Richtig, das war's!« Er klopft mir so kräftig auf den Rücken, dass ich fast umfalle. »Jones, hah! So leicht macht mir niemand was vor. Du bist ein Kuhn, wie er im Buche steht. Genau wie dein Vater. Guter alter Reinhart, das war mal ein Mann, den niemand kleinkriegen konnte!« Er lehnt sich vor und flüstert hörbar: »Haben die beiden jemals das Gewächshaus gefunden?«

Die Wärme scheint aus meinem Körper zu weichen und heizt stattdessen meine Wangen auf. Meine Ohren werden taub, und meine Kopfhaut prickelt. Dieser Typ hat meine Eltern gekannt, und er arbeitet immer noch fürs Hotel. Schlimmer, er versorgt es mit Nachschub an Kindern. Also muss er wissen, was vor sich geht. So viele Jahre ... ist er vielleicht der Grund, warum mein Vater verschwunden ist? War dieser breit lächelnde Mann in den Tod meiner Mutter verwickelt?

Rahki tritt näher an uns heran. »Reinhart? Das Gewächshaus ... wovon redest du eigentlich?«

»Hat er dir nichts erzählt?« Sein Blick landet auf mir. »Oder weißt du selbst nichts davon?«

Ich umklammere Dads Münze unter meinem zugeknöpften Kragen. Jetzt bloß nicht die Nerven verlieren. Vielleicht ist dieser Philippe so ähnlich wie Rahki und hat keine Ahnung von den Geheimnissen des Hotels. Aber wenn er in der ganzen Zeit nichts davon mitbekommen hat, wie soll ich es dann herausfinden? In nur sechs Tagen?

»Ich ... äh ... ich weiß nichts über meinen Vater«, sage ich und versuche, meine Panik zu verbergen. »Ich habe ihn nie gekannt.«

»Ahhh.« Philippes Tonfall ändert sich. »Das tut mir furchtbar leid. Und deine Schwester? Hat sie immer noch dieses ... wie heißt es noch?«

»Spina Bifida«, antworte ich.

Er schnipst mit den Fingern. »Ja, genau. Was für eine Schande, dass das Hotel sie nicht heilen konnte. Reinhart war am Boden zerstört. So was ist am härtesten, wenn man sich nahesteht.« Er wirft einen Seitenblick auf die Kinder. »Aber das Leben ist nun einmal hart, nicht?«

»Sehr wahr«, sagt Rahki und starrt mich an, als sei ich ein Geist.

Ich beiße die Zähne zusammen. Wie soll ich ihr das alles erklären? Ich möchte zu gerne weiter nachbohren und herausfinden, was Philippe weiß, aber das geht natürlich nicht. Schließlich habe ich keine Ahnung, was Rahki per Zauberzettelblock an die Mamsell sendet. Schlimm genug, dass sie jetzt meinen richtigen Namen kennt.

»Dann kommen wir zum Geschäftlichen, ja?« Philippe nimmt den Zahnstocher, auf dem er ständig kaut, aus dem Mund und zeigt damit auf die Kinder. »Die heutige Auswahl wurde aus dem Bürgerkrieg geholt. Sie dürften etwas Zeit brauchen, bevor das Hotel ihnen einen Platz zuweisen kann.«

»Ich werde es der Mamsell ausrichten«, sagt Rahki.

»Gut, gut.« Philippe wedelt mit den Armen in Richtung der Kinderschar, und sie stehen gehorsam auf ... bis auf den einbeinigen Jungen, der mich die ganze Zeit anschaut. »Auf Wiedersehen, meine Kleinen.«

Rahki winkt Phillipe zum Abschied zu, während sie die Kinder in einer ordentlichen Reihe aufstellt. »Ich hoffe, du findest das Ziel deiner Reise.«

»Danke, danke.« Philippe lässt sein dröhnendes Lachen hören und zeigt auf mich. »Behalt ihn gut im Auge. Wenn er nach seinem Vater kommt, bedeutet er Ärger.«

Ich kann gar nicht schnell genug aus Philippes Hütte verschwinden. Meine Füße stampfen über den feuchten Erdboden, meine Hände ballen sich zu Fäusten, und meine Brust wird jede Sekunde enger.

Ärger? Den kann er haben. Wenn er irgendwas damit zu tun hatte, was Mom und Dad …

Ich schließe die Augen und zwinge mich, stillzustehen. Eigentlich weiß ich nur, dass Philippe sie kannte. Oder genau genommen meinen Vater. Das heißt nicht gleich, dass er an allem schuld ist. Er muss nicht der Grund sein, warum ich ohne Eltern aufgewachsen bin.

Verdammt. Ich will zurück in die Hütte und ihn mit Fragen löchern. Vielleicht weiß er etwas, das mir weiterhelfen könnte. Und was sollte seine Bemerkung über das Gewächshaus? Hatte Dad etwas damit zu tun, dass es verschwunden ist? Kann Philippe mir sagen, warum? Alles wird ständig nur komplizierter. Ich hatte nur ein einziges Ziel, aber inzwischen ist der Weg dahin verzweigter als die Flure des Hotels.

Rahki kommt aus der Hütte marschiert und trägt den einbeinigen Jungen auf der Hüfte. Die anderen Kinder folgen ein paar Schritte hinterher. Rahkis Nasenflügel beben, und ihr Blick ist starr, so zornig ist sie. Vermutlich auf mich.

»Hi«, setze ich an, um den Schaden zu begrenzen.

Sie schneidet mir mit einer Handbewegung das Wort ab. »Nicht jetzt, Mr *Kuhn*«, sagt sie scharf. »Wir müssen erst noch einen Job erledigen.«

Der Rest der Mission verläuft ohne Probleme, dafür bedrückend still. Die Elefanten tragen die Kinderschar gemeinsam mit uns auf ihren großen Sätteln. Der kleine Junge mit dem bandagierten Beinstumpf sitzt direkt hinter mir, drückt sich an mich und vergräbt das Gesicht in meinem Rücken.

Rahki wirft mir ständig misstrauische Blicke zu, während sie an den Zöpfen der Mädchen spielt. Ich wünschte, ich könnte ihre Gedanken lesen.

Bei einer Hütte am Waldrand aktiviert sie die Bindungsmagie und klopft. Fast sofort öffnet Elizabeth mit breitem Lächeln und haufenweise Fragen – doch dann taucht schon die Mamsell mit ihrem Putzgeschwader auf. Sie nimmt die Kinder mit zum Liftkabinenring. Zwei Mitarbeiter reiten die Steinelefanten zurück zur Transportabteilung. Nun stehen Rahki und ich allein im Afrika-Foyer.

Rahki wirbelt zu mir herum. Oh, oh, jetzt kommt das Verhör. »Kuhn?! Du heißt gar nicht Jones? Und deine Eltern haben für das Hotel gearbeitet?«

»Na ja, als ich hier reingestolpert bin, wusste ich nicht, was ich sagen sollte. Ich habe meine Eltern ja nie gekannt.«

Sie wirft ungläubig die Hände in die Luft. »Die ganze Zeit habe ich versucht, rauszufinden, wer du bist und wieso du eine Münze hast ... dabei bist du ein Hotelkind?«

»Du hast ... was?«

»Die Mamsell hat mir den Auftrag gegeben, ein Auge auf dich zu haben. Sie wollte sichergehen, dass du für das Hotel kein Risiko bist. Und jetzt stellt sich heraus, dass du hierhergehörst.« Ihr Tonfall ist völlig anders als erwartet. Sie klingt fast, als würde das Ganze sie zum Lachen bringen.

»Warte mal«, sage ich. »Du bist nicht sauer auf mich?«

Sie schüttelt den Kopf. »Du bist der Sohn von Melissa. Ich

meine, okay, es ist schon nervig, dass ich dich die ganze Zeit ohne Grund überwachen musste. Aber jetzt wissen wir wenigstens Bescheid. Du hättest es Agapios und der Mamsell erzählen sollen. Sie wären bestimmt froh gewesen, dich im Hotel zu haben.« Sie schüttelt den Kopf. »Du wirst schon sehen. Die beiden werden Augen machen, wenn sie erfahren, wer du wirklich bist!«

Mein Magen zieht sich zusammen. Rahki marschiert auf den Vorhang zum nächsten Foyer zu, um den beiden die Neuigkeit mitzuteilen. Damit könnte alles zu Ende sein ... außer natürlich, das Hotel weiß sowieso schon Bescheid.

»Nein, warte!«, sage ich.

Rahki bleibt an der Schwelle stehen.

Ich suche nach Worten. Einerseits muss ich sie davon abhalten, Agapios und die Mamsell zu informieren, andererseits soll sie ihr neues Vertrauen in mich nicht verlieren. »Bitte ... sag es ihnen nicht.«

Sie legt den Kopf schräg. »Wieso?«

Nervös beiße ich auf meine Lippe. Ich möchte Rahki vertrauen. Wenn sie wüsste, warum ich eigentlich hier bin, würde sie mir bestimmt helfen. Aber Nico hat mich vor ihr gewarnt. Seine Worte stehen zwischen uns wie eine der uralten Mauern in den Dienstbotengängen.

»Damals am ersten Abend hast du der Mamsell nicht erzählt, dass Sev mich draußen vor seinem Fenster versteckt hatte«, sage ich. »Und jetzt ... kannst du das Gleiche für mich tun? Erzähl niemandem von der Sache.«

Ihre Augen werden schmal. »Also hast du doch etwas zu verbergen.«

Ich gebe keine Antwort.

»Wie du willst«, sagt sie. »Aber nur, dass du Bescheid weißt«, sie wirft einen Blick zu den Kameras hoch. »Der Alte Herr und die Mamsell haben dich im Blick. Und ich ebenfalls.«

Sie lässt mich stehen, und ich bleibe mit einem unguten Gefühl zurück.

Die Tage im Hotel vergehen schneller, als ich zählen kann. Es ist schwer, die Übersicht zu behalten, da wir ständig zwischen Zeitzonen springen. Eine Art Rhythmus entsteht nur durch die Schlafphasen. Da ich fünfmal in meiner Hotelunterkunft geschlafen habe, bleibt noch dieselbe Zahl übrig, bevor meine Probezeit abläuft.

Die Nächte werden ständig ermüdender, was an den Träumen liegt: Bergwandern durch die Alpen mit Gepäck auf dem Rücken. Einen zugewucherten Urwald mit der Machete erkunden. Ein Taxi herbeipfeifen und durch ein Labyrinth aus Betonhochhäusern brausen. Und jedes Mal lande ich am Ende wieder im Schacht und starre in die bodenlose Schwärze.

Mein Leben fühlt sich an, als würde ich von Tür zu Tür und Mission zu Mission springen, vierundzwanzig Stunden am Tag. Noch dazu verstehe ich immer noch nicht, wie die Erinnerungen mir helfen sollen.

Außer natürlich, ich habe die Antwort schon gefunden. Nico und Sev wollen sich nicht genau festlegen, wann sie ihr Ablenkungsmanöver starten, um mich in den vierten Stock zu bringen. Ich weiß nur, dass es bald stattfinden wird und dass ich mich bereithalten soll.

Jetzt bin ich gerade mit dem Morgendienst fertig und auf dem Weg zur Postkammer, um weitere Urlaubskarten durch das verzweigte System aus Vakuumröhren zu schicken. Oma und Cass sind bestimmt außer sich vor Sorge. Kann sein, dass *ich* mich durch die Postkarten besser fühle, aber auf meine Familie haben sie vermutlich die umgekehrte Wirkung.

Genau wie Dad vor vielen Jahren lasse ich den Absender leer. Ich weiß nicht einmal, was für eine Adresse ich dort hinschreiben sollte. *Hotel der Wünsche, Überall-Allee 1001, Irgendwo, Welt?*

Ich setze meine Unterschrift auf die Karte, die ich heute Morgen in Rom gekauft habe. Nachdem sie mit einem *Wuuusch* durch die Röhre verschwunden ist, macht mich der Postkammertyp auf eine Nachricht in meinem Briefkasten aufmerksam. Ich kann es kaum glauben. Ich habe Post? Hastig greife ich in den Kasten und ziehe einen Brief ohne Umschlag hervor.

Wenn du das hier liest, lass dich zu Beginn der vierten Schicht auf der Loge blicken. Ich will mit dir reden.
Rahki

Na toll. Bestimmt will Rahki mich weiter nach meinen Eltern ausfragen. Aber das ist nicht das Schlimmste – sie will mich ausgerechnet an Bord des Speisekreuzers *Loge* treffen. Würg.

Alle Hauptmahlzeiten, die Chefkoch Silva mit seinem Küchenteam zubereitet, werden an Bord des Kreuzfahrtschiffes *Loge* serviert. Es liegt in der Antarktis vor Anker und wurde vom Hotel zum Bankettsaal umfunktioniert. Ich habe es bisher möglichst vermieden, dort zu essen, weil ich jedes Mal seekrank werde. Der Mensch ist nicht dafür geschaffen, ständig zwischen Land und Wasser zu pendeln.

Ich schnappe mir eines der Pflaster gegen Seekrankheit, die Elizabeth mir geschenkt hat, und klebe es mir hinters Ohr, bevor ich zum Liftring gehe.

Kaum betrete ich durch einen Krümmer die *Loge*, verabschiedet sich mein Gleichgewichtssinn. Der prunkvolle Kronleuchter schwankt hin und her und wirft fliehende Schatten auf den Bankettsaal. Der dunkelgraue Horizont neigt sich mal hoch und dann wieder runter.

Kellner und Küchenpersonal eilen herum, um das nächste Essen vorzubereiten. L'Maitre – der geschniegelte Herr, der den Restaurantbetrieb leitet – beäugt mich, als ich eintrete. Mag sein, dass ich vor ein paar Tagen für eine kleine Szene gesorgt habe, weil sich mein Mageninhalt quer über das Obstbuffet verteilt hat.

Rahki winkt mir vom zweiten Rang aus zu. Ich drücke mich am L'Maitre vorbei, der mit seiner hochgewachsenen, stocksteifen Gestalt an eine Statue erinnert. Dabei gebe ich mein Bestes, nicht auf seinen gezwirbelten Schnurrbart zu starren. Dann steige ich die Stufen hoch.

»Ich habe deine Nachricht bekommen«, sage ich und schlucke mein Frühstück wieder runter, das der Ozean aus mir herausschütteln will.

Rahki bietet mir einen Stuhl an, während der Fußboden schlingert. Auf dem Tisch thront ein mächtiger Tafelaufsatz in Form eines Baums mit schimmernden Goldblättern und Edelsteinfrüchten.

Sie schiebt mir eine Schale mit Kieselsteinen entgegen. »Hast du schon die Schleckerei von Chefkoch Silva probiert?«

Ich schüttele den Kopf. »Nein, was denn für eine?«

»Na ja, die hier. Sie heißt einfach *die Schleckerei.*« Sie wählt einen der Steine in der Schüssel aus und drückt ihn mir in die Hand. »Silva hat diese kleinen Flusskiesel an seinen Bonbon-Bottich in der Küche gebunden. Jeden Tag probiert er eine neue Rezeptur aus, und da es eigentlich nur Steine sind, verliert sich ihr Geschmack nie. Pass bloß auf, dass du nicht reinbeißt oder das Ding runterschluckst.« Sie wirft sich einen in den Mund. »Mmh ... Zimt mit einem Hauch von Blätterteig.«

Mein Magen grummelt kläglich, als ich nur daran denke, auf dem Schiff auch noch Süßigkeiten zu essen. »Sieht für mich nach akuter Erstickungsgefahr aus.«

»Probier es«, drängt sie. »Sie sind weicher, als man denkt.«

Ich lege mir einen kleinen Stein auf die Zunge und erkenne den Geschmack sofort. »Oh wow, das ist Sopaipilla. Frittiertes Kürbisgebäck. Holen wir uns zu Hause ständig von dem Mexikaner um die Ecke. Ich liebe das Zeug.« Verblüfft nehme ich den Kieselbonbon aus dem Mund und betrachte ihn von allen Seiten. »Das ist echt schräg.«

»Aber lecker, stimmt's?«, findet Rahki. »Schau am besten, dass du jeden Tag einen bekommst, dann verpasst du keinen Geschmack.«

Ich lege das Bonbon beiseite. »Du wolltest also mit mir über leckere Kiesel reden?«

»Nein. Ich will mit dir über die Kinder reden.«

Die Kinder? »Meinst du die Kleinen, die wir bei unseren Missionen mitnehmen?«

Sie nickt. Endlich bekomme ich Antworten! Andererseits, wenn das Hotelpersonal so hinters Licht geführt wird, wie Stripe behauptet, kann ich vielleicht nicht alles glauben, was sie erzählt.

Rahki legt ihr Bonbon auf den Tisch und umschließt den Becher vor sich mit den Händen. »Ich war eines von ihnen, musst du wissen.«

»*Du* hast zu den Kindern gehört, die das Hotel einsammelt?«

»In Syrien«, nickt sie. »Ich war die Älteste unserer Gruppe. Die

Mission damals war länger und gefährlicher als unsere bisherigen Trips. Die Mamsell hat uns auf dem ganzen Weg beschützt und sicher bis zur Damaskus-Tür gebracht. Damals habe ich sie zum ersten Mal kämpfen sehen. Das Schwert, das sie immer bei sich trägt, ist mehr als bloß Dekoration. Ich habe geholfen, so gut es eben ging. Als wir hier angekommen sind, hat sie gefragt, ob ich ihr auch in Zukunft helfen möchte. Und ich habe Ja gesagt.«

Jetzt sollte ich irgendetwas Verständnisvolles entgegnen, oder? Cass ist so viel besser, wenn es um Leute und ihre Gefühle geht. Ich muss mich schon genug anstrengen, wenigstens mein Frühstück bei mir zu behalten.

»Das fühlt sich trotzdem nicht richtig an«, sage ich schließlich. »Das Hotel darf nicht einfach Kinder mitnehmen.«

Sie schaut mir geradewegs in die Augen, und für einen Moment wird es in meinem schlingernden Gehirn ganz still. »Du hast nicht verstanden, was ich dir gerade erzählt habe, Cam. Das Hotel hat mich gerettet. Ich bin hier, weil ich es so will.«

Vielleicht irre ich mich, was das Hotel angeht.

Ich beiße mir auf die Lippe. Langsam wird mir klar, warum Stripe mich gewarnt hat, ich solle mich nicht von der schönen Fassade blenden lassen. Bestimmt glaubt Rahki, dass sie etwas Gutes tut, indem sie hierbleibt, aber sie weiß schließlich nicht alles. Das tut niemand. Hier gibt es zu viele Geheimnisse. Ich bin sicher, dass Dad etwas Entscheidendes herausgefunden hat, und sobald ich dahinterkomme, kann ich Rahki umstimmen. Sie wird uns helfen, da bin ich ganz sicher.

»Das ist aber nicht der einzige Grund, warum ich dich treffen wollte«, sagt sie. »Vor allem will ich darüber reden, was gestern passiert ist.«

Ich reibe mir die Stirn und versuche mich zu konzentrieren. »Okay, hör zu, das war nicht –«

Sie unterbricht mich. »Du willst mir nicht sagen, warum du hier bist. Okay. Dann lasse ich das erst mal so durchgehen. Aber ich habe selbst ein bisschen nachgeforscht.«

»Wie meinst du das?«

»Ich habe Infos in den Akten des Putzgeschwaders gefunden. Wusstest du, dass deine Eltern zu der Zeit hier gearbeitet haben, als das Gewächshaus verschwunden ist?«

»Und das ist wichtig?«

Sie nickt heftig. »Und ob. Dein Vater ist verschwunden und deine Mutter gestorben. Beides passierte in derselben Nacht, als die Bindung zum Gewächshaus gekappt wurde.«

Rahki schiebt mir eine Akte zu, die in Leder gebunden und vorne mit dem Baumsymbol versehen ist. Ich überfliege die etwas vergilbten Blätter. Protokolle, Notizen, Fotos der Orte, an denen nach meinem Vater gefahndet wurde …

Das ist der Grund, warum Dad uns bei Oma zurückgelassen hat. Etwas Schreckliches ist im Hotel passiert, und danach war Mom tot. Hat mein Vater das Gewächshaus verschwinden lassen, oder war es jemand anderes? Vielleicht sucht er immer noch danach? Oder er sorgt dafür, dass es dem Hotel nicht wieder in die Hände fällt?

Ich blättere eine Seite weiter und lande bei einem Foto meiner Mutter. In meinen Träumen sehe ich sie ständig, aber es fühlt sich anders an, sie hier in einer Akte der Mamsell zu entdecken.

Ich habe an meine Mutter nie auf die gleiche Weise gedacht wie an Dad. Bei ihrem Tod waren Cass und ich noch so jung; da bin ich gar nicht erst auf die Idee gekommen, nach ihr zu forschen. Oma hat immer gesagt, wir sollten akzeptieren, dass sie von uns gegangen ist, und an die Zukunft denken. *Von uns gegangen …* als wäre das eine bewusste Entscheidung gewesen: »Ich geh dann mal.« Aber so war es nicht. Man hat sie uns weggenommen, genau wie Dad.

»Das Putzgeschwader hat eine Menge Zeit und Mühe in die Suche nach deinem Vater gesteckt, nachdem er verschwunden ist«, fährt Rahki fort. »Die Mamsell war der Meinung, er wüsste, was mit dem Gewächshaus passiert ist und wie man es zurückholen kann.«

Auf der nächsten Aktenseite befindet sich ein Foto von Dad, der in einem sonnigen Garten arbeitet. Seine Handschuhe und sein Gesicht sind dreckverschmiert, doch er lächelt so breit wie Philippe. »Also wissen sie tatsächlich nicht, was mit Dad passiert ist, nachdem Mom …?«

»Ich glaube nicht. Aber auf jeden Fall wissen sie, wer du bist.« Rahki greift über den Tisch und blättert fast ans Ende der Akte. Die Seite sieht neuer und weniger vergilbt aus als der Rest und trägt als Überschrift den Namen *Cameron Kuhn.*

Ich schnappe mir das Bild, das darauf prangt. »Das bin ja ich.« Zottelige Haare, verkrampftes Schulfotolächeln. Neben meinem Gesicht klebt ein Zettel, auf dem in Schnörkelschrift steht: »Was weiß der Junge?«

Das Schwanken der Meereswellen dringt wieder in mein Bewusstsein. Am liebsten würde ich mich übergeben.

»Der Alte Herr ist an dir … interessiert«, sagt Rahki. »Er und die Mamsell –«

Sie sieht aus, als wolle sie weiterreden – und ich kann es kaum erwarten –, aber bevor sie die Gelegenheit bekommt, stürmt ein junger Portier durch eine Krümmertür in den Saal. Sein Gesicht ist knallrot und verschwitzt.

»Generalalarm!«, brüllt er. »Alle Mann zur Galerie, Befehl der Mamsell. Es gibt einen Pflock-Defekt!«

»Na toll«, sagt eine der Küchenhilfen, die gerade das Buffet aufbaut. »Schon wieder ein Übungsalarm.«

»Das ist keine Übung!«, brüllt der Junge.

Jetzt ist der Moment. Nico und Sev haben für eine Ablenkung gesorgt. Das heißt, ich muss zu den Fahrstühlen kommen, runter ins U-Geschoss und zum Büro des Concierges, um ihm seinen Topdreher zu klauen.

Aber Rahki packt mich am Arm. »Hast du einen Pflock?«

»Was?«

»Einen Pflock! Ob du einen Schwellenpflock hast!«

Ich hole den Spezialpflock hervor, den Sev mir geschnitzt hat.

»Gut«, sagt sie. »Wir müssen das in den Griff kriegen, ehe es zu spät ist.«

Sie zieht mich von meinem Stuhl und durch den nächsten Krümmer.

15

Das Versagen

Falls ein Schwellenpflock versagt, ist das Personal verpflichtet, sämtliche Gäste auf die Galerie zu evakuieren. Suchen Sie den nächstgelegenen Kartentisch auf, und folgen Sie den Instruktionen.

Rahki ist schnell. Schneller, als ich hinterherkomme. Andererseits weiß sie, warum wir überhaupt rennen und wieso ein Pflock-Defekt so dramatisch ist.

Ich muss mich davonmachen, um mir den Topdreher zu schnappen, aber Rahki schaut sich immer wieder ungeduldig nach mir um. Keine Ahnung, wie lange die Ablenkung dauern wird. Ich muss Rahki loswerden, sonst verpasse ich meine Chance.

Sie umrundet die nächste Ecke, und ich lasse mich zurückfallen. Mit etwas Glück vergisst sie mich vor lauter Eile, und ich kann mich stattdessen meinen eigenen Plänen zuwenden.

Zehn Sekunden. Fünfzehn. Könnte funktionieren. Jetzt schnell zu den Fahrstühlen und –

»Cam!« Sie kommt wütend und außer Atem zurück um die Ecke gerannt. »Was machst du denn? Wir müssen zur Galerie.«

»Geh schon alleine vor. Ich halte dich doch nur auf.« *Bitte*, schicke ich ein Stoßgebet zum Himmel. Hoffentlich bemerkt sie meine schuldbewusste Miene nicht.

Rahki packt mich am Arm und zieht mich eine Wendeltreppe hinunter. »Wir brauchen jeden Pflock, den wir kriegen können.«

Verdammt. Das funktioniert nicht. Rahki will mich einfach nicht aus den Augen lassen.

Ich tue so, als würde ich auf einer Stufe stolpern, und schreie: »Au! Mein Fuß!«

Aber Rahki durchschaut den Trick, schwingt drohend den Staubwedel und spreizt die Finger ihrer behandschuhten Hand. »Steh auf, oder ich klebe dir den Fuß an die Stirn!«

Sie zerrt mich auf die Beine und durch die nächste Tür.

Auf der Galerie wird es niemals dunkel. Das hat Nico mir erzählt, als er mich am ersten Tag rumgeführt hat. Der Gang ist kreisrund und liegt wie ein Riesendonut von der Größe zweier Fußballfelder zwischen dem Liftkabinenring und dem offenen Atrium, das gewissermaßen als Loch im Donut dient. Es gibt prunkvolle Springbrunnen und künstliche Bäche, die sich zwischen eingetopften Bäumen und dekorativen Felssteinen hindurchwinden.

Was mich an der Galerie jedes Mal am meisten beeindruckt, sind die Sonnenfenster. Das ganze Rund wird von Klippenwänden umschlossen, die diesen Teil des Hotels von der Außenwelt abschirmen, und oben drauf sind riesige Portalrahmen aus Holz befestigt. Sie hängen in einem schrägen Winkel über dem Boden, und jedes ist an eine andere Zeitzone gebunden, sodass sie zum Sonnenuhr-Design des Atriums passen. Darin sieht man Himmelsausschnitte aus allen Winkeln der Welt. Wenn in einem Rahmen tiefste Nacht herrscht, strahlt im Fenster gegenüber helle Tagessonne, sodass die Galerie in ein seltsames ewiges Zwielicht gehüllt ist. Auch jetzt ist der Himmel über mir nachtdunkel, während die Hälfte der Rahmen den Teppichboden so gleißend anstrahlen wie die Scheinwerfer eines Stadions.

»Gut«, sagt Rahki. »Sie haben schon angefangen.«

Überall auf der Galerie rollen Mitarbeiter hastig Tische und Info-Tresen herbei, sodass der Bereich sich in eine Art Abfertigungshalle verwandelt. Elizabeth und weitere Leute vom Empfangspersonal haben sich an halbrunden Stehtischen postiert und reden beruhigend auf verängstigte Gäste ein. Wer immer von den Portiers gerade keinen Dienst hat, hilft dabei, die Menge zu dirigieren, die von allen Seiten durch die Türen drängt.

Und mitten in dem ganzen Chaos steht Agapios ... der Mann, der an mir ›interessiert‹ ist. Seine Gestalt mit den knochigen Schultern überragt die Menge. Mit skelettartigen Fingern weist er hierhin und dorthin und gibt lautstarke Befehle mit heiserem Akzent. Die Ablenkung hat funktioniert. Der Alte Herr ist nicht länger in seinem Büro. Jetzt muss ich nur noch dorthin gelangen, bevor sich diese ganze Sache in einen neuen Eintrag auf meiner FTA-Liste verwandelt.

»Siehst du die Mamsell irgendwo?«, fragt Rahki.

Ich schaue mich auf der Galerie um. Nico und ein paar Mitarbeiter, die ich noch nicht kennengelernt habe, führen Gäste aus einer weiter hinten liegenden Grotte. Sana errichtet einen Info-Tresen neben einem Wasserfall, in dem sich glitzernd das Sonnen- und Sternenlicht der vielen Himmel spiegelt.

Aber nirgends ist die Mamsell zu sehen.

Nico fängt meinen Blick auf, zeigt auf Agapios und formt mit den Lippen: »Was machst du hier?«

Ich nicke in Rahkis Richtung.

Er tippt auf seine Taschenuhr. Ja, schon klar.

»Hier läuft alles gut«, sagt Rahki. »Am besten gehen wir zum Liftkabinenring.«

Perfekt. Dann muss ich nur in einen anderen Aufzug steigen als Rahki und zum U-Geschoss fahren, während sie sich mit dem Problem hier herumschlägt.

Aber beim Liftring herrscht komplettes Chaos. Das Putzgeschwader bewacht die Fahrstühle mit gezückten Staubwedeln. Personal und Gäste werden gleichermaßen im Befehlston angebellt. Da komme ich nie durch. Ich muss einen anderen Weg finden. Vielleicht durch einen der Dienstbotengänge?

»Wir sind nah dran«, sagt Rahki und steckt ihre Münze in den nächstgelegenen Kartentisch. Rostbraune Tinte breitet sich über das Pergament aus und lässt die vier Ringe des tragenden Stamms erscheinen. Schlängelnde Linien markieren unseren Standort und wirbeln weiter zu einer vom Putzgeschwader abgeschirmten Schiebetür. Dahinter befindet sich laut Lageplan eine Fahrstuhlkabine.

Wenn ich die Kartentische berühren könnte, ohne dass Rahki es sieht, würde vielleicht der Weg erscheinen, den ich nehmen muss. Andererseits könnte das Hotel meine Absichten erspüren. Was ich jetzt gar nicht brauchen kann, ist ein feindseliges Gebäude, das meine Pläne bekämpft ... falls so etwas möglich ist. Vielleicht sollte ich erst einmal herausfinden, was hier oben schiefläuft, um einen sicheren Weg nach unten zu finden.

Ich wende mich an Rahki. »Was ist eigentlich los?«

»Ein Pflock ist defekt«, sagt sie. »Die Bindungsmagie leckt aus ihm heraus, sodass die übrigen Türen schlagartig unter größerem Druck stehen. Wenn wir das nicht stoppen …«

»Wird es hier ganz übel.« So viel kapiere ich immerhin.

Mein Blick huscht über die herumschreienden Gäste und das kampfbereite Putzgeschwader. Das alles nur, damit ich einen Generalschlüssel in die Finger bekomme? Vielleicht gehen wir die Sache falsch an.

Ein splitterndes Geräusch hallt durch den Saal, und die Leute verstummen.

Noch einmal ertönt das gleiche Geräusch, wie berstendes Holz, gefolgt von einem Zischen, als hätte jemand eine Sprudelflasche gut durchgeschüttelt und dann den Deckel abgeschraubt. Das Putzgeschwader rückt von einem der Fahrstühle ab. Gleichzeitig öffnet sich die Schiebetür und enthüllt …

Nichts. Eine schwarze, kalte Leere. Der Fahrstuhl dahinter ist einfach verschwunden und wurde durch etwas ersetzt, das an die entlegensten Tiefen des Weltraums erinnert, wo selbst die Sterne fehlen.

»Zurück!«, ruft ein Junge vom Putzgeschwader und schiebt Gäste mit seinem Staubwedel fort. »Die Pflöcke der Aufzüge versagen. Es ist nicht mehr sicher, sie zu benutzen. An alle vom Personal: Bringen Sie unsere Gäste zur Galerie!«

Die Leere jenseits der Schiebetür ist schwindelerregend. Man hat den Eindruck, die Kabine habe nie existiert … vom Nichts verschluckt. Ich hätte in diesem Fahrstuhl stecken können, auf meinem Weg zur Eremitage. Plötzlich kommt mir der Plan, einen Weg ins U-Geschoss zu suchen, nicht mehr besonders toll vor.

Als Nico gesagt hat, er würde mit Sev für eine Ablenkung sorgen, habe ich nicht mit einer Aktion gerechnet, die so eine Panik auslöst.

Jetzt halte ich mich erst einmal an Rahki. Wenn das Ganze so schlimm ist, wie es aussieht, braucht sie vielleicht meine Hilfe. Ich will nicht, dass jemand meinetwegen verletzt wird.

Wir biegen in einen Seitengang ab. Am Ende des Korridors sehe ich Sev, der zusammengekauert im Kreis anderer Türhüter hockt. Man erkennt sie an den weinroten Schärpen. Zu beiden Seiten reihen sich an den Wänden weitere Türen, die ins Nichts führen.

Ich bin froh, Sev zu sehen – bestimmt weiß er, was zu tun ist. Aber als unsere Blicke sich begegnen, bringt die Furcht in seinen Augen meinen Puls noch mehr zum Hämmern. Diese ›Ablenkung‹ ist definitiv zu weit gegangen. Also vergesse ich den Topdreher und kümmere mich um das, was hier passiert.

Rahki duckt sich unter einer Absperrung aus rotem Stoff durch, um zu Sev zu gelangen. »Status?«

»Noch hat es keine totale Fraktur gegeben«, sagt Sev. »Wenn wir den kaputten Pflock finden und ersetzen, können wir vielleicht ein paar Portalrahmen wiederherstellen.« Er wirft einen Blick auf die anderen Türhüter. »Aber uns ist der Vorrat ausgegangen.«

In der Mitte der Gruppe liegt ein ausgerolltes schwarzes Leinentuch, auf das Dutzende nun leerer Pflockschlingen genäht sind. Das sieht ungefähr so aus wie an meinem Anzughemd.

»Warum steckt ihr nicht einfach denselben Pflock in alle Scharniere, bis ihr die Problemstelle gefunden habt?«, frage ich.

»Wenn es schon eine Bruchstelle gibt, schwächt das auch alle anderen Türen. Vermutlich ist inzwischen mehr als ein Pflock betroffen. Falls die Überlastung noch länger dauert –«

»Wir lassen es nicht so weit kommen, dass es eine Fraktur gibt.« Rahki zieht zwei weitere Pflöcke aus ihren Hemdschlingen. »Ich habe die hier. Cam kann auch einen beisteuern.« Sie dreht sich um und befiehlt dem Personal, das sich hinter uns versammelt: »Jeder hält seine Pflöcke in Bereitschaft! Tut genau, was die Türwächter sagen!«

Sev postiert mich vor einem leeren Rahmen fast am Ende des Korridors. Rechts und links von mir stehen zwei andere grimmig entschlossene Hotelmitarbeiter vor ihren Türen.

Ich trete einen Schritt vor, starre in das Nichts und halte Sevs Pflock umklammert. Die kalte Schwärze scheint mich vorwärtszuziehen, während meine Sicht sich zu einem Tunnelblick verengt. Ein Teil von mir will wissen, was am Ende dieser totalen Dunkelheit liegt.

Das Mädchen neben mir setzt ihren Pflocker ans mittlere Scharnier und betätigt den Abzug. Der alte Holzbolzen wird herausgeschossen wie eine Brotscheibe aus dem Toaster. Dann schiebt sie ihren neuen Pflock in das Loch.

Wieder ein Splittern und dann ein Sprudelzischen. Es hat nicht funktioniert.

Ich konzentriere mich auf mein eigenes Scharnier. Mit der Sprungfeder des Pflockers, den Sev mir gegeben hat, stoße ich den Holzbolzen aus seinem Loch, und er fällt klappernd zu Boden. So weit, so gut. Ich schiebe meinen neuen Pflock hinein und benutze den Pflocker, um ihn fest ins Scharnier zu hämmern.

Nichts passiert. Kein Splittern, kein Zischen, keine veränderte Sicht hinter dem Türrahmen. Noch immer starre ich in ein Nichts, das direkt in den Wahnsinn führt. Das Scharnier wurde erfolgreich umgepflockt, also müsste die Tür nun zu Sevs Zimmer führen. Aber davon ist nichts zu sehen.

Was würde wohl passieren, wenn ich hindurchginge, direkt in diese endlose Schwärze? Würde ich an Sauerstoffmangel sterben?

Falls sich vor mir tatsächlich der Weltraum befindet, würde ich gefrieren, meine Gliedmaßen und Augäpfel würden in eine Million kleiner Stücke zerspringen. Oder vielleicht würde ich durch den fehlenden Druck mit einem Knall explodieren, was eine Variante von FTA 313 wäre.

Ein weiterer Hotelangestellter hämmert seinen Pflock hinein und ruft: »Ich hab's!«, als eine blendende Lichtwelle durch den Korridor schwappt.

Aber ich schaue mich nicht danach um, denn gleichzeitig verändert sich das Nichts auf der anderen Seite meiner Tür. Umrisse erscheinen. Ein Bett. Eine mit Kleinkram vollgestellte Kommode. Erste-Hilfe-Poster und Sicherheitsbroschüren. Das hier ist mein Zimmer. Zu Hause. Sev hat den Pflock, den er für mich geschnitzt hat, nicht an sein eigenes Zimmer gebunden ... sondern an Omas Haus.

Plötzlich stürzt alles auf mich ein, die Geheimnisse und Intrigen, die Frustration, die Gefahr, und erdrücken mich fast. Ich will nicht im Hotel sein. Ich gehöre nach Hause, wo ich mich um Cass kümmern kann ... anstatt Diebstähle zu planen, in exotischen Ländern festzustecken und magische Türen davon abzuhalten, Löcher ins Raum-Zeit-Gefüge zu reißen.

Also trete ich hindurch und ziehe die Tür hinter mir zu.

16

Wie die Äste eines Baums

Ich bin zurück. Meine normale Kleidung hängt im Schrank. Mein quietschendes Bett lädt dazu ein, mich hinzulegen und das Hotel mit all seiner Magie und seinem Chaos zu vergessen. Es fühlt sich an, als würde ich aus einem Traum erwachen.

Ich schaue zurück auf meine Zimmertür, die nun ans Hotel gefesselt ist, statt wie früher in den Flur zum Wohnzimmer zu führen. Gefesselt an merkwürdige Leute, an unbekannte Orte, an Türen überall auf der Welt und ...

Ich will gar nicht daran denken.

Also schiebe ich meine Kommode von der Wand weg und vor die Tür, sodass für Rahki und Sev der Weg blockiert ist. Sollen sie doch auf der anderen Seite bleiben. Ich setze mich auf meine Bettkante und verschränke die Hände ineinander. Was für ein Reinfall. Ich hatte eine einzige Chance, mich ins Büro des Alten Herrn zu schleichen, und habe es total vergeigt. Jetzt bin ich wieder da, wo ich angefangen habe: Ich sitze in Omas Haus herum, ohne jede Hoffnung, meinen Vater zu finden. Mir bleiben weniger als fünf Tage.

Oma. Ob sie hier ist? Sie findet immer die richtigen Worte, damit ich mich besser fühle. Ich vermisse sie und Cass. Geht es den beiden gut? Wurde Cass schon aus dem Krankenhaus entlassen und durfte nach Hause? Die beiden haben bestimmt eine Menge Fragen. Aber wenn Sev oder Rahki es durch die Tür schaffen, lasse ich mich garantiert überreden, mit ihnen zurückzukehren. Ich weiß nicht, was ich tun soll.

Also tigere ich unentschlossen auf und ab. Und im Kreis. Balle die Fäuste. Löse sie wieder. Meine Poster und der ganze andere Kram erinnern mich daran, wer ich eigentlich bin. Kein Angestellter eines magischen Hotels. Ich bin Cam. Der Typ, der aus Versehen im Schulspind feststeckt, sich am liebsten in seinem Zimmer verkriecht und Sicherheitsbroschüren sammelt. Der immer davon geträumt hat, seine Eltern zu finden, aber nie wusste, wo. Der sich um seine Schwester kümmern kann wie niemand sonst. Von hier wegzugehen war eine dumme Entscheidung.

Klopf-klopf. »Cam?«, dringt die Stimme von Cass durch die Wand. »Bist du das?«

Ich erstarre. Der Pflock und meine Kommode sind alles, was uns voneinander trennt. Soll ich antworten? Jemand rüttelt an der Tür, und ich bin nicht sicher, ob das von unserem Wohnungsflur oder dem Hotel kommt. Kann Cass überhaupt zu mir herein, solange die Tür an einen anderen Ort gebunden ist? Dazu müsste ich den Rahmen erst entpflocken, oder? Ich bin nicht sicher, wie das alles funktioniert. Aber Cass ist da! Es geht ihr gut! Sie ist wieder zu Hause und fit genug, um mit ihrem Rolli rumzufahren. Das zumindest ist eine echte Erleichterung.

Ich lasse mich an die Kommode gelehnt zu Boden rutschen und vergrabe den Kopf in den Händen.

»Cam, lass mich rein!«

»Kann ich nicht«, sage ich. Jetzt weiß sie, dass ich wirklich da bin.

»Wo hast du gesteckt? Warum bist du abgehauen?«

»Ich – ich wollte alles in Ordnung bringen. Aber ich habe Mist gebaut.«

»Was? Lass mich rein«, sagt sie. »Ich will dich sehen.«

Meine Finger nesteln an dem Halsband und den Konturen von Dads Münze herum. »Ich kann nicht«, sage ich wieder. Obwohl ich es will. Aber wenn ich jetzt die Bindung der Tür löse und die Kommode wegschiebe, dann werde ich meine Mission, Cass und Oma zu helfen, nie zu Ende bringen. Und das will ich immer noch unbedingt. Auch wenn ich Angst davor habe zu versagen. Sie verdienen ... nein, *wir* verdienen ein Happy End.

»Das ist nicht witzig«, sagt Cass. »Du hättest nicht von zu Hause weglaufen sollen. Oma hat die Polizei gerufen. Und dann diese ganzen bescheuerten Postkarten –«

»Ich bin nicht weggelaufen«, sage ich. »Ich wollte Hilfe holen.«

»Du gehörst zu uns nach Hause. Wo wir wissen, dass du in Sicherheit bist.«

Sicherheit. Das wünsche ich mir mehr als alles andere. Aber dafür muss sich erst etwas ändern.

Soll das Hotel doch seine verdammte Mission behalten; ich habe meine eigene. Ich *werde* einen Weg finden, unserer Familie zu helfen.

»Bis bald, Cass«, sage ich und fange an, die Kommode von der Wand zu ziehen.

Und während ich das tue, blitzt plötzlich etwas vor meinen Augen auf. Eine Szene wird an die Oberfläche gespült – eine weitere flüchtige Erinnerung, nur dass ich diesmal nicht schlafe oder träume.

Eine Wand aus Stein. Eine Tür. Meine Hände schieben einen antiken Schrank aus Zedernholz davor. Und dann der Baum. Enorme Äste, die den Himmel verdecken. Sonnenstrahlen fallen durchs Blätterdach. Wurzeln so dick wie mein ganzer Körper winden sich durch den Grasboden.

Ich weiche von meiner Zimmertür zurück und versuche die Bilder aus dem Kopf zu schütteln.

Kalter Stein. Staubgeruch. Ein antiker Schrank mit zwei Türen. Dahinter der versperrte Durchgang zu dem Baumriesen, der sich über mich neigt, umgeben von tiefer Wehmut. Trauer, als hätte ich etwas verloren. Oder als sei ich selbst verloren gegangen.

Omas Stimme holt mich zurück. »Cammy?«

Ich werde später darüber nachdenken, was die Erinnerung bedeutet. Jetzt muss ich von hier weg.

»Ich komme wieder, versprochen«, sage ich. »Und ich bringe ihn zurück.«

Mit diesen Worten schiebe ich die Kommode beiseite, gehe durch den Krümmer und schließe ihn hinter mir. Zum zweiten Mal lasse ich mein Zuhause zurück.

Als ich das Hotel betrete, hat sich die Lage beruhigt, und das Personal ist viel entspannter. Darüber bin ich froh … noch mehr Panik könnte ich im Moment schlecht vertragen.

Rahki starrt mich streng an. »Wohin bist du gegangen? Du kannst nicht einfach so verschwinden. Wir haben noch Sachen zu erledigen.«

»Tut mir leid«, sage ich, aber es fühlt sich eher an, als wäre die Entschuldigung an Cass gerichtet statt an Rahki.

»Warte nachher auf mich. Wir müssen noch reden.«

Reden. Genau. Zum Beispiel über Agapios und die ganzen tödlichen Hotelgeheimnisse, von denen niemand etwas wissen soll. Ich stoße schnaubend die Luft aus.

Rahki macht damit weiter, Anweisungen in Richtung des Personals zu rufen. Als ich sicher bin, dass sie nicht hinschaut, ploppe ich den von Sev geschnitzten Pflock aus dem Scharnier und stecke ihn in die breiteste Stoffschlinge an meinem Hemd, wo er kaum zu sehen ist. Einen Moment lang fürchte ich, dass ich dadurch einen neuen Defekt auslösen könnte, aber ich brauche diesen Pflock. Und den Pflocker. Er macht das ganze Ent- und Umpflocken so viel einfacher. Mit diesen beiden Geräten habe ich Cass und Oma immer in nächster Nähe. Nur für die beiden tue ich das alles.

Aber nun zu der Szene, an die ich mich erinnert habe ... oder mein Vater ... jedenfalls hat sie sich wichtig angefühlt. Deutlicher und stärker als sonst.

Ich muss wissen, was sich hinter dem Zedernholzschrank verbirgt.

Auch wenn ich das Gefühl habe, Dad wollte das alles hinter sich lassen.

Rahki eilt zum Putzgeschwaderflügel, um die Mamsell über die Situation zu unterrichten, während Sev und ich ins Atrium gehen und beim Springbrunnen warten.

Sev sagt kein Wort. Vermutlich, weil ich nicht mal versucht habe, in Agapios' Büro zu kommen. Er muss von mir enttäuscht sein, nachdem er mit Nico für so eine dramatische Ablenkung gesorgt hat.

»Tut mir leid, dass es schiefgegangen ist«, sage ich nach ein paar

Minuten. »Ihr beide habt mir eine Gelegenheit geboten, und ich hab's vermasselt.«

Sev seufzt. »Es wird noch andere geben.«

Gerade geht über dem Atrium die Sonne auf und vermischt sich mit den verschiedenen Sonnenständen aus den Fenstern der Galerie, sodass ein rosig gelber Schimmer über allem liegt. Wir sitzen stumm nebeneinander und schauen zu, wie die Sterne verblassen und verschwinden.

Ich weiß noch, wann ich das erste Mal bewusst einen Sonnenaufgang erlebt habe. Das ist erst ein paar Jahre her, vielleicht mit acht Jahren. Ich war noch nie ein Frühaufsteher. Damals hatte Cass gerade eine weitere OP hinter sich – eine der schwierigsten. Zur Vorbereitung klärte der Chirurg uns über alle möglichen Komplikationen auf und ließ Oma eine Einverständniserklärung unterschreiben: Der Eingriff könnte bei Cass die Lungen kollabieren lassen. Er könnte selbstständiges Schlucken unmöglich machen. Die Narkose könnte zum Herzstillstand führen. Blutgerinnsel. Staphylokokken-Infektion. So vieles konnte schiefgehen. Oma redete auf mich ein, dass Cass nichts passieren würde, aber trotzdem flippte ich total aus.

Damals wurde mir klar, auf wie viele Arten jemand sterben kann. Seitdem ist meine Liste ständig gewachsen.

Aber dann brach ein neuer Tag an, auch für meine Schwester. Der Arzt kehrte mit einem Lächeln zurück und sagte, dass alles gut werden würde. So sind Sonnenaufgänge. Wie ein lächelndes Versprechen in der Dunkelheit, dass vielleicht noch etwas Gutes auf uns wartet.

Ich blicke zu den tropfenden Ästen der Baumstatue auf, die inmitten des Springbrunnens steht, und sofort fallen mir die Bilder wieder ein. Der marmorne Baum sieht dem aus Dads Erinnerung täuschend ähnlich, nur dass der hier viel kleiner ist. Der echte war atemberaubend riesig.

»Du hast den Pflock benutzt, den ich dir gegeben habe«, sagt Sev und unterbricht meine Gedanken. »Um das Hotel zu verlassen.«

Ich ziehe den Pflock aus der Schlinge. Er fühlt sich angenehm leicht und glatt an. »Die Bindung hat nicht zu deinem Zimmer geführt.«

»Habe ich auch nie behauptet«, antwortet er mit dem Ansatz eines Lächelns. »Ich dachte, du bist vielleicht froh über einen Ausweg.«

»Aber wie?« Dann fällt es mir selbst ein. »Mit der Erde, die Nico aus Omas Garten geholt hat.«

Sev nickt. »Um eine Tür an einen bestimmten Ort zu fesseln, braucht man Mutterboden. Er enthält die natürliche Erdbindung ... und damit die genauen Ortsdaten. Holz vom Vesimabaum kann diese Bindung in sich aufnehmen und absorbieren, so wie Wurzeln sonst Nährstoffe aus dem Boden saugen. Das ist der Grund, warum wir Vesimaholz benutzen, um Pflöcke und Münzen herzustellen.« Er zeigt auf den Pflock in meiner Hand. »Der da hat Boden absorbiert, den Nico von deinem Zuhause mitgebracht hat. Weil du zu deinem Zimmer die engste Bindung hast, hat die Magie sich deine Tür ausgesucht, keine andere im Haus.«

»Aber wieso? Ich meine, wieso hast du diesen Pflock für mich geschnitzt?«

Er schaut aufs Gras. »Weil im Hotel schlimme Dinge passieren. Hinter der Fassade. *Slavny bubny za gorami.* Man kann nicht jedem trauen.«

Wieder breitet sich Stille zwischen uns aus. Sev mit seinen zweideutigen Sprichwörtern. Wem *kann* ich trauen? Ich hatte einfach angenommen, dass Sevs Pflock zu seinem Zimmer führt ... genau wie ich immer noch annehme, dass er, Nico und Stripe auf meiner Seite sind. Was, wenn ich mich irre?

Aber jemandem muss ich schließlich trauen. Ich kann das hier nicht allein durchziehen. Also bleibt mir nur übrig zu hoffen, dass ich mir die richtigen Leute ausgesucht habe.

»Habt ihr den Pflock-Defekt verursacht?«, frage ich.

Sev starrt auf den pinkfarbenen Himmel über den von Säulen umrahmten Türen. »Das Holz wird mit der Zeit morsch. Die Pflöcke bekommen Bruchstellen, weil sie alt sind und eine zu schwache Verbindung zum Vesima haben. Heutzutage einen zu finden, der kurz vorm Splittern steht, ist viel zu einfach. Doch ich fürchte, unser Plan ist außer Kontrolle geraten. Wir sind zu weit gegangen.«

Ich muss lächeln, weil er es so schlicht zugibt. Wenigstens kann ich sicher sein, dass Sev mich nicht anlügt. »Du hast gesagt, die Bindungsmagie steckt in allem, was lebt.«

Sev macht ein zustimmendes Geräusch. »Die Türen sind an ihre Orte gebunden, aber sie sind auch unsichtbar miteinander verzweigt. Sie geben sich gegenseitig Leben, beruhen aufeinander, fast wie Menschen.«

»Und deshalb reichte ein defekter Pflock, um alle möglichen Türen versagen zu lassen.« Ich reibe mit dem Finger über das weiche Holz. »Wieso tauscht ihr sie nicht rechtzeitig aus?«

»Wie schon gesagt, dafür gibt es nicht genug Holz.«

»Weil das Hotel den Baum nicht mehr hat.« Ich schaue wieder hinauf zu den Marmorzweigen, die Wasser in den Springbrunnen sprühen. Weil ... jemand ihn gestohlen hat.

»Ich habe ihn gesehen«, erzählte ich Sev. »Den Vesima. Zumindest glaube ich das.«

»Wie denn?«

Ich berühre Dads Münze. »In einer Erinnerung. Und ich habe das Gefühl … Ich glaube, mein Vater ist dafür verantwortlich. Er hat das Gewächshaus gestohlen.«

Sev hebt eine Augenbraue.

Ich bemühe mich, die Puzzlestücke zusammenzusetzen. »In den ganzen Erinnerungen bin ich nervös. Als hätte ich Angst, dass jemand mich erwischt. Und zuerst ist auch Mom dabei, aber etwas ist mit ihr passiert, und dann gibt es nur noch Agapios und die vierte Etage.« Ich hole Luft. »Glaubst du, der Baum könnte dort sein?«

»Schon möglich.« Sev klingt sehr ernst. »Niemand weiß, was mit dem Gewächshaus passiert ist. Es war nur durch Krümmer zu erreichen, genau wie die Galerie. Vielleicht hat Reinhart nicht alle Bindungen gekappt, sondern eine Tür bloß umgepflockt, sodass sie anderswo hinführt. Dann könnte das Gewächshaus immer noch da sein, an einem versteckten Ort in Agapios' Residenz.«

Ich will mehr fragen, doch Sev schaut an mir vorbei. Zu Nico, der aufgekratzt durchs Atrium gehüpft kommt.

»Hi, Leute!«, grüßt Nico mit einem unglaublich breiten Lächeln, als sei er frisch aus einer Achterbahn gestiegen. »War das cool, oder was?«

Sev schaut ihn finster an. »Wir wissen noch nicht, wie groß der Schaden ist. Die Reparaturen könnten Wochen dauern.«

»Ach was, ihr Türhüter habt das schon im Griff.« Nico haut mir freundschaftlich auf den Rücken. »Also, Mr Cam, wie ist es gelaufen?«

Ich lasse die Schultern hängen. »Eure Ablenkung war umsonst.«

»Nicht ganz«, lacht er. »Ich meine, du hast deinen ersten Pflock-Alarm überlebt, stimmt's?«

»Na ja, schon«, sage ich etwas verwirrt. Ich hatte gedacht, er würde wütender sein.

»Und das ist ein Grund zum Feiern!« Er reibt die Hände zusammen. »Ich habe eine Überraschung für dich. Na, was meinst du?«

Ich werfe einen Blick auf Sev, der uns ein schwaches Lächeln schenkt. »Geht schon«, sagt er. »Ich erzähle Rahki, dass du noch was zu erledigen hattest, Cam.«

»Wohin wollen wir denn?«

Nicos Gesicht strahlt sogar noch mehr auf. »Überraschung! Aber erst müssen wir uns umziehen.«

17

Ein Spiel in Honduras

Wir gehen in Nicos Unterkunft, um die Hotelkleidung loszuwerden. Ich bin nicht auf die Idee gekommen, mir frische Sachen mitzunehmen, als ich per Pflock bei Omas Haus gelandet bin. Und jetzt noch mal zurückzugehen wäre ... na ja ... ziemlich dämlich. Also leiht Nico mir eine kurze Sporthose und ein Fußballshirt.

»*Fútbol*«, sagt Nico dazu und lässt den Ball auf seinem Finger kreiseln. Vor seinem Fenster fällt die Sonne glitzernd auf den Hafen von Sidney und das berühmte Opernhaus. Möwen kreischen über dem Wasser. »Ihr Amerikaner habt echt keine Ahnung. Bei eurem Football benutzen die Spieler ja kaum ihre Füße.«

Er führt mich zur Dallas-Tür, sodass wir am Empfangstresen des Nordamerika-Foyers vorbeikommen. Elizabeth blickt neidisch zu uns, und Nico streckt ihr die Zunge heraus.

Seine Kleidung ist ein bisschen zu eng für mich. Jeden Moment werden die Nähte unter den Achseln mir die Blutzufuhr zu den Armen abdrücken. Fremde Klamotten zu tragen ist total schräg.

Wir kommen beim Parkplatz hinter dem Kiosk heraus, wo ich Nico zum ersten Mal getroffen habe. Das scheint schon eine Ewigkeit her zu sein.

»Wo willst du denn in Dallas dein *Fútbol* spielen?«

»Wer hat gesagt, dass wir hierbleiben?«

Ich ziehe die Brauen zusammen, doch dann klickt es bei mir. »Du meinst, wir gehen durch Stripes Museumsgang?«

»Genau.«

»Warum sind wir nicht durch die Dienstbotengänge und die Besenkammertür gekommen? Das wäre schneller gewesen.«

»Weil wir diesen Weg nur benutzen, wenn es absolut nötig ist.« Er lässt den Ball auf seinen Knien hüpfen, während wir weitergehen. »Sonst bleibt eine geheime Tür nämlich nicht lange geheim.«

Inzwischen hatte ich Zeit, mehr über das Hotel zu erfahren, und deshalb kommt die Existenz der Besenkammertür mir zum ersten Mal komisch vor. Ich habe genug Leuten über die Schulter gesehen, während sie die Kartentische benutzt haben. Deshalb weiß ich, dass sämtliche Türen darauf verzeichnet sind. Ungefähr, als könnte das Hotel spüren, wohin alle Krümmer und Klopfer führen.

Alle ... außer der Besenkammertür.

»Wie schafft ihr es, sie vor den Kartentischen zu verstecken?«, frage ich, als wir in Richtung Krankenhaus weitergehen.

»Magie«, sagt er mit mystischem Fingerwedeln.

»Ich meine es ernst. Wieso wissen die Mamsell und Agapios nicht, dass es die Tür gibt?«

Er zuckt mit den Schultern. »Keine Ahnung.«

»Die Bindung stammt nicht von dir?«

»Nein.«

»Von Stripe?«

Nico denkt kurz darüber nach. »Glaube ich nicht. Stripe macht sich normalerweise nicht die Mühe, selbst zu pflocken. Dafür hat er andere Leute. Ich bin nicht mal sicher, ob er weiß, wie das geht.«

»Moment mal, Stripe kann keine Türen fesseln?« Das verblüfft mich.

»Tja, es gibt genug andere Formen von Magie.« Nico fängt wieder an, mit seinem Ball zu jonglieren. »Und auch Bindungsmagie hat viele Seiten. Da geht es nicht nur ums Pflöckeschnitzen.«

Wieder taucht das Bild des antiken Schranks und der versteckten Tür in meinem Kopf auf. »Könnte es noch mehr geheime Krümmer geben, von denen niemand weiß?«

»Vielleicht.« Er schnappt den Ball aus der Luft und streckt ihn sich unter den Arm. »Wieso?«

»Weiß nicht. Nur so ein Gefühl ...«

»Du meinst«, er schaut vielsagend auf meinen Halsausschnitt, »ein münziges Gefühl?«

Ich hole tief Luft. »In den Erinnerungen meines Vaters habe ich eine versteckte Tür gesehen. Ich glaube, er hat irgendwo in der vierten Etage eine umgepflockt. Aber weil das Stockwerk gesperrt ist, kann ich nicht nachschauen.«

»Oh, ich bringe dich da schon hin«, sagt Nico. »Keine Sorge.«

Ich beobachte ihn von der Seite, während wir weitergehen. Nico wirkt immer so selbstsicher, als wüsste er Dinge, von denen sonst niemand eine Ahnung hat. Als hätte er alles unter Kontrolle. Dass ich Agapios den Topdreher nicht geklaut habe, scheint ihn kaum zu stören. Ich wünschte, ich könnte so sein wie er. Selbstbewusst. Immer meiner Sache sicher.

Er bemerkt, dass ich ihn mustere. »Was denn?«

»Du bist wirklich nicht wütend auf mich.«

Nico schnaubt. »Natürlich nicht. Wieso sollte ich?«

»Weil ich uns die Chance vermasselt habe. Ich bin nicht an den Schlüssel gekommen.«

»Das ist doch keine Katastrophe«, sagt er lachend. »Was für ein Freund wäre ich, wenn ich mich wegen so einem Kleinkram aufregen würde?«

Der Weg zum Krankenhaus ist fast so vertraut wie mein Schulweg. Aber er fühlt sich heute anders an, weil ich weiß, dass Cass zu Hause ist, nicht hier.

»Bist du noch mal zurück und hast sie gesehen?«, fragt Nico und nickt in die Richtung unseres Hauses.

»Nicht wirklich«, sage ich. Bei der Sache mit Sevs Pflock habe ich sie ja nicht *gesehen*, nur gehört.

»Wieso nicht?«

Mir fällt keine passende Antwort ein. Weil ich zu beschäftigt mit allem anderen war? Weil ich weiß, dass ich lieber keine Zeit mit ihr verbringen sollte, denn sonst gehe ich bestimmt nicht ins Hotel zurück? Weil meine Probezeit fast vorbei ist und ich immer noch nichts herausgefunden habe, was mir bei der Suche nach Dad hilft? Also starre ich nur auf die Risse im Asphalt.

»Ich finde es toll, wie du dich um sie kümmerst.« Nico lässt den Blick über das Krankenhausgebäude wandern. »Familie ist wichtig. Egal, ob man in sie hineingeboren wurde oder sie sich aussucht.«

Ich ziehe die Brauen zusammen. »Wie meinst du das ... aussucht?«

»Na ja, so ist es bei mir. Ich kenne meine Eltern nicht. So weit ich weiß, habe ich keine Geschwister. Also habe ich selbst entschieden, welche Leute meine Familie sind. Und so behandele ich sie dann auch.« Er grinst. »Du wirst sie mögen. Das sind gute Menschen – wie du.«

Als wir die Tür im Schatten des Krankenhauses erreichen, muss Nico an dem magischen Schloss erst etwas herumfummeln, bevor sein Silberschlüssel funktioniert. Das Blaulicht eines Krankenwagens flackert vorbei, und mein Körper versteift sich. »Was machen die Schlüssel eigentlich genau?«

»Sie aktivieren eine andere Art von Bindung.« Endlich gibt das Schloss nach. »Sie geht tiefer. Ein Schlüssel lässt sich schwerer herstellen als ein Pflock. Und je nachdem, wer ihn in der Hand hält, kann die Magie viel gefährlicher sein.«

»Gefährlicher als die Pflöcke?« In Gedanken sehe ich das schwarze Nichts hinter den defekten Türen vor mir.

»Pflöcke verbinden einfach nur Orte miteinander. Aber mit Schlüsseln kann man alles Mögliche anstellen.« Er hält sein silbernes Exemplar hoch. »Den hat Stripe mir gegeben. Damit kann man gebundene Türen versperren oder öffnen ... also dafür sorgen, dass niemand sie zufällig entdeckt.« Seine Augen werden dunkel, als er die Krankenhaustür öffnet. »Ich habe sogar von einem Schlüssel gehört, der die Macht hat, jede Bindung völlig aufzulösen.«

»Das klingt doch gar nicht so schlimm.«

»Na ja, außer du stellst dir vor, wie man das mit einem Menschen macht.« Er starrt mich eindringlich an. »Alle deine Atome und was sonst noch in dir steckt ... das verliert plötzlich den Halt. Reißt sich los, rippelt auf, fällt auseinander.« Er schaudert. »Kein schöner Anblick.«

»Oh.« Sofort muss ich an Orbans Worte denken. *Ich lasse mich nicht zerbinden.* Bei der Vorstellung, Agapios könnte so einen

Schlüssel mit sich herumtragen, will ich mich am liebsten zusammenrollen.

Im geheimen Korridor flackern die Lichter auf. Alles wirkt unberührt und sieht genauso aus wie beim letzten Mal. Schachbrettfliesen erstrecken sich in beide Richtungen, gesäumt von schlichten hölzernen Türen. An einem Ende liegt das Hotel, am anderen Stripes Museum.

Dieses Mal achte ich allerdings genauer auf die Einzelheiten. Die Türen sehen alt aus. Sehr alt. Die eingravierten Blockbuchstaben auf den Schildern haben überall Schnörkel. Und in der Luft liegt ein staubiger Geruch wie von vergilbten Büchern.

»Stripe hat mir meinen Silberschlüssel gegeben, als er mir diesen Korridor und die Besenkammertür zum ersten Mal gezeigt hat«, sagt Nico. »Das ist mein Schlupfloch, um zu ihm zurückzukommen, falls die Sache im Hotel irgendwann richtig schiefläuft.«

Ein Ausweg ... wie der Pflock, den Sev mir gegeben hat. »Du kennst Stripe schon ziemlich lange, oder?«

»Mein ganzes Leben. Er war immer so was wie eine Vaterfigur. Aber dann ...« Nico dreht am Kristallknauf einer Tür, und der erdige Geruch von Regen und Schlamm strömt in den Korridor. »Na ja, ich will dir gerne ein paar Leute vorstellen.«

Hinter der Tür liegt hügelaufwärts ein Stück Ackerland. Es erstreckt sich bis zu einem dschungelartigen Wald, der einen Berg hochwuchert. Der wiederum ist so hoch, dass er die niedrig stehende Sonne teilweise verdeckt. Das Sirren von Insekten erfüllt die diesige Luft. Die Tür auf dieser Seite hängt klapprig an einem Schuppen aus Betonziegeln. Ein rostiges Dreirad liegt daneben, halb von Unkraut verdeckt, außerdem einige alte Schaufeln, Hämmer und Kellen.

Ich wische mir Schweißtropfen von der Stirn. »Wo sind wir?«

»Honduras. Eine kleine Ortschaft, von der du garantiert nie gehört hast.«

Während wir die matschige Straße hochmarschieren, schaue ich mich in der Gegend um. Bunt bemalte Häuserwürfel. Maschendrahtzäune und Hinterhöfe, in denen kaputte Spielsachen herumliegen. Alte Männer sitzen mit nackten Oberkörpern an ihren Fenstern und beobachten uns durch gesprungene Glasscheiben. Eine Frau wringt blaue Farbe aus einer Hose und hängt sie zum Trocknen an eine durchhängende Stromleitung.

Ein zierliches Mädchen in übergroßem T-Shirt spielt an der Straße mit einer Puppe. Obwohl die Plastikhaare ausgeblichen sind und die Kleidung fehlt, erkenne ich das Modell. Cass hatte die gleiche Puppe, hat sie aber schon vor Jahren weggeworfen. Dieses kleine Mädchen klammert sich daran, als sei sie ihre beste Freundin.

Wenn wir für das Hotel unterwegs sind, werden wir meistens in Großstädte geschickt, aber ein paar Orte wie dieser waren auch darunter. Niemandsland, wo die Menschen davon leben, was andere nicht mehr wollen. Abgelegtes Spielzeug aus Ländern, die so reich sind, dass sie gar nicht mehr wissen, was sie mit dem ganzen Geld machen sollen. Abgelegte Kleidung, die weggeworfen wurde, weil sie nicht mehr im Trend ist.

»Der größte Teil der Welt lebt nicht so luxuriös wie du, Kleiner«, sagt Nico, als er mich beim Starren erwischt. »Aber spar dir dein Mitleid. Die Leute hier sind bestimmt zufriedener als die meisten, die du kennst.«

Der Weg schwenkt nach links zu einem Fußballfeld ab. Die Gruppe Kinder, die dort spielt, ist ungefähr in unserem Alter. Ein

Mädchen entdeckt Nico und ruft den anderen etwas zu. Das Match kommt zum Stillstand, als die ganze Gruppe auf uns zurennt.

»Sie kennen dich.«

»Natürlich«, sagt er. »Das ist meine Familie.«

Nico verbringt die nächsten Minuten damit, mir die Jimenez-Kinder vorzustellen. Es sind mindestens zehn, und keines sieht dem anderen ähnlich.

»Ich habe ihnen gesagt, dass du ein guter Freund bist«, übersetzt er, nachdem er mehr Namen heruntergerattert hat, als ich mir jemals merken kann.

Ich grinse glücklich über diese Bezeichnung.

»Sie sind alle adoptiert«, erklärt Nico, kaum dass die Horde wieder aufs Spielfeld gestürmt ist. »*Mamá* und *papá* haben mich vor einer Weile aufgenommen, genau wie diese ganzen anderen fabelhaften *locos*. Ohne Papierkram oder so ... ich bin einfach bei ihnen zu Hause willkommen.«

»Aber du lebst im Hotel. Und hast du nicht gesagt, Stripe hat dich aufgezogen?«

Er zuckt mit den Schultern. »Ich komme viel rum.«

»Nico nie bleiben«, ruft einer seiner Brüder in gebrochenem Englisch herüber. *»¿A donde fué esta vez?«*

Nico antwortet in fließendem Spanisch. Ich entspanne mich und höre zu. Nico hat eine Familie. Ich bin nicht mal auf die Idee gekommen, ihn danach zu fragen. Er hat sie verlassen.

Und er kann jederzeit zurückkommen.

Nach der fröhlichen Begrüßung ist es Zeit für eine Runde *Fútbol*.

Jetzt verstehe ich, warum Nico wenig von US-Fußball hält. Das Spiel fühlt sich wie eine komplett andere Sportart an. Ich meine, die Regeln sind dieselben, aber diese Kindertruppe tänzelt um mich herum, als sei ich eine Elefantenstatue ohne Münze. Trotzdem macht sich niemand über mich lustig. In der Schule enden die Sportstunden fast immer damit, dass die anderen auf mir herumhacken. Nicos Familie gibt mir das Gefühl, ich sei einer von ihnen – obwohl ich kein Wort von dem verstehe, was sie sagen.

Nach dem Spiel gehen wir zu dem Haus auf der Hügelkuppe hoch. Señor und Señora Jimenez tischen mehrere scharfe Gerichte auf. Das Essen ist schlicht, und es gibt wenig Geschirr, aber alle lachen und mampfen, als hätte man ihnen das komplette Buffet an Bord der *Loge* serviert. Hinterher sitzen wir auf der unebenen Veranda an der Hinterseite des Hauses und sehen zu, wie die Sonne hinter dem Berg versinkt. Einer der Brüder spielt mexikanische *Mariachi*-Musik auf seiner Gitarre.

Ich hatte keine Ahnung, dass ein Familienleben so sein kann. Eigentlich passiert nicht viel, außer dass wir zusammen herumhängen. Aber es ist ganz anders als bei mir, Cass und Oma. Hier sind alle so laut und fröhlich. Und es sind so viele. Alle kümmern sich umeinander und passen aufeinander auf. Um ehrlich zu sein, bin ich ein bisschen neidisch.

Ein paar von Nicos Geschwistern haben ebenfalls körperliche Behinderungen. Besonders viel Zeit verbringt er mit einem Mädchen, dessen Hände sich nach innen krümmen, und schenkt ihr eine Stoffpuppe mit glänzend schwarzen Haaren und Perlenkleid. Das Mädchen kuschelt sich in Nicos Arme und beobachtet ihn mit großen braunen Augen, während er auf Spanisch quasselt. Ab und zu höre ich einen Ortsnamen, den ich kenne. Er erzählt ihnen von seinen Reisen.

Bevor wir wieder gehen, bemerke ich, dass Nico seinem *papá* heimlich ein Bündel Geldscheine zusteckt: das ganze Trinkgeld, das er beim Frühstücksservice eingesammelt hat. Er schenkt alles seiner Familie.

Bei mir zu Hause gibt es nur uns drei. Um uns über Wasser zu halten, arbeitet Oma so viel, dass sie zum Essen oft nicht da ist. Und wenn sie nach Hause kommt, ist sie müde. Ich weiß, dass sie uns liebt, aber bei uns ist es immer viel zu still. Wenn ich unser Leben mit dem hier vergleiche, fühlt sich unseres an, als würde ein wesentliches Stück fehlen.

Es ist fast Nacht, als Nico und ich zum Korridor zurückgehen.

»Spaß gehabt?«, fragt er.

Ich spüre ein Pieken am Hals und scheuche einen weiteren kleinen Blutsauger fort, der mich als Mahlzeit betrachtet. »Hm, ja.« Ich kann bloß nicht aufhören, Nicos Familie mit meiner eigenen zu vergleichen.

»Was ist los? Bist du sauer?«

»Weiß ich nicht.« Bis eben war es mir nicht klar, aber vielleicht hat er recht.

»Wieso?«

»Weiß ich nicht!« Mit einem Blick zu der Tür, hinter der Stripes Korridor liegt, sage ich: »Die Sache ist nur … du hast ständig Geheimnisse. Und Sev auch. Es ist nicht fair, dass ich helfen soll, diese ganzen Kinder abzuholen, obwohl ihr mir nicht mal sagt, warum. Oder was mit ihnen passiert.« Ich mache eine Atempause. Ist das der eigentliche Grund, warum ich so wütend und durcheinander bin? Vielleicht. Jedenfalls sind das die Worte, die aus mir heraussprudeln.

Der Himmel wird immer dunkler. Eine Handvoll Sterne erscheint funkelnd.

»Sag mir wenigstens den Grund, warum du für Stripe arbeitest.«

»Ich dachte, das hätte ich dir eben gezeigt.« Nico schaut zurück die Straße entlang. »Ich tue es für meine Familie.«

Wieder eine seiner schwammigen Antworten.

Er senkt den Blick. »Für dich ist Stripe ein Mittel zum Zweck, um zu erfahren, was mit deinem Vater passiert ist. Wenn du ihn findest, können du und dein Dad zusammen nach Hause gehen, und das war's. Für mich ist es … anders. Ich werde nie nach Hause können. Weil meine Bindung zu den Leuten hier nur eine von vielen ist. Ich habe Verpflichtungen. Alles, was ich tue, ist für sie. Damit sie in Sicherheit sind.«

»Du beschützt sie? Wovor denn?«

»Na ja, vor Gefahren eben. Weißt du noch, dass ich gesagt habe, Bindungen erwachsen aus Leben? Also … im Leben von Menschen und ihren Beziehungen untereinander steckt Macht. Und es gibt dort draußen Menschensammler, die es auf diese Macht abgesehen haben.« Er verstummt kurz und schlägt einen Moskito platt. »Ich will nicht, dass jemand auf die Idee kommt, meine Familie einzusammeln.«

»Darum geht es also? Agapios schart Kinder zusammen, um Macht zu gewinnen?«

Nico verzieht den Mund. »Ich wünschte, ich könnte es dir sagen, Cam. Wirklich. Aber über diese Geheimnisse zu sprechen steht mir nicht zu.«

Ich stoße ein Brummeln aus. »Den Spruch höre ich andauernd.«

»Du verstehst, warum, oder? Warum wir es dir nicht sagen können?«

Ich zögere und denke nach. Oma, Nico, Sev, sogar Rahki – sie alle haben die gleiche Wortwahl gebraucht: Darüber zu sprechen steht mir nichts zu. Was, wenn es dafür einen guten Grund gibt? Vielleicht sogar … einen magischen.

Schlagartig geht mir ein Licht auf. »Dir sind die Lippen gebunden, oder? Du kannst es mir tatsächlich nicht erzählen.«

»Na, endlich hat er es kapiert.« Nico drückt meine Schulter. »Manche Geheimnisse hüten sich selbst, und manche Wahrheiten enthüllen sich erst, wenn sie dazu bereit sind. So wie das Hotel dich nicht gerufen hat, bevor du alt genug warst, um hier zu dienen. Aber so viel kann ich dir verraten: Ich will auch nicht, dass *dir* etwas passiert. Wir werden deinen Vater finden, und sobald wir das geschafft haben, ist der ganze Spuk vorbei.«

»Aber was passiert, wenn –«

»Nein, hör auf.« Er schaut mir direkt in die Augen. »Ich gebe dir mein Wort. Ich werde nicht zulassen, dass du zur Beute eines Menschensammlers wirst.«

Er meint es ernst. Ich habe Nico noch nie ernst erlebt. Normalerweise macht er Witze über alles.

»Es gibt eine Bindungsmagie, die etwas in Vergessenheit geraten ist«, sagt er. »Aber ich möchte sie mit dir teilen. Vielleicht verstehst du mich dann besser … Woher ich komme und wohin ich will.«

Er zieht auf Hüfthöhe ein kleines Messer hervor. Nein, einen Spleiß – so hieß die Waffe, die Orban in Budapest auf uns gerichtet hat. Das Ding hat an einer Seite eine scharfe Schneide, unten einen Griff und oben eine nadelfeine Spitze. Es besteht ganz und gar aus Holz.

»Ich will mit dir Blutsbrüderschaft schließen«, sagt er. »Das ist eine Bindung, bei der beide Parteien gleichberechtigt sind. Der Schwur ist für Freunde. Er wird mich für immer als einen Bruder an dich fesseln.«

Ein Bruder. Niemand hatte bisher den Wunsch, mir so nah zu sein. Klar hatte ich schon mal Freunde, aber von denen wollte nie jemand nach Schulschluss mit mir rumhängen. Und natürlich gibt es Cass, aber sie ist eben … na ja … Cass. Meine Schwester.

»Bist du dabei?«

»Ähm, ich schätze schon«, sage ich, obwohl ein Teil von mir laut *Ja!* schreit. Ich habe mir immer gewünscht, zu einer großen Familie wie den Jimenez zu gehören. Mit Menschen zusammen zu sein, die sich für mich entschieden haben. Die nicht gleich abhauen.

Nico zieht ein gefaltetes Stofftaschentuch hervor. »Wir brauchen einen Vertrag.«

»Wieso?«

»So wird das eben gemacht.« Er beugt sich über das Stück Stoff, hält den Spleiß wie einen Stift und beginnt auf das Taschentuch zu schreiben.

»Das Ding schreibt?«

»In diesem Fall brennt es die Schrift rein«, erklärt Nico, ohne aufzuschauen. »Aber ja, die meisten Spleiße kann man gleichzeitig als Stift benutzen. Das gilt auch für Pflöcke. Verträge sind wichtig für Bindungsmagie.«

Er beendet den Text, pustet kühle Luft auf das Taschentuch und reicht es mir.

Ich, Nico Flores, binde mich als Blutsbruder an Cameron Kuhn. Ich verspreche, dass ich alles in meiner Macht tun werde, um seine Familie zu finden und zu beschützen. Was an mich gebunden ist, soll auch an ihn gebunden sein, und zwar alles, was ich habe, bis ans Ende der Äonen.

»Was soll denn das Letzte heißen?«, frage ich.

»Für immer und ewig. Auch wenn die Suche vorbei ist und du nach Hause gehst.«

Ich betrachte ihn mit schmalen Augen. »Warum solltest du so was tun?«

»Weißt du noch, wie ich dir erzählt habe, dass ich mal ein eigenes Haus leiten will?« Er wirft wieder einen Blick zurück die Straße entlang. »Um meine Familie zu beschützen, brauche ich Macht. Das Hotel hat jede Menge davon. Wenn es mir gelingt, der neue Grand Concierge zu werden und Agapios' Residenz zu übernehmen, brauche ich mir um meine Familie nie wieder Sorgen zu machen.«

»Aber hat Agapios dich nicht gerade degradiert?«

»Nur ein kleiner Stolperstein auf dem Weg«, grinst er. »Und es gibt ja noch andere Residenzen. Das Museum zum Beispiel. Wenn ich es schaffe, Herr von einem der Häuser zu werden, habe ich ausgesorgt und meine Familie auch. Aber ich brauche Leute, denen ich vertrauen kann, um ans Ziel zu kommen. Leute, die *mir* vertrauen, was immer auch passiert. Und wenn wir das hier durchziehen, gehörst du auch zu meiner Familie.«

Zu hören, dass jemand nach kaum einer Woche so sehr auf mich baut, fühlt sich seltsam an. Aber das hier ist Nico, dem ich selbst blindlings aus dem Krankenhaus und auf diese verrückte Reise gefolgt bin.

»Vertraust du mir?«, fragt er, als könne er meine Gedanken lesen.

Ich nicke, obwohl ein Teil von mir immer noch zögert. Mir fallen die ganzen Leute ein, die Nico in meiner Gegenwart angelogen hat. Aber mich hat er bisher nie beschwindelt. Jedenfalls nicht, so weit ich weiß. Und die Möglichkeit, ein Teil seiner Familie zu werden … wäre das nicht ein gewisses Risiko wert?

»Okay, dann gib mir deine Hand.« Er hält den Spleiß gezückt über meine offene Handfläche, so wie Sev vor Kurzem die Holznadel in seinem Schnitzzimmer. »Du musst stillhalten. Wir wollen nicht, dass der Schnitt zu tief geht. Sonst wird die Bindungsmagie des Spleiß aktiviert, und das ist *keine* gute Idee.«

»Wieso denn?«

»Sagen wir mal so, damit gepikt zu werden tut weh. Und zwar höllisch.«

Nico zieht die scharfe Schneide des Spleiß über meine Daumenkuppe. Es brennt, aber ich zucke nicht zurück. Eine schmale rote Linie quillt an der Schnittstelle hervor.

Nico macht das Gleiche bei sich selbst.

»Müssen wir irgendwo unterschreiben?«

»Eine Unterschrift ist nicht schlecht, aber das hier ist besser. Stärker.« Er drapiert das Taschentuch über seine Hand und hält sie mir entgegen. »So lautet unser Vertrag. Was an mich gebunden ist, soll auch an dich gebunden sein. Alles, was wir haben, bis ans Ende der Äonen.«

Nico ergreift meine Hand durch den Stoff, und ich erwidere den Handschlag. Die warme Feuchtigkeit lässt unsere Haut zusammenkleben, mit dem beschrifteten Taschentuch dazwischen. Fast kann ich hören, wie in meinem Kopf eine Tür aufgeht. Ich fühle mich stärker als sonst, während ich seine Hand halte, als würde etwas von seinem Selbstbewusstsein in mich hineinträufeln.

»Und jetzt«, sagt er, »lass uns deinen Vater finden.«

18

Stille Wasser sind tief

Ich gehe in meinem Dienstfrack durch die Galerie und verschränke die behandschuhten Hände. Mein Blick weicht den Nachtfenstern oben an den Klippenwänden aus, in denen nur fahles Sternenfunkeln zu sehen ist, obwohl das Atrium von hellem Sonnenlicht überströmt wird. Die Schwärze darin erinnert mich zu sehr an das dunkle Nichts, das sich in den Leerräumen zwischen den Türen verbirgt. Und daran darf ich jetzt nicht denken. Ich habe einen Job zu erledigen.

Ich gehe die Stufen zum Liftring hoch und umschließe mit einer Hand den Schlüssel in meiner Tasche. Was ich tue, ist richtig. Dann wird für uns alles gut. Cassia, Cameron, Melissa … bald sind wir in Sicherheit.

Ich drücke auf den Knopf zur vierten Etage und warte darauf, dass die Kabine sich in Bewegung setzt.

Da kommt jemand. Ich höre schnelle Schritte. Eine Hand stoppt die Schiebetür, die sich gerade schließen will. Ein Handrücken trifft schallend meine Wange.

Es passiert wieder. Melissas Gesicht verschwindet in der Schwärze. Ein lautes Splittern, als würde etwas in meinem Inneren zerbrechen. Blätter flattern von einem gigantischen Baum im Sonnenlicht. Dann die Tür hinter dem antiken Schrank, der Perlmuttschlüssel in meiner Hand und ein bleiches, lebloses Gesicht, das mir entgegenstarrt. Ein Gesicht, das ich kenne und hasse.

Und ich bin so tieftraurig.

Ich öffne die Augen und weiß zuerst nicht, wo ich bin. Oder wer ich bin. In diesem Körper stecke immer noch ich, richtig? Niemand sonst. Ich bin … Cameron.

Mir ist kalt bis auf die Knochen.

Als ich an mir herabblicke, sehe ich Dads Münze an meiner nackten Brust baumeln. Ich trage nichts außer Boxershorts, aber bin nicht in meinem Zimmer. Stattdessen stehe ich im Personalaufzug und habe die Finger nach dem Knopf für die vierte Etage ausgestreckt.

Eine kalte Böe peitscht aus dem Schacht durch die Gitterwände der Kabine und verursacht mir eine Gänsehaut. Das kann alles nicht wahr sein. Ich träume wieder, nur diesmal so wie früher. Da habe ich oft nackt im Nachtbus gestanden, bei einem Schulausflug, und alle Kindern haben mich ausgelacht. Aber das hier ist kein Traum, oder? Ich bin wirklich im Personalaufzug und trage nichts als meine Shorts.

Die Fahrstuhltür schiebt sich mit einem Ping auf. Davor steht ein Mädchen mit zwei langen schwarzen Zöpfen und der weißen Uniform des Küchenpersonals. Sie starrt mich an, und ich starre entsetzt zurück.

Das passiert jetzt *nicht* in echt.

Zu meinem Glück lässt mein Anblick sie überrascht zurückweichen, sodass die Tür sich schließt. Ich kann gar nicht schnell genug auf den Knopf zur siebzehnten Etage drücken.

Anscheinend habe ich geschlafwandelt. Aber das ist mir bisher noch nie passiert. Vielleicht wollte die Münze mich endlich zu Dad bringen ... zum Ziel meiner Reise, wie es im Hotel immer heißt. Nur bin ich zu früh aufgewacht.

Ein weiterer Luftzug fährt schneidend durch mich hindurch. Der Schacht kommt in den Träumen von Dad jedes Mal vor. Etwas Entscheidendes ist hier passiert, kalt, dunkel, traurig. Eine Erinnerung, vor der selbst die Münze zurückschreckt, sodass ich immer nur Bruchstücke sehe. Aus welchem Grund war Dad in dem Fahrstuhl, und wem gehört das Gesicht, an das ich mich nie ganz erinnere?

Egal, eins ist jedenfalls sicher: Von jetzt an trage ich im Bett einen Schlafanzug.

Am Tag nach dem Pflock-Defekt fühlt sich alles im Hotel irgendwie anders an. Die Türhüter hängen weitere AUSSER BETRIEB-Schilder auf. Viele Gäste reisen ab, weil sie fürchten, dass sie bei einem weiteren Pflock-Notfall in einer abgelegenen Ecke der Welt stranden könnten. Alle sind sich einig, dass es Sabotage war. Das Putzgeschwader patrouilliert durch die Flure. Das ganze Hotel befindet sich im Ausnahmezustand, und mir bleiben weniger als vier Tage, bevor meine Probezeit endet.

Bei einer Versammlung des gesamten Hotelpersonals im Ballsaal informiert Agapios uns über die Situation und verspricht eine Belohnung für jeden Hinweis, wer den Pflock-Defekt verursacht hat. In der ganzen Zeit, die er am Rednerpodest steht, muss ich an den Schacht denken, meine Mutter und Agapios, dessen uraltes verknöchertes Gesicht mir direkt in die Seele schaut. Obwohl etwas in mir ihn jetzt weniger fürchtet als zuvor. Stattdessen betrachte ich ihn fast als Herausforderung ... als einen Gegner, den es auszutricksen gilt. Bloß eine weitere Hürde auf meinem Weg.

Danach werden die Schecks verteilt. Nico und ich verbringen unsere gesamte fünfte Schicht damit, Leute auszuzahlen, bei denen das Hotel seine Räume mietet. Nico nennt das Bindungspolitik.

Gerade schlängeln wir uns durch eine Straße in Manila. Ich habe noch nie so viele Fahrzeuge an einem Fleck gesehen. Überall wird gehupt, geflucht und geschrien. Philippinische Fußgänger schlendern mitten durch den Verkehr, als würden sie einen Spaziergang im Park unternehmen.

Nico läuft direkt vor einem kunterbunten Bus auf die Fahrbahn und lässt mir keine Wahl, als mich ebenfalls auf die überfüllte Straße zu trauen. Seit Honduras benimmt er sich mir gegenüber seltsam. Kälter. Ich habe keine Ahnung, warum.

»Bist du sauer auf mich?«, frage ich und springe vor einem Auto beiseite, das plötzlich losrast, um sich in eine entstandene Lücke zu schieben.

»Nein«, sagt er.

»Aber etwas ist doch los, oder? Du wirkst wütend. Oder besorgt. Jedenfalls irgendwie anders.«

Nico seufzt und zieht mich in eine Seitengasse, wo der Lärm nicht hinreicht. »Wir sind beide anders«, sagt er, »schließlich sind wir jetzt blutsgebunden.« Er lehnt sich gegen die schmutzige Häuserwand. »Auch wenn ich nicht wusste, dass es sich so anfühlen würde.«

»Ich … verstehe nicht.«

Er fährt sich mit der Hand durch die Haare. »Es gibt verschiedene Arten von Bindungen zwischen Menschen. Manche entstehen auf natürliche Art, dann ist die Anziehung ungefähr so wie zwischen dir und deinem Dad. Oder man kann Leute als Bedienstete binden. Dann sind sie gezwungen, jedem Wink ihres Herrn zu folgen. Aber eine Bindung zwischen gleichberechtigten Partnern führt dazu, dass beide ein Stück von sich selbst mit dem anderen teilen. Das heißt, sie verändern sich gegenseitig. Und … oh Mann, du machst dir wirklich ständig Sorgen.«

»Kannst du das fühlen?«

»Weißt du nicht mehr, was im Vertrag stand? ›Alles, was wir haben.‹ In dir steckt jetzt umgekehrt auch ein Stück von mir. Und wir haben das Ganze nicht mit einer Unterschrift besiegelt, sondern mit uns *selbst*. Ganz und gar, mit Leib und Seele. Das heißt, du änderst mich, und ich ändere dich.«

»Ich wusste gleich, dass es riskant klingt.« Obwohl … seltsam, ich habe gar nicht das Gefühl, dass ich mich großartig verändere.

»Trotzdem bin ich froh, dass ich es gemacht habe.« Nico stellt sich aufrechter hin. »Aber du kümmerst dich viel zu sehr um die Risiken. Das ist anstrengend.«

»Tut mir leid.«

Er lacht. »Hör zu, Kleiner, bei mir musst du dich nie entschuldigen. Darüber sind wir hinaus. Wir sind eine Familie.«

Familie. Das Wort schnürt mir die Luft ab.

»Hey«, sagt Nico und klopft mir auf die Schulter, »guck nicht so aus der Wäsche. Wir werden ihn schon finden.«

»Aber uns läuft die Zeit weg.«

»Ich bin schon dabei, etwas einzufädeln, das uns helfen kann.«

Er zwinkert mir zu. »Ich tue alles, was in meiner Macht steht, wie versprochen. Ehe du es dich versiehst, hast du deinen Vater zurück.«

Am nächsten Tag verkündet der Alte Herr die feierliche Wiedereröffnung des Hotelschwimmbads, um die Moral zu heben. Offenbar war es monatelang wegen Renovierungsarbeiten geschlossen.

»Ein Glücksfall«, sagt Sev, als wir drei in Badehosen den Fahrstuhl besteigen. Diesmal haben wir eine Gästekabine erwischt. Die Fenster zeigen Blicke auf einen Geysir, einen Bergbach und eine Stadt, die vielleicht in Südafrika liegen könnte. »Stripe wünscht ein gemeinsames Treffen. Er kann sich am Pool zu uns setzen.«

»Aber dann sehen die Leute uns doch, oder?«, frage ich. »Also, *ihn*.«

»Nicht unten im Höhlensystem«, sagt Nico. Er rüttelt mich an der Schulter durch. »Und außerdem, hallo! Ein Ausflug ins Schwimmbad! Du wirst es lieben. Das Wasser kommt direkt aus einer heißen Quelle im Yosemite Park.«

Ich streiche über das wasserdichte Pflaster auf meiner Hand. Der Schnitt von Nicos Spleiß brennt immer noch. »Sollten wir nicht lieber nach einem Weg in die vierte Etage suchen?«

Nico schüttelt den Kopf. »Glaub mir, dazu haben wir noch genug Zeit.«

Die Schiebetür öffnet sich, und wir treten auf einen Steg hinaus, der zwei komplett verschiedene Orte miteinander verbindet.

Rechts erstreckt sich ein weißer Sandstrand bis zum kristallklaren Meer. Ein europäisch-blonder Angestellter steht auf einer Leiter und benutzt Fesselstaub, um eine riesige Sandburg zusammenzuhalten. Gäste nippen an bunten Getränken und naschen frittierte Krabbenkuchen. Ein paar abenteuerlustige Surfer haben sich auf die Wellen gewagt.

Die Landschaft links ist vollkommen anders. Dort endet der Steg an einem von Bergen umgebenen See, auf dessen blanker Oberfläche sich Fischerboote tummeln. Der Geruch von Fichten und Quellwasser vermischt sich mit der salzigen Ozeanbrise, während sich über uns ein gespaltener Himmel spannt, der gleichzeitig Sonnenaufgang und Sonnenuntergang zeigt.

Ich fühle die Wärme auf meinem Gesicht und muss lächeln. »Hier gibt es zwei Sonnen!«

»Nein, nur eine«, sagt Nico. »Du siehst sie bloß aus zwei verschiedenen Blickwinkeln.«

»Der Steg bindet den Bergsee und das Meeresufer zusammen«, erklärt Sev. »Sobald du ihn verlässt, befindest du dich vollständig in der einen oder der anderen Landschaft.«

Ich betrachte die Nahtstelle am Himmel über dem Steg, wo sich das Pink der untergehenden Sonne und das Gelb der aufgehenden vermischen. »Ich dachte, um Orte aneinanderzufesseln, braucht man eine Tür oder einen Rahmen wie bei den Sonnenfenstern?«

»Das hier ist eine sehr alte Bindung. Der Steg hat im Laufe der Zeit beide Orte in sich aufgenommen, sodass die Landschaft selbst magisch verzerrt ist. Deshalb bleiben die zwei Plätze auch ohne Rahmen verknüpft.«

Auf der Seeseite zieht ein helles Glitzern meinen Blick auf sich. Am gegenüberliegenden Ufer ragt ein Finger aus Stein wie von einer gigantischen Statue auf. Er krümmt sich hoch über der Mitte des Sees und balanciert auf seiner Kuppe ein Paar uralter Türflügel, aus denen ein Wasserfall geradezu herausgeschleudert wird – eine enorme, weiß schäumende Wasserwand.

»Der Finger des Giganten«, sagt Sev. »Ein weiteres Wunder des Hotels.«

Die Skulptur wirkt so hoch wie die umliegenden Berge. Ich verfolge das Wasser mit den Augen und erwarte aufsprühende Gischt, wo die Massen auf den See treffen. Aber der Wasserfall landet gar nicht im Bergsee – sondern stürzt einfach hindurch.

»Da ist ein Loch«, sage ich. »Ein Loch ... mitten im See!« Ein quadratisches Holzportal liegt direkt unter der Oberfläche versteckt. Das stille Wasser des Sees fließt sanft über den Rand in die schwarze Tiefe, während der Wasserfall rauschend durch den Mittelpunkt stürzt, ohne die glasglatte Oberfläche des Sees auch nur zu kräuseln.

»Die Türhüter haben einen Rahmen eingebaut, um den Wasserfall höher zu machen«, erklärt Nico. »Das Portal ist an das Höhlensystem gebunden. Das Wasser landet also direkt dort ... tja, wo immer die Höhlen sich tatsächlich befinden.«

Ich lehne mich möglichst weit über das Geländer des Stegs, um in das Riesenloch schauen zu können. »Da unten gibt es Höhlen?«

»Und ob.« Nicos Stimme scheint vor Begeisterung auf und ab zu hüpfen. Ausnahmsweise wirkt er mal genauso beeindruckt wie ich. »Das Wasser fällt vom Gigantenfinger, landet im Rahmen und dann in den Grotten. Dort wird es durch einen unterirdischen Fluss gefiltert – um es sauber zu halten –, und danach geht's zurück durch eine gebundene Tür zum Fingerportal, wo es sich wieder in den Wasserfall verwandelt. Rund und rund wie in einem Springbrunnen ... nur eben einem sehr, sehr großen.«

»Wunderschön.«

Sev entdeckt Rahki und Sana, die am Strand entlangschlendern, und trennt sich mit einem Winken von uns, um ihnen nachzugehen. Dabei ruft er uns noch zu, das Treffen nicht zu verpassen.

Ich bleibe bei Nico und frage mich, was die türlosen Rahmen sollen, die sich den ganzen Steg entlangziehen. Dann wird mir klar, dass sie als Abkürzungen dienen. Sie sind an Portale überall in den zwei Landschaften gebunden. Ein Teenager, den ich aus dem Postbüro kenne, springt kopfüber in eine Tür hinein, kommt auf einem Felsen mitten im See heraus und landet mit einem Platscher im Wasser. Durch die nächste Tür blicke ich auf eine tropfende Steinwand, die als Kletterstrecke dient. Und die folgende führt bis zur Brandung des Meeres. Neben jeder Tür stehen Wächterstatuen aus Granit. Sie haben Fischschwänze und sehen wie die Avatare in der Transportabteilung aus. In den Händen halten sie scharfe Dreizacke aus Obsidian. Angeleinte eidechsenartige Wesen mit den Köpfen von Skorpionfischen stemmen sich gegen ihre Halsbänder. Sie drehen die Hälse und beobachten die Leute, die an ihnen vorbeikommen. Der Anblick lässt meinen Puls rasen, doch das Gefühl ist anders als sonst. Eine seltsame, ungewohnte ... Begeisterung. Vorfreude. Abenteuerlust?

»Nun komm schon!«, ruft Nico von einem Rahmen ein paar Schritte voraus. »Wir drehen eine Runde!«

Ein Schritt durch die Tür befördert uns in eine gewaltige Grotte. Die Deckenkuppel spannt sich über einem natürlichen Wasserbecken von grünblauer Farbe.

»Das ist die Haupthöhle«, erklärt Nico. »Sie liegt irgendwo beim Bermuda Dreieck.« Er zeigt auf eine Öffnung am anderen Ende, die wie ein großes Maul geformt ist und das Licht der Morgendämmerung in die Halle strömen lässt. An der Decke hängen schimmernde Stalaktiten. Ich komme mir vor wie im Bauch eines steinernen Riesenwals. FTA 975: Von einer Grotte verspeist werden. *Happs.* Wir lassen uns über feuchte, moosbewachsene Steine zur Wasserkante hinunterrutschen.

»Himmel, willst du etwa *damit* eine Runde drehen?« Der Wasserfall vom Finger des Giganten rauscht durch einen Rahmen, der an der Grottendecke hängt. Anscheinend ist er mit dem Portal in der Mitte des Bergsees verbunden. Unglaublich, wie das alles zusammengefügt wurde. So viele verschiedene Orte sind übereinandergestapelt, um daraus einen perfekten Wasserpark zu machen.

Nico zeigt auf eine Abzweigung, durch die Wasser in einen Seitentunnel rauscht, und brüllt gegen die donnernden Wassermassen an: »Spring einfach rein! Die Strömung trägt dich durch den unterirdischen Fluss und spuckt dich an der Fingerkuppe wieder aus. Den Rest erledigt die Schwerkraft!«

»Ist das nicht gefährlich?«

»Wen schert's?«, ruft er und taucht unter.

Mich schert es. Sogar sehr. Oder zumindest … sollte es das eigentlich. Zu meiner Überraschung habe ich diesmal das Gefühl, ich könnte die Sache durchziehen. Vielleicht wird der Ritt gar nicht so schlimm.

Ich atme tief ein, balle die Fäuste und springe.

Sobald ich mich dem Tunnel nähere, reißt die Strömung mich mit. Ich versuche krampfhaft, die Kontrolle zu behalten, aber das Wasser ist zu schnell.

Nico lässt sich auf dem Rücken treiben und hat die Hände hinter dem Kopf verschränkt. »Kämpf nicht dagegen an!«

Irgendwann werden seine Ideen mich umbringen.

Obwohl sich mein Magen so bleischwer anfühlt, als hätte ich einen Anker verschluckt, lasse ich mich von der Strömung mitreißen. Im Tunnel wird alles stockdunkel. Ich weiß nicht mehr, wo links, rechts, vorwärts und rückwärts ist. Die Schatten zerren an mir und verschlingen mich wie das Nichts hinter den defekten Türen. Das Dröhnen des Wassers wird lauter, bis ich nichts anderes mehr hören kann.

Und dann ist da plötzlich Licht. Offener Himmel. Vögel.

Ich habe einen Riesenfehler gemacht.

Mit Schwung fliege ich aus der Tür auf der Fingerkuppe des Giganten und plumpse in Richtung See. Dabei sortiert sich die Liste Fieser Todesarten in meinem Kopf neu, sodass ganz vorne Abstürzen und Ertrinken stehen. Irgendwann während des Fallens und panischen Schreiens gibt es einen Moment – den Bruchteil einer Sekunde –, bei dem sich das Hämmern in meiner Brust und der Adrenalinrausch beinah gut anfühlt. Beinah.

Vielleicht beeinflusst Nico mich mehr, als ich dachte.

Doch als ich durch das Loch im See stürze, wird meine ganze Welt dunkel, und Erinnerungen drängen sich in mein Gehirn. Ich sehe Mom, die viel zu schnell in der Dunkelheit verschwindet. Sie fällt, genau wie ich, in einen schwarzen Abgrund.

Meine Füße durchschlagen die Oberfläche. Der Wasserfall presst mich tiefer, runter, runter, runter. Ich versuche zu schwimmen, doch statt mich mit den Armstößen aus der Strömung zu befreien, schiebe ich den antiken Schrank vor mir her. Er ist furchtbar schwer, aber niemand darf je zu sehen bekommen, was sich dahinter verbirgt. Die Tür muss um jeden Preis versteckt bleiben.

Das Rauschen des Wasserfalls verwandelt sich in ein tiefes, gurgelndes Donnern. Ich kann nicht atmen. In meiner Brust kribbelt es, als ich panisch in die Richtung paddele, die ich für oben halte.

Gleichzeitig presse ich in meinem Kopf den Liftknopf zur vierten Etage, wieder und wieder. Ich kämpfe darum, die Schiebetür aufzuziehen, rechtzeitig aus der Kabine zu kommen.

Dann durchbreche ich die Oberfläche und keuche nach Luft, während Dads Erinnerungen der Realität Platz machen. Ich schaue an meinem Körper herunter und prüfe, ob alles heil geblieben ist. Arme? In Ordnung. Beine? In Ordnung. Allgemeines Befinden? Daran arbeite ich gerade.

Moms geisterhaftes Gesicht spukt in meinem Kopf herum. Das Herz hämmert mir in der Brust. Dann macht etwas in meinem Gehirn *klick*.

Sie ist gestürzt. Sie ist … abgestürzt.

»Wuhuu! Das war so *cool!*«, schreit Nico, der nicht weit entfernt im Wasser dümpelt. Seine Haare, die sonst immer ordentlich zurückgegelt sind, kleben in nassen Ringeln an seinem Gesicht. »Willst du noch mal?«

»Nein.« Ich will nur raus aus dem Wasser und weg von den ganzen schrecklichen Erinnerungen.

Also paddle ich auf die Felsen zu.

Nico holt mich mit ein paar Schwimmzügen ein. »Hey, warte. Alles okay mit dir?«

»Alles bestens«, sage ich, obwohl gar nichts okay ist.

Er bleibt an meiner Seite, und seine Stimme ist besorgt. »Willst du darüber reden?«

»Nein.«

»Ehrlich, wenn was nicht stimmt, kannst du es mir sagen.« Er hebt seine verbundene Hand aus dem Wasser. »Schließlich sind wir Blutsbrüder. Genau darum geht es doch.«

Endlich sehe ich ihn an und bin froh zu wissen, dass er sich wirklich um mich und meine Gefühle schert. »Ich komme schon klar«, sage ich und meine es tatsächlich so.

»Na gut, okay.« Er grinst schief. »Sicher, dass du nicht noch eine Tour durch den Wasserfall machen willst? Das wird jedes Mal besser.«

»Nie im Leben.« Ich werfe einen Blick zurück auf den glasig durchscheinenden Turm aus Wasser. »Danke für das Angebot, aber das mache ich garantiert nicht noch mal.«

Nico schnaubt. »Schon gut. Wie du willst. Aber verpass nicht unser Treffen, okay?«

Er schwimmt wieder in Richtung des unterirdischen Flusses, während ich tropfend aus dem Wasser klettere. Mir ist kalt, und ich versuche immer noch, meinen rasenden Puls zu beruhigen.

Ich brauche ein paar Minuten, um mich nur ansatzweise zu erholen. Die Leere in meinem Magen fühlt sich so tief und schwarz an wie der Schacht. Diesmal habe ich alles deutlich gesehen. Meine Mutter ist nach unten gestürzt. Sie wurde nicht, wie ich bisher dachte, von mir weggezogen. Sie ist gefallen, und zwar in diesen furchtbaren Abgrund. Hat Nico nicht ein Gerücht erwähnt, dass jemand vor langer Zeit abgestürzt ist? Das war Mom. Die Personalaufzüge sind vergittert worden, weil meine Mutter aus einer Kabine gefallen und gestorben ist.

Ich zucke zusammen, weil sich eine Hand auf meine Schulter legt. Als ich mich umdrehe, steht Rahki vor mir.

»Alles okay mit dir?«

»Ja, schon gut.« Ich wische mir über die Augen und tue so, als seien meine Tränen nur Badewasser. »Mir geht's gut. Ich bin bloß kein Fan von der Rundtour durch den Wasserfall.«

»Wer ist das schon?« Rahki hockt sich an das Becken. Zusammen mit den schwarzen Leggings und dem langärmeligen Shirt ist jeder

Zentimeter ihres Körpers bedeckt, von den Knöcheln bis zu den Handgelenken. »Komm, setz dich zu mir.«

Ich lasse mich neben ihr auf den Felsen nieder und versuche, das Panikgefühl in meiner Brust mit tiefen, langsamen Atemzügen zu beruhigen.

»Das Hotel scheint dich wirklich zu mögen«, stellt sie aus heiterem Himmel fest und taucht ihre Zehen abwechselnd ins Wasser.

»Das hat Agapios auch gesagt, als er mich eingestellt hat«, erzähle ich. »Wenn du mich fragst, klingt das irgendwie gruselig.«

»Überhaupt nicht. Du solltest dich geehrt fühlen«, sagt sie streng. »Das Hotel ist nicht bloß ein Gebäude. Alle seine Teile sind magisch verbunden, und diese Orte haben ein Gedächtnis. Eine Persönlichkeit. Die Residenz ist mehr als die Summe ihrer Teile. Sie ist ... lebendig.«

Aus den Augenwinkeln sehe ich Nico und Sev, die auf einen Nebengang hinten in der Grotte zusteuern. Nico bemerkt mich und gibt mir einen Wink, ihnen zu folgen.

Gleich findet das Treffen statt. Aber solange Rahki hier ist, kann ich nicht weg. Gut möglich, dass sie immer noch alles weitergibt, was ich tue. Bestimmt lässt mich Agapios deshalb so ungehindert im Hotel herumstreifen. Er will, dass ich ihn direkt zu meinen Geheimnissen führe – zu Stripe, dem Museum oder beidem.

Das kann ich nicht riskieren. Die anderen müssen sich ohne mich mit Stripe treffen.

Stattdessen wende ich meine Aufmerksamkeit wieder Rahki zu. »Letztes Mal hast du gesagt, dass Hotel hat dich gerettet. Aber wie denn?«

Sie starrt abwesend auf die Wasserwand. »Als meine Gruppe Flüchtlinge es durch die Damaskus-Tür geschafft hatte, war ich verletzt. Das Hotel hat sich um mich gekümmert. Mich geheilt. Sev hat eine ähnliche Geschichte.«

»Warte mal. Reden wir von demselben Sev?« Dabei dachte ich, er sei ein Gegner des Hotels.

»Ihm ging es schlechter als mir. Da draußen gibt es sehr bösartige Menschen. Als das Hotel ihn gerettet hat, steckte Sev in einer schlimmen Klemme, und man hatte ihm eingeredet, dass er sowieso zu dumm sei, um zu entkommen. Kannst du dir das vorstellen? Dass jemand Sev tatsächlich für einen Dummkopf hält? Das Hotel hat ihn aufgepäppelt. Was Sev brauchte, waren Ruhe und Frieden und Lesestoff, um seinen Geist anzuregen. Durch das Hotel hat er gelernt, dass die bösartigen Leute in seiner Vergangenheit nicht länger entscheiden, was aus ihm wird. Er muss seinen Weg selbst wählen. Ohne Hilfe des Hotels wäre Sev nicht zu dem Menschen geworden, der er heute ist.«

Das alles ergibt keinen Sinn. Rahki und Sev verbringen tatsächlich viel Zeit miteinander, aber er hat mich immer vor ihr gewarnt. Sev hat gesagt, ich solle sie lieber nicht wissen lassen, was wir vorhaben. Vielleicht hat er Rahki über seine Vergangenheit angelogen? »Und was ist mit Nico?«

Rahki seufzt nur. »Okay, was ich sagen will: Die Mission des Hotels ist wichtig. Es hat sich zum Ziel gesetzt, Menschen zu retten und zu beschützen, die Hilfe brauchen. Das Hotel sieht uns nicht nur, wie wir sind, sondern wie wir sein könnten. Es unterstützt uns dabei, unser Potenzial zu entfalten. Fast allen Mitarbeitern ist das auf die eine oder andere Art zugutegekommen. Deshalb würden Agapios und die Mamsell auch alles in ihrer Macht stehende tun, um die Residenz zu beschützen.«

»Agapios.« Der Name liegt mir bitter auf der Zunge.

Sie nimmt meine Hand. Ihre Finger sind weich, aber mit feinen weißen Narben überzogen. Und angenehm warm. »Agapios ist nicht, wofür du ihn hältst.«

Am liebsten würde ich ihr sagen, dass *sie* nicht weiß, für wen sie arbeitet. Aber das ist unmöglich. Jedenfalls jetzt noch. Hoffentlich ändert sich das bald.

»Ich will nur, dass du verstehst, warum wir alle hier sind«, sagt sie. »Wenn ich vom Hotel spreche, meine ich nicht die Leute darin. Es ist ... etwas total anderes. Und ich weiß nicht warum, aber es vertraut dir. Es weiß, wer du bist und was du hier willst – im Gegensatz zum Rest von uns –, und erlaubt dir zu bleiben. Wenn das Hotel dir vertrauen kann, dann kann ich das auch.« Sie steht auf. »Und falls die Mamsell oder der Alte Herr mich nach dir fragen, dann ist das meine Antwort.«

»Wo gehst du hin?«

Rahki deutet auf den Rahmen, der zurück zum Steg führt. »In mein Zimmer. Ich bin nicht hergekommen, um zu schwimmen. Und wenn man zu lange in der Dunkelheit sitzt, wird man ein Teil davon.«

Ich grinse. »Ist das eines von Sevs Sprichwörtern?«

Sie erwidert mein Lächeln nicht. »Ich weiß, dass du etwas planst, Cam.« Sie wirft einen Blick auf Dads Münze um meinen Hals. »Sei bitte vorsichtig.«

Damit dreht sie sich um und geht.

Ich kaue auf meiner Lippe und denke kurz darüber nach, ob ich noch in die Nebenhöhle zu dem Treffen mit Stripe gehen soll. Aber das Risiko ist mir zu groß. Zwar ist Rahki nicht mehr da, aber jeder andere Badegast könnte mich stattdessen beobachten. Also mache ich lieber einen Strandspaziergang.

Rahki glaubt wirklich, dass sie etwas Gutes tut, wenn sie Agapios dabei hilft, überall auf der Welt Kinder einzusammeln. Zu stehlen. Sie bildet sich sogar ein, dass Sev dankbar für seine angebliche Rettung ist. Dabei gilt seine Loyalität nicht dem Hotel, sondern Stripe. Rahki erkennt nicht, dass sie in Wirklichkeit zur Beute eines Menschensammlers geworden ist. Wie die anderen war sie nur eine Lieferung, der man im Hotel ihren ›Platz zugewiesen‹ hat, um Agapios mehr Macht zu verschaffen.

Sie weiter im Dunklen zu lassen kommt mir falsch vor. Wenn sie die Wahrheit wüsste, könnte sie uns helfen. Sie verdient diese Chance.

Also muss ich ihr alles erzählen.

Bevor es zu spät ist.

19

Puzzleteile

Später am Abend klopft jemand an meine Tür.

Als ich aufmache, schiebt sich Sev an mir vorbei und beginnt, in meinem Hotelzimmer auf und ab zu tigern. Er muss sich ducken, um nicht mit dem Kopf gegen die Deckenschräge zu stoßen.

»Ich kann das nicht«, sagt er und knetet seine Hände. Er trägt noch immer Badeshorts, allerdings sehen sie aus, als wenn sie schon vor einer Weile getrocknet sind. »Es geht nicht mehr.«

So verstört habe ich ihn nie zuvor gesehen. In unserem kleinen Kreis aus Verschwörern war Sev immer der Vernünftige. »Okay, beruhig dich.«

»Warum bist du nicht gekommen?«, fragt er mit brechender Stimme. »Hat Rahki dich aufgehalten? Weiß sie Bescheid?«

»Nein, ich –«

»Es spielt keine Rolle.« Er bleibt stehen und versucht, wieder zu Atem zu kommen. »Das ist alles zu viel.«

»Setz dich erst mal.«

Er lässt sich auf mein Bett plumpsen, legt schlaff die Hände in den Schoß und starrt zu Boden.

»Was ist denn los?«

Sev ballt die schwieligen Hände zu Fäusten. »Stripe wollte, dass ich noch bleibe, nachdem Nico gegangen ist. Ich soll etwas für ihn tun. Aber was er verlangt … das kann ich nicht.«

Ein wenig unbeholfen setze ich mich neben ihn. »Was will er denn?«

Sev atmet noch einmal tief durch und bohrt seinen Blick in den Teppich. »Hattest du jemals das Gefühl …« Dann verstummt er wieder, ohne die Frage zu Ende zu bringen.

Ich muss ihm helfen. Manchmal geht es Cass ähnlich, und dann wird sie total frustriert. Ich bin inzwischen ziemlich gut darin, aus ihr rauszuholen, was das Problem ist … selbst wenn sie es vorher selbst nicht genau wusste.

Also greife ich nach einer Tüte mit der Schleckerei von Chefkoch Silva, die auf meinem Nachttisch steht, und reiche sie ihm. »Hast du nicht gesagt, Stripe hat dich gerettet?«

Sev mustert den Bonbonstein so ausgiebig, als würden alle Geheimnisse des Universums darin stecken, dann lässt er ihn im Mund verschwinden.

»Manchmal ist es schwer, wenn man zu jemandem gehört«, sagt er und rollt den Kiesel auf der Zunge herum. »Wer man ist, wer man einmal war, ist unwichtig. Man tut Dinge, obwohl man es eigentlich nicht will.« Er schweigt einen langen Moment. »Ich hätte lieber verloren bleiben sollen.«

»Aber –«

»Cameron, hör mir zu.« Er schaut auf, und seine Augen sind

ganz gerötet. »Manchmal ist es besser, dass jemand verloren bleibt und alle ihn vergessen.«

Zuerst verstehe ich nicht, was er mir sagen will. Dann schießt ein Kribbeln durch meine Arme. »Willst du … willst du damit sagen, ich soll meinen Vater vergessen? Er soll besser verloren bleiben?«

Sev schaut weg.

Wut macht sich in mir breit. »Ist das dein Ernst?«

»Versteh doch, wir –«

Ich springe auf, wirbele zu ihm herum und presse hervor: »Ich habe mein ganzes Leben darauf gewartet, ihn zu finden. Jetzt bin ich *so* nah dran!«

»Aber vielleicht wird dir nicht gefallen, was du findest.«

»Halt den Mund!« Ich werfe meinen Vorrat an Schleckereien nach ihm.

Sev versucht auszuweichen, doch die Tüte trifft ihn am Auge, sodass Lutschkiesel in alle Richtungen fliegen. »Cameron, bitte.«

»Verschwinde!«

»Du musst –«

Ich wische eine Handvoll Kiesel vom Bett und schleudere sie in seine Richtung. »Raus!«

Sev lässt den Kopf hängen. »Es tut mir leid.«

Die Tür schließt sich hinter ihm. Ich setze mich auf mein Bett und weine.

Es dauert nicht lange, bis mir mein Wutanfall leidtut. Sev ist fast der Einzige hier, der sich mit mir angefreundet hat. Trotzdem kann ich nicht fassen, dass er mir meine Suche ausreden will. Nach allem, was schon passiert ist. Außerdem war es doch Stripe, der mich hergeschickt hat, um meinen Vater zu finden. Was kann er denn von Sev verlangt haben, das so schwierig ist?

Ein Gedanke hallt in meinen Ohren nach. Rahki hat gesagt, Agapios sei nicht, wofür ich ihn halte. Was, wenn ...?

Nein. Schließlich war es Nico, der mich zu Stripe gebracht hat. Er ist mein Blutsbruder. Ich kann ihm vertrauen.

Die Probezeit geht in nur drei Tagen zu Ende – nicht mal zweiundsiebzig Stunden –, aber vorher muss ich etwas Wichtigeres erledigen: Ich muss die Sache mit Sev wieder geradebiegen.

Am nächsten Morgen gehe ich direkt zur Hausmeisterwerkstatt, wo die Türhüter einen Großteil ihrer Arbeitszeit verbringen, um mich zu entschuldigen. Aber die anderen haben Sev seit gestern nicht gesehen. Er ist nicht zur Arbeit gekommen. Das sieht ihm gar nicht ähnlich.

Ich riskiere einen weiteren Anfall von Seekrankheit und schaue auf dem Speisekreuzer nach. Vielleicht hat er sich nur mit dem Frühstück verspätet. Dort ist er aber auch nicht. Als ich an seiner Tür klopfe, öffnet niemand. Und als ich auf einem Kartentisch nachschaue, lässt sich seine Münze nicht nachverfolgen. Kann sein, dass die Tafeln nicht jeden einzelnen Hotelgast zeigen, aber zumindest sollten sie alle Personen finden, nach denen man gezielt sucht.

Was bedeutet, dass nicht einmal das Hotel weiß, wo Sev steckt. Jetzt mache ich mir richtig Sorgen. Was immer Stripe von ihm wollte, hat ihm Angst eingejagt, und ich habe ihn einfach rausgeworfen. Ich hätte lieber zuhören sollen.

Ein Personalaufzug bringt mich zu Nicos Etage. Auf dem Weg

dorthin versuche ich, nicht in den Schlund zu schauen, der meine Mutter verschluckt hat. Bestimmt hält Nico mich für durchgeknallt und wird sagen, dass ich nicht überreagieren soll. Aber für meine Schwester ist es lebenswichtig, dass ich überall Gefahr wittere. Ich bin ständig in Hab-acht-Stellung. Würde ich mir weniger Sorgen machen, was alles Schlimmes passieren könnte, wäre das Allerschlimmste längst eingetreten.

Der Gedanke rumort unangenehm in meiner Brust. Cass muss schon über eine Woche ohne meine Hilfe klarkommen. Ich hoffe, ihr geht es gut.

Kaum hat sich der Fahrstuhl geöffnet, renne ich durch den Flur und hämmere gegen Nicos Tür. »Nico!« *Bumm-bumm-bumm.* »Jetzt komm schon raus!«

Er öffnet in Boxershorts und T-Shirt und reibt sich die Augen. Seine Haare stehen in alle Richtungen ab.

»Wo ist Sev?« Ich schaue an ihm vorbei in das Durcheinander seines Zimmers.

Er fährt sich mit der Hand durch die Haare und blinzelt den Schlaf aus den Augen. »Keine Ahnung. Wieso?«

Ich erzähle ihm, wie seltsam sich Sev gestern Abend benommen hat und dass ich ihn jetzt nicht finden kann.

Nico wirkt schlagartig wach. »Die Kartentische zeigen seine Münze nicht?«

»Nein.« Ich knirsche mit den Zähnen. »Du hättest ihn gestern sehen sollen. Er hat gesagt, Stripe hat etwas von ihm verlangt. Er sollte etwas tun, was er nicht konnte … oder wollte.«

Nicos Miene wird starr vor Schock. »Nein.« Dann lauter: »NEIN!« Er stürzt in den Flur und rennt los.

20

Aufgelöst

K*risenmodus* nennt man den Zustand, wenn man sich nicht länger sorgt, dass eine Katastrophe passieren könnte, sondern zur Sache kommt, sobald sie eingetreten ist. 110 anrufen. Cass so drehen, dass sie nicht erstickt. Eventuelle Blutungen stillen.

Den Pflock austauschen, bevor sich der Defekt ausbreiten kann. Nico nachlaufen.

Nico ist schnell, und ich habe immer noch Muskelkater von dem Fußballspiel. Aber als ich sehe, welche Tür er im Atrium nimmt, weiß ich sofort, wohin er will. Zur Besenkammertür. Zu Stripes Korridor.

»Wo brennt's denn?« Die Stimme gehört Rahki, die mit Sana auf einer der Bänke am Springbrunnen sitzt.

»Ach, schon gut«, wiegele ich ab. »Ist nur ... ein Spiel.«

Schon will ich Nico in die Dienstbotengänge folgen, doch etwas lässt mich zögern.

»Münzen wollen zu der Person zurück, an die sie gebunden sind, richtig?« Ich drehe kurz um und halte Rahki meinen Anhänger entgegen. »Wenn ich zu lange wegbleibe, benutz ihn, um mir zu folgen.«

Während ich ihr die Münze reiche, blitzt eine weitere Erinnerung auf. Ich sehe Mom, ein Münzenpaar und einen Perlmuttschlüssel. In der nächsten Szene übergebe ich die Münzen an Oma, die zwischen zwei Babykörben steht.

Nein, nicht jetzt. Ich kann mich nicht um Dads Erinnerungen kümmern, während ich versuche, Nico einzuholen.

Rahki wirft mir einen besorgten Blick zu. »Cameron –«

»Ein Fingerschnipp«, sage ich. »Kein Grund, sich Gedanken zu machen.« Damit haste ich in Richtung der Dienstbotengänge weiter und lasse meine Münze bei ihr. Nico wäre das gar nicht recht, aber dieses Risiko muss ich eingehen. Genau das tut man nämlich im Krisenmodus. Man pokert. Man nimmt Risiken in Kauf. Man tut, was richtig und notwendig ist.

Als ich den geheimen Zugang erreiche, steht die Tür bereits offen. Nico würde sie nie so klaffend weit auflassen ... außer etwas stimmt ganz und gar nicht. Ich renne hindurch, und meine Turnschuhe quietschen über die Schachbrettfliesen von Stripes Korridor. Auf halber Länge fällt fahlgraues Licht durch eine weitere Türöffnung. Ich kenne die Landschaft dahinter. Honduras. Wo Nicos Familie wohnt.

Ich stürze nach draußen in den Regen und laufe den Schotterweg hoch. Beim Anblick des leeren *Fútbol*-Felds zieht sich mein Magen zusammen.

Als ich endlich das Haus der Familie Jimenez erreiche, ist alles viel zu ruhig. Schwaches Licht sickert durch die Vorhänge. Die Stille kriecht auf mich zu und windet sich um mich herum.

»Nico?«, rufe ich. Keine Antwort.

Der Küchentisch ist zum Essen gedeckt, aber die Töpfe wurden umgeworfen. Eine Tasse voll roter Flüssigkeit ist ausgelaufen. Überall liegt Spielzeug verstreut.

Sie sind alle fort, wird mir klar. Mehr als das.

Sie wurden verschleppt.

Ich entdecke Nico auf der anderen Seite des Tisches, wo er kniet, als hätten seine Beine nachgegeben. Wie ein weiteres auf den Boden geworfenes Spielzeug. »Er hat sie mitgenommen«, sagt Nico. »Er hat sie wirklich mitgenommen.«

Ein wütendes Knurren steigt in meiner Kehle auf. »Agapios.«

Nico wischt sich die Tränen weg und dreht sich zu mir um. »Nicht Agapios, du Depp. Ich rede von Stripe.«

Das also ist das Geheimnis, das Nico vor mir versteckt hat. Deshalb wollte er nie, dass ich ihn über seine Aufgabe im Hotel ausfrage. Und darum ging es auch bei den ganzen Blickwechseln zwischen ihm und Sev.

Nico steht mir gegenüber und ballt die Fäuste. »Stripe hat meine Familie entführt. Oder er hat Sev dazu gebracht. Schließlich übernimmt er nie selbst die Drecksarbeit.«

Das alles ergibt keinen Sinn. »Warum sollte er so etwas tun?«

Eine Stimme antwortet aus dem Hausflur. »Natürlich, um zu kriegen, was ich will.«

Als Nico und ich herumfahren, sehen wir Stripe in der offenen Küchentür stehen.

»Sie mieser ...!« Nico stürzt sich auf den Mann im Nadelstreifenanzug.

Doch dann hält Stripe einen schwarzen Metallschlüssel in die Höhe, und Nico kommt schlitternd zum Stehen.

Stripe tätschelt ihm den Kopf. »Guter Junge. Kein Grund, uns länger gegenseitig etwas vorzuspielen.«

»Die Jimenez ... das waren Sie?«, stammele ich. Ich versuche, das alles zu verstehen. Stripe gehört doch zu unseren Freunden. Er ist ein Verbündeter. Er war wie ein Vater für Nico. Und er hat mir den Weg gezeigt, wie ich *meinen* Vater finden kann. »Was für einen Grund hätten Sie, Nico die Familie wegzunehmen?«

»Weil das typisch Stripe ist.« Nicos Lippen verziehen sich zu einem Zähnefletschen. »Weil er alles *besitzen* will. Er mag es nicht, mit anderen zu teilen.«

»Wirklich, Nico. Du solltest die Sache nicht so vereinfachen, wenn du es besser weißt.« Stripe klopft sich mit dem Stockknauf gegen die Handfläche. »In Wirklichkeit hast du schlicht zu lange gebraucht. Meine Geduld ist nicht grenzenlos. Der Verlust deiner Familie dürfte dich daran erinnern, mit welchem Einsatz wir spielen.«

Nico knirscht mit den Zähnen. »Sie verdammter, gieriger –«

Stripe drückt Nico einen Finger gegen die Brust und lehnt sich zu ihm vor. »Du glaubst, du hast mich schon gierig erlebt? Falsch gedacht.«

Ich schaue zwischen den beiden hin und her. »Das kapiere ich alles nicht.«

»Ganz recht, junger Mann.« Stripe wirft mir ein scharfes Grinsen zu. »Unsere Zeit ist begrenzt, also sollten wir zur Sache kommen: Nico und ich waren nicht ganz ehrlich mit dir.«

Ich schaue Nico an. »Du hast mich ... angelogen?«

»Schrecklich, nicht wahr?«, sagt Stripe. »Ich bin sicher, mein junger Freund Nico hat dir alle möglichen Märchen aufgetischt, wie sehr er dir vertraut und dass du ihm deshalb auch vertrauen musst, aber das ist eben seine Masche.«

Nico lässt die Schultern hängen.

»Nicht doch«, sagt Stripe und tätschelt ihm den Kopf. »Das Ganze war schließlich seine Idee. Nico kann ein ziemlich cleverer Trickbetrüger sein, wenn er sich anstrengt.«

Das darf nicht wahr sein. Die ganze Zeit. Bei allem, was wir zusammen erlebt haben. Die Arbeit im Hotel, das Versteckspiel vor den anderen Mitarbeitern. »Was ist mit meinem Vater? Ich dachte –«

»Oh, hier geht es *ausschließlich* um deinen Vater«, sagt Stripe. »Weißt du, als Nico zu mir gekommen ist und mir von deiner Familiensituation erzählt hat, wussten wir beide schon bestens Bescheid über den guten Reinhart Kuhn. Schließlich ist er daran schuld, dass wir überhaupt in diesem Schlamassel stecken. Ich war versucht, dir mit Gewalt abzunehmen, was ich brauche, aber Nico hat mich überzeugt, dass wir dich stattdessen benutzen könnten.«

»Wozu denn?«

»Natürlich, um das Gewächshaus zu finden. Danach suchen wir schon sehr lange. Und die ganze Zeit war das Geheimnis in der Münze um deinen Hals verborgen.«

Ich fasse nach meiner Halskette. Nein, das kann alles nicht wahr sein. Ruckartig drehe ich mich zu Nico um. »Du hast mich verraten!«

Stripe lächelt und zwirbelt den schwarzen Schlüssel zwischen den Fingern. »Nun, so würde ich es nicht ausdrücken. Schließlich war Nico von Anfang an nie *wirklich* dein Freund. Er ist mein Zögling. Ich habe ihn seit Jahren dafür ausgebildet, eines Tages zum Herrn eines eigenen Hauses zu werden. Doch mir fehlt noch etwas Entscheidendes, um eine Residenz für ihn zu errichten.«

Beiläufig tippt er seinen schwarzen Schlüssel an einen Teller auf dem Tisch, der daraufhin in einen Hagelsturm winziger Tonscherben explodiert. Danach folgt eine Tasse. Sie platzt wie ein Wasserballon, rote Flüssigkeit und Plastikstücke spritzen zu allen Seiten.

Stripe schlendert weiter um den Küchentisch herum und berührt im Vorbeigehen das Geschirr. Tassen, Teller, sogar Metallbesteck ... alles zerbirst zu einem Tornado aus scharfen Splittern, die durch die Luft wirbeln. Ich schütze mein Gesicht mit den Händen, als der Strudel aus Keramik und Kunststoff immer größer wird.

»Du musst wissen«, sagt Stripe, während er die Tischplatte antippt und damit ebenfalls in Holzsplitter zerfallen lässt, »dass jede Residenz ein magisches Zentrum braucht, eine Kraftquelle, aus der sich alles speist. Heutzutage sind davon nicht mehr viele übrig, also darf uns jedes Mittel recht sein, eine in die Finger zu bekommen.«

Er steckt den schwarzen Schlüssel in die Mitte des Wolkenwirbels aus Tisch- und Geschirrsplittern wie in ein Schlüsselloch. Dort bleibt er in der Luft hängen, während der zerstückelte Esstisch der Familie Jimenez sich zu einem schwebenden Baum formt. Weißsilbriger Glitzerstaub aus zerbröckelten Tellern und Gabeln legt sich wie Blätter um die klobigen Äste, die zum Rand hin aus immer kleineren Holzsplittern bestehen.

Diese dunkle Art der Zauberei fühlt sich ganz anders an als Bindungsmagie. Heiß, brennend. Der Staub wabert um die verwachsenen Äste herum wie Feuerflammen. Ich muss daran denken, was Nico mir über Schlüssel erzählt hat: *Ich habe sogar von einem gehört, der die Macht hat, jede Bindung völlig aufzulösen.* Ein Schlüssel der Zerstörung.

Ich schlucke und erinnere mich an den Ausdruck auf Orbans Gesicht, während er mir heiser zuflüsterte: *Ich lasse mich nicht zerbinden. Such einen Ausweg.* Damit war weder das zugesperrte Zimmer gemeint, noch hatte er mich vor dem Hotel gewarnt. Orban hatte mir sagen wollen, dass ich meine Verbindung zu Stripe kappen sollte.

»Der Vesima ist das magische Zentrum von Agapios' Residenz, die du unter dem Namen *Hotel der Wünsche* kennst.« Stripe schwenkt die Finger, ähnlich wie ein Lehrer einen Laserpointer. Der schwebende Schlüssel leuchtet auf, die Küchendielen am unteren Ende des Baumstamms zerbersten und verwandeln sich in Wurzeln, die sich in alle Richtungen ausbreiten und bis in die Nachbarräume reichen. »Die Verbindungen zwischen dem Vesima und den Pflöcken, die aus ihm geschnitzt wurden, sind die Magiequelle des Hotels. Als das Gewächshaus und der Baum gestohlen wurden – vermutlich von deinem Vater –, sind die Bindungen jedoch nur schwächer geworden, anstatt ganz zu versiegen. Deshalb gehe ich davon aus, dass es irgendwo im Hotel wenigstens eine Tür geben muss, die Reinhart weiterhin ans Gewächshaus gebunden hat. Wenn Agapios sie nach all der Zeit nicht gefunden hat, muss sie sehr gut versteckt sein.«

Die Tür hinter dem antiken Schrank. Auf der vierten Etage. »Also ging es Ihnen in Wirklichkeit gar nicht darum, mir bei der Suche nach meinem Vater zu helfen.«

Stripe macht mit den behandschuhten Fingern eine Drehbewegung in der silbrig weißen Staubwolke. »Kluger Junge. Den Verstand musst du von deiner Mutter geerbt haben.«

Ich gebe ein Knurren von mir, als er Mom erwähnt, aber das scheint Stripe nicht einmal zu bemerken.

»Das Gewächshaus gehört mir!«, sagt er und spielt mit den oberen Astspitzen des schwebenden Baums herum. »Ich habe jedes Recht darauf. Schließlich habe ich mit deinem Vater einen Deal ausgehandelt, den er weiterhin zu erfüllen hat. Ich habe versucht, ihm das Versteck aus seinem leeren Kopf zu zerren, aber leider hat sich Reinhart als grandios nutzlos herausgestellt. Die Bindungsmagie, die seine Erinnerungen fesselt, wirkt einfach zu gut.«

Während ich mich bemühe, das alles zu verarbeiten, kommt mir ein eiskalter Gedanke. »Das heißt, Sie … Sie wissen, wo er ist?«

»Natürlich! Ich habe ihn die ganzen Jahre nie völlig aus den Fingern gelassen. Keine Ahnung, was ich mir davon erhofft hatte.« Er nickt in Richtung meines Halsbands. »Aber jetzt haben wir dich und die Münze, also kann ich endlich zu Ende bringen, was ich angefangen habe.«

Ich werfe einen Blick auf Nico, und mein Magen verkrampft sich vor Wut. »Du hast die ganze Zeit gewusst, wo mein Vater ist, und mir nichts gesagt.«

Nicos Lippen verziehen sich zu einem schmalen Strich. »Wir wollten, dass du dich darauf konzentrierst, das Gewächshaus zu finden. Die Möglichkeit, deinen Vater auf andere Weise zurückzubekommen, hätte dich nur abgelenkt.« Nach einer kurzen Pause fügt er hinzu: »Sorry, aber wir haben alle unsere Rolle zu spielen.«

Stripe schnaubt. »Eine Entschuldigung war das nicht wirklich. Nico hat sich auf ein Geschäft mit mir eingelassen, weil er dadurch bekommt, was er immer wollte.« Er unterbricht sich, als sein Blick aus dem Fenster fällt. Seine Augen weiten sich. »Na, das ist ja fabelhaft …«

Nico beeilt sich, ebenfalls durch die Scheibe zu schauen. »Hast du jemandem erzählt, dass wir hier sind?«

Rahki. Ich muss grinsen. »Kann schon sein.«

Stripe funkelt mich an. »Freu dich bloß nicht zu früh, Junge. Schließlich habe ich immer noch deinen Vater.«

Mein Siegeslächeln erstirbt.

»Das Putzgeschwader«, stellt Nico fest.

»Tja, dann sollten wir zur Sache kommen.« Stripe zieht seinen Schlüssel aus dem unsichtbaren Schloss, und der Scherbenbaum fällt klirrend in sich zusammen. »Das hier wirst du brauchen.«

Er klopft auf den knotenförmigen Griff seines Gehstocks, und ein kleiner Pflock springt heraus. Stripe reicht mir das glatte Holzstück.

»Wozu?«, frage ich.

»Du hast immer noch einen Job zu erledigen.« Er lehnt sich näher, und ich kann seinen modrig feuchten Atem riechen. »Ich bin ein Mann, der vernünftig mit sich reden lässt. Geh ins Hotel zurück und finde den Vesima. Benutz diesen Pflock, um eine Tür in seiner Nähe zu binden. Sobald du dich aus dem Staub gemacht hast, werde ich heimlich nachkommen und mir holen, was mein ist.« Er richtet sich auf. »Wenn alles nach Plan verläuft, bringe ich dir deinen Vater.«

»Und das war's dann?«

Er klopft sich silbrigen Staub von den Handschuhen. »In der Tat. Das Hotel betrachtet das Gewächshaus bereits als verloren, also macht es keinen wirklichen Unterschied. Niemand braucht zu erfahren, was du getan hast, aber du bekommst deinen Vater zurück, und zwar heil und ganz. Das bleibt dann unser kleines Geheimnis.« Stripe steckt seinen schwarzen Schlüssel in die Küchentür und wirft mir über die Schulter einen letzten Blick zu. »Denk darüber nach, aber nicht zu lange. Reinhart wäre gewiss *zu Tode* betrübt, dich nie wiederzusehen.«

21

Sturm in der Tür

Sobald Stripe die Tür hinter sich geschlossen hat, explodiert sie in kleine Splitter – genau wie vorher der Küchentisch und die Teller. Ich schirme meinen Kopf mit den Armen ab, um nicht von herumfliegenden Holzstücken getroffen zu werden.

In meinem Kopf dreht sich alles. Stripe hält meinen Vater gefangen. Er will ihn gegen das verschwundene Gewächshaus austauschen. Die ganze Zeit hindurch hat er mich manipuliert. Er und Sev …

… und Nico.

Ich wirbele zu meinem so genannten *Blutsbruder* herum. »Du!«

Nico hält beschwichtigend die Hände in die Höhe. »Beruhig dich, Kleiner.«

»Du hast mich angelogen. Wir hatten einen Vertrag! Ich … habe mich an dich gefesselt.«

Er zuckt mit den Schultern. »An deiner Stelle würde ich das nicht unbedingt rumerzählen.«

Wütend starre ich ihn an und presse die Lippen aufeinander.

»Ich verstehe, dass du sauer bist, aber dafür haben wir jetzt keine Zeit.« Er zeigt auf das Putzgeschwader, das angeführt von Rahki und der Mamsell den Hügel heraufmarschiert kommt. »Wir müssen uns überlegen, wie wir die Sache drehen.«

»Ich drehe hier gar nichts«, schreie ich ihn an. »Du hast mich an Stripe verscherbelt!«

»Cam, so simpel ist das nicht. Schließlich hat er mir meine Familie auch weggenommen.«

Da kann ich mich nicht mehr zurückhalten. Ich balle die Faust und hole aus.

Nico duckt sich rechtzeitig, und der Schlag geht daneben. Seine Hand fährt zur Hosentasche, und er zieht den Spleiß hervor, den er für unseren Blutsbrüdervertrag benutzt hat. »Warte, Cam. Denk erst darüber nach.«

Ich springe auf ihn zu und ramme ihn gegen den Rest des Esstisches.

»Lass los«, ächzt Nico. Er ist stark, aber ich kann ihn trotzdem auf dem Boden festnageln und schnappe mir mit der freien Hand den Spleiß.

»Bleib, wo du bist!«, rufe ich, springe auf und ziele mit der Waffe auf ihn.

Nico rappelt sich hoch. »Cam, bitte.«

Durch das Fenster sehe ich, wie Rahki und die Mamsell sich nähern. »Wieso hast du überhaupt diese bescheuerte Blutsbrüdermasche abgezogen? Ist das Gewächshaus wirklich so wichtig?«

Seine Augen verdunkeln sich. »Wichtiger als alles andere. Du hast ja keine Ahnung. Stripe hat mich aufgezogen, ich kenne ihn durch und durch. Ich weiß, wozu er fähig ist. Das war der einzige Weg.«

Die Haustür schlägt krachend auf, und bevor ich reagieren kann, hat die Mamsell schon ihr Schwert gezückt und richtet es auf mich. »Lassen Sie die Waffe fallen, Mr Cameron.«

»Nico ist ein Verräter«, verkünde ich, ohne den Spleiß zu senken. Er soll bekommen, was er verdient hat.

»Wo haben Sie den Spleiß her?«, fragt die Mamsell scharf.

»Ich ... ich weiß nicht mal, was das ist.« Stimmt sogar. Ich habe keine Ahnung, wozu man das Ding benutzt. Vielleicht schießt es Laserstrahlen aus seiner Spitze. FTA 751: verbrutzelt zu einem Aschehaufen. Das kommt mir für Nico sehr passend vor. »Ich habe ihm das Ding abgenommen. *Er* hat den Pflock-Defekt ausgelöst. Zusammen mit Sev. Sie arbeiten für den Gegenpart.«

Ihr Blick durchbohrt mich. »Und was ist mit Ihnen, Mr Cameron?«

»Ich –« Wie soll ich darauf antworten? ›Ja, ich habe mit ihnen zusammengearbeitet, aber jetzt verstehe ich, wer sie wirklich sind?‹ Das dürfte die Mamsell nicht gerade begeistern. Und was ist mit dem Hotel? Bisher dachte ich, dass ich beide Seiten kenne. Ich habe mir eingebildet, dass ich weiß, was Stripe und seine Leute wollen.

Das war ein Irrtum.

»Ich glaube, sie wollten, dass ich etwas für sie tue«, sage ich. In der anderen Hand halte ich noch immer den Pflock verborgen, den Stripe mir gegeben hat.

Ich bin kurz davor, der Mamsell vom Gewächshaus zu erzählen, aber etwas hält mich zurück. Wenn Stripe wirklich meinen Vater in seiner Gewalt hat und ich der Mamsell alles berichte, dann ist es vorbei. Damit habe ich jede Chance verspielt, ihn wiederzubekommen. Für immer. Jetzt verstehe ich, warum Nico und Sev mir gepredigt haben, dass ich mich nur auf die Suche nach ihm konzentrieren soll. Die Wahrheit zu wissen – nämlich, dass das Hotel auf der Seite des Guten steht und ich auf der anderen – macht alles schrecklich kompliziert.

»Cameron gehört nicht zu den Paktikanten«, versichert Rahki ihr und wirft mir einen langen Blick zu. »Ich vertraue ihm.«

Ich schlucke ein stilles *Danke* herunter.

Die Mamsell nickt ihrem Putzgeschwader zu. »Dann nehmt den anderen fest.«

»Nein!« Nico versucht, durch die Hintertür zu entkommen.

Aber Rahki ist zu schnell. In einer fließenden Bewegung zieht sie den Staubwedel, schmirgelt ihre behandschuhten Finger darüber und fegt Nico mit der Griffstange von den Beinen. Der herabrieselnde Staub klebt seinen Fuß am Boden fest, sodass er mit einem Schrei nach vorne fällt.

»Du hast mir den Knöchel gebrochen!«, brüllt er und greift nach seinem magisch gefesselten Fuß.

Die Mamsell presst ihm die Schwertschneide gegen den Hals. »Seien Sie ruhig. Ich habe schon einige Anzügler nach meiner Fasson zugeschneidert.« Sie hebt sein Kinn mit der Klingenspitze. »Agapios hätte Sie nie durch unsere Tür lassen sollen.«

Nico schaut finster zu ihr hoch und presst vor Schmerz die Zähne zusammen. »Kann schon sein. Aber mein Gehalt schulden Sie mir trotzdem.«

Rahki schabt über den Staubwedel und verpasst Nico einen Schlag ins Gesicht, mit dem sie ihm die Lippen zusammenklebt.

»Endlich kann ich dafür sorgen, dass er die Klappe hält. Darauf warte ich schon eine Ewigkeit«, sagt sie und klopft sich den Fesselstaub von den Handschuhen.

Sie bricht eine hölzerne Borste vom buschigen Ende ihres Staubwedels ab und wickelt sie Nico um die Handgelenke. Das Material schimmert auf und zieht sich zusammen, sodass es wie Handschellen festsitzt. Ich lächele, als Nico eine weitere geknebelte Beleidigung schreit. Geschieht ihm recht.

Die Mamsell muss ebenfalls grinsen. »Zurück zum Hotel. Da können wir alles klären.«

Auf dem Rückweg zum Korridor wird Nico rechts und links von zwei Teenagern aus dem Putzgeschwader gestützt. Ein dritter hat sich den Spleiß neben seinem Putzwedel in den Gürtel gesteckt.

Nico zuckt bei jedem Humpelschritt zusammen. Kann gut sein, dass sein Knöchel gebrochen ist, aber mir ist das egal. Er hat mich verraten und darf gerne dafür leiden. Dummerweise überträgt die Bindung zwischen uns das Gefühl, sodass mein Knöchel auch ein bisschen schmerzt. Je näher wir dem Korridor kommen, desto deutlicher fange ich auch zu hinken an.

»Alles okay?«, fragt Rahki.

»Ja, schon gut«, sage ich und beiße die Zähne zusammen. »Ich prügele mich wirklich nicht oft, Ehrenwort.«

Sie stößt ein Kichern aus und gibt mir meine Münze zurück. »Dafür hast du dich gut gehalten.«

Ich drehe sie zwischen den Fingern. Irgendwie fühlt sie sich ... gewichtiger an. Schwerer. »So kommt es mir nicht gerade vor. Ich habe mich übers Ohr hauen lassen.«

»Genau wie wir alle.«

»Außer dir. Du wusstest gleich, dass er etwas im Schilde führt.«

Sie verzieht die Lippen und starrt blicklos in die Baumlandschaft. »Aber dafür wusste ich nicht, dass Sev zu den Paktikanten gehört. Ihm habe ich wirklich geglaubt.«

»Paktikanten sind Leute, die für den Gegenpart arbeiten?«

»Na ja, so nennen wir sie. Der Gegenpart hat zwei verschiedene Sorten von Untergebenen. Paktikanten sind durch einen Vertrag gebunden, sodass sie für Stripe und das Museum arbeiten *müssen*. Sie stehen unter der Kontrolle ihres Meisters. In manchen Fällen kann die Bindung sie zwingen, gegen ihren eigenen Willen zu handeln. Ich glaube, Sev wollte mir mitteilen, dass so etwas mit ihm geschieht. Daneben gibt es noch Stripes Anzugtypen ... oder Anzügler, wie wir sie nennen. Bei ihnen ist es anders. Sie arbeiten freiwillig für den Gegenpart.«

»Warum?«

»Der Gegenpart betrachtet sich selbst als eine Art Wirtschaftsimperium. Ich weiß nicht, was ihn antreibt und worauf er wirklich abzielt. Vielleicht wissen das nicht einmal Agapios und die Mamsell. Jedenfalls sind seine Mitläufer alle nur leere Typen in schicken Anzügen.« Ihr düsterer Tonfall macht einer aufgesetzten Fröhlichkeit Platz. »Agapios wird dich sicher dafür belohnen, dass du uns Nico ausgeliefert hast. Du wirst schon sehen.«

Sie kann ja nicht wissen, dass für mich nur eine einzige Belohnung von Wert ist, und genau die kann das Hotel mir nicht geben.

»Was ist das hier für ein Flur?«, fragt die Mamsell und untersucht den Pflock, der die Tür des Ziegelschuppens in Honduras mit Stripes Korridor verbindet.

»Er gehört dem Gegenpart«, erkläre ich. »Durch den Korridor hat Nico mich damals heimlich ins Hotel gebracht.« Ich schaue beschämt weg.

Sie seufzt hörbar. »So kommt die Wahrheit also ans Licht. Ich schätze, besser spät als nie.«

In meinen Ohren ploppt es, als ich neben Rahki durch den Flur mit den Schachbrettfliesen gehe. Jetzt kommt mir alles so anders vor. Dunkler. Hässlicher. Die Schritte der Mamsell hallen hinter uns durch den Korridor und scheinen den ganzen Raum bis zur Besenkammertür mit Echos zu füllen.

Wir betreten die Dienstbotenflure des Hotels, und die Mamsell setzt dazu an, etwas zu sagen. Ich werfe sicherheitshalber einen Blick nach hinten auf Nico, der sich noch in Stripes Korridor befindet, und der Ausdruck in seinen Augen ist alarmierend. Nico starrt mit kühler Berechnung auf den Spleiß im Gürtel des Teenagers vor sich.

Dann schaut er zu mir auf und grinst.

Oh nein. »Achtung, er wird –«

Nico wirft sich mit der Schulter gegen eine der jungen Frauen, die ihn beim Gehen stützen, sodass sie zurücktaumelt. Dann schnappt er sich den Spleiß aus dem Gürtel des Teenagers. Plötzlich sind seine Hände frei, er fährt herum und pikt der anderen Frau vom Putzgeschwader die Spitze seiner Waffe in den Leib.

Sie schreit auf, doch das Geräusch klingt seltsam verzerrt. Tatsächlich verzerrt sich ihre ganze *Gestalt*. Schrumpft zusammen, krümmt sich, verschwindet zerknüllt in der Spitze des Spleiß wie ein Papierfetzen in einem Staubsauger.

Sie ist nicht mehr da.

Nico macht eine Finte zur Seite und schafft es, humpelnd auf uns und die Tür zuzulaufen. Ich starre ihn völlig schockiert an, während er näherkommt. Er hat die junge Frau einfach verschwinden lassen. Ein paar Minuten früher hatte *ich* den Spleiß in der Hand. Hat dieses Ding … hat Nico … sie getötet?

Die Mamsell zieht ihr Schwert, doch da bin ich schon in Bewegung und greife nach der offenen Tür, um ihn aufzuhalten. Auf der

Schwelle stehen wir uns direkt gegenüber. Ich will ihm den Spleiß aus der Hand reißen, aber er wirft ihn beiseite und packt meinen Hemdkragen.

»Das ist alles nur ein Fingerschnipp, Bruder«, flüstert er. »Vertrau mir.«

Er schubst mich weg, sodass ich zu Boden taumele. Die Mamsell fängt mich auf und schiebt mich sofort beiseite, um an Nico heranzukommen. Er macht keine Anstalten, wegzulaufen. Stattdessen lässt er sich auf der Schwelle, die den Korridor ans Hotel fesselt, auf die Knie fallen. Ich sehe etwas Metallisches in seiner Hand glänzen.

Einen Pflocker.

Nico stößt den Holzpflock halb aus dem Türscharnier. Dann bricht er ihn ab.

Ein Donnerschlag, und gleich darauf explodiert magische Energie aus der Tür und überrollt mich. Ich fliege durch die Luft. Überschlage mich. Ein Gefühl wie ein Stromschlag vibriert durch meinen Körper, während mein Gesicht über das Linoleum schubbert. Der Inhalt der Besenkammer regnet auf mich herab. Mir tut alles weh.

Ich versuche, mich aufzurichten, doch etwas Schweres drückt mich zu Boden. Ein Regal ist auf mich gekippt. Als ich es wegschiebe, zerreißt die Jacke meiner Hoteluniform.

Der Sturmwind aus der Tür fegt alte Toilettenartikel und vergammelte Papierhandtücher von den Regalen und in den vollgestellten Flur. Die Kälte der Luft und der aufgewirbelte Staub beißen mir in den Augen.

Er hat den Pflock im Scharnier abgebrochen. Die Bindung gewaltsam gekappt. Fast wie beim Pflock-Defekt, allerdings bekomme ich das Gefühl, dass es diesmal schlimmer ist. Das letzte Mal war der Pflock nur geschwächt und defekt, diesmal ist er in zwei Hälften zerborsten. Darüber stand doch etwas in der Broschüre, die ich gelesen habe: *Im Fall einer Pflock-Fraktur sollten Sie nicht in Panik geraten!*

Ich stemme mich gegen den Sturm, der um mich herum peitscht. Die Mamsell liegt bewusstlos auf der anderen Seite des Durcheinanders. Rahki versucht, unter einem umgestürzten Stapel Stühle hervorzukriechen, aber ihr Bein steckt fest.

Nico und die beiden übrig gebliebenen Teenager vom Putzgeschwader waren auf der anderen Seite der offenen Tür, als er den Pflock abgebrochen hat, aber jetzt ist dort alles verschwunden. Und die junge Frau, die er mit dem Spleiß berührt hat ...

»Die Schwelle!«, ruft Rahki. »Du musst den Pflock deaktivieren!«

Ich werfe einen Blick auf die Türöffnung ins Nirgendwo und schirme meine Augen gegen die Böen aus eisigem Nichts ab. Wenn ich den Pflock nicht deaktivieren kann, könnte das Hotel einen weiteren Flügel verlieren ... oder Schlimmeres.

Im Fall einer Pflock-Fraktur sorgen Sie dafür, dass die betroffene Tür entbunden und umgepflockt wird, bevor das Wurzelsystem kollabiert.

Ich ziehe den Pflock, den Sev mir geschnitzt hat, aus der Hemdschlinge und versuche, in den Sturmböen wenigstens aufrecht zu stehen.

»Beeil dich!«

Kalte Windstöße voller Staub drängen mich rückwärts und pusten mir ins Gesicht. Gepriesen sei der Vesima, dass wir magisch gebundene Sneaker tragen und keine eleganten, rutschigen Lackschuhe. Die Turnschuhsohle gibt mir genug Halt, um mich vorwärtszukämpfen. Immer näher. Schritt für Schritt. Mein Gesicht fühlt sich an, als würde es mit Sevs Sandpapier geschrubbt. Teile von mir scheinen sich loszureißen und durch den Flur zu wirbeln. Wohin auf meine Liste setze ich ›Zerstückelung durch magischen Sturm‹?

Ich packe den Türrahmen und ziehe mich zum Scharnier. Der zerbrochene Pflock ist fest hineingeklemmt. Ich ziehe Sevs Pflocker, den ich nach dem letzten Defekt behalten habe, aus der Jackentasche. Schiebe ihn an den richtigen Platz. *Peng!* Die Reste des zerbrochenen Pflocks fallen zu Boden.

Aber der Wind reißt unbarmherzig weiter an mir. Die kalte, schwarze Leere hinter der Tür starrt mich an, und ich habe fast das Gefühl, dass etwas darin mich beobachtet.

»Cameron!«

Ich ramme den heilen Pflock mit der verbundenen Hand hinein, was richtig wehtut.

Die Luft wird schlagartig ruhig.

Dann falle ich durch die Türöffnung und bleibe auf dem Fußboden der anderen Seite liegen. Meine Muskeln zucken. Ich habe es geschafft. Ich habe die Katastrophe aufgehalten. *Im Fall einer Pflock-Fraktur versuchen Sie, nicht zu sterben.*

Friedliche Stille hüllt mich ein. Ruhig. Vertraut.

Zu Hause.

»Cam?«

Als ich aufschaue, stelle ich fest, dass meine Schwester mich anstarrt. »Cass? Was machst du denn –« Ich rappele mich auf die Knie hoch und drehe mich ruckartig um. Durch die Tür meines Schlafzimmers sehe ich nicht unseren Wohnungsflur, wie es sich gehört. Stattdessen breiten sich dort die Dienstbotengänge des Hotels aus. Ich hatte keine Zeit, darüber nachzudenken, was mein Pflock bewirken würde. Als ich ihn benutzt habe, um die Tür zu reparieren, habe ich gleichzeitig das Hotel an Omas Haus gebunden.

Meine Schwester blickt staunend über die Schwelle, und ihre Augen leuchten vor Begeisterung. »Was ... ist das?«

Was hatte sie überhaupt in meinem Zimmer zu suchen? Diesmal kann ich sie garantiert nicht abwimmeln. Ich kann mich gut erinnern, wie es sich für mich angefühlt hat, als ich das erste Mal etwas sah, was nicht auf die andere Seite einer gewöhnlichen Tür gehörte. Und Cass ist *viel* neugieriger als ich.

Sie rollt auf das Chaos im Dienstbotenflur zu.

Ich packe die Handgriffe ihres Rollstuhls und bringe sie zum Stehen. »Da darfst du nicht rein.« Auf der anderen Seite schiebt Rahki die Stühle von sich hinunter, und die Mamsell beginnt sich zu regen.

Cass wirft mir einen ihrer mörderischen Stinkefingerblicke zu. »Hast du da die ganze Zeit gesteckt?«

Ich schlucke und mustere die abgenutzte graue Münze an ihrem Hals. Keine Chance, Cass jetzt noch aufzuhalten. *Die Welt ist voller Magie*, hat mir Nico damals gesagt, und nun hat auch meine Schwester ihren ersten Blick darauf erhascht.

Sie knirscht mit den Zähnen und gibt mir einen schmerzhaften Knuff gegen das Bein. »Du hast uns sitzen lassen! Du bist einfach abgehauen, genau wie Dad!«

»Ich ... ich hatte meine Gründe.« Aber leider keine Ahnung, wie ich es ihr erklären soll. Eine wütende Cass gehört zu den tödlichsten Dingen auf meiner FTA-Liste.

Unwillkürlich greife ich nach Dads Münze an meinem Hals, die mir immer Kraft gibt ... aber sie ist nicht mehr da.

Mir bleibt das Herz stehen.

Dann erinnere ich mich an die letzten Momente mit Nico. Er hat mich am Kragen gepackt. Mich nach hinten geschubst. *Alles nur ein Fingerschnipp, Bruder.* Er hat sich Dads Münze unter den Nagel gerissen! Nico hat sie mir gestohlen.

Der Atem bleibt mir im Halse stecken. Meine Arme kribbeln. Durch den Nebel vor meinen Augen sehe ich eine schattenhafte Bewegung am Ende der Besenkammer, wo ein bleicher, dürrer Mann um die Ecke kommt.

Agapios.

»Nicht jetzt«, flüstere ich.

Der Alte Herr scheint auf seinen Knochenbeinen unberührt durch das Tohuwabohu zu schweben. Der Anblick seiner ausdruckslosen Augenhöhlen jagt einen elektrischen Schock durch meine Arme.

»Halt dich an mich«, zische ich meiner Schwester zu. »Sag oder tu bloß nichts, bevor ich mein Okay gebe. Am besten bleibst du einfach ... still.«

»Niemand schreibt mir vor, wer ich bin und was ich machen soll!«, herrscht sie mich an.

»Hör auf mich«, zische ich in ihre Richtung. »Nur dieses eine Mal. Bitte.«

»Mr Cameron.« Agapios tritt in mein Schlafzimmer, und sein Blick schweift über die Poster an den Wänden. »Darf ich fragen, wo wir uns befinden?«

Cass versucht, sich aus meinem Griff loszumachen. »Ich weiß ja nicht, wer Sie sind, aber niemand marschiert einfach ins Zimmer meines Bruders.«

Na toll. Das fängt ja richtig gut an.

»Ah. Ich habe mich schon gefragt, wann Sie uns Ihre Schwester vorstellen würden.« Agapios streicht sich über das Kinn. »Das hier ist also Ihr Zuhause?« Hinter ihm hilft Rahki der Mamsell, sich aus den Trümmern der Besenkammer zu befreien.

»Das Haus meiner Großmutter«, sage ich. Irgendwie muss ich die Situation unter Kontrolle bringen. Auch wenn ich kaum noch weiß, wie sich so etwas anfühlt.

Agapios mustert das Scharnier. »Woher haben Sie diesen Pflock bekommen?«

»Von einem der Türhüter«, antworte ich. »Sev. Vsevolod Pronichev. Er hat ihn als letzten Ausweg bezeichnet. Bei dem Pflock-Defekt vor ein paar Tagen habe ich ihn schon einmal benutzt, aber ... ich glaube, Sev und Nico haben den Defekt überhaupt erst verursacht.«

»Ah.« Er nickt, als würde jetzt alles einen Sinn ergeben.

Dabei tut es das überhaupt nicht. Wenn Stripe und die anderen mich angelogen haben, dann muss der Alte Herr mit seinem Totenkopfgesicht wohl zu den Guten gehören? Ich sehe wieder vor mir, wie die junge Frau in den Spleiß gesogen wird, als wäre sie ein Milchshake, den man durch einen Strohhalm schlürft. Und Nico hat einfach den Pflock abgebrochen, ohne zu zögern. Solchen Leuten habe ich geholfen.

Nein, das stimmt nicht. Ich wollte ihnen nicht helfen, sondern nur versuchen, meinen Vater zu finden. Also gehöre ich selbst zu den Guten. So muss es einfach sein.

Der Alte Herr gleitet durch mein Zimmer und studiert jede Kleinigkeit. Meine Poster. Das verstaubte Bett. Die Winkekatze mit ihrer ewig pendelnden Pfote.

»Was ist hier los?«, flüstert Cass.

»Sei still!«, flüstere ich zurück.

»Mr Cameron hat gerade einer beträchtlichen Anzahl von Menschen das Leben gerettet.« Agapios' scharfe Wangenknochen werfen lange Schatten über sein Gesicht. »Ihr Bruder ist ein Held.«

Was? Das bin ich ganz bestimmt nicht.

»Wen gerettet? Vor was?« Cass zeigt auf die Tür. »Und was ist mit unserem Haus passiert?!«

Agapios wendet sich mir zu. »Anscheinend ist Ihre Schwester nicht informiert?«

Ich schüttele den Kopf. »Sie haben gesagt, ich darf die Geheimnisse des Hotels mit niemandem teilen. Weil es mir nicht zusteht.«

Er lächelt. »In der Tat. Vielleicht ist es an der Zeit, diese Regel zu brechen.« Agapios kniet vor Cass nieder und nimmt ihre Hand in seine spindeldürren Finger. »Ms. Cassia, ich habe Ihre Eltern gut gekannt. Es gibt viel, was ich Ihnen zu erzählen habe. Würden Sie mir die Ehre erweisen, mit mir zu dinieren?«

»Äh ... j-ja?«, stottert Cass. Das tut sie sonst nie.

»Wunderbar.« Agapios steht auf, klatscht einmal in die Hände und verkündet mit erhobener Stimme: »Heute werden wir einen neuen Gast empfangen.« Dann greift er wieder nach ihrer Hand, deutet einen Handkuss an und sagt: »Ms. Cassia, willkommen im Hotel der Wünsche.«

22

Schlüsselgewalt

Mein Magen rebelliert schon bei dem Gedanken, wieder den Speisekreuzer zu betreten.

In den letzten paar Stunden sind alle möglichen Leute um mich herumgewirbelt, und die Zeit ist wie im Flug vergangen. Meine Schwester habe ich nicht mehr gesehen, seit Agapios sie als Ehrengast ins Hotel gebracht und Anweisung gegeben hat, uns für ein Dinner am Tisch des Grand Concierge fein zu machen. In der Zwischenzeit hat mir also jemand die Haare geschnitten und mich in einen Frack gesteckt. Sogar Rahki, die auf Wunsch der Mamsell ebenfalls eingeladen wurde, trägt für diesen Anlass einen schicken neuen Hosenanzug.

»Wo steckt sie denn?«, frage ich, als wir bei der Rezeption des Pyramiden-Foyers warten. »Sollte Cass nicht schon hier sein?«

»Wir sind zu früh«, sagt Rahki und setzt sich auf ein Sofa mit orientalischen Stickereien.

Ich atme hörbar aus und lasse mich neben sie fallen. Noch vor ein paar Stunden wäre mir die Vorstellung, Cass mit Agapios alleinzulassen, unheimlich und peinlich gewesen. Jetzt wünsche ich mir nur, ich könnte dabei sein und hören, was der Alte Herr zu erzählen hat.

Meine Hand tastet immer wieder unwillkürlich zum Halsausschnitt, wo Dads Münze sein sollte. Wieso hat Nico sie mir weggenommen? Er kann sie nicht benutzen. Und Stripe will immer noch, dass ich das Gewächshaus für ihn finde. Ohne die Münze ist das unmöglich. Nichts davon ergibt einen Sinn.

Schon bald beginnen sich Gästeschlangen vor den Krümmern zum Speisekreuzer zu bilden. Egal ob Frühstück, Mittag- oder Abendessen ... ein Restaurantbesuch an Bord der *Loge* ist immer eine große Sache. Noch dazu wurde vor einigen Stunden eine Nachricht an sämtliche Gäste geschickt, dass es sich beim heutigen Silvesterdinner um einen besonders förmlichen Anlass handelt. Glitzerkleider, Leinenanzüge mit Schmuckborten in brillanten Farben ... sogar in meinem Frack fühle ich mich nicht fein genug.

Ich stecke die Hände in die Taschen, um nicht länger an meinem Kragen herumzutasten, und streife den kleinen Pflock, den Stripe mir gegeben hat. Vielleicht kann Nico die Münze doch benutzen, um Stripe ohne mich zum Gewächshaus zu führen. Dann werde ich nie die Chance bekommen, es gegen Dad einzutauschen. Wenn ich doch nur offen mit Agapios reden und ihm alles erzählen könnte. Aber eins ist sicher: Dann bekomme ich meinen Vater nie zurück.

»Warum wollte der Alte Herr nicht auch mit mir reden?«, frage ich Rahki. »Habe ich etwas angestellt?«

Sie lacht. »Überhaupt nicht. Na ja, du hättest vermutlich gleich bei deiner Ankunft damit rausrücken sollen, dass du der Sohn von

Melissa und Reinhart bist. Dein Schweigen hat uns alle misstrauisch gemacht. Aber das ändert nichts daran, dass du vorhin eine Pflock-Fraktur gestoppt hast.«

»War das so eine große Sache?«, frage ich zweifelnd. »Wir hatten doch gerade schon einen Defekt.«

»Ja, aber das hier war etwas ganz anderes.« Sie faltet ihre Hände im Schoß. »Wenn wir zwei Orte aneinanderbinden, stehen die Pflöcke unter großer Spannung, und jede morsche Stelle lässt die Magie aus ihnen heraussickern. Aber wenn sie *brechen*, kommt Magie herausgeschossen wie Wasser aus einem kaputten Hydranten. Im Augenblick sind alle Pflöcke so schwach, dass sie durch jede zusätzliche Belastung brechen können. Die Bindung so plötzlich zu kappen, wie Nico es getan hat, hätte das ganze Hotel zerfallen lassen können. Aber du hast die Fraktur gestoppt. Das ist eine *riesige* Sache.«

Rahki winkt über die wachsende Menschenmenge meiner Schwester zu, die gerade von einem Schiffssteward durch die Tür gefahren wird. Soweit ich weiß, heißt er Mr Sakomoto-San.

»Wow«, sagt Rahki. »Deine Schwester sieht umwerfend aus.«

Damit hat sie recht. Ich habe Cass noch nie so hübsch gesehen. Sie trägt ein blaues Glitzerkleid, hat die Haare zu einer Partyfrisur hochgesteckt ... und ihr Rollstuhl ist aus Messing. Die Deckenlichter des Foyers, die in die antike Pyramidenwand eingelassen sind, bringen das Metall zum Glänzen.

»Das Hotel ist fantastisch!«, ruft Cass unangenehm laut, während Sakamoto-San sie näherbringt. »Ich kann nicht glauben, dass du das alles für dich behalten wolltest, Cam. Du bist so was von egoistisch!«

»Worüber hat er mit dir gesprochen?«, frage ich und ignoriere die Stichelei.

»Agapios?« Sie reibt sich mit einem fiesen Grinsen die Hände. »Ist geheim.«

Ich stöhne. »Oh, komm schon.«

»Nein. Du hast das Hotel vor mir versteckt, dafür kann ich jetzt auch ein paar Sachen vor dir geheim halten.« Typische Schwesternlogik. »Und ihr?«, fragt sie und hebt schelmisch die Augenbrauen. »Worüber habt *ihr* zwei gesprochen?«

»Der Alte Herr hat vor, Cameron öffentlich zu ehren«, sagt Rahki.

Ich verdrehe die Augen. »Hat er nicht.«

»Doch, garantiert«, erwidert sie. »Ich habe gehört, wie er zur Mamsell gesagt hat, du könntest so viel Potenzial wie deine Mutter haben.«

»Was soll das denn heißen?«

Cass unterbricht uns mit einem herzhaften Lachen. »Ja, klar. Cam hat ungefähr so viel Potenzial wie ich Diamanten in meiner Schmuckschatulle.«

Ich brumme. Cass hat nicht mal eine Schmuckschatulle.

Sie schaut sich in der Empfangshalle um und verliert sich im Dekor aus Gold, Blau und echten Sandstein-Pharaonen. Meine Schwester hat noch immer keine Ahnung, warum ich eigentlich im Hotel bin. Und ich kann ihr die Wahrheit nicht erzählen. Nicht, solange unklar ist, ob ich ihn wirklich zurückholen kann.

»Was ist eigentlich ein Spleiß?«, frage ich stattdessen Rahki. »Was hat Nico mit der jungen Frau vom Putzgeschwader gemacht?«

Rahki runzelt die Stirn. »Im Grunde sind sie ähnlich wie Pflöcke, aber der Gegenpart setzt sie bei Menschen ein, obwohl das vom Konsulat streng verboten ist. Jeder Spleiß ist an einen Ort gebunden, und wenn man die Holzspitze in jemanden sticht« – sie schluckt – »dann wird die Person zum Ort der Bindung gesogen. Gewaltsam.«

Ich sehe noch immer das Schmerz erfüllte Gesicht der jungen Frau vor mir, deren Körper zusammengefaltet und verschluckt wurde. »Also … ist sie am Leben?«

»Vermutlich. Aber in so einem Spleiß steckt eine rohe, unberechenbare Art von Magie. Das heißt, die Dinger tun nicht immer, was man will. Und sie sind schmerzhaft. Sogar sehr.«

»Erzähl mir mehr davon. Was weißt du über den Gegenpart? Hat die Organisation irgendwelche Schwächen? Wir müssen sie aufhalten!«

»Lieber Himmel«, sagt Cass und nippt an einem Sektglas. »Ständig machst du dir Sorgen.«

Ich werfe ihr einen düsteren Blick zu. »Stimmt. Und aus gutem Grund. Hat Agapios dir überhaupt erzählt, was hier alles auf dem Spiel steht?«

»Hat er es *dir* denn erzählt?« Sie hebt spöttisch eine Augenbraue.

Bevor ich antworten kann, erscheint L'Maitre – der hochgewachsene, gertenschlanke Herrscher des Bankettsaals – durch eine Krümmertür und räuspert sich. »Bitte, folgen Sie mir.«

Der Speisekreuzer sieht anders aus als sonst, passend zur heutigen Feier. Alle Fenster der *Loge* sind an verschiedene Orte gebunden worden – ähnlich wie die Sonnenfenster auf der Galerie oder die Wände der Gästefahrstühle – und zeigen nun Dschungelflüsse, Großstadtviertel, eine Artistikshow im Zirkuszelt und wirbelnden Wüstensand. Die Kerzenleuchter sind gedimmt, damit die Feuerwerksfenster den Bankettsaal mit leuchtenden Farbexplosionen füllen können.

Ich kann kaum glauben, dass wir schon Silvester haben. Mir bleiben nur noch zwei Tage, bevor meine Probezeit abläuft.

Der Tisch, der stets für den Concierge reserviert ist, war während meiner ganzen Zeit im Hotel immer leer. Allerdings wurde er wie sämtliche Tische ordentlich mit Tellern eingedeckt, auf denen Stoffservietten zu Spitztürmen gefaltet sind. Die hohen Tafelaufsätze in Form goldener Bäume scheinen aus der Mitte der Tische herauszuwachsen und lassen ihre Äste voller Edelstein über die Sitzplätze hängen. Metallblätter schimmern im rhythmischen Auf und Ab des Schiffes. Der Speisekreuzer präsentiert seine Kronjuwelen.

Doch der Anblick lässt mich nur an den Küchentisch denken, den Stripes Magie brutal zersplittert hat. Die ganze Zerstörung ist ihm so leichtgefallen. Dazu brauchte er keinen Pflock, keinen Putzwedel oder Spleiß. Nur seinen Willen und den schwarzen Schlüssel.

Wir werden vom Personal zu den Stühlen geführt, wo unsere Namen in Schnörkelschrift auf Platzkarten stehen. Nur zwei Personen fehlen noch. Die Kärtchen tragen die Aufschrift AGAPIOS PANOTIERRI, GRAND CONCIERGE und JEHANNA LA PUCELLE, KOMMANDANTIN DES PUTZGESCHWADERS.

Cass stützt sich auf die Lehne ihres Rollstuhls und grinst, als sie den Namen der Mamsell sieht. Ihr Schulfranzösisch ist besser als meines – ich habe keine Ahnung, was daran so lustig ist. Wenn sie wüsste, was ich weiß, würde sie nicht alles auf die leichte Schulter nehmen. Ein Sturm zieht auf, und damit meine ich nicht das Schwanken des Schiffes, das meinen Magen zum Rumoren bringt.

Überall im Saal sind Kellner damit beschäftigt, Bestellungen für Speisen und Getränke aufzunehmen. Rahki und Cass quatschen und lachen über die merkwürdigen Orte, an denen Rahki schon war, aber mir ist nicht nach Rumschwätzen zumute. Nicht, solange Stripe meinen Vater in der Gewalt hat … und Nico meine Münze.

Endlich verkünden die Lautsprecher die Ankunft der zwei wichtigsten Personen im Hotel.

Alle im Bankettsaal erheben sich, als Agapios und die Mamsell durch die Flügeltüren am oberen Ende der Prunktreppe treten. Jehanna la Pucelle ist eine glitzernde Erscheinung in einem grünen Kleid mit aufgestickten Blumen. Dazu trägt sie lange Handschuhe, die ihr fast bis zu den Schultern reichen. Ihr Dutt ist mit Federschmuck und einem Diamanten besetzten Kamm hochgesteckt. Bis auf die Brandnarbe auf ihrem Gesicht ist sie nicht wiederzuerkennen. Neben ihr schreitet Agapios die Stufen herab und hat genau wie ich einen Frack an. Das macht allerdings keinen großen Unterschied zu seiner üblichen Arbeitskleidung. Agapios trägt immer Anzüge von steifer Eleganz. Bei jedem gleitenden Schritt sieht man, wie sich seine knochigen Knie in den Hosenstoff bohren.

»Guten Abend, geehrte Freunde«, begrüßt uns der Alte Herr, als wir uns wieder setzen und auch die anderen Gäste im Saal sich ihrem Essen zuwenden. »Es ist mir eine Freude, mit euch allen diesen Abend zu verbringen.«

»Vielen Dank, Sir«, antwortet Rahki.

Nach der Sache mit Stripe fühle ich mich nicht gerade zu Gesprächen aufgelegt. Zum Glück ist meine Schwester ein wahrer Wortwasserfall. Sie redet pausenlos über ihre Lieblingsdokus und will wissen, ob die echten Länder so sind wie in den Reiseberichten.

Als die Speisen aufgetragen werden, stochere ich nur darin herum. Ich stelle mir vor, was Dad all die Jahre essen musste, und frage mich, ob Paktikanten des Gegenparts vielleicht die Küche der *Loge* unterwandert haben. Kann man Gift eigentlich riechen? Vielleicht hätte ich vorher recherchieren sollen, welche Substanzen sich unauffällig in Speisen mischen lassen. Gift steht auf meiner Liste an fünfter Stelle, weil es so viele Sorten davon gibt und die meisten einen wirklich fiesen Tod herbeiführen. Ich bete, dass unser Essen okay ist …

Agapios wendet sich plötzlich mir zu. »Ist das Dinner nicht nach Ihrem Geschmack?«

Ich lege das Besteck beiseite und starre auf meinen Hummer. Mein Magen schlingert mit dem Wellengang. »Es ist ein bisschen … komplizierter, als ich gewohnt bin.«

Cass lacht. »Zu Hause macht er sich nur Toast und Fertigwaffeln warm.« Sie schaufelt sich eine weitere Portion der Delikatessen rein, die in der Küche extra für uns zubereitet wurden. »Cam mag keine Veränderungen. Er geht freiwillig nirgendwohin. Für ihn muss immer alles gleich sein.«

Die Mamsell hebt die Augenbrauen. »Mr Cameron ist zu uns ins Hotel gekommen, nicht wahr? Und er hat alle Dienste und Pflichten erfüllt, die wir ihm aufgetragen haben.«

»Er tut eben, was nötig ist«, sagt Cass. »Aber das ist auch alles. Er würde nie ein Risiko eingehen.«

»Hör auf, über mich zu reden, als ob ich nicht da bin«, sage ich.

»Ganz recht.« Agapios tupft sich den Mund ab. »Allerdings hätte ich mir in der Tat gewünscht, Sie hätten gleich zu Anfang riskiert, mir die Wahrheit zu sagen.« Er wirft einen Blick auf die Mamsell. »Ihre Identität vor uns geheim zu halten hat Jehanna dazu gebracht, Ihnen sehr fragwürdige Absichten zu unterstellen.«

»Tut mir leid«, sage ich und weiche dem Blick seiner dunklen, tief eingesunkenen Augen aus. »Ich … hatte Angst. Und wusste nicht, wem ich trauen sollte.«

Er winkt ab. »Machen Sie sich darüber keine Gedanken. Der Kurator ist ein sehr geübter Lügner.«

»Meinen Sie Mr Stripe?«, frage ich.

»Unsere beiden Residenzen kreuzen schon seit langer Zeit die Klingen.« Agapios nimmt einen weiteren behutsamen Bissen.

Ich muss wegschauen, damit mir von dem Essen nicht übel wird. »Leitet Stripe tatsächlich ein Museum?«

Die Mamsell schnaubt verächtlich. »So kann man es nennen.«

Agapios wirft ihr einen tadelnden Blick zu, dann wendet er sich wieder mir zu. »Der Mann, den Sie als Stripe kennen, ist in gewisser Weise tatsächlich ein Sammler. Von Objekten, von Menschen – und von allem solche mit magischer Bindung, die er seiner Galerie hinzufügen kann.«

»Aber warum?«, frage ich. »Was will er denn?«

»Macht. Stripe verzehrt sich danach wie ein Hai, der Blut wittert. Je mehr Magiequellen er an sich und seine Untergebenen fesseln kann, desto stärker werden seine Kräfte.«

»Und wozu braucht er die? Was ist sein Ziel?«

Der Alte Herr lächelt. »Manche Mysterien werden sich Ihnen zur rechten Zeit ganz von selbst enthüllen, falls Sie bei uns bleiben.« Er macht eine Pause und mustert mein Gesicht. »Ihre Eltern wären stolz auf Sie.«

Wärme durchströmt mich und beruhigt für einen Moment meinen seekranken Magen.

Agapios hebt sein Glas, um einen Toast auszubringen. »Auf Cameron und Cassia Kuhn, Kinder des Hotel der Wünsche.« Die anderen machen es ihm nach.

»Dann verraten Sie mir etwas anderes«, sage ich, während alle an ihren Getränken nippen. »Warum haben Sie mich im Hotel bleiben lassen, wenn Sie dachten, dass ich zum Gegenpart gehöre?«

»Weil er durch dich das Gewächshaus finden wollte«, sagt Cass und steckt sich einen Happen Huhn in den Mund. »Warum wohl sonst?«

Ich zucke schockiert zurück. »*Du* weißt Bescheid über das Gewächshaus?«

»Ich habe es ihr erzählt«, sagt Agapios. »Da ich von Anfang an wusste, wer sie ist, habe ich offener gesprochen als damals bei unserer ersten Begegnung. Und ja, sie hat recht. Wir haben Ihnen die Freiheit gelassen, das Hotel zu durchstreifen, weil wir hofften, die Münze würde Sie zu dem verschwundenen Gewächshaus führen. Doch ich fürchte, wenn sich der Ort des Verstecks wirklich in Reinharts Münze befände, dann hätten Sie den Vesima bereits gefunden.«

In mir flackert die Erinnerung an den Fahrstuhlknopf zur vierten Etage auf.

Agapios mustert mich eindringlich. »Außer natürlich, Sie *haben* ihn gefunden und uns nichts davon gesagt. Wissen Sie, wo Ihr Vater das Gewächshaus versteckt hat?«

Mein Magen macht einen Hopser, während alle am Tisch mich anstarren. »Nein«, sage ich.

»Wie schade.« Agapios wendet sich wieder seinem Pastagericht zu.

Wieso habe ich ihn angelogen? Es ist doch wichtig, dass er weiß, wie nah Stripe dem Ziel ist.

Ich fingere wieder an dem kleinen Pflock in meiner Tasche herum. »Also Stripe will das Gewächshaus ... wegen seiner Macht?«

»Vor allem will er uns aufhalten«, sagt der Alte Herr. »Die Mission unseres Hauses ist für ihn eine Bedrohung. Falls es ihm gelingt, die letzte verborgene Verbindung zwischen dem Hotel und dem Gewächshaus zu kappen, wird hier alles zerfallen. Die Pflock-Defekte sind erst der Anfang. Wenn er den Vesima an sich fesseln kann ...«

Bedrückte Stille breitet sich am Tisch aus.

Und Stripe *wird* das Gewächshaus finden. Nico hat die Münze meines Vaters und weiß von der vierten Etage, also ist es nur eine Frage der Zeit. Das ist alles meine Schuld. Also warum bringe ich es nicht über mich, die anderen zu warnen?

Bestimmt ist es wegen Nico. Wenn er an meiner Stelle wäre, würde er so viele Informationen wie möglich zurückhalten, um die anderen besser manipulieren zu können. Vielleicht tut er das gerade jetzt? Manipuliert er *mich* durch den Blutsbrüdervertrag? Damit ich denke wie er?

»Sir«, durchbricht Rahki die Stille, »hat die Pflock-Fraktur bleibende Schäden verursacht?«

Agapios wirft der Mamsell ein anerkennendes Lächeln zu. »Ich verstehe, warum du sie ausbildest. Sie weiß, wie man sich auf das Wesentliche konzentriert.«

Die Mamsell erwidert das Lächeln, aber bei ihr sieht es merkwürdig aus. Als würde ein knorriger Baum eine Persönlichkeit entwickeln und versuchen, aus seinen Astlöchern eine passende Miene zu formen.

»Wir haben seit der Fraktur noch nicht alle Hotelflügel wieder sicher an uns binden können«, sagt Agapios. »Aber immerhin konnten sämtliche gestrandeten Gäste geborgen werden. Sie wurden entschädigt und nach Hause zurückgebracht. Camerons schnelle Reaktion hat das Hotel vor einer schrecklichen Katastrophe bewahrt. Wir stehen tief in seiner Schuld.«

Mein Magen stöhnt auf.

»Genau aus diesem Grund sind Sie heute der Ehrengast, Mr Cameron.«

Agapios steht auf und gibt einer Kellnerin einen Wink. Daraufhin drückt sie einen Knopf, der sich an einem Stützpfeiler unter den Balustraden befindet. Und mit einem Surren wird ein glänzendes Mikrofon von der Decke zu Agapios' Platz herabgelassen.

»Geehrte Gäste und Konsulare«, hallt die Stimme des Concierge durch den Saal. In einigen Fenstern explodieren Feuerwerke, und flackernde Lichter in Pink und Grün tauchen den Bankettsaal in festliche Neujahrsstimmung. »Heute ist ein besonderer Abend, denn wir haben Grund, einem unserer neuesten Mitarbeiter für seine selbstlose Pflichterfüllung zu danken.« Er verbeugt sich und hält mir eine Hand entgegen. »Bitte, empfangen Sie mit einem herzlichen Applaus: Mr Cameron Kuhn.«

L'Maitre erscheint hinter mir, während die Leute im Saal klatschen. »Jetzt müssen Sie aufstehen und sich verbeugen.«

Er zieht meinen Stuhl zurück, damit ich mich erheben und den Applaus in Empfang nehmen kann. Ich vergrabe verlegen die Hände in den Hosentaschen und umklammere Stripes Pflock wie früher Dads Münze.

»In der kurzen Zeit seines Dienstes«, verkündet Agapios, »ist es dem jungen Mr Cameron gleich zweimal gelungen, die Bindungsmagie zu retten, die unser geliebtes Hotel zusammenhält. Er hat die Pläne des Gegenparts durchkreuzt und einen Verräter in unserer Mitte aufgespürt, der uns zwingen wollte, den Hotelbetrieb aufzugeben.«

Bei seinem Lächeln fühlt sich mein Herz schwer wie ein Stein an. Diese Ehrung ... ich verdiene sie nicht. Also ja, ich habe das alles getan, aber in Wirklichkeit habe ich für den Feind gearbeitet. Ich war selbst ein Verräter. Auch jetzt erinnert der Pflock in meiner Faust mich daran, dass ich absolut alles für die Chance tun würde, meinen Vater zurückzubekommen.

Trotzdem fühlt sich der Applaus gut an. Niemand hat mich jemals so angesehen wie diese Leute. Zwar werden die Gäste alles vergessen, sobald sie das Hotel verlassen haben, aber trotzdem bedeutet es mir etwas.

Blaue Lichtfunken sirren über einer fernen Großstadt hoch, und ein Lächeln stiehlt sich auf meine Lippen. So ähnlich muss sich Nico fühlen ... stolz, selbstbewusst und voller mächtiger Geheimnisse. Ob er mich jetzt gerade spüren kann? Nein! Ich darf mich nicht von ihm beeinflussen lassen. Für Stolz gibt es gar keinen Grund. Mann, ich wünschte, das alles wäre nicht so kompliziert.

Agapios fährt fort: »Für all jene, die uns viele Jahre begleitet haben, dürfte es eine noch erfreulichere Entdeckung sein, dass es sich bei Cameron und seiner Schwester Cassia um Kinder des Hotels handelt. Ihre Eltern sind Reinhart und Melissa Kuhn.«

Im Saal wird es still, bis die älteren Hotelmitarbeiter in Applaus ausbrechen. Gäste tuscheln mit ihren Nachbarn, aber ich verstehe nicht, warum. Kannten sie meine Eltern ebenfalls? Waren sie so etwas wie Promis?

»Melissa hat dem Hotel auf einzigartige Weise gedient, und ich erwählte sie vor vielen Jahren zu meiner Nachfolgerin. Wenn sie nicht so früh von uns gegangen wäre, würde sie nun wahrscheinlich als Grand Concierge vor Ihnen stehen und diese Ansprache halten, nicht ich.«

Mom war ... was?

Ich schaue Cass an, die vor sich hin lächelt, als sei diese Enthüllung keine große Sache. Anscheinend hat Agapios ihr schon davon erzählt. Aber was hat das alles zu bedeuten?

»Melissa hatte weitreichende Pläne, mehr als sonst jemand in unserem Haus. Sie war entschlossen, dem Gegenpart die Stirn zu bieten und unsere Mission auch außerhalb der Hotelmauern voranzutreiben. Hätten die tragischen Ereignisse vor zwölf Jahren einen anderen Verlauf genommen, dann würde von unserer Konkurrenz heute wesentlich weniger Gefahr ausgehen ... und Cameron und Cassia wären hier bei uns aufgewachsen.«

Mom hatte geplant, Stripe aufzuhalten, und mein Vater hat ihr offenbar geholfen. Deshalb ist alles so gekommen. Sie sind zu einer Bedrohung für den Gegenpart geworden, und Stripe hat sie ausgeschaltet.

Das Raketensirren und Böllerdröhnen der vielen Feuerwerke schwillt weiter an.

»Cameron hat sich durch sein Handeln als ein wahres Kind unserer Residenz erwiesen«, sagt Agapios. »Deshalb hat das Hotel den Wunsch geäußert, Melissas Schlüssel an ihn weiterzugeben – als Geste der Dankbarkeit für die Dienste, die er und seine Mutter uns geleistet haben.«

Er zieht einen perlmuttschimmernden Schlüssel aus der Innentasche seines Fracks. Kunstvolle Verzierungen glitzern im Scheinwerferlicht.

»Geh zu ihm«, raunt mir L'Maitre zu, als Applaus von den Wänden der *Loge* widerhallt.

Meine Füße bewegen sich von selbst, auch wenn sie sich so schwer anfühlen, als würden sie durch klebrigen Matsch waten. Ein Schwanken des Schiffes lässt mich stolpern.

Agapios überreicht mir den Perlmuttschlüssel, und eine neue Welle Erinnerungen überflutet mich.

Ich stehe im Scheinwerferlicht der *Loge*. Die Gäste applaudieren für meine Beförderung. Ich sehe mich im Fahrstuhl, wie ich denselben Schlüssel aus der Jackentasche ziehe und in die Steuerkonsole stecke. Dann drücke ich den Knopf zur vierten Etage.

Die Erinnerungen stammen von Mom. Das hier ist der Schlüssel aus meinen Träumen. Der Topdreher aus Perlmutt, auf den Nico mich angesetzt hat, um ihn zu stehlen … er hat meiner Mutter gehört.

»Eines der großen Häuser zu führen erfordert mehr als nur das Wissen darüber, wie alles funktioniert. Viele Jahre lang haben wie nach einer Person gesucht, die Melissas Erbe antreten könnte. Nun hat das Hotel mich informiert, dass der passende Kandidat gefunden wurde.« Das Gewicht in meiner Brust wird noch erdrückender, als Agapios mich an seine Seite zieht und kalte Skelettfinger um meine Schulter legt. »Dieser Schlüssel ermöglicht den Zugang zu allen Bereichen des Hotels. Mr Cameron wird ihn brauchen, denn von nun an besteht seine Rolle darin, mein Schüler und der zukünftige Concierge zu sein.«

Mein Magen schlägt Purzelbäume – aber nur teilweise wegen des schwankenden Schiffes. Die flimmernden Sternenexplosionen vor den Fenstern steigern sich bis zum Höhepunkt und füllen den Bankettsaal mit Festtagsbeleuchtung.

Der Concierge blickt auf mich herab. »Wer den Willen seines Herrn nicht kennt und ihn trotzdem aus freien Stücken erfüllt, der ist ein wahrhaft guter Diener, und ihm ist reicher Lohn gewiss. Der heutige Tag ist nur der Beginn von Camerons Geschichte … falls er mein Angebot annimmt und die Ausbildung beginnt, um zukünftig meine Rolle zu übernehmen: Grand Concierge im Hotel der Wünsche.«

Ich bin verwirrt, wie benebelt. Die Lichter blenden mich, als das Feuerwerk sein großes Finale erreicht. Schimmernd flirren die

Blätter an den Goldbäumen hin und her, und ich fühle mich unendlich klein und unbedeutend, doch gleichzeitig auch größer und wichtiger als je zuvor. Und mein Magen … also … er wird gleich …

Ich falle auf die Knie und übergebe mich quer über den Fußboden. Es fühlt sich an, als wollte sich mein ganzes Inneres nach außen stülpen, während der Rest von mir am liebsten Hals über Kopf wegrennen würde.

Mein Gesicht brennt, als ich eine Pause einlege. Ich japse nach Luft, und dann geht das Würgen wieder los.

Ich sterbe. Diesmal sterbe ich wirklich.

Ich lasse mich auf den Boden sinken und warte auf das Ende.

23

Die vierte Etage

Das Personal des Speisesaals trägt mich in mein Hotelzimmer. Obwohl ich wieder an Land bin, scheint die Welt noch immer zu schwanken. Ich liege auf dem Bett, die Übelkeit ist unerträglich, und vor meinem Warschauer Fenster regnet es in Strömen.

Rahki ruft mich auf meinem Zimmertelefon an, um mir zu sagen, dass Cass heute bei ihr übernachten kann. Sana bringt mir einen Messingteller mit Salzcrackern und sauren Apfelscheiben sowie ein Kristallglas voller Ginger Ale. Ich sterbe, und sie glaubt, dass Snacks mir helfen können?

Eine Stunde später stelle ich fest, dass ich immer noch im Bett liege und an einer Apfelscheibe sauge. Nicht tot. Ich fühle mich sogar besser ... zumindest ein bisschen. Vielleicht war es doch nur Seekrankheit.

Die Wahrheit über meine Eltern nagt an mir. *Knabber-knabber-knabber*. Mom hat nicht nur zum Personal des Hotels gehört, sie wurde zu Agapios' Nachfolgerin ausgebildet. *Mampf-mampf-mampf.* Dad hat das Gewächshaus in derselben Nacht gestohlen, als Mom starb, und mir das geheime Versteck hinterlassen. *Knusper-knusper-knusper.* Dieses Wissen ist meine einzige Chance, ihn zurückzubekommen, aber ich habe es vermasselt. Die Münze ist weg.

Mom hatte einen Plan, Stripe aufzuhalten. Leider war er ihr einen Schritt voraus. Er hat sie ermordet. Daraufhin hat Dad zuerst das Gewächshaus versteckt und im Anschluss seine Kinder. Er wäre fast damit davongekommen, aber Stripe hat ihn erwischt.

Mein Blick fällt auf den Topdreher, der auf meinem Nachttisch liegt, neben einer Anstecknadel mit überkreuzten Goldschlüsseln, die L'Maitre mir noch gebracht hat. Moms Schlüssel. Damit stehen mir alle Türen offen. Ich habe Zugang zur vierten Etage.

Mampf-mampf-mampf.

Bestimmt wusste mein Vater, was Mom vorhatte. Die Informationen sind vermutlich an seine Münze gefesselt, aber die habe ich nicht mehr. Ich muss einen Weg finden, Dad zurückzuholen, und gleichzeitig das Hotel vor Stripes finsteren Plänen retten.

Blätter rascheln, Äste knarren, als sich der Baum vor mir erhebt und in einem Wind schwankt, den ich nicht spüre. Die Türen an seinen Zweigen klappen wild auf und zu, doch durch ihre Rahmen sehe ich nicht länger all die irdischen Ziele, an die sie einst gebunden waren. Nun liegt dahinter nur noch kalte, bedrohliche Dunkelheit.

Die Tür ganz unten am Stamm öffnet sich und enthüllt einen nächtlichen Sternenhimmel.

Eine Frau tritt über die Schwelle. Sie schaut mich an, und ihre schimmernd schwarzen Haare flattern im Wind, der aus der Öffnung dringt.

Mom. Sie flüstert ein Wort, und ihre Stimme wird vom Rascheln der Blätter zu mir getragen.

Cameron ...

Ich laufe auf sie zu, aber da fällt sie schon, stürzt in die Leere hinter der Tür. Als ich die Schwelle erreiche, finde ich mich plötzlich im Fahrstuhl wieder. Ich lehne mich über das Geländer und starre ihrer Gestalt hinterher, wie sie in die Schwärze davondriftet. Glitzernde Münzen schweben in einer Wolke um sie herum, während sie fällt.

Die Dunkelheit hat Reißzähne, frisst sie auf, verschlingt sie und all ihre Münzen.

Der unsichtbare Pflock in meinem Inneren zersplittert. Als ich mich umdrehe, sehe ich den Knopf zur vierten Etage aufleuchten. Und daneben den Mann im Nadelstreifenanzug, der mich wie ein Spiegelbild anstarrt.

Zum vierten Mal in den letzten paar Stunden schrecke ich aus dem Schlaf hoch, während ich Moms Namen schreie.

Die Träume heute Nacht machen keinen Sinn. Sie sind überhaupt nicht wie die Erinnerungen aus Dads Münze. Eher ähneln sie den Traumvisionen, die ich hatte, bevor ich ins Hotel kam. Aber eins steht für mich fest: Das alte Gesicht, das mein Vater im Fahrstuhl gesehen hat, gehörte nicht Agapios – sondern Stripe. Der Kurator war mit ihnen zusammen in der Kabine. Also muss er meine Mutter in den Tod gestoßen haben. Und wenn er keine Skrupel hatte, Mom umzubringen, wird er das Gleiche mit meinem Vater tun.

Es muss einen Weg geben, ihm den Vesima nicht auszuliefern und trotzdem meinen Dad zurückzubekommen. Aber bevor ich mir so einen Plan zurechtlegen kann, muss ich das Gewächshaus überhaupt erst einmal finden.

Also rufe ich in Rahkis Zimmer an.

»Hmm, *allô*?«, antwortet sie verschlafen.

»Zieht dich an und komm zur Galerie.« Ich zögere. Will ich das Nächste wirklich sagen? »Und bring Cass mit.«

Ich schnappe mir Moms Topdreher vom Nachttisch, bevor ich das Zimmer verlasse. Der Perlmuttschlüssel passt perfekt in meine Hand und fühlt sich wie ein Teil meines Körpers an. Ihn zu halten gibt mir ein Gefühl von Stärke, als könnte ich tatsächlich etwas tun, um Stripe zu stoppen.

Als ich bei dem sonnigen Innenhof ankomme, entdeckte ich Rahki auf einer Bank im Schatten des Springbrunnenbaums. Cass sitzt in ihrem normalen schwarzen Rollstuhl daneben. Sie trägt einen Schlafanzug aus dem Souvenirladen des Hotels, auf dem cartoonhafte Schlüssel prangen, und drückt ein Kopfkissen an ihre Brust.

»Ich habe doch gesagt, ihr sollt euch anziehen«, knurre ich.

»Hast du mal auf die Uhr geguckt?«, beschwert sich Cass. »Ich ziehe mich erst an, wenn ich unbedingt muss.«

Rahki reibt sich die Augen. »Was ist denn los?«

Jetzt gibt es kein Zurück mehr. »Ich muss wissen, was in der vierten Etage ist.«

»Um diese Uhrzeit?«, fragt Rahki. »Es ist mitten in der Nacht.«

Ich schaue zu dem sonnenhellen Himmel über der Galerie auf. »Irgendwo ist immer Tag, stimmt's?«

Sie verschränkt die Arme, und ich seufze. Ich werde ihr wenigstens einen Teil der Wahrheit erzählen müssen, wenn ich sie dazu bringen will, bei der Sache mitzumachen. »Ich habe mich erinnert, Rahki.«

Sie blinzelt verwirrt. »Erinnert? Aber –« Dann dämmert es ihr. »Du meinst ans Gewächshaus?«

»Ich glaube, jetzt weiß ich, wo es versteckt ist. Aber ich will mich erst überzeugen.« Ich halte Moms Topdreher in die Höhe. »Würdest du uns zur vierten Etage begleiten?«

»Dich *und* deine Schwester?« Rahki verzieht die Lippen. »Der Weg ist nicht gerade einfach.«

»Hey!«, protestiert Cass.

»Ja«, sage ich, »uns zwei. Das hier ist die letzte Sache, die Dad gemacht hat, bevor er verschwunden ist. Wir sollten beide dabei sein, wenn wir den Grund herausfinden.«

Das ist geschwindelt. In Wirklichkeit will ich, dass Cass dabei ist, wenn Stripe uns Dad zurückgibt.

»Abgemacht«, sagt Cass mit ihrem Koboldgrinsen, »gehen wir auf eine kleine Wandertour. Wird Zeit, dass die Sache ins Rollen kommt.« Sie tätschelt die Räder ihres Rollstuhls.

Rahki schiebt meine Schwester in einen Personalaufzug. Wir alle tragen die schweren Wintermäntel, die das Hotel zur Verfügung stellt. Rahki hat uns versichert, das sei in der vierten Etage dringend notwendig. Ich hatte keine Ahnung, dass sie so viel darüber weiß.

Vor der offenen Fahrstuhltür zögere ich und umschließe mit der Hand Stripes Pflock in meiner Tasche, wo er zusammen mit Moms Schlüssel steckt. Ich schwindele die beiden immer noch an, aber die Sache ist es wert. Ich tue das schließlich nur zu unserem Besten.

»Kommst du jetzt?«, fragt Cass. »Ich könnte gerade genauso gut in meinem Bett liegen.«

»Ja, schon gut.« Ich schiebe Stripes Pflock griffbereit in eine leere

Schlaufe – darunter steckt der für mein Zuhause. Dann betrete ich den Kabinenkäfig.

Rahki nickt in Richtung des Schlüssellochs, das sich neben dem Knopf für die vierte Etage befindet. Ich fahre mit dem Finger darüber, atme tief durch und stecke den Topdreher hinein.

Der Fahrstuhl setzt sich mit klapperndem Kabelgewinde in Bewegung. Kühle, modrige Luft fegt durch die Käfiggitter und lässt einen Schauer über meinen Rücken laufen. Bei jedem Blinzeln sehe ich Moms Gesicht und Stripes höhnische Miene vor mir, als sie in die Schwärze stürzt.

»Woran genau kannst du dich erinnern?«, fragt Rahki, während wir nach oben fahren.

»Zu viel«, sage ich, »und gleichzeitig zu wenig. Mein Vater ist zur vierten Etage hochgefahren, weil er etwas Wichtiges erledigen wollte. Er hatte Moms Schlüssel dabei. Und ... dann ist etwas passiert.«

Cass mustert mich misstrauisch, aber ich ignoriere ihren Blick.

»Er hat irgendwo auf der vierten Etage eine Tür gefesselt und sie vor allen versteckt. Da bin ich sicher.«

»Versteckt? Wie denn? Wo?«, fragt Rahki.

»Das werde ich wissen, wenn ich sie vor mir habe.«

Der Fahrstuhl kommt rasselnd zum Stehen, und die Schiebetür öffnet sich mit einem ›Ping‹. Vor mir liegt ein felsiger Bergpfad. Eisiger Wind fegt in den Schacht und bringt eine ganze Ladung Schnee mit. Mir wird so kalt, dass ich es bis in die Zahnwurzeln fühle.

Cass stößt beim Anblick der grandiosen Landschaft einen beeindruckten Pfiff aus.

»Das hier soll die vierte Etage sein?«, frage ich. »Das sind doch bloß ... Berge.«

»Sie dienen als Barrikade«, sagt Rahki. »Eine Schutzmaßnahme.«

»Du warst früher schon mal hier?«

Sie nickt und folgt Cass hinaus in den eisigen Wind. »In der vierten Etage bewahrt das Hotel alles auf, was es schützen will«, erklärt sie. »Der Ort ist geheim, aber ich tippe darauf, dass wir irgendwo im Himalaya sind.«

Der Ausblick lässt Cass vor Begeisterung quietschen. »Fantastisch.«

Ihre Reaktion bringt mich zum Lächeln. Ich fand ihren Wunsch, die Welt zu bereisen, immer völlig verrückt, aber vielleicht habe ich mich geirrt. Wie bei allem anderen. Mit hilfe des Hotels könnte sich ihr Traum erfüllen. Sie könnte tatsächlich all das tun, was ich ihr nie zugetraut habe.

»Das Kloster ist ein Stück entfernt«, sagt Rahki. »Der Weg ist steil, aber nicht zu weit.« Sie schiebt den Rollstuhl um einen großen Felsbrocken herum und den Serpentinenpfad hinauf außer Sicht.

Ich rubbele meine Arme warm und starre auf den Horizont. Der Pfad scheint mich magisch anzuziehen, mich zu rufen.

Mir kommt der Gedanke, dass meine Hotelmünze sich immer noch nachverfolgen lässt, selbst hier draußen in der Einöde. Könnte der Gegenpart sie benutzen, um mich zu finden? Das Risiko darf ich nicht eingehen.

Ich drehe mich wieder zum Fahrstuhl um und werfe die Münze in die Käfigkabine. Jetzt kann mich niemand mehr verfolgen. Nicht einmal das allwissende Hotel.

Ich komme, Dad.

Ich rutsche immer wieder aus, während ich den Rollstuhl den steilen Bergpfad hinaufschiebe. Normalerweise mag Cass es nicht, wenn ich ihr helfe – sie will immer alles allein schaffen. Aber auf holperigen Wegen schnappe ich mir einfach die Griffe, ohne dass sie mich dazu auffordern muss. Das hier ist mit Abstand das schwierigste Terrain, mit dem wir je zu kämpfen hatten. Noch dazu habe ich immer noch nervige Phantomschmerzen im Knöchel. Auf der einen Seite des Weges ragt eine Felswand senkrecht in den Himmel. Auf der anderen Seite liegt ein Abgrund, der von Wolken verborgen ist. Wir sind so hoch, dass uns nicht einmal das Wetter erreichen kann. Meine Lungen schmerzen vom Sauerstoffmangel. Beißender Wind brennt auf meinen Wangen.

Rahki versichert immer noch, dass es zu unserem Ziel – sie nennt es das Kloster – nicht sehr weit ist. Aber wenn man jemanden im Rollstuhl einen steilen Geröllhang hochschieben muss, fühlt es sich *richtig* weit an.

Ich behalte Cass genau im Auge, um sicherzugehen, dass es ihr gut geht, denn fragen will ich lieber nicht. Sie mag es gar nicht, wenn ich um sie ›herumglucke‹. Ich habe keine Ahnung, ob die Höhe ihr Probleme bereiten könnte, aber wenn tatsächlich etwas schiefgeht, bekomme ich sie auf keinen Fall rechtzeitig in ein Krankenhaus.

»Wow«, sagt Cass, als wir um die nächste Kurve kommen.

Der Pfad endet etwas höher bei einem monumentalen Bauwerk, das direkt in den Fels gehauen ist. Trutzige graue Steinmauern ragen aus einer Bergwand hervor, die darunter senkrecht in die Tiefe fällt. Rauch kräuselt sich aus schmalen Schartenfenstern. Rechteckige Fahnen flattern aufgereiht im Wind.

»Das ist ja riesig.« Der Rollstuhl hüpft über das Geröll und lässt die Stimme meiner Schwester beben.

»Eine echte Festung«, sagt Rahki. »Unser sicherster Ort. Hierher bringt Agapios die Gäste, die dem Hotel am wertvollsten sind, um sie zu beschützen.«

Schließlich erreichen wir den Torbogen am Eingang.

Das Kloster ragt abweisend über uns auf. Kriegerstatuen zu beiden Seiten der riesigen Flügeltüren scheinen ihre Speere fester zu umklammern, als wir näherkommen.

»Wir haben es geschafft«, sage ich und kann die echte Überraschung in meiner Stimme nicht verbergen.

»Schade. Du hättest abrutschen können, aber nein. Ich bin dich immer noch nicht los.« Cass zwinkert mir theatralisch zu. Ich verdrehe die Augen.

»Hallo?«, rufe ich laut und versuche, nicht auf die grotesken reißzahnigen Masken der Skulpturen zu starren. Die Luft ist so dünn, dass ich glatt ohnmächtig werden könnte. »Wir müssen dringend rein!«

Rahki lacht. »Hast du das Prinzip immer noch nicht kapiert? Wer anklopft, dem wird …«

»… aufgetan.« Natürlich. Ich trete vor und betätige den Türklopfer.

Im Schatten zu unserer Linken ertönt das Klicken eines Schlosses und das Quietschen von Scharnieren. Ein Kopf unter einer Mönchskapuze erscheint in einer kleineren, verborgenen Tür, und wir werden hineingewunken.

Der Mann trägt ein Kuttengewand, das um die Taille mit einem Strick verschnürt ist. Er führt uns in einen kleinen Raum voller Regalfächer, in denen zusammengerollte Mäntel und Umhänge verstaut sind. Zur Begrüßung benutzt er eine Sprache, die ich nicht kenne – lange, singende Vokale und harte, explosive Konsonanten. Rahki kann ihn offenbar verstehen, denn sie antwortet und liefert uns anschließend eine Übersetzung.

»Er hat sich gewundert, dass die Mamsell nicht dabei ist.« Sie nickt in Richtung meiner Schmucknadel. »Aber dann hat er dein Schlüsselsymbol gesehen, also ist ihm klar, wer wir sind. Er sagt, die Kinder erwarten uns schon.«

Kinder? Sollen das etwa die Gäste sein, die dem Hotel am wertvollsten sind?

Der Mönch öffnet eine weitere Tür, und Kinderlärm strömt in den Raum, fröhliches Gelächter und Gekicher. Wir übertreten die Schwelle, eine Bindung knistert, und dann befinden wir uns auf einem ummauerten Rasen in warmem Sonnenschein. Es gibt mit Fresken bemalte Wände und Rankgitter voller honigduftender Kletterpflanzen. Übergroße Skulpturen, halb Mensch halb Pferd, zupfen fröhliche Melodien auf Steininstrumenten. Überall fliegen Fußbälle – oder auch *Fútbols* – durch den Innenhof.

»Hierher bringt das Putzgeschwader die Kinder, die wir abgeholt haben«, sagt Rahki. »Das Kloster ist ein heilender Ort. Es gibt überall auf der Welt Minderjährige, die misshandelt, verletzt, versklavt wurden. In jedem Land, auch in deinem. Das Hotel versucht, den Schaden rückgängig zu machen und ihnen zu helfen.«

Die Kinder bedienen sich an langen Holztischen, auf denen Getränke und Snacks stehen. Eine Gruppe am anderen Ende des Innenhofs ist mit einem Fangenspiel beschäftigt, das ich so noch nie gesehen habe. Das verängstigte Mädchen von unserer Budapest-Mission sitzt auf einer Picknickdecke und singt mit anderen einen Klatschreim.

»Und was macht das Hotel hinterher mit ihnen?«, fragt Cass.

»Kommt darauf an, was sie wollen. Das Hotel hat die Aufgabe, die Kinder aus ihrer Abhängigkeit zu befreien, sie zu heilen und ihnen dann eine freie Wahl zu bieten.«

Cass badet genüsslich im Sonnenlicht. »Können sie auch bleiben, wenn sie wollen?«

Rahki grinst. »Tja, das habe ich gemacht. Andere brauchen mehr Fürsorge, von einer Familie zum Beispiel. Wohin es sie am Ende verschlägt, liegt ganz bei ihnen. Das Hotel sorgt dafür, dass jeder sein eigenes Ziel findet.«

Der einbeinige Junge aus dem Kongo rennt neben den anderen *Fútbol*-Spielern her. Ich brauche einen Moment, bis in meinem Kopf ankommt, was ich da sehe. Er steht nicht nur aufrecht, er *rennt*. Sein künstliches Bein ist aus Stein und hat einen schmalen, münzgroßen Schlitz an der Seite. Eine Avatar-Prothese, ganz speziell für ihn gemacht.

Endlich verstehe ich, worum es dem Hotel wirklich geht. Die Mission, die Gäste ... alles kreist um diese Kinder. Das Hotel gibt jungen Menschen, die Schlimmes erlebt haben, ein Zuhause und die Chance auf eine bessere Zukunft. Das kann ich nicht aufs Spiel setzen und verraten. Dad, Mom ... sie haben alles getan, was sie konnten, damit das Gewächshaus nicht Stripe in die Hände fällt. Weil sie wussten, worum es geht.

Es muss einen anderen Weg geben, meinen Vater zurückzubekommen.

»Wir sind hier nicht mehr im Hotel, oder?«, frage ich. »Du hast gesagt, der Bergpfad ist wie eine Barrikade ...«

»Eine gewisse Bindung besteht«, sagt Rahki, »aber dieser Ort wird von derselben Magie beschützt, die den Gegenpart mit seinen

Paktikanten und Anzüglern vom Hotel fernhält. Kein Feind kann die Schwelle übertreten, außer er wird von jemandem eingeladen, der an unser Haus gebunden ist.«

»Und Nico? Wie ist er ins Hotel gekommen?«

Sie verzieht die Lippen. »Er wurde eingeladen, genau wie all die Kinder hier.«

Cass schnaubt. »Wer hat sich denn *den* Schnitzer erlaubt?«

Rahki zuckt mit den Schultern. »Keine Ahnung. Aber jetzt sollte er keinen Zutritt mehr haben. Das Hotel hat seine Münze gekappt. Ohne sie hat er keine Bindung an die Residenz.«

Dem Himmel sei Dank.

In den Augen meiner Schwester glitzert es feucht, als sie zusieht, wie die Kinder im Hof spielen. Wenn wir Dad zurückbekommen, will er hoffentlich auch im Hotel bleiben. Ich kann dann weiter für Agapios arbeiten. Mein Vater wird mich in Moms Pläne einweihen, wie sich Stripe stoppen lässt. Vielleicht kann die Magie des Hotels sogar dafür sorgen, dass Cass gesund wird. Sie hätte endlich die Gelegenheit, alles zu tun, was bisher unmöglich war. Oma kann auch dazukommen, und dann werden wir mit der Kinderrettungsmission weitermachen. Zusammen.

Cameron ...

Ich wirbele herum, um die Stimme zu finden, die ich bisher nur aus meinen Träumen kenne. Sie klingt lauter und klarer als je zuvor.

Durch einen Efeu umrankten Torbogen an der hinteren Wand sehe ich ... eine Illusion. Eine schattenhafte Gestalt, die auf mich wartet. Oder vielleicht keine Illusion, sondern eine Erinnerung.

»Ich bin gleich zurück«, sage ich.

Cass zieht die Brauen zusammen. »Wo willst du hin?«

»Äh … nur schnell was checken. Bleib einfach hier, okay?« Damit haste ich durch den Torbogen.

Der Weg ist mir völlig klar. Ich marschiere durch steinerne Klosterhallen und schlängele mich im Zickzack durch uralte Gänge, wobei ich Tür um Tür hinter mir lasse. Es kommt mir fast vor, als würde ich jemand anderem dabei zuschauen, wie er sich durch dieses Labyrinth bewegt.

Schon bald erreiche ich einen dunklen, modrig riechenden Kellerraum, und vor mir steht, verborgen im Schatten, ein antiker Zedernholzschrank. Er ist hier. Er ist tatsächlich hier! Kein Wunder, dass ihn bisher niemand gefunden hat. Im Keller gibt es sonst nur spinnwebenbedeckte Fässer und den Staub vieler Jahren. Alles sieht aus, als sei eine Ewigkeit niemand hier gewesen.

Ich linse hinter den Schrank, aber der Spalt zur Wand ist so dunkel, dass ich nichts erkennen kann. Also taste ich im Schatten herum, und meine Hand berührt einen Türknauf. Treffer!

Ich brauche meine ganze Kraft, um den Schrank zu bewegen. Als ich ihn endlich ein Stück zur Seite geschoben bekomme, neigt er sich gefährlich nach vorne. Ich versuche, ihn abzustützen und aufzurichten, aber er ist zu schwer.

Der ganze Schrank kippt donnernd auf den Steinfußboden.

Ich wische mir den Schweiß von der Stirn und starre die schlichte, morsche Tür an, die dahinter verborgen lag. Dann drehe ich den Türknauf, doch nichts geschieht. Wieder durchfluten mich Erinnerungsbilder. Glitzerndes Aufschäumen. Ein Perlmuttschlüssel. Ein magisches Türschloss. Der Zugang wurde mit Moms Topdreher verschlossen, so wie Nico die Besenkammer für andere versperrt hat. Ist das der Grund, warum diese Tür nicht von den Kartentischen gezeigt wird?

Ich hole Moms Schlüssel hervor und stecke ihn mitten ins Holz, das beim Umdrehen glitzernd aufschäumt. Die Tür öffnet sich. Sonnenlicht und der Duft von feuchtem Gras ziehen mich unwiderstehlich an, und ich trete zwischen frischem grünen Schilf hindurch.

Dann sehe ich ihn. Den Vesima.

Der Baum, von dem ich seit Monaten geträumt habe, steht vor mir auf einer Hügelkuppe. Ich hätte mir nie vorstellen können, wie gewaltig er ist. In den Stamm würde Omas Häuschen hineinpassen und von der Höhe her sogar Cass' Krankenhaus. Gewundene Äste voller Laub verbergen die Sonne, sodass nur ein paar flirrende Lichtstrahlen hindurchfallen und ein Fleckenmuster auf das wogende Gras malen. Über allem schwingt sich eine Glaskuppel empor, die von Wasserdampf gesprenkelt ist, und eine kreisförmige Heckenwand säumt das Rundgebäude. In jede Himmelsrichtung führt eine Tür hinaus.

Der Baum sieht nicht ganz so aus wie in meinen Träumen – er hat weder baumelnde Türen an den Ästen noch in seinem massigen Stamm –, aber mein Bauchgefühl sagt mir, dass ich am Ziel bin.

Ich kann nicht zulassen, dass das Gewächshaus länger verborgen bleibt. Das Hotel braucht den Vesima, um seine Mission fortzuführen. Ich muss Agapios alles erzählen, bevor Stripe –

»In echt ist er noch beeindruckender, stimmt's?«

Ich wirbele herum und sehe Nico vor mir. Er stützt sich auf eine Krücke und lehnt an der Tür, die aus dem Kuppelsaal führt.

»Hi, Blutsbrüderchen«, sagt er mit schiefem Grinsen. »Sieht aus, als hättest du es geschafft. Alle haben danach gesucht, und du hast ihn gefunden. Sogar einen ganzen Tag vor Ablauf der Frist.«

Ein Adrenalinschub hämmert durch meine Brust. »Wie hast du … was tust du hier?«

Er zuckt mit den Schultern. »Ich bin dir gefolgt.«

»Aber ich habe meine Münze weggeworfen. Und deine wurde vom Hotel entbunden. Du dürftest gar nicht hier sein.«

»Du aber schon. Und ich bin an dich gefesselt. Blutsbrüder, erinnerst du dich? ›Alles, was ich habe, bis ans Ende der Äonen.‹ Ich konnte spüren, dass du dich auf den Weg gemacht hast, also bin ich dir mit unserer Verbindung über die Schwelle gefolgt. Solange du im Hotel willkommen bist, bin ich es auch.«

Der Vertrag. Durch mich kann Nico sich immer noch einschleichen. »Und wie hast du mich hier im Kloster gefunden?«

Nico zeigt auf die Schlaufen an meinem Hemd und den Pflock, den Stripe mir in Honduras überreicht hat. »Du hast doch nicht wirklich geglaubt, Stripe würde dir etwas geben, mit dem man ihn zurückverfolgen kann?« Er grinst. »Das da ist kein Pflock. Sondern etwas, um dir auf der Spur zu bleiben.«

Ich ziehe das Holzstück aus der Schlaufe und untersuche es. Für mich sieht es genauso aus wie alle anderen. Wie konnte ich nur so dumm sein? »Dads Münze …«

»Hat mir nicht viel genützt. Unser Vertrag hat nicht gereicht, um an die Erinnerungen heranzukommen. Dazu war meine Bindung an deinen Vater immer noch zu schwach. Aber die Münze zu klauen hat dir ganz schön Feuer unterm Hintern gemacht. Sonst hättest du diesen Ort garantiert nicht so schnell entdeckt.«

Ich spüre, wie mein Herz zerbröckelt. Statt einen Weg zu finden, wie ich den Gegenpart vom Gewächshaus fernhalten kann, habe ich Nico direkt hingeführt.

Ich fahre mir mit dem Handrücken über die Augen und wünschte, ich könnte Nico ebenso einfach wegwischen. »Warum tust du das? Das Hotel hilft Menschen. Wieso willst du ihnen wehtun?«

»Will ich doch gar nicht.« Nico stößt sich von der Tür ab und humpelt an mir vorbei. Er starrt zu dem gigantischen Baum auf. »Jeder macht, was er für richtig hält, Cam. Vertrau mir, ich weiß, was ich tue.«

Vertrauen, ja klar. »Ich werde dir nie wieder auch nur ein Wort glauben.«

Er seufzt. »Stimmt wahrscheinlich. Aber ich wette, das hier überzeugt dich: Du solltest dich beeilen und zu den anderen zurückgehen, bevor die ganze Action vorbei ist.«

Action?

Cass! Rahki und die Kinder! Wenn Nico immer noch ans Hotel gebunden ist, dann konnte er Stripe einladen ...

Ich renne zurück durch die Tür, die in den Klosterkeller führt, und lasse Nico im Gewächshaus allein.

»Tut mir leid!«, ruft er mir nach.

Ich beiße die Zähne zusammen, während ich durch die Steingänge hetze. Wenn ich daran schuld bin, dass Stripe meiner Schwester etwas antut, werde ich mir das nie verzeihen können.

24

Hotelkinder

Ich stürme durch die Klostertür in den Innenhof und erstarre bei dem Anblick.

»Oh nein, nein, nein.«

Auf dem Rasenstück stehen ein Dutzend Männer und Frauen in Anzügen und halten lange Spleiße gezückt. Die Kinder laufen panisch herum, um vor Stripes Paktikanten zu fliehen. Der Mönch, der uns hergeführt hat, ruft ihnen Anweisungen zu, aber die Kleinen sind nicht schnell genug.

Entsetzt muss ich zuschauen, wie ein Paktikant seinen Spleiß in den Arm eines Mädchens aus Budapest pikt. Sie wird in die Spitze gesogen wie Wasser in einen Abfluss.

»Aufhören!«, schreie ich. »Lasst sie in Ruhe!«

Doch immer mehr Paktikanten strömen durch eine Tür auf der anderen Hofseite.

Eine Frau mit Schürzenkleid kommt auf den Rasen gestürmt,

schart die restlichen Kinder um sich und will die heulenden Kleinen in Sicherheit bringen. Über uns beginnen Warnglocken zu läuten.

In einer Türöffnung taucht eine Gruppe Mönche mit langen Holzstäben auf, die sie wie größere Versionen von Rahkis Staubwedel schwingen. Sie rücken gegen die am nächsten stehenden Paktikanten vor und schaben die Spitzen ihrer Stäbe schwungvoll über den Boden, ungefähr wie man ein Streichholz an einer Schachtel entzündet. Funken fliegen, als sie die Eindringlinge mit den glitzernden Enden rammen und an den Rasen fesseln.

Aber es sind zu viele.

Ich entdecke Cass und Rahki nebeneinander bei den Tischen mit dem Picknick-Buffet. Rahki schwingt ihren Staubwedel wie eine Kriegerin. Ihre behandschuhten Finger schaben über den Holzstiel und fesseln Feinde an den Boden, an die Mauern, sogar aneinander. Sie schirmt nicht nur meine Schwester vor den Angreifern ab, sondern auch mehrere Kinder, die sich hinter ihr verkrochen haben.

»Wie kann ich helfen?«, rufe ich ihr zu.

Rahki fesselt eine Frau mit dem Gesicht nach unten ans Gras, kickt ihren Spleiß beiseite und wirft mir einen bohrenden Blick zu. »Jemand muss die Paktikanten eingeladen haben. Sonst wären sie nie im Leben bis zum Kloster gekommen. Ist das deine Schuld?«

»Ich ... ich ...«

Mein Zögern ist für sie Antwort genug.

Rahki ratscht die Finger über den Holzstiel, sodass sich eine hauchdünne Schicht Glitzerstaub sammelt, und schon schwingt der Staubwedel in Fußhöhe auf mich zu. Er haut mich um, und ich lande auf dem Hinterteil. Hastig versuche ich, wegzukrabbeln, aber Rahki klatscht meine Handfläche auf den Boden, und der Fesselstaub klebt mich an Ort und Stelle fest.

»Verräter«, knurrt sie, rupft mir die beiden Pflöcke aus den Schlaufen und reißt den Anstecker von Agapios ab, bevor sie sich wieder in den Kampf stürzt.

Die Schlacht wogt überall auf dem Rasen. Paktikanten spleißen wahllos Mönche und Kinder, während die Mönche zusammen mit Rahki ihre Fesselwaffen wirbeln lassen. Doch der Kampf ist alles andere als ausgeglichen. Die Leute des Gegenparts sind weit in der Überzahl. Ihre Spleiße verschlucken mit jeder Berührung einen Mönch nach dem anderen, ein Kind nach dem anderen, entfernen sie aus dem Kampfgeschehen und versetzen sie an einen anderen Ort irgendwo auf der Welt.

Ich kämpfe gegen Rahkis Bindung an, aber vergeblich. Nur sie selbst könnte mich befreien, bevor die Wirkung des Fesselstaubs abklingt.

Hinter ihr steckt ein Mönch seine Münze in die Statue eines Zentauren und stellt sich in Kampfpose auf. Der Avatar erwacht zum Leben und nimmt dieselbe Haltung an: Lyra erhoben, Zähne gebleckt. Dann bäumt er sich auf und prescht vorwärts. Doch bevor er sein Ziel erreichen kann, wird der Mönch gespleißt.

Ohne den Menschen, an den sie gebunden war, erstarrt die Statue zu Stein.

Das Kloster hätte ein sicherer Ort sein sollen ... ein Schutzraum für die Kinder. Deshalb hat Dad diese Festung auch als Versteck für den Vesima ausgewählt. Hierher konnte Stripe am allerwenigsten gelangen. Ich bin ein Idiot. Wie ein morscher Pflock, dessen Defekt sämtliche im Umkreis mitreißt. Schon wieder bin ich auf einen von Nicos Tricks hereingefallen, und alle hier werden den Preis dafür bezahlen.

Cass packt meine freie Hand. »Was hast du getan, Cam?«

»Ich wollte nicht …« Am liebsten würde ich mein Gesicht verbergen, aber die andere Hand wird kribbelnd von Rahkis Bindung festgehalten. »Das sollte alles nicht passieren. Ich hatte vor, es zu verhindern. Ich wollte doch nur Dad zurückholen.«

»Dad?« Ihr Tonfall wird wütend.

»Sie halten ihn gefangen«, erkläre ich. »Stripe hat gesagt, dass er Dad im Tausch für das Gewächshaus freigibt, aber –«

Ich werde von einer Stimme in der Türöffnung unterbrochen. »Also, das ist ein bisschen chaotischer, als ich erwartet hatte.«

Stripe tippt sich an den Hut und grüßt spöttisch in unsere Richtung. Nico kommt mit seiner Krücke hinter ihm hergehinkt. Er sieht Stripe unglaublich ähnlich, trägt den gleichen Nadelstreifenanzug und hat die Haare unter dem gleichen Hut zurückgegelt.

»Nico!«, ruft Rahki wütend von der anderen Seite des Innenhofs.

Sie kratzt über ihren Staubwedel und stürmt auf ihn zu. Nico duckt sich vor ihrer Hand weg, zieht einen Spleiß aus der Innentasche seiner Anzugjacke und pikt sie mit dem spitzen Ende.

»Nein!«, schreie ich, als Rahki zusammengekugelt wird und in Nicos Waffe verschwindet.

Auf der Wiese wird es still.

Sie ist fort. Alle vom Hotel sind fort. Die Kinder, die Mönche … alle weggespleißt. Und das ist meine Schuld. Ich habe Stripe hergeführt. Wenn ich nur seinen Pflock weggeworfen hätte. Wenn ich nicht die ganze Zeit mit der Idee gespielt hätte, zu tun, was er wollte …

»Sie haben gesagt, es würde geheim bleiben!«, brause ich auf. »Und dass niemand davon erfahren müsste!«

Stripe rückt seine Manschettenknöpfe zurecht. »Hast du das schriftlich?«, spöttelt er. »Alles andere zählt nicht. Im Übrigen habe ich entschieden, wenn ich mir schon das Gewächshaus hole, kann ich genauso gut meinen übrigen Besitz mitnehmen, den das Hotel gestohlen hat.«

»Besitz?«, schreit Cass ihn an. »Hier geht es um Menschen! Um kleine Kinder!«

Er lehnt sich beschwingt auf seinen Gehstock und beugt sich über sie. »Meine Liebe, Menschen sind auch nur Besitztümer, nicht mehr und nicht weniger.«

»Was haben Sie mit ihnen vor?«, frage ich.

»Ich werde schon eine passende Verwendung für sie finden.« Er zwinkert mir zu. »Die Leute wissen wirklich nie, wie viel andere ihnen wert sind, bevor es zu spät ist. So wie du. War die Hoffnung, vielleicht deinen Vater zu finden, für dich wichtiger als all diese Kinder? Vermutlich nicht.« Er tippt sich vielsagend mit dem Stockknauf gegen die Stirn. »Vorher nachdenken, Junge. Aber dein Fehltritt ist mein Gewinn.«

Ich schlucke den schweren Stein herunter, der sich in meiner Kehle geformt hat. »Und was passiert mit uns?«

»Mein lieber Cameron«, Stripe legt den Kopf schräg, »ohne dich wäre ich nie so weit gekommen. Also halte ich mich an mein Versprechen.« Er nickt Nico zu, der mir einen kurzen Blick zuwirft und dann auf seiner Krücke zurück durch die Tür humpelt. »Für deine Bemühungen gebe ich dir den Mann, den du immer haben wolltest. Leider dürfte er nicht ganz das sein, was du dir erhofft hast.«

Cass spuckt in das Gras vor Stripes Füßen.

»Also, das ist schlichtweg unhöflich.« Er hängt sich den Gehstock in die Armbeuge und zieht seine Handschuhe über. »Wir werden Reinhart sagen müssen, dass er sich besser um eure Erziehung kümmern soll.«

Nico kommt zurück durch die Tür geschlurft, gefolgt von zwei Paktikanten, die einen Mann zwischen sich herschleifen.

Mir gefriert das Blut in den Adern. Das Herz schlägt mir bis zum Hals, zu den Zehen, zu den Fingern, die noch immer an die Erde gefesselt sind. Ich zittere am ganzen Körper, als die Paktikanten den ausgemergelten, bärtigen Mann vor Cass' Rollstuhl zu Boden werfen.

»Ich habe dir geholfen, ihn zu finden. Wie versprochen«, flüstert Nico und wirft mir das Halsband mit Dads Münze zu.

Nie im Leben habe ich jemanden so sehr gehasst.

»Damit ist unsere Geschäftsbeziehung beendet«, sagt Stripe und tätschelt dem Mann den Kopf. »Auf Wiedersehen, Reinhart. Ein Jammer, dass Melissa ganz umsonst gestorben ist.« Er tritt durch die Tür, zieht den schwarzen Eisenschlüssel hervor und steckt ihn von der anderen Seite ins Schloss.

Nico wirft mir einen letzten Blick zu, klopft auf seine Anzugtasche und sagt: »Ich hoffe, du findest das Ziel deiner Reise«, bevor er hinterhergeht.

Stripe wirft die Tür zu, und sie explodiert in einer Wolke aus Holz und Metall.

Als sich der Staub gelegt hat, gibt es in dem leeren Innenhof nur noch Cass und mich ... und einen Mann, den wir nicht kennen.

25

Was ich immer wollte

Ich starre auf die zersplitterte Tür und bin unfähig, den Blick abzuwenden. Unfähig zu akzeptieren, was gerade geschehen ist. Ich habe gesagt, ich würde jeden Preis zahlen, und das muss ich nun.

Cass hat ihre Ellbogen auf die Knie gestützt. Sie weint. Ich will sie trösten, ihr über die Haare streichen wie Oma, und ihr Mut machen, damit wir das zusammen durchstehen. Aber sosehr ich mich auch bemühe, mich aus Rahkis Bindung zu befreien und zu ihr zu kommen, meine gefesselte Hand rührt sich kein bisschen.

Ein nervöser Schauer läuft durch meinen Körper, als ich an den Mann denke, der sich hinter mir befindet. Was, wenn er uns nicht will? Was, wenn er mich dafür hasst, was ich getan habe, um ihn zurückzubekommen? Er und Mom haben dafür gekämpft, das Gewächshaus vor Stripe zu schützen, und nun habe ich das alles zunichtegemacht.

Aber dafür habe ich bekommen, was ich so lange wollte. Ich habe ihn gefunden.

Also drehe ich mich um und starre auf das, was mein Handel mit Stripe mir eingebracht hat.

Der Mann hockt im Schneidersitz auf dem Gras und hält ein zerknittertes Stück Pappe an die Brust gedrückt. Lange Zehennägel ragen durch die Löcher in seinen Schuhen. Ein Wintermantel, aus dem das Futter quillt, hängt ihm in Fetzen am Leib. Er legt das Pappstück beiseite, und ich sehe die Worte, die mit dickem Filzstift darauf gekritzelt sind: OBDACHLOS, HUNGRIG, KALT, ALLEIN. BITTE HELFEN SIE MIR. Was hat Stripe mit ihm angestellt?

»Reinhart? Reinhart Kuhn?«

Er schaut auf, und sein Blick huscht zwischen Cass und mir hin und her. Seine langen, strähnigen Haare sind so verfilzt, dass sie kaum noch echt aussehen. Sogar sein Bart wirkt wie eine angeklebte Attrappe. »Woher weißt du, wie ich heiße?«

Ich ziehe zitterig die Luft ein. Er ist es wirklich.

Cass wischt sich die Tränen ab und bewegt sich auf ihn zu. »Wir sind es, Dad. Cassia«, sie zeigt auf mich, »und Cameron.«

»Cameron?« Seine Miene ist zögernd, als könne er die Worte kaum begreifen. »Dieser Name ... nein. Ich träume. Du bist nicht echt. Ihr könnt nicht ... Ich bin ... Ich kann mich nicht erinnern.«

»Seine Münze, Cam«, fordert Cass mich auf. »Agapios hat gesagt, seine Erinnerungen sind gefesselt.«

Ich drehe das Halsband in meiner freien Hand und spüre die glatt geriebene Oberfläche, wo meine jahrelangen Berührungen die Gravur abgeschliffen hat.

Dann halte ich ihm die Münze entgegen. »Nimm sie.«

Er krabbelt auf allen vieren auf mich zu und greift danach.

Kaum hat er die Holzmünze berührt, springt eine Art elektrischer Schlag zwischen uns über. Erinnerungen flackern in meinem Bewusstsein auf, schneller und vollständiger als je zuvor. Moms Gesicht und die Schmucknadel, die Agapios mir überreicht hat. Türen zu Ländern, die ich nie gesehen habe, überall auf der Welt. Zwei neugeborene Zwillinge – ein Baby auf Moms Arm, das andere in einem Plexiglaskasten und an medizinische Instrumente angeschlossen.

Mit jedem Bild werden auf einen Schlag ganze Geschichten in mein Gehirn eingebrannt. Mom, die neue Münzen schnitzt. Ihr freudiges Lächeln. Das unsagbare Mysterium, sie täglich näher kennenzulernen und mehr zu lieben als alles andere auf der Welt. Eine Hochzeit auf einem Inselstrand, Agapios auf dem Rednerpodest und Johanna La Pucelle mit zwei Eheringen aus Holz. Die Unterzeichnung des Vertrags, während alle vom Hotel lächelnd zuschauen.

Aber es gibt auch andere Geschichten. Von einem Mann, der sich mit Nadelstreifenanzug in finsteren Gassen herumtreibt. Altmodisch elegante Flure, gesäumt von Glaskästen mit verschiedenstem Inhalt. Eine Ausstellung lang vergangener Eroberungen. Gestohlene Kinder, wie die aus dem Kloster, allesamt an den Kurator gefesselt, der nichts lieber tut, als einen Handel abzuschließen.

Und schließlich eine Geschichte, die mit einem Sturz aus dem Personalfahrstuhl endet. Zum ersten Mal sehe ich es so deutlich, als seien Dad und ich tatsächlich dieselbe Person. Ich streite mit Mom. Sie wirkt aufgebracht. Und dann verstummen die Worte. Wir sind allein in der Kabine, aber ein Gewittergeräusch wie das elektrische Knistern einer Bindung dröhnt so laut, dass ich ihre Stimme nicht mehr höre.

Sie schiebt mir ihre Münze in die Tasche. Gibt mir einen Kuss.

Meine Hand schnellt vor.

Sie fällt.

Ein Splittern wie von einem Pflockdefekt und ein blendendes Licht. Ein dröhnendes Donnern. Und als ich zu der Metalltür des Fahrstuhls schaue, spiegelt sich darin nicht das Gesicht von Stripe oder Agapios. Ich sehe das Gesicht meines Vaters auf dem blanken Stahl.

Ich lasse hastig die Münze los, und die Erinnerungen verblassen, bis sie kaum mehr als verworrene Bilder sind. Aber von dem Wenigen, was ich noch weiß, wird mir ganz übel.

Tränen brennen mir in den Augen. »Es war deine Schuld.«

Mein Vater starrt mich an, mit wortlos offenem Mund, ohne zu blinzeln. Die Schuldgefühle sind ihm ins Gesicht geschrieben. Jetzt erinnert er sich auch.

Ich wische mir über die Augen und stehe auf, denn Rahkis Bindung hat endlich nachgelassen. Zorn prickelt durch meine Schultern wie eine elektrische Ladung. »*Du* hast das alles getan«, sage ich. Der Knoten in meiner Brust fühlt sich tausendmal größer an und ist unmöglich zu entwirren. »Du hast sie geliebt, und dann hast du sie sterben lassen.«

Er erhebt sich auf die Knie. »Cameron, du musst verstehen –«

»Die ganze Zeit hast du für *ihn* gearbeitet!« Die Schatten schrecklicher Taten wabern durch mein Bewusstsein. »Du wusstest, was Stripe ist. Du kanntest die höllischen Orte, an denen die Kinder landen, und hast ihm trotzdem geholfen, genau wie Nico. Stripe wollte, dass du das Gewächshaus stiehlst, um Moms Pläne zu durchkreuzen. Aber sie ist dir auf die Schliche gekommen. Sie hat versucht, dich aufzuhalten. Und du …« Ich kann mich nicht dazu bringen, es laut zu sagen.

»Nein, so war es nicht.« Er greift nach meiner Hand.

Aber ich reiße mich los. »Ich habe es doch gesehen. In *deinen* Erinnerungen! Diese ganzen Kinder … um deren Rettung das Hotel kämpft … er raubt sie und fesselt sie an Leute, damit sie ihnen dienen müssen. Deshalb ist Mom gestorben. Sie wollte beenden, was *du* in die Wege geleitet hast.«

»So war das alles nicht geplant.«

»Ach, du hast nicht *geplant*, für Stripe zu arbeiten? Als du Moms Topdreher geklaut hast, war das wohl nur ein Versehen?« Ich ziehe den Perlmuttschlüssel hervor und werfe ihn nach Dad. »Da, nimm ihn. Du wolltest ihn doch unbedingt; jetzt kannst du ihn haben. Hauptsache, du bleibst weg von mir.«

Eine Tür am anderen Ende des Innenhofs fliegt auf, und die Mamsell stürmt mit gezücktem Schwert herein.

Ich knie mich neben Cass hin, als das Putzgeschwader sich zwischen uns und dem Mann postiert, der unser Vater sein sollte. »Alles wird gut«, flüstere ich und lege meiner Schwester den Arm um die Schultern.

Sie schiebt mich weg und wirft mir einen vernichtenden Blick zu, der klar und deutlich sagt, dass gar nichts gut ist. Und das wird es auch nie wieder sein, denn ich habe eine Gruppe unschuldiger Kinder gegen das hier eingetauscht. Der Mann, nach dem ich die ganze Zeit gesucht habe, war ein Verräter. Ein gewissenloser Drahtzieher, der für den Tod unserer Mutter verantwortlich ist.

Ein Vater, der uns freiwillig verlassen hat.

Ich habe bekommen, was ich immer wollte. Aber jetzt will ich es nicht mehr.

Ich sitze auf dem umgestürzten Schrank im Klosterkeller und fahre mit den Fingern über die bemooste Steinwand. Jetzt habe ich genug Zeit zum Nachdenken. Ich hoffe, dass ich nicht alles ruiniert habe, so schlimm die Lage auch aussieht ... und gleichzeitig weiß ich, dass sie kaum schlimmer werden kann.

Von der Tür im Schatten, die das Hotel mit dem Gewächshaus verbunden hatte, sind nur noch zerborstene Splitter übrig. Stripe hat sie zerstört, als er sich geholt hat, was er wollte. Alles ist ein einziger Scherbenhaufen.

Die Erinnerungsbilder, die ich durch die Münze gesehen habe, verblassen immer mehr. Die Geschichten in meinem Kopf ergeben längst nicht mehr so viel Sinn wie in dem Moment, als Dad und ich zusammen das Halsband in den Händen hielten. *Reinhart.* Nicht Dad. Nach allem, was er verbrochen hat – und was ich zu seiner Rettung getan habe –, werde ich diesen Mann nie wieder als meinen Vater bezeichnen.

Die Mamsell hat uns gleich nach ihrer Ankunft getrennt. Cass habe ich seit Stunden nicht gesehen, und wer weiß, wohin Rahki gespleißt wurde. Ich habe alles total vermasselt.

Der Riegel wird krachend aufgeschoben, und die massige Kellertür öffnet sich mit einem Stöhnen. Davor steht Agapios. Nicht die Mamsell. Ob ich froh sei sollte, dass ich ihrem Zorn entkommen bin, nur um dem Sensenmann höchstpersönlich ausgeliefert zu werden?

»Du hattest großes Glück«, sagt der Alte Herr und verschließt die Tür hinter sich. Er gleitet auf mich zu, und seine knochigen Wangen verziehen sich zu einem winzigen humorlosen Lächeln. »Immerhin bist du dem Gegenpart entkommen. Das ist keine leichte Aufgabe.«

»Stripe hat mich gehen lassen.« Die panischen Mienen der ganzen hilflosen Kinder spuken durch meinen Kopf. »Er hat gesagt, das sei unser Handel gewesen. Aber ich schwöre Ihnen, ich wollte ihn nur aufhalten.«

»Und deshalb hast du einen Pflock des Gegenparts ins Kloster gebracht? Um ihn aufzuhalten?«

Eine Flut von Schuldgefühlen steigt in mir auf und schnürt mir die Kehle zu. »Mir war nicht klar, was er vorhatte. Er hat gesagt, niemand bräuchte davon zu wissen.«

Agapios kratzt sich die Adlernase und hockt sich auf Augenhöhe vor mich hin. »Der Kurator ist im Grunde seines Wesens ein Räuber und ein Dieb. Er verspricht den Menschen, wonach sie sich am meisten sehnen, und im Gegenzug sollen sie ihm liefern, was er für seine Sammlung begehrt. Doch kein Mensch hat durch ihn je bekommen, wonach er tatsächlich gesucht hat.«

Ich schließe die Augen und versuche, das Schuldbewusstsein zu unterdrücken, das in mir hochkocht. »Und Reinhart?«

Agapios stößt einen rasselnden Seufzer aus. »Vor langer Zeit hat dein Vater ein solches Abkommen mit Stripe getroffen. Und viele haben seitdem dafür bezahlen müssen.«

»Ich habe gesehen, was passiert ist«, sage ich. »Als ich ihm seine Münze gegeben habe, war es, also ob seine Erinnerungen ...«

»Das nennt man eine Übertragung«, sagt Agapios. »Du hattest die Münze deines Vaters so lange in deinem Besitz, dass sie sich an dich gebunden hat. Als du alt genug warst, hast du angefangen, seine Erinnerungen zu sehen. Aber dann traf deine Bindung auf die ursprüngliche deines Vaters. Also ist die Münze mitsamt den gefesselten Erinnerungen wieder an ihren ursprünglichen Besitzer zurückgefallen.«

»Heißt das, die Träume hören auf?«

»Jedenfalls solche, die ihm gehören. Von nun an bleiben dir nur noch deine eigenen.«

Ich senke den Blick auf den steinernen Boden.

»Der Mann, den du unter dem Namen Stripe kennst, sucht schon lange einen Nachfolger«, sagt Agapios. »Er glaubt, wenn er jemanden findet, der sich freiwillig zu einer Kopie seiner selbst formen lässt, kann er sein Imperium noch viel weiter ausdehnen, als für ihn allein möglich wäre. Diesen Pakt ist dein Vater mit ihm eingegangen: Er sollte Stripes … Ersatzmann werden.«

»Das heißt, er war wie Nico.«

»Ja. Allerdings wurde es kompliziert, als Reinhart sich in Melissa verliebte.«

»So etwas tut man niemandem an, den man liebt.« Ich nestele an dem geschnitzten Holz der Schranksplitter herum. »Reinhart hat das Hotel verraten. Und Mom. Genau wie ich.«

»Dein Vater hatte seine Gründe. Die hattest du auch.«

Mein Inneres zieht sich zusammen. »Mom hat versucht, Stripe für immer auszuschalten, oder? Sie hatte einen Plan. Ich habe gesehen, wie sie Münzen geschnitzt hat.«

Agapios setzt sich neben mich. »Melissa war eine bemerkenswerte junge Frau. Sie hat fester an die Mission unseres uralten Hauses geglaubt als die meisten, denn sie wusste wahrhaftig, was für grausame Taten von grausamen Leuten in allen Winkeln der Erde verübt werden. Deshalb wollte sie unsere Türen benutzen, um nicht nur unseren Gästen einen Ausweg zu eröffnen, sondern all jenen, die von der Welt misshandelt wurden.«

»Den Kindern.«

»Genau. Das Hotel der Wünsche existiert seitdem zu dem Zweck, den Verlorenen und Vergessenen zu dienen. Deshalb ist es für Gäste so kostspielig, unsere Türen zu benutzen. Die meisten unserer reichen Gönner sind sich nicht bewusst, welche Mission mit ihrem Geld finanziert wird.«

Meine Lippen verziehen sich. »Also, diese Gäste –«

»– sind nicht das, wofür du sie hältst.« Er wirft mir einen strengen, knochenharten Blick zu. »Viele sind ebenso verlorene Seelen. Das hat deine Mutter erkannt. Ihr wurde bewusst, wie viele Menschen ihr Leben verleben, ohne das Unglück anderer jemals zu begreifen oder auch nur zu bemerken. Die Welt wendet den Blick von jenen ab, die leiden. Als Entschuldigung dient, man könne unmöglich verstehen, wie es anderen ergeht.« Er macht eine Kunstpause. »Das weißt du selbst, nicht wahr?«

Er meint Cass. Die Kinder in der Schule hänseln mich manchmal, weil ich mich ständig so um meine Schwester sorge, aber sie verstehen nicht, wie unser Leben ist. Sie *wollen* es nicht verstehen.

Agapios zieht eine Münze aus seiner Tasche. »Bevor deine Mutter zu uns kam, war das Hotel nur eine Fassade, die unsere tieferen Absichten verbarg. Der wahre Zweck der Residenz blieb hinter dem magischen Schimmer unserer Türen unsichtbar. Aber Melissa sorgte dafür, dass der Hotelbetrieb zu einem wesentlichen *Teil* unserer Mission wurde. Sie erschuf die Münzen, um die Herzen der Menschen zu berühren, die bei uns wohnen. So kann das Hotel ihre Träume beeinflussen und dafür sorgen, dass unsere Gäste die Mission hinaus in die Welt tragen, selbst nachdem sie die Residenz verlassen haben. Deshalb binden wir seitdem jede Person, die über unsere Schwelle tritt, an eine Münze. Das Hotel ruft nur diejenigen zu sich, bei denen es glaubt, dass sie daraus eine Lehre ziehen können.«

»Ich dachte, die Münzen sollen bloß die Erinnerungen fesseln?«

Er schüttelt den Kopf. »Sie binden unser Haus an die Gäste und umgekehrt. Sobald diese Verbindung erst einmal geschaffen ist, bleibt ein bisschen vom Hotel immer in ihnen erhalten. Zwar müssen die Gäste ihre Erinnerungen an unseren speziellen Urlaubsservice mit den Münzen zurücklassen, aber die Bindung an die Residenz bleibt ständig bestehen. Unterbewusst wissen sie, was sie gesehen haben, und ihre Träume enthüllen ihnen auch jene Welt der Magie, die sie *nicht* gesehen haben.«

»Mom hatte gar nicht vor, Stripe direkt anzugreifen«, wird mir klar. »Durch das Hotel wollte sie dafür sorgen, dass es die Leute kümmert, was auf der Welt geschieht.«

»Genau. Je stärker der Einfluss des Hotels wurde, desto mehr begann Stripes Imperium zu schrumpfen. Deshalb sandte er deinen Vater aus, um das Gewächshaus zu stehlen. Er wusste, ohne den Vesima würden die Bindungen an unser Haus schwächer werden und der Einfluss des Hotels auf seine früheren Gäste schwinden. Damit wäre Melissas Plan gescheitert.«

In Reinharts Erinnerungen habe ich gesehen, wie Mom ihre Münze in seine Tasche steckte. War das ein letzter, verzweifelter Versuch, ihn zu binden und zu stoppen? Wollte sie sein Herz berühren, damit ihn seine Taten kümmerten?

Mir fällt es schwer, das alles in mich aufzunehmen. Dad als Nachfolger von Stripe, Mom als Nachfolgerin von Agapios ... »Wie sind die beiden überhaupt zusammengekommen? Konnte sie denn nicht sehen, wer und was Reinhart war?«

Agapios schüttelt den Kopf. »Menschen sind nie so einfach, wie es auf den ersten Blick scheint. Jedes Haus enthält Schrecken und Schätze gleichermaßen.«

Ich bin nicht sicher, was er damit meint, aber jedenfalls klingt es gut.

»Ich weiß nicht, wie oder warum Reinhart das alles eingefädelt hat«, fährt Agapios fort. »Doch er hat dafür gesorgt, dass eine Verbindung zwischen dem Hotel und dem Gewächshaus erhalten blieb, und sie vor uns versteckt.« Er zeigt auf die zersplitterte Tür. »Deshalb konnte das Hotel überleben, wenn auch mehr schlecht als recht. Doch nun ist der Vesima vollständig verloren. Wir wissen nicht, wo auf der Welt er sich befindet, und keine unsere Türen führt zu ihm, also ...«

»... wird die Bindungsmagie sterben.«

»Das Hotel mit seinen Türen wird zerfallen. Pflock-Defekte werden immer alltäglicher werden, bis uns nichts anderes übrig bleibt, als die Residenz aufzugeben.«

Ich lassen den Kopf hängen. »Und ich habe alles ruiniert.«

Agapios legt mir den Arm um die Schultern. Die Geste fühlt sich anders an als bei Stripe. Zwar sind die Finger des Concierge kalt und scharfkantig, aber ich spüre keinen Hintergedanken, keine Lüge. Nur die Botschaft: *Du bist nicht allein.*

»Der Kurator ist ein Meister darin, selbst die großartigsten Menschen mit ihren eigenen guten Absichten zu manipulieren. Du bist wahrhaftig Melissas Sohn. Ebenso wie Reinharts.« Er erhebt sich und geht auf die verriegelte Tür zu. »Jehanna wird sich beizeiten um dich kümmern. Wie die Lage nun aussieht, bist du im Hotel nicht länger willkommen. Du wirst mit deiner Schwester nach Dallas zurückkehren.«

»Was ist mit Reinhart?«

Der Alte Herr kratzt sich die knochige Wange. »Dein Vater bleibt bei uns. Wir werden versuchen, zu retten, was zu retten ist.

Im Übrigen hat er Informationen, die wir brauchen.« Agapios verbeugt sich kurz und öffnet die Tür. »Ich hoffe, du findest das Ziel deiner Reise, Cameron Kuhn.«

Mit diesen Worten geht er.

Nach allem, was passiert ist, kehren Cass und ich mit leeren Händen nach Hause zurück. Es bringt nichts, darüber wütend zu sein. Ich habe meinen Vater gefunden, nur um ihn wieder zu verlieren.

26

Haltlos

Agapios ist nicht dabei, als die Mamsell kommt, um uns hochkantig aus dem Hotel zu schmeißen. Vermutlich hat er Wichtigeres zu tun. Zum Beispiel die Kinder zurückzuholen und das Gewächshaus wiederzufinden. Ich war eine Enttäuschung für ihn, und das fühlt sich an, als habe man mir ein Loch ins Herz gebohrt. Ob man an einem durchlöcherten Herzen sterben kann?

Das Putzgeschwader nimmt uns die Münzen ab, sodass mir als Souvenir an meine Zeit im Hotel nur die schmutzigen Turnschuhe bleiben. Ohne die Münzen werden meine Erinnerungen bald zu Träumen verblassen. In meiner ersten Zeit hier wollte ich nichts weiter als wieder nach Hause. Aber ich habe Freunde im Hotel gefunden. Rahki, Elizabeth, Sana. Sogar Sev und Nico. Und das ganze Durch-die-Welt-Reisen war gar nicht so schlecht, nachdem ich mich daran gewöhnt hatte. Ich will das alles nicht vergessen.

Die Mamsell will wissen, was mit der Schmucknadel passiert ist, und ich erkläre, dass Rahki sie mir abgenommen hat, bevor sie gespleißt wurde. Ich wünschte, sie würde mir sagen, ob mit Rahki alles okay ist. Als das Putzgeschwader uns durch die Dallas-Tür eskortiert, suche ich nach ihrem Gesicht, aber sie ist nicht da.

In Texas ist es noch so früh am Morgen, dass sich noch keine Spur von Licht am Horizont zeigt. Ich schiebe den Rollstuhl den ganzen Weg nach Hause, wie der pflichtbewusste Bruder, der ich sein sollte. Aber so fühle ich mich kein bisschen. Ich habe versagt. Bei Cass und allen anderen. Das ist der Grund, warum ich am liebsten gar nichts tue. Immer vermassele ich alles. Ich verliere die Nerven oder raste aus. Garantiert bin ich kein Weltreisender. Ich gehöre nicht nach da draußen. Ich sollte zu Hause bleiben, wo ich niemanden enttäuschen kann. Wo ich mir nur wünsche, dass etwas passiert, aber in Wirklichkeit geschieht nie etwas. Wo ich jemanden vermissen kann, ohne mich mit seiner echten Rückkehr herumschlagen zu müssen.

Ich öffne die Tür von Omas Haus, und der vertraute Geruch von Mottenkugeln und süßem Tee hüllt mich ein.

»Oma!«, ruft Cass, als sie sich über die Schwelle bewegt. »Wir sind zurück! Du kannst die Suchaktion abblasen.«

Im Haus ist alles still.

Cass schaltet auf dem Weg zu Omas Zimmer sämtliche Lichter an.

Auf dem Küchentisch entdecke ich die Nachricht, die sie für uns hinterlassen hat, und überfliege den Text.

Cass und Cammy,
ich bin draußen, um nach euch zu suchen.

Wenn ihr zurück nach Hause kommt, bleibt, wo ihr seid, und RUFT MICH SOFORT AUF DEM HANDY AN.

Ich habe euch lieb.

Kuss, eure Oma

Ob Oma etwas vom Hotel weiß? *Es gibt Geheimnisse, über die zu sprechen mir nicht zusteht.* Wenn das der Fall ist, dürfte sie sehr enttäuscht sein, falls sie es findet und uns nicht. Das heißt, dazu müsste sie auch noch einen Klopfer aufspüren. Jedenfalls möchte ich in diesem Fall nicht in Agapios' Haut stecken.

»Sie ist nicht hier«, ruft Cass um die Flurecke.

»Bestimmt kommt sie bald zurück«, rufe ich zur Antwort.

Ich falte die Nachricht zusammen, damit Cass sie nicht sieht, dann gehe ich in mein Zimmer, schließe die Tür und krieche ins Bett. Ich werde Oma anrufen, wenn die Sonne richtig aufgegangen ist. Im Moment bin ich noch nicht bereit, ihre Fragen zu beantworten.

Ein paar Minuten später klopft es an meiner Tür.

»Geh weg.« Ich wische mir übers Gesicht und vergrabe die Nase in der Bettdecke.

Die Tür quietscht, als Cass reinkommt. Ich linse über mein Kissen. Sie hat diesen Du-benimmst-dich-schwachsinnig-Blick aufgesetzt, aber das ist mir egal.

Ich drehe mich mit dem Gesicht zur Wand. »Das ist alles nicht fair«, sage ich.

»Ja, ich weiß.«

»Alles sollte ganz anders sein. *Er* sollte …«

»… anders sein«, sagt sie. Und dann noch einmal: »Ich weiß.«

Im Grunde war mir das klar. Seit Jahren schaut sie National Geographic und liest Reisebücher – irgendwie habe ich immer gewusst, dass sie auf diese Art auch versucht hat, unseren Eltern nahe zu sein. Das wollte sie nur nicht zugeben.

Ich drehe mich im Bett herum und blicke ihr in die Augen. »Ich dachte, wenn ich ihn finde, löst das unsere Probleme.«

Ihre Augen werden schmal. »Was für Probleme denn?«

»Na ja, alle. Das mit dir …«

»Was soll mit mir sein?«, schnappt sie, und mir ist klar, dass ich sie beleidigt habe.

»Ich … ich wollte nicht –«

Sie kommt näher. »Mit mir ist alles in Ordnung.«

»Aber dein Zusta…«

»Ich bin genau der Mensch, der ich sein will«, betont sie. Mir ist klar, wenn ich noch ein Wort darüber verliere, boxt sie mir auf die Nase.

Ich habe immer versucht zu verstehen, wie sie sich fühlt. Aber selbst nach all den Jahren kann ich mir nicht vorstellen, wie das Leben für sie ist. Allzu leicht vergesse ich, dass der Rollstuhl nicht unbedingt eine Last sein muss. An ihrer Stelle würde ich mich vermutlich darin gefangen fühlen, aber wie Cass darüber denkt, werde ich wohl nie ganz begreifen. Immerhin fange ich an, es ein bisschen zu verstehen. Für sie ist der Rollstuhl im Gegenteil wie ein Krümmer: Durch ihn gelangt sie an Orte, die sie sonst nicht erreichen könnte.

Bei dem Gedanken wird mir bewusst, wie viel mehr Talent meine Schwester zum Glücklichsein hat als ich. Sogar Nico hat gesagt, sie sei stärker, als ich ihr zutraue. *Ich* bin derjenige, der sich ständig Sorgen macht; sie lebt einfach ihr Leben.

»Du hast recht, mit dir ist alles in Ordnung. Mit mir aber nicht«, lasse ich sie wissen. »Ich bin nicht wie du. Kann ja sein, dass du der Mensch bist, der du sein willst. *Ich* habe keinen Schimmer, wie man das wird. Jedenfalls habe ich es satt, Cammy zu sein und mich immer nur …« Ich verstumme, denn ich weiß kaum, was ich eigentlich sagen will. Mich immer nur zu fürchten? Zu verstecken? »Agapios hat behauptet, ich bin wie Reinhart. Aber das darf einfach nicht stimmen.«

Cass verzieht das Gesicht, als habe sie in eine Zitrone gebissen. »Dann sei eben nicht wie er.«

Sie kapiert es nicht. »Reinhart hat Stripe gedient«, sage ich. »Er hat das Gewächshaus gestohlen. Und er hat Mom sterben lassen.«

»Hör auf, das zu sagen!« Cass beißt auf ihre Lippe. »So war es nicht.«

Ich umklammere das Kissen stärker. »Woher willst du das wissen?«

»Nicht nur du bist im Hotel mit einer geerbten Münze herumgelaufen.«

Moms Münze. Natürlich. Das hatte ich komplett vergessen. Die Mamsell hat sie nach der Sache im Kloster konfisziert, aber davor war Cass stundenlang mit der Münze im Hotel. Jetzt pult sie an den Kerben im Schaumstoff ihrer Armlehnen herum. »Als dieser Mr Stripe aufgetaucht ist, habe ich ihre Nähe gespürt. Du bist nicht der Einzige, der Bilder gesehen hat. Dad hat ihren Sturz nicht verschuldet … er hat versucht, sie davon abzuhalten.«

»Wovon denn?«

»Sie hat es selbst getan, Cam, und zwar mit Absicht. Mom wusste, dass Dad einen Vertrag mit Stripe hatte. Also hat sie getan, was sie tun musste, damit er ihn nicht erfüllt. Und als sie in die Tiefe fiel … da hat sie an nichts anderes gedacht, als nur daran, wie sehr sie hoffte, ihn auch retten zu können.«

Ich schüttele den Kopf. »Nein. *Er* hat bei Stripe unterschrieben. *Er* hat seine Wahl getroffen, und sie musste deswegen sterben.«

»Stimmt, aber er hatte einen guten Grund.«

»Für so etwas gibt es keine Entschuldigung.«

»Oh doch, die gibt es.«

Ich schnaube. »Und was sollte bitte so wichtig sein?«

»Es ging um mich, okay?«, schreit sie mich an. »Er hat den Vertrag meinetwegen unterschrieben.«

Ich zucke zurück, völlig überrumpelt von ihrem Ausbruch. »Das kannst du nicht wissen. Wie lange warst du denn schon im Hotel? Einen Tag? Anderthalb Tage? Ich bin über eine Woche da gewesen und habe längst nicht so viel herausbekommen.«

»Weil du nicht zugehört hast!«, knurrt Cass. »Das tust du nie. Genau deshalb erzählt dir Oma nicht mehr, was mit mir los ist. Sie weiß, egal wie wichtig ein medizinischer Eingriff für mich ist, findest du garantiert tausend Gründe, warum er schlecht ist. Du benimmst dich, als wenn du allein die Wahrheit kennst. Du hörst uns nicht mal, wenn wir dir sagen, dass ich nicht die ganze Zeit deine Hilfe brauche oder dass du Unrecht hast oder dass alles weniger schlimm ist, als du glaubst. Dads Münze hätte dir eine verdammte Landkarte mit einem X drauf zeichnen können, wenn du nur mal einen Moment aufhören würdest, ständig auszuflippen, und die Dinge einfach geschehen lassen könntest.«

Ich will widersprechen, aber vielleicht hat sie recht? Agapios ist auch davon ausgegangen, dass ich mit der Münze und Dads Erinnerungen das Gewächshaus viel früher hätte finden müssen. War ich so beschäftigt damit, mir Sorgen um alles Mögliche zu machen, was vielleicht passieren könnte, dass ich nicht mitbekommen habe, was tatsächlich passiert *ist*?

Sie verschränkt die Hände und bemüht sich, nicht in Tränen auszubrechen. »Cam, wegen Mom hat es Dad überhaupt erst geschafft, von Stripe loszukommen. Er hat den Gegenpart verlassen und sich dem Hotel angeschlossen – er war wirklich auf ihrer Seite. Aber als Mom ihm von dem ganzen Medizinkram erzählt hat, der nach meiner Geburt auf mich zukommen würde, hat er die Nerven verloren. Ihr war klar, dass er Stripe um Hilfe bitten würde, und sie hat sich ihm nicht in den Weg gestellt. Stripe hat versprochen, mich zu heilen, wenn er dafür das Gewächshaus bekommt.« Sie schnieft. »Erst als es zu spät war, hat Mom begriffen, dass sie beide einen schlimmen Fehler gemacht hatten. Also hat sie versucht, Stripes Plan zu durchkreuzen.«

»Er *hat* dich aber nicht geheilt«, sage ich nach einem Moment.

»Weil Dad den Vertrag gebrochen hat. Mom wusste, dass er es nicht schaffen würde, sich von allein gegen Stripe aufzulehnen. Dafür hatte Stripe schon zu viel in seinen Gedanken rumgepfuscht. Um zu verhindern, dass Dad ihm tatsächlich das Gewächshaus überließ, musste Mom dafür sorgen, dass er stärker an sie gebunden war als an Stripe.«

Ich starre auf die Bettdecke. »Und warum hat sie dann –«

Cass wischt sich über die Augen und greift nach meiner Hand. »Mom ist nicht gestorben«, sagt sie. »Das habe ich gespürt, als wir im Fahrstuhlschacht waren. Sie ist nur eine neue, tiefere Bindung mit der Residenz eingegangen. Mom und das Hotel haben mit vereinten Kräften dafür gesorgt, dass Dad sich eine Weile gegen Stripes Einfluss wehren konnte. Gerade lange genug, um das Gewächshaus zu verstecken und uns zu Oma zu bringen. Sie haben das alles gemeinsam durchgestanden.«

Aber in Reinharts Erinnerungen war Stripe auch im Fahrstuhl.

Oder nein. Nicht der echte Stripe. Eher ein … Echo. Ein verzerrtes Spiegelbild. Als wäre Stripe ein Teil von Reinhart. Deshalb hat Reinhart im reflektierenden Metall der Fahrstuhltür nicht nur sich selbst gesehen, sondern Stripe oder Agapios. Er hat in sein Inneres geblickt, wo ihn seine Abmachungen mit Agapios und Stripe in verschiedene Richtungen zerrten. Mom hat dafür gesorgt, dass die Hotelseite das Tauziehen gewinnen konnte, wenn auch nur für kurze Zeit.

»Deshalb hat niemand herausfinden können, hinter welcher Tür sich das Gewächshaus versteckte«, sage ich. »Mom hat ihre Bindung ans Hotel benutzt, um es abzuschirmen.«

Cass nickt. »Sie hat Dad einen Schwur abgenommen und einen Pakt mit ihm geschlossen, den er nicht brechen konnte. Zum Unterzeichnen haben sie …« Cass verstummt, doch sie muss auch gar nicht weiterreden.

Ich starre auf meine Hände. Die Stelle, an der Nico mich für das Blutritual geschnitten hat, ist immer noch nicht ganz verheilt. Ich habe Angst, auch nur darüber nachzudenken, was dieser Kontrakt zwischen uns wirklich bedeuten könnte.

»Jedenfalls hat es funktioniert«, fährt Cass fort. »Dad hat Stripe das Gewächshaus nie ausgeliefert.«

»Aber dafür habe ich es getan. Nachdem Mom sich geopfert hat, damit es Stripe nicht in die Hände fällt, habe ich ihn geradewegs hingeführt. Und du bist nicht mal geheilt worden.«

»Vergiss es«, sagt sie, und ihr Tonfall ist wieder scharf. »Ich bin, wie ich bin. Und du bist, wie du bist. Daran muss man nichts reparieren oder ummodeln. Wir sind eben einfach wir selbst. Das hat Mom verstanden, Dad aber nicht.« Ihr Blick bleibt auf mir haften. »Und du verstehst es auch nicht, oder?«

Cass und ich sitzen lange Zeit stumm nebeneinander, bis sie sich schließlich in ihr Zimmer bewegt, um sich ins Bett zu legen.

Aber ich will nicht schlafen. Der Schlaf ist zu meinem Feind geworden. Er wird mir meine Erinnerungen stehlen. Meine Abenteuer. Meine Freunde. Doch als die Uhr auf den hellen Morgen zutickt, kann ich mich nicht länger dagegen wehren. Ich nicke ein, zusammengekrümmt in dem Wissen, was Mom opfern musste und was ich getan habe, um alles zu ruinieren.

Diesmal gibt es für mich keine Träume.

27

Wer anklopft, dem wird aufgetan

Ein Geräusch weckt mich.

Ich schaue zum Fenster, durch das die ersten Strahlen der Morgensonne leuchten, und erinnere mich, wie Nico an die Scheibe geklopft und mich in ein Zauberland entführt hat. Trotz allem vermisse ich ihn irgendwie. Ich weiß nicht, ob es daran liegt, dass wir blutsgebunden sind. Jedenfalls hofft ein Teil von mir, er würde zurückkommen und verkünden, alles sei nur ein Missverständnis.

Als ich das vertraute elektrische Knistern eines Pflocks höre, halte ich es zuerst für Einbildung. Aber das folgende Klopfen macht es real. Wer anklopft, dem wird aufgetan.

Ich springe aus dem Bett, und die Aufregung kribbelt bis in meine Fingerspitzen, als ich die Tür aufreiße.

Aber da steht nicht Nico. Sondern Rahki. Und … Sev?

»Wir müssen reden«, sagt Rahki.

Ich lege den Finger an die Lippen und winke beide in mein Zimmer, fort von der verschneiten Kopfsteinstraße, die jetzt an meine Tür gebunden ist. Ich muss mich anstrengen, leise zu reden, denn ich bin so glücklich, die zwei zu sehen, dass Flüstern fast unmöglich ist. »Euch geht es gut!«

»Und das haben wir nicht dir zu verdanken«, knurrt Rahki, als sie sich auf mein Bett setzt. Ihre Hoteluniform ist schmuddelig – zum ersten Mal, seit ich sie kenne –, und sie hat Dreck im Gesicht.

»Sei nicht so hart, Rahki.« Sev klopft mir auf die Schulter. »Es ist gut, dich zu sehen. Mir tut es sehr leid, welche Rolle ich bei Stripes Betrug gespielt habe. *Delat iz muhi slona.* Wir alle haben schon Fehler gemacht.«

»Ja, kann man sagen.« Ich sollte wütend auf ihn sein, aber das kann ich nicht. Immerhin hat er versucht, mich zu warnen, als er damals abends in mein Zimmer kam. »Ich bin auch froh, dich zu sehen. Aber was tut ihr beide hier?«

Sie erzählen mir, was passiert ist, seit ich sie das letzte Mal gesehen habe. Rahki fasst sich kurz: Nicos Spleiß hat sie ins australische Outback versetzt, wo Sev schon auf sie wartete.

Ich schaue ihn fragend an.

»Nico hat mich zuerst gespleißt«, sagt Sev. »Er hat mir gesagt, ich soll am Zielpunkt warten. Also habe ich gewartet.«

Rahki verdreht die Augen. »Natürlich hast du das. Ohne Fragen zu stellen.«

»Und wie gut, dass ich es getan habe. Sonst wärst du da draußen ganz allein gewesen. Wenigstens wusste ich, wohin wir gehen müssen.«

»Wieso sollte Nico denn *dich* spleißen?«

Sev erklärt, dass er an jenem Abend nicht nur zu mir gekommen ist. Hinterher ist er auch zu Nico gegangen und hat ihm von Stripes Anweisung erzählt, die Familie Jimenez zu entführen.

»Warte mal ... also wusste Nico schon vorher, was du tun würdest?«

Er nickt. »Nico hat gesagt, ich soll machen, was Stripe verlangt. Was gut war, denke ich. Sonst hätte ich meine Seele verloren. Mein Ich.«

»Aber ... hast du den Jiminez etwas getan?«

Er zuckt angewidert zurück. »Natürlich nicht. Sie sind freiwillig mitgekommen, weil Nico mir eine Nachricht für sie gegeben hat, auf der stand, sie könnten mir vertrauen.«

»Aber im Haus hat es ausgesehen ...« Ich unterbreche mich. »Natürlich. Weil Nico vorher wusste, was passieren würde, konnte er so tun, als hätte es einen Kampf gegeben.«

»Genau. Nachdem die Jiminez weg waren, habe ich Nico Bescheid gesagt. Er hat mich nach Australien gespleißt, damit ich dort auf jemanden warte. Kurz darauf sind ein paar Leute vom Putzgeschwader gekommen und haben davon gesprochen, wie Nico im Korridor als Verräter entlarvt wurde. Sicher hatte Nico das nicht gemeint, also habe ich mich versteckt, bis sie wieder gegangen sind. Danach kam Rahki, und ich wusste, dass er sie als meine Verstärkung geschickt hatte.« Sev lacht. »Zuerst dachte ich allerdings, Rahki würde mich eher an einen wilden Kamtschatkabären fesseln.«

»Okay, aber ich blicke immer noch nicht durch«, sage ich. »Nico hat also zugelassen, dass du seine Familie raubst, dann hat er dich gespleißt, das Haus in Honduras verwüstet und so getan, als hätte er keine Ahnung? Wieso?«

Sev zuckt mit den Schultern. »Wer weiß schon, warum Nico etwas tut? Ich habe ihn nie verstanden. Aber als Rahki aufgetaucht ist und mir alles erzählt hat, wusste ich jedenfalls, dass man dich bald aus dem Hotel fortschicken würde ... zurück nach Hause. Und zu unserem Glück hatte Rahki dir den Pflock abgenommen, den ich geschnitzt habe, also konnten wir hierherkommen.«

Rahki unterbricht ihn. »Der Punkt ist, dass wir deine Hilfe brauchen. Nicos Pläne hin oder her, wir können nicht zulassen. dass Stripe das Gewächshaus behält. Und die ganzen Kinder.«

Sev verschränkt die Arme. »Stimmt.«

»Und was sollen wir dagegen tun?«, frage ich.

Rahki hebt energisch den Kopf. »Schritt Nummer eins: in Stripes Museum eindringen.«

Ich presse die Lippe zusammen. »Ihr solltet das alles lieber der Mamsell erzählen. Genau für so was ist das Putzgeschwader doch da, oder nicht?«

»Von denen kann uns auch niemand helfen«, erklärt Rahki. »Erstens wissen sie nicht, wo Stripes Museum ist, denn die Mamsell hat nie einen Zugang gefunden, außer jetzt den Korridor. Und Nico hat die Tür unbrauchbar gemacht, indem er den Pflock zerbrochen hat. Aber selbst, wenn der Korridor noch da wäre, könnte die Mamsell ihn nicht benutzen, um ins Museum zu kommen. Die Bindungsmagie der beiden Residenzen ist sehr verschieden und voneinander abgeschirmt.«

Sev meldet sich wieder zu Wort. »Für unseren Plan müssen wir erst einmal wissen, ob dein Vertrag mit Stripe erfüllt ist? Wenn er immer noch Kontrolle über dich hat, ist es sehr riskant für dich, das Museum zu betreten.«

»Stripe hat nie verlangt, dass ich einen Vertrag unterschreibe«, erkläre ich.

Rahki versteift sich. »Du meinst, als du das Gewächshaus gestohlen hast, wurdest du nicht von Stripes Willen gelenkt? Du hast das alles freiwillig getan, wie einer von den Anzüglern?«

Ich krieche in mich zusammen. »Gelenkt? Na ja ... er hat mich angelogen. Und außerdem habe ich das Gewächshaus nicht gestohlen. Das war Nico.«

»Du hast ihn reingelassen.«

»Nicht absichtlich!«

»Lass ihn in Ruhe, Rahki«, sagt Sev. »Wir sind alle nur Opfer von Stripe. Und im Übrigen –«, er wendet sich mir zu, »ist es eine gute Sache, dass du nichts unterschrieben hast. Sonst wärst du ein Paktikant geworden, der an ihn gefesselt ist, ähnlich wie ich.« Er überlegt. »Andererseits hast du dadurch auch überhaupt keine Bindung ans Museum. Wir hatten gehofft, dein Vertrag könnte uns hineinbringen.«

Ein bitterer Gedanke durchfährt mich. »Ich habe tatsächlich einen Vertrag unterschrieben. Nur nicht mit Stripe.«

Beide werfen sich besorgte Blicke zu.

Ich halte ihnen meine noch immer bandagierte Hand entgegen und erkläre möglichst genau meine Blutsbindung an Nico. »Im Vertrag stand, dass alles, was an mich gefesselt ist, auch an ihn gefesselt ist. So ist Nico ins Kloster gekommen. Das Hotel hatte seine Bindung zwar gekappt, aber nicht meine.«

»Blutsbrüder«, sagt Sev und schürzt die Lippen. »Das war leichtsinnig, Cameron.«

»Ich habe eben geglaubt, dass ich ihm trauen kann!« Ich seufze. »Und dir übrigens auch.«

»Sev hatte keine Wahl«, verteidigt Rahki ihn. »Durch seinen Vertrag konnte Stripe ihn beherrschen und seine Handlungen manipulieren. Er war gezwungen, Dinge zu tun, die er gar nicht wollte.« Sie wirft Sev einen mitleidigen Blick zu. »Er konnte nichts dafür.«

»Trotzdem ist Sev zu mir gekommen, um mich zu warnen. Und zu Nico«, sage ich und versuche, mir ein klareres Bild zu formen. »So viel Kontrolle hatte er also?«

»Ich habe keine Vertragsklausel gebrochen«, erklärt Sev. »Denn ich habe die Aufgabe erledigt, die Stripe mir aufgetragen hat. Wie ich das zuwege bringe, konnte ich selbst entscheiden. Nun ist der Vertrag erfüllt, und ich bin nicht länger gebunden.«

Rahki fährt mit der Erklärung fort. »Stripe hat zwar Kontrolle über seine Paktikanten, aber nur bis zu einem gewissen Grad. Das hängt zum Beispiel davon ab, ob sie in seiner Nähe sind und Stripe direkt mit ihnen sprechen kann. Ansonsten können auch Paktikanten ihre eigenen Entscheidungen fällen. Die Vertragsklauseln selbst haben allerdings *sehr* große Macht. Wer so einen Vertrag bricht, dem kann die Magie schreckliche Dinge antun. Sev hätte alles verloren, was ihn selbst ausmacht. Dazu wäre es nicht einmal nötig gewesen, dass Stripe in der Nähe ist. Auch so wäre Sev zu einem hirnlosen Sklaven geworden. Und das ist nicht mal das Schlimmste, was einem Vertragsbrüchigen passieren kann.«

Ein winziges Lächeln erscheint auf Sevs Lippen. »Aber dein Pakt mit Nico ist etwas ganz anderes«, lässt er mich wissen. »Du hast gesagt, was an ihn gebunden ist, ist auch an dich gebunden? Dann gilt das auf jeden Fall für das Museum. Das Hotel hat Nico eingelassen, also heißt das, Stripes Residenz wird dir ebenfalls vertrauen.«

»Aber ist Cam dann nicht auch indirekt an Stripe gefesselt?«, fragt Rahki. »Das wäre ein Fehler, den wir uns nicht erlauben dürfen.«

Sev runzelt die Stirn. »Ich glaube, Nicos Vertrag mit Stripe unterscheidet sich ebenfalls von den üblichen.«

»Das liegt daran, dass er Nico zu seinem Stellvertreter ausbildet«, sage ich. Während ich den beiden alles erzähle, was ich in Honduras erfahren habe, setzen sich die Puzzlestücke auch für mich zusammen. »Dad hat Stripes Erwartungen enttäuscht, und seitdem trainiert er einen anderen Jungen darauf, eines Tages das Museum zu übernehmen.«

»Was bedeutet, dass Nico ein waschechter Anzügler ist«, sagt Rahki, die schnell begreift, worauf Nico bei diesem Spiel setzt. »Er ist nicht Stripes Leibeigener wie die Paktikanten, sondern sein Partner.«

»Das ergibt Sinn«, sagt Sev. »Hätte ich gewusst, wie lange Nico schon bei Stripe ist, wäre es mir früher klar gewesen. Ich habe mich immer gefragt, warum Nico so bereitwillig bei allem mitspielt. Stripe braucht einen Stellvertreter, der seine eigenen Entscheidungen treffen kann. Bestimmt gibt es einen Vertrag zwischen ihnen, aber mit wesentlich mehr Freiheiten als bei den Paktikanten. Für Stripe ist das ultimative Machtgefühl, wenn jemand aus freiem Willen entscheidet, ihm zu gehören. Deshalb konnte sich Reinhart überhaupt gegen ihn wenden. Er hatte eine Wahl. Solange Reinhart halbwegs tat, was der Vertrag verlangte, konnte Stripe keine direkte Kontrolle über ihn ausüben.«

»Darum hat Mom also ...« Ich stocke und bin nicht sicher, wie ich es erklären soll. »Meine Mutter wusste, dass Dad sich keinen Vertragsbruch leisten konnte – oder Stripe würde die totale Kontrolle bekommen und ihn *zwingen*, das Gewächshaus auszuliefern. Egal wie sich Dad entschied, Stripe blieb der Gewinner. Aber dann erschuf Mom eine neue Bindung – nein, sie *wurde* zu einer Bindung – zwischen Dad und dem Hotel. Dadurch konnte sie ihm genug Zeit verschaffen, um das Gewächshaus zu verstecken und meine Schwester und mich zu Oma zu bringen. Dad hat die beiden Münzen bei uns gelassen, damit er alles vergessen würde. Dann konnte Stripes Macht über ihn noch so stark werden, Reinhart konnte ihm trotzdem nicht geben, was er verlangte.«

Erdrückende Stille breitet sich im Zimmer aus.

»Wenigstens hat dein Vater *etwas* richtig gemacht, bevor Stripe ihm seinen Willen nehmen konnte«, sagt Rahki.

Allmählich wundere ich mich ein bisschen, dass Cass noch nicht an meine Tür geklopft hat, um herauszufinden, was bei mir los ist. Wir vergessen ständig, dass wir flüstern sollten ... und sie schläft nie besonders tief.

Dann kommt mir schlagartig ein Gedanke. Reinhart hat den Vertrag mit Stripe gebrochen, also ...

»Oh nein!« Ich rase zur Tür und reiße sie auf. Aber natürlich liegt dort immer noch eine verschneite Straße irgendwo am anderen Ende der Welt. »Ein Pflocker! Gebt mir einen Pflocker!«

Sev zieht das kleine Gerät aus seiner Hosentasche und reicht es mir.

Ich entpflocke die Tür und renne zum Zimmer meiner Schwester. Aber ich bin schon zu spät. Das Zimmer ist leer.

»Sie ist weg«, sage ich, lehne den Rücken gegen die Wand und lasse mich zu Boden sinken, während Sev und Rahki mir hinterherkommen. »Er hat sie mitgenommen.«

»Wer?«, fragt Rahki.

Sev drückt verständnisvoll meinen Arm. »Reinhart. Anscheinend ist er aus dem Hotel geflohen, sodass er deine Schwester ins Museum bringen konnte.«

»Das ist alles meine Schuld.« Ich fahre mir mit den Händen durch die Haare und vergrabe die Finger darin.

Rahki kniet sich neben mich. »Wir werden sie finden, Cam.«

Ich ziehe die Knie an die Brust, und bei der Bewegung knistert etwas in der Tasche meiner Pyjamahose. Ein Umschlag ...

Und eine Münze. Nicos Münze, um genau zu sein. Sie ist wiederaufgetaucht.

»Dieser miese kleine Trickser!« Ich halte den Briefumschlag hoch, sodass die anderen meinen Namen darauf sehen können, in Nicos fließender Handschrift.

Rahki zieht die Brauen zusammen. »Woher hast du das?«

»Nicos Münze hat ein paar besondere Tricks auf Lager.« Jetzt wird mir einiges klar. Das ganze Gerede über Verträge hat mir geholfen. Vorher hatte ich nie ganz verstanden, was Nico und ich an jenem Abend in Honduras eigentlich getan haben. »Durch den Blutsbrüder-Pakt wurde seine Münze auch an mich gebunden. Schließlich steht im Vertrag: alles, was wir haben. Das heißt, jetzt kehrt seine Münze zu uns *beiden* zurück, wann immer wir uns auf die Tasche klopfen, entweder aus Versehen oder absichtlich. Und sie lässt alles mitgehen, was sie gerade berührt.«

Rahki wirft mir noch einen missbilligenden Blick zu.

»Hey, ich habe das ja nicht benutzt, um *ihm* etwas zu schicken.«

»Öffne den Brief«, sagt Sev.

Ich reiße den Umschlag auf und stelle fest, dass mehr als nur eine Nachricht darin steckt. Mir fällt ein silberner Schlüssel in die Hand.

Hallo Blutsbrüderchen,

sorry, wie alles gelaufen ist, aber du weißt schon: Manchmal tut man, was man tun muss. Deinen Vater habe ich eben nur im Austausch bekommen. Schließlich wollte ich mein Versprechen halten. Und außerdem muss ich mich auch um meine Familie kümmern. Ich schätze, das verstehst du.

Die Klosterkinder sind jetzt in Stripes Museum, und gerade ist dein Vater mit Cass aufgetaucht. Stripe glaubt, er hat gewonnen. Das macht ihn so angreifbar wie sonst nie. Ich werde alle vor ihm beschützen, solange ich kann. Wenn du Lust und starke Nerven hast, könnten wir zusammen noch ein bisschen Spaß haben, bevor mein Plan sein Finale erreicht. Ich brauche nicht unbedingt Hilfe, aber vielleicht möchtest du dich auf meine Seite schlagen. Das wird auf jeden Fall ein wilder Ritt, und ich würde mich freuen, dich dabeizuhaben.

Ganz allein deine Entscheidung, okay? Nicht, dass du dich überanstrengst :-)

Die besten Grüße

Nico

Einzug Rahki schnaubt. »Glaubt er wirklich, darauf fällst du rein?«

»Vielleicht.« Etwas an dem Brief fühlt sich ... keine Ahnung ... irgendwie richtig an. »Was, wenn er die Wahrheit sagt? Ich meine, schließlich hat er Sev geschickt, damit er auf dich wartet. Und er hat im Haus der Jimenez diese Show abgezogen. Sogar der Vertrag, den er mit mir geschlossen hat ... im Moment hilft er uns weiter. Nico konnte sich dadurch zwar ins Kloster und das Hotelnetzwerk einschleichen, aber jetzt haben wir auch Zugang zum Museum.« Ich denke nach. »Sieht doch wirklich so aus, als hätte er das alles geplant. Vielleicht hat er die ganze Zeit eine Show abgezogen, um Stripe reinzulegen, der sich jetzt für den Sieger hält.«

»Nico liebt solche Spielchen«, stimmt Sev zu.

»Aber was, wenn er wieder lügt?«, fragt Rahki.

Ich betrachte Nicos silbernen Schlüssel. »Das hier wolltest du doch, oder? Nico hat für einen Weg gesorgt, wie wir ins Museum kommen. Er hat mir nicht nur seinen Schlüssel zum Korridor geschickt, er hat mich durch den Blutsbrüderpakt *selbst* zu einem Schlüssel gemacht, um das Museum betreten zu können. Und außerdem hat Stripe meine Schwester. Also bleibt mir gar keine Wahl.«

Das ist der Moment, an dem ich normalerweise anfange, mir einen Kopf über alles zu machen, was schiefgehen könnte ... bis meine Ängste sich so hoch auftürmen, dass sie in einem riesengroßen NEIN gipfeln. Aber so ist es diesmal nicht. Stimmt schon, wenn wir uns ins Museum schleichen, könnte das schlimm enden, aber falls wir es *nicht* tun, ist ein schlimmes Ende garantiert.

»Sev, du musst ins Hotel zurückkehren und Hilfe holen«, sage ich. »Nicht die Mamsell ... lieber Agapios. Ich bin sicher, er versteht es. Sag ihm, er soll vorbereitet sein, wenn wir die Kinder zurückbringen.«

Ein Lächeln breitet sich über Sevs Gesicht aus. »Mache ich.«

»Rahki, du kommst mit mir. Wir finden Nico, und dann bringen wir alles wieder in Ordnung!«

28

Wege im Labyrinth

Die Hintertür beim Krankenhaus scheint mich spöttisch anzustarren. Sie kommt mir riesengroß vor und ich winzig klein. Habe ich mich vielleicht doch übernommen? Ich dachte nie, dass ich eines Tages einen echten Hass auf Türen entwickeln könnte, aber im Moment würde ich am liebsten jede aus ihren Scharnieren reißen und auf dem größten Scheiterhaufen der Geschichte abfackeln.

Nicos Münze ist wieder aus meiner Jeans verschwunden. Ich rufe sie mit einem Handklopfen zurück, und meine Tasche beutelt sich aus, als eine weitere Nachricht auftaucht.

Heißt das, du kommst? Cool, dann wird es erst richtig lustig.

Allerbeste Grüße

Nico

»Was hat er geschrieben?«, fragt Rahki.

»Gar nichts.« Ich knülle den Zettel zusammen und werfe ihn in die nächste Mülltonne. »Bringen wir es hinter uns.«

Mit Nicos Silberschlüssel lässt sich die Tür zum geheimen Korridor problemlos öffnen. Ein silbrig glitzerndes Aufschäumen, dann führe ich Rahki auch schon auf das Flurende mit dem großen, glänzenden M zu. Im Korridor ist alles, wie ich es in Erinnerung habe – abblätternde Tapete, Schachbrettfliesen –, doch die Bilder in meinem Gedächtnis werden bereits blasser, da sie an die Münze gefesselt sind, die ich nicht länger besitze.

Vor der Tür mit dem M bleibe ich stehen. Als ich meine Hand auf das Holz lege, kann ich spüren, wie mein Pakt mit Nico mich daran bindet, als würden Ameisen unter meiner Haut herumkrabbeln.

Ich drehe den Knauf, und ohne jeden dramatischen Glitzerlichteffekt schwingt die Tür lautlos auf.

Rahki streift ihre Handschuhe über. »Dann also los.«

Wir betreten einen geräumigen Museumsgang. Dicker Teppichboden gibt unter unseren Füßen nach, als würden wir über einen Riesenschwamm laufen. An den Wänden sind historische Gemälde ausgestellt, und in der Luft liegt der muffige Geruch lang vergessener Dinge. Ritterrüstungen, verwitterte Schriftrollen in Glaskästen, Pflastersteine mit Gedenkinschriften.

Rahki lässt den Blick über die spiegelnden Museumsvitrinen gleiten. »Kennst du dich hier aus?«

»Nein.« Ich fahre mit dem Finger über eine Wandmalerei, die an einen Stammbaum erinnert und aus silbernen Blättern auf schwarzem Hintergrund besteht. Dazwischen hängen Gemälde von brennenden Städten, Sturmfluten, angreifenden Armeen. »Hierher hat Stripe mich nie gebracht.«

Plötzlich kommen aus dem angrenzenden Flur zwei geschniegelte Jugendliche in Anzügen. Ich ziehe Rahki in den Schatten und warte, bis die beiden um die Ecke gebogen sind.

»Paktikanten.« Sie stößt zischend die Luft aus. »Okay, einen Schritt nach dem anderen.«

Wir schleichen ihnen auf Zehenspitzen nach. An der Ecke sehe ich eine Balustrade, von der aus man eine Foyerhalle überblickt. Anscheinend befinden wir uns jetzt in der zweiten Etage des Museums. Wie im Hotel ist alles durch Krümmer verbunden, sodass der Lageplan nicht viel Sinn ergibt.

Ich gebe Rahki ein Handzeichen, damit sie stehen bleibt. Unter uns ragt eine riesige Engelsstatue auf, die ihre Arme über die Foyerhalle ausgebreitet hat. Blank polierte Schwerter, Speere und Streitäxte hängen von der Decke und reflektieren das Licht aus silbernen Kronleuchtern. Alles ist voller Menschen – Kinder, Jugendliche und Erwachsene –, die einheitliche Anzüge tragen. Manche stehen einfach nur im Foyer herum und starren mit traurigen, blicklosen Augen ins Leere. Andere marschieren geschäftig durch die Halle, tragen Bücher und Servierplatten mit Essen herum, stauben Kaminsimse ab, wechseln Glühbirnen aus.

Rahki zeichnet den Weg eines Paktikanten mit dem Finger nach. »Siehst du, dass sie sich nie umschauen? Die Paktikanten sind an das Museum gefesselt – auf die unschöne Art. Ich habe Gerüchte darüber gehört, wie weit der Einfluss des Gegenparts auf Menschen reichen kann. Diese Leute sind nur noch Möbelstücke.«

Ein Paktikant kommt auf der zweiten Etage um die Ecke gebogen, direkt auf uns zu, aber er geht einfach vorbei. Der Junge trägt einen Eimer mit Putzzeug. Er reagiert überhaupt nicht darauf, dass hier zwei Leute stehen, die offensichtlich nicht zum Museum gehören. Tatsächlich scheint er uns nicht einmal zu bemerken.

»Sieht er uns nicht?«, frage ich.

»Schon, aber sein Bewusstsein gehört nicht länger ihm. Das bisschen Verstand, das dieser Junge übrig hat, ist nur noch mit dem Allernötigsten gefüllt.« Sie zeigt auf einen Flur, der von der Foyerhalle wegführt. Davor sind zu beiden Seiten Paktikanten postiert. »Sieht so aus, als ob sie etwas bewachen.«

Nach einem Augenblick erkenne ich einen der Wächter. »Ist das … Orban?« Der Ungar mit den haarigen Flecken auf den Wangen steht neben der Tür, hat die Hände hinter dem Rücken verschränkt und starrt ins Nichts.

Rahki umklammert fester das Geländer. »Deshalb hat er sich in Budapest plötzlich gegen uns gewandt. Das hat für mich überhaupt keinen Sinn gemacht. Er steht also auch unter Stripes Kontrolle.«

»In Budapest hat er versucht, mir zu sagen, dass ich von Stripe wegkommen soll. Hätte ich doch nur auf ihn gehört.«

Rahki denkt kurz nach. »Ich muss einen Weg um die Wachen herum finden.«

Ich widerspreche. »Wenn diese Residenz nach ähnlichen Regeln funktioniert wie das Hotel, dann gibt es keinen Weg hintenherum. Bestimmt führt wie beim U-Geschoss mit dem Büro des Concierges nur eine einzige Tür rein und raus.«

»Auf jeden Fall müssen wir irgendwie an den Wachen vorbeikommen.«

Ich lehne mich gegen den Krümmer neben uns und lausche dem Summen der Bindung – dem einzigartigen, beruhigenden Klang von Magie, die durch Holz strömt.

»Hast du immer noch den Pflocker?«, frage ich.

»Meinen und Sevs.« Sie holt beide Geräte aus ihrer Manteltasche.

Ich ziehe Rahki in einen unauffälligen Winkel und erkläre meine Idee.

»Du willst die Museumstüren entpflocken?«, fragt sie wenig überzeugt.

»In eine ähnliche Falle sind wir doch in Budapest geraten. Bisher sind wir im Nachteil, weil wir uns im Museum nicht auskennen, aber schließlich ist es eine Residenz, richtig? Also nur ein Haufen Türen, die im Laufe der Zeit magisch verbunden wurden. Wenn wir die Pflöcke durcheinanderbringen ...«

»Dann bauen wir damit das ganze Museum um.«

Ich grinse und fühle mich zur Abwechslung mal gut. »Wir brauchen keinen Lageplan ... wenn wir die Türen umpflocken, irren die Paktikanten mindestens genauso ziellos herum wie wir.«

»Aber dauert das nicht ziemlich lange?«

»Nö.« Ich zeige auf den doppeltürigen Krümmer, durch den wir eben gekommen sind und der die obere Foyer-Etage mit diesem Flügel des Museums verbindet. »Wenn wir die Tür hier entpflocken und dasselbe auch auf der unteren Foyer-Etage machen, ist schon einmal ein ganzer Museumsteil vom Rest abgeschnitten. Ähnlich wie es dem Hotel beim Pflock-Defekt passiert ist. Alle Paktikanten, die wir in den abgetrennten Teil gelockt haben, sind wir eine Weile los.«

»Außer natürlich, es gibt andere Verbindungstüren, die in diesen Teil führen.«

»Wir wollen ja nur ein bisschen Zeit rausholen. Wie du selbst gesagt hast, sind Stripes Untergebene nicht gerade Schnelldenker. Wir benutzen die Türen, um Chaos zu verbreiten, und dadurch bekommst du Gelegenheit, nach den Klosterkindern zu suchen, und ich, meine Schwester und das Gewächshaus zu finden.«

Ich hoffe, dass Rahki die größte Schwäche meines Plans übersieht. Wenn wir die Paktikanten in diesem Museumsteil einschließen, schneiden wir uns damit den Rückweg zum geheimen Korridor ab – also unsere einzige verlässliche Fluchtroute. Wir werden einen anderen Weg nach draußen finden müssen. Aber bei den vielen Türen, die es hier gibt, sollte das kein Problem sein.

»Okay«, sage ich. »Dann wollen wir mal ein paar Pflöcke umstecken.«

Ich ziehe die Schnürbänder an meinen Sneakern gut fest.

Rahki hat die Türen in diesem Museumsflügel so umgepflockt, dass sie einen geschlossenen Kreis bilden. Das sollte die Paktikanten eine Weile beschäftigen. Unsere Falle ist vorbereitet.

»Also, dann locke ich sie jetzt ins Foyer«, sage ich und werfe über die Balustrade einen Blick nach unten. »Du versteckst dich hier und kümmerst dich um die Pflöcke, sobald mir möglichst viele Paktikanten folgen.«

Sie streckt mir ihre Hand entgegen. »Viel Glück, Cam.«

Ich schlage feierlich ein, und dann geht Rahki am oberen Ende der Foyertreppe in Position. Jetzt gibt es kein Zurück mehr.

Ich atme die Anspannung aus meinen Lungen, renne die Treppen hinunter und will gleich losbrüllen.

Aber bevor ich ganz unten angekommen bin, öffnet sich metallisch scheppernd die bewachte Tür, und eine schmächtige Gestalt mit Gelfrisur spaziert heraus.

»Hi, ihr beiden!«, sagt Nico und drängelt sich mit einem gemurmelten ›Tschuldigung‹ zwischen Orban und dem anderen Wächter hindurch. Er sieht Stripe täuschend ähnlich. Die gleiche Nadelstreifenweste mit seidenem Einstecktuch, der gleiche Strohhut, und er stützt sich beim Humpeln sogar auf eine Nachahmung von Stripes Gehstock. Bei dem Anblick wird mir ganz eng um die Brust. »Ihr seid wirklich aufgetaucht. War nicht sicher, ob ihr es einrichten könnt.«

»Du hast uns schließlich eingeladen«, sage ich. Niemand sonst bewegt sich. Das ganze Museum scheint den Atem anzuhalten.

Nico winkt Rahki zu, die noch immer am Anfang der Treppe steht. »Hallo, Rahki! Warum versteckst du dich da oben? Machst du dir etwa Sorgen, ich könnte dir eins auswischen, weil du mir den Knöchel gebrochen hast?«

Ich trete einen Schritt auf ihn zu. »Was machst du?«, zische ich.

»Genau, was ich versprochen habe. Ich helfe euch, Stripe von dieser Kinderhorde zu befreien.« Er klopft Orban auf die Schulter. »Aber dadurch wird es kompliziert. Tja, am besten halte ich mich an meinen Plan.« Er hebt die Stimme. »Hallo, allesamt! Der zukünftige Herr dieses Hauses befiehlt euch, die beiden Eindringlinge zu fangen und zu ihm zu bringen!«

Auf der Stelle lassen alle Paktikanten stehen und liegen, was sie gerade tun, und nehmen Rahki und mich ins Visier.

»Lauf!«, schreit Rahki.

Ich sprinte in die Foyerhalle und renne geradewegs einem Paktikanten in die Arme, der gebaut ist wie ein Wrestler. Er packt mich am Kragen, doch glücklicherweise reißt der Stoff, und ich kann mich unter seinem Arm hindurchducken. Dabei stolpere ich und schaue zurück. Ich erstarre vor Schreck. –

Sie kommen auf mich zu. Und zwar alle.

Rahki springt mit einem Satz über die Balustrade. Fesselstaub glitzert an ihren behandschuhten Fingern. Sie rammt einem Paktikanten ihre Handfläche in den Leib, und er bleibt am Boden kleben wie eine Maus in der Leimfalle. »Nun mach schon, Cam!«

Also renne ich wieder los. Mit ein paar weiteren Finten und Haken erreiche ich die Tür zum Flur. Die Paktikanten folgen wie geplant, aber sie haben sich verstreut, weil ein Teil hinter Rahki herjagt. Dadurch wird alles ungeplant schwierig.

Was hat Nico sich dabei gedacht? Er hat uns doch herbestellt. Vielleicht kann Stripe ihn doch auf irgendeine Weise kontrollieren, und Nico ist nicht er selbst, aber wie soll ich das unterscheiden können?

Am Ende des ersten Flurs hat Rahki eine Tür so umgepflockt, dass sie in die obere Etage führt. Das sollte mein Notausgang sein. Aber die Paktikanten sind mir zu dicht auf den Fersen. Bevor ich die Tür hinter mir zuwerfen kann, hat ein Junge schon seinen Fuß in die Lücke gesteckt. Nein, nein, nein! Ich versuche, die Tür mit Gewalt zuzuziehen, doch er hält dagegen. Wenn ich es nicht schaffe, diesen Krümmer zu entpflocken, können wir unsere ganze Falle vergessen. Ich werfe mich gegen die Tür, wieder und wieder, aber der Typ lässt nicht locker. Jetzt kommt auch noch ein Mädchen dazu und setzt ihr ganzes Körpergewicht ein.

Ich trete dem Jungen mit voller Wucht auf den Fuß, sodass er ihn wegzieht. Sein polierter Lackschuh bleibt zurück. Tja, deshalb sollte man Sneaker tragen. Ich rupfe seinen Schuh aus dem Spalt und knalle die Tür zu.

Die Bindungsmagie im Holz summt durch meinen Körper, während ich mich keuchend dagegenstemme. Auf der anderen Seite hämmern die Paktikanten gegen die Tür. Jetzt müsste ich es bloß noch schaffen, den Pflock aus dem Scharnier zu ziehen …

Ich taste blind danach, während ich krampfhaft die Tür zuhalten, und dabei kullert Nicos Münze auf den Boden. Obwohl die beiden Kinder ihre ganze Kraft einsetzen, geben meine Turnschuhsohlen mir genug Halt, um nicht wegzurutschen. Ich will den Pflocker benutzen, aber durch das Gezerre an der Tür sitzt der Pflock zu fest, und die kleine Sprungfeder hat nicht genug Kraft. Ich brauche etwas Stärkeres. Einen Hammer. Irgendwas.

Mein Blick fällt auf den Lackschuh mit seiner glatten, harten Sohle. Als ich mich bücke, klafft die Tür etwas auf, doch ich kann sie gleich wieder zuschlagen. Während ich mich mit dem Rücken dagegendrücke, setze ich den Metalldorn des Pflockers an die richtige Stelle und hämmere ihn mit dem Schuh nach oben. Der Pflock rührt sich ein winziges bisschen. Vorsichtig, damit er bloß nicht splittert, löse ich ihn mit zwei weiteren Schlägen. Er ploppt zu Boden.

Die Bindungsmagie verlischt mit einem letzten Aufschimmern.

Geschafft! Jetzt müsste der Paktikantenmob erst einmal in der unteren Foyer-Etage festhängen, während ich durch die entpflockte Tür von ihm getrennt bin. Aber damit haben wir noch nicht gewonnen. Wer weiß, was mit Rahki passiert ist, nachdem Nico seine Dienerschaft auf sie gehetzt hat?

Schnell sammele ich die Münze wieder vom Teppichboden auf und renne in die Richtung, wo ich Rahki vermute.

Ich sehe sie nirgendwo, aber sie hat eine Spur festgeklebter Paktikanten hinterlassen, die Bekanntschaft mit ihrem Staubwedel gemacht haben. Die langen Haare eines Mädchens sind als Knoten um ein Geländer gewunden. Ein anderes hat die Hand über die Augen geklebt, sodass sie blind im Raum herumstolpert. Außerdem hat Rahki einen Typen mit dem Hintern an einen eingetopften

Baum gekleistert und umgekippt. Er rollt auf dem Boden herum wie eine auf dem Panzer liegende Schildkröte. Eine Vierergruppe ist so ineinander verknäult, dass man nicht mehr erkennt, welche Körperteile zu wem gehören. Die riesige Engelsstatue überblickt die Szene und macht fast den Eindruck, als würde sie kichern. In Zukunft werde ich es mir sehr gut überlegen, ob ich Rahki verärgere.

Als ich fast wieder im Foyer bin, stellt sich mir plötzlich Orban in den Weg. Von Nico keine Spur. Mit finsterer Miene ballt er die haarigen Knöchel und schwingt eine Faust nach mir, an der ein Stück Putz klebt. Offenbar war auch er festgekleistert und hat sich losgerissen. Ich kann gerade noch ausweichen, um nicht ausgeknockt zu werden.

Weiter hinten im Flur sehe ich, wie ein Teil der Paktikanten mich bemerkt und umkehrt. Nie im Leben kann ich eine weitere Tür entbinden, während mich ein hünenhafter Ungar angreift. Die Paktikanten brauchen bestimmt nicht lange, um mich zu erreichen. Wenn ich nur stark genug wäre, um sie aufzuhalten …

Mein Blick fällt auf die Engelsstatue und den Schlitz ganz unten an dem steinernen Gewand. Sana hat gesagt, wenn man eine Münze besitzt, kann man sich an einen beliebigen Avatar binden. Zwar habe ich die Hotelmünze nicht mehr, aber dafür Nicos, und durch unseren Pakt ist sie an das Blut in meinen Adern gefesselt.

Mir läuft die Zeit davon.

Ich rolle mich vor Orbans Schlag außer Reichweite und hechte auf den Engel zu.

Kaum habe ich die Münze in den Schlitz gesteckt, beginnt der Steingigant sich zu regen. Das Marmorgewand verwandelt sich in schimmernd weißen Stoff, die fahlgraue Haut wird nachgiebig und sonnenbraun. Der Avatar nimmt eine Angriffspose ein und will gerade eine flammend weiße, gebogene Klinge aus der Scheide ziehen, als ich ihn stoppe. Ich will nicht, dass Orban oder andere unter Stripes Kontrolle verletzt werden. Mir geht es nur darum, dass sie *mich* nicht zu Brei hauen.

Orban fletscht die Zähne und greift wieder an.

Der Engel gleitet zwischen uns und gibt Orban einen Schubs vor die Brust, der ihn aus der Foyerhalle heraus zu den übrigen Paktikanten kullern lässt. Erst vor den Füßen des wütenden Mobs bleibt er liegen.

Gedankenschnell schließt der Engel die Tür zwischen dem Foyer und dem Flur und stemmt seine enormen Hände dagegen. Man hört die Paktikantenmenge auf der anderen Seite krachend gegen das Holz prallen.

Ich klopfe dem Avatar dankbar aufs Schienbein und sage »Gute Arbeit, Kumpel«, dann ziehe ich Nicos Münze aus dem Schlitz. Die Magie zerstäubt, der Engel verwandelt sich in Marmor zurück, aber blockiert weiterhin die Tür. Er ist ein sehr solides Hindernis, trotzdem wird der Mob irgendwann zu mir durchkommen. Um das zu verhindern, könnte ich natürlich die Tür entpflocken und ihre Bindung zum Flur lösen ... Ich kann nur hoffen, dass Rahki nicht mehr dort drüben auf der anderen Seite ist.

»Sorry, Rahki«, sage ich und hämmere den ersten Pflock aus dem Scharnier. »Jetzt musst du dich allein durchschlagen. Aber wenn das jemand schafft, dann du.«

Kaum habe ich den letzten Pflock entfernt, herrscht im Foyer geisterhafte Stille.

Okay, dann ist es wohl Zeit, nach Cass zu suchen. In einem gespenstischen Museum. Allein.

29

Schmorbraten

Ich marschiere in einen leeren Flur. Keine Wachen weit und breit. Die Pflöcke der entbundenen Türen habe ich vorsichtshalber mitgenommen. Hoffentlich geht es Rahki gut. Ein Mosaik aus türkisweißen Kacheln, das an wirbelnde Windböen erinnert, lockt und führt mich immer tiefer ins Museum. Auf beiden Seiten erheben sich Türbögen, die noch altertümlicher aussehen als die im geheimen Korridor.

Möglich, dass die entführten Kinder hinter einem davon versteckt sind.

Ich probiere die erste Tür aus und bin überrascht, als sie einfach so aufschwingt. Aber wozu sollte Stripe auch Türen verschließen? Er hat ein besseres Sicherheitssystem: eine durch magische Gehirnwäsche gefügige Wächterarmee.

Die schwere Holztür gleitet auf, und vor mir liegt eine staubige Anhöhe. Der Hügel sieht aus wie eine Sanddüne, die vor langer

Zeit zu bröckligem Gestein verdichtet wurde. Ich lasse die Tür einen Spalt weit offen und klettere ein kurzes Stück hinauf.

Die Hügelkuppe überragt ein gewaltiges, trichterförmiges Loch in der leblosen Landschaft: eine Mine. Kinder trotten die Rampen hinauf und hinunter, schleppen schwere Geräte, graben im freigelegten Gestein. Ihre T-Shirts – wenn sie so etwas überhaupt haben – sind verschwitzt und voller Löcher. Die meisten haben nackte Oberkörper und nackte Beine, bis auf ein paar dürftige Stofffetzen um die Hüften. In der heißen Sonne glänzen ihre Körper vor Schweiß.

Am liebsten würde ich wegschauen, aber ich kann nicht. Viele der Kinder hätten genauso gut neben mir in der Schule sitzen können. Sie sind verdreckt und todtraurig. Männer mit harten Gesichtern wachen über die Mine und sorgen dafür, dass niemand bei der Arbeit nachlässt.

Rahki hat gesagt, bevor sie von der Mamsell aus Syrien gerettet wurde, habe sie ›in einer schlimmen Lage gesteckt.‹ Wie viele Kinder im Hotel der Wünsche haben eine ähnliche Geschichte? Wie vielen Menschen hat Agapios' Residenz geholfen, bevor ich Stripe das Gewächshaus überlassen habe? Ich dachte immer, an einer der zigtausend Todesarten auf meiner FTA-Liste zu sterben sei das Schlimmste, was passieren kann. Aber da habe ich mich geirrt. Das hier ist schlimmer, denn diese Kinder haben nicht einmal mehr ein eigenes Leben.

»Auf der Suche nach mir, Mr Cameron?«

Ich fahre herum und sehe ein Stück entfernt Nico an der Tür lehnen, die zurück ins Museum führt. Er hält den Gehstock mit dem Knotengriff in der Hand, rückt seine Weste zurecht und hat ein schnöseliges Angebergrinsen auf dem Gesicht.

Während ich auf ihn zu gehe, sehe ich wieder die Angst in den Augen der Klosterkinder, eine Flut von panischen Gesichtern, und daraus verdichtet sich ein einziger Gedanke:

Ich werde Nico eine Abreibung verpassen, von der er sich so schnell nicht mehr erholt.

Anscheinend sieht er meinen Angriff nicht kommen, oder er glaubt nicht, dass ich so was tatsächlich tun würde, denn meine Faust rammt mit einen dumpfen Aufprall gegen seine Brust.

Sein Gehstock fällt klappernd zu Boden, und Nico taumelt zurück in den Museumsflur. »Woah, was war das denn? Für Gewalt gibt es echt keinen Grund.«

»Keinen Grund?« Ich sollte hier besser nicht herumschreien, aber ich bin so stinkwütend, dass es mir egal ist.

»Ist doch alles prima gelaufen«, sagt er.

»Was soll daran prima sein? Du hast uns angelogen. Mich! Du hast uns Stripes Wachmänner auf den Hals gehetzt.«

Nico schnaubt. »Nicht zu vergessen die Wachfrauen.«

»Und diese Türen ... die ganzen Kinder ...« Ich beiße mir auf die Zunge, damit ich ruhig bleibe. »Wie konntest du bei so was mitmachen?«

Er schnappt sich seinen Gehstock vom Boden. »Genau wie ich mir heute Morgen die Krawatte ausgesucht habe«, sagt er. »Man hat mehrere Optionen, und davon wählt man eine aus.«

Ich würde ihm so gerne wieder eine reinhauen. Wenigstens würde ihm dann das Lächeln vergehen. »Du nimmst das Ganze nicht mal ernst.«

Nicos Miene verdüstert sich. »Doch, tue ich. Du hast ja keine Ahnung, wie sehr. Vertrau mir einfach.«

»*Vertrauen?*«, wiederhole ich ungläubig, und das Herz will mir aus den Rippen explodieren. »Du hast mich verraten. Dabei sollten wir eigentlich Blutsbrüder sein.«

»Das sind wir doch auch.« Er humpelt auf seinen Hut zu. »Ich habe dir vielleicht nicht alles gesagt. Aber das war bloß, weil ich dich beschützen wollte, Kleiner.«

»Hast du aber nicht! Niemand beschützt mich. Im Gegenteil, ich muss immer alle anderen beschützen. Und hör auf, mich Kleiner zu nennen!«

Nico seufzt, und das Geräusch bringt mein Blut zum Brodeln. »Du weißt nichts über Stripe. Was nötig ist, ihn aufzuhalten.«

»Aber *du* schon?«

»Oh, ja.« Er klopft sich den Staub vom Hut und streicht sich die Gelfrisur zurecht. Dann zieht er seine Münze aus der Hosentasche und schnipst sie in die Luft, bevor er in den Flur marschiert und mir bedeutet, ihm zu folgen.

»Glaubst du wirklich, dass ich irgendwo mit dir hingehe?«

»Ja, tue ich.« Seine Stimme klingt ruhig und ernst. »Welche Wahl hast du denn? Du willst Cass zurückhaben, oder nicht?«

Mein Gesicht glüht vor Zorn, aber ich unterdrücke das Gefühl. Schließlich hat er recht.

Er senkt die Stimme und lässt die Münze über seine Knöchel tanzen, während wir nebeneinander hergehen. »Ich hoffe, Stripe riecht den Braten nicht. Also hör zu, so können wir ihn drankriegen: Stripe hält alles für käuflich, und er muss glauben, dass er gewinnt. Aus seiner Sicht sind Leute, die er gestohlen hat, sein rechtmäßiger Besitz, so wie die Paktikanten, die ihr mit eurem erstklassigen Türentrick losgeworden seid. Und da komme ich ins Spiel. Damit ihr alle mit heiler Haut hier rauskommt, muss jemand Stripe bezahlen. Ich meine, Rahki ist ja super mit ihrer Putzwaffe, aber das Gewedel wird euch trotzdem nicht allzu weit bringen.« Er macht eine Kunstpause. »Ich brauche deine Hilfe.«

»Du lügst, sobald du den Mund aufmachst.«

»Diesmal nicht«, sagt er. »Als wir unseren Pakt geschlossen haben, da habe ich gesagt, dass ich einen Verbündeten brauche. Jemanden, der mit vertraut ... egal, was passiert. Und genau das brauche ich immer noch.«

Unsere Blicke treffen sich. »Wie soll ich das machen? Wie kann ich dir jemals wieder vertrauen?«

Nicos Lächeln wabert. »Kannst du vermutlich nicht. Aber ich muss trotzdem darauf setzen, denn wir haben nur diese eine Chance, zu gewinnen. Wenn du nicht an mich glauben kannst, dann wenigstens an unseren Vertrag. Ich habe versprochen, alles in meiner Macht zu tun, um deine Familie zu finden und zu beschützen. Das ist ein Schwur, den ich nicht brechen kann.« Er zeigt mit dem Gehstock auf die Tür am Ende des Flurs. »Geh da rein. Stripe wartet schon.«

30

Gewächshausmagie

Die Kuppel des Gewächshauses sieht anders aus als beim letzten Mal, als ich sie hinter dem antiken Schrank entdeckt habe. Noch immer fällt dämmriges Sonnenlicht durch die Zweige des Vesima und erwärmt die dunstige Luft. Großblättrige Pflanzen und Blumen tropfen im schwülen Treibhausklima, als würden sie schwitzen.

Aber die Pflanzen sind nicht länger grün. Ein mattschwarzer Feuchtigkeitsfilm perlt von den Blättern und schlängelt sich in schmutzigen Rinnsalen den Hügel hinab. Bunte Blüten liegen verstreut und verwelkt im Dreck. Sogar die Äste des Vesima hängen schlaff und verdorrt herab, behangen mit verrotteten Früchten. Viele der niedrigeren Äste wurden abgesägt und liegen in unordentlichen Haufen herum.

»Was ist damit passiert?«, frage ich.

Nico legt den Finger gegen die Lippen und zeigt auf Mr Stripe, der am Fuße des Baums in Körben herumwühlt, die vor verdorbenen Früchten überquellen. Um ihn herum ragen Wurzeln aus der Erde wie gigantische Krakenarme, die ein Schiff auseinanderreißen wollen.

»Entschuldigen Sie, Sir«, sagt Nico und marschiert den Fußpfad hinauf. »Cameron Kuhn ist hier, um Sie zu treffen.«

Stripe wirft entzückt die Hände hoch. »Mein lieber Cameron, was für eine Freude! Und so unerwartet schnell.«

Ich nicke und versuche, in keinen der Rinnsale aus kränklichem Schwarz zu treten, die über den Pfad sickern. »Mr Stripe.«

»Liebe Güte, wir wissen doch beide, dass ich nicht wirklich so heiße«, sagt er. »Obwohl ich zugeben muss, dass ich schon schlechtere Titel hatte.«

Nico tritt neben mir von einem Bein aufs andere. Es ist schwer vorstellbar, dass er von diesem gruseligen Typen aufgezogen und zu dem gemacht wurde, was er heute ist.

»Unser Gast sieht durstig aus, Nico. Wir wollen doch nicht, dass er sich unwohl fühlt.« Er wendet sich mir zu. »Möchtest du vielleicht eine Limonade? Eine Tasse Tee? Oder wie wäre es mit deiner Lieblingserfrischung ... ein Orangeneis am Stiel?«

Das ist reine Taktik. Stripe will mir unter die Nase reiben, dass er alles über mich weiß. Wer ich bin. Wer ich mein ganzes Leben lang war. Aber ich lasse mich nicht von ihm oder sonst jemandem festnageln. In Wirklichkeit kennt er mich nicht. Das tue nur ich selbst.

»Danke, ich möchte nichts.«

Stripes Grinsen verlischt. »Oh doch, willst du ... deshalb bist du schließlich hier, nicht wahr?« Er nickt in Nicos Richtung. »Bring ihm seine Familie.«

Nico humpelt durch eine der Türen davon.

Jetzt bemüht Stripe sich nicht länger, mir den freundlichen, hilfsbereiten älteren Herrn vorzuspielen, den ich ganz am Anfang kennengelernt habe. Er mustert mich mit dem gleichen überlegenen Grinsen, das Nico immer aufsetzt, wenn er jemanden erfolgreich reingelegt hat.

»Wieso haben Sie Reinhart gezwungen, meine Schwester zu entführen?«, frage ich. »Haben Sie nicht schon im Kloster alles bekommen, was Sie wollten?«

Stripe lacht. »Reinhart? Du nennst deinen Vater jetzt beim Vornamen? Kein Wunder, nachdem du sein wahres Ich kennengelernt hast. Dein Dad war wohl nicht ganz, was du dir erhofft hast?«

»Was wollen Sie eigentlich, Stripe?«

»Oooh.« Er mimt einen dramatischen Schauer. »Wie dreist und verwegen! Klingt, als hätte mein lieber Nico auf dich abgefärbt.«

Er schnappt sich einen der widerlichen, mürben Früchte aus dem Korb und beißt herzhaft hinein. Ich würge, als schleimiger Saft von seinem Kinn tropft.

»Die eigentliche Frage ist doch, was *du* willst«, sagt Stripe mit vollem Mund. »Ich bin immer bereit zu einem Deal. Mich fasziniert, wie du dich für deine Schwester aufopferst. Mama Melissa verrottet mitsamt ihren Idealen tot in einem Abgrund ... Papa Reinhart ist durchgebrannt, so schnell er nur konnte ... aber du plackerst dich immer noch für deine Schwester ab und willst ein gutes Brüderchen sein.« Er schluckt einen Bissen herunter. »Kein Wunder, dass das Hotel an dir interessiert war, auch wenn niemand sonst dich zu schätzen weiß.«

Er will mich aus der Balance bringen, um mich besser ködern zu können. Mich wütend machen, wie Nico es immer tut, indem er mich Kleiner nennt. Aber diese Taktik durchschaue ich jetzt. Er versucht, mich zu manipulieren, doch ich lasse mich nicht mehr an der Nase herumführen wie ein tapsiger Tanzbär.

»Weißt du, dein Problem ist, dass du dich nicht traust, etwas zu wollen, weil es vielleicht nicht in Erfüllung geht oder sich danach als verkehrt herausstellt.« Er kommt ein paar Schritte auf mich zu, und Saft spritzt, als er sich direkt vor meinem Gesicht einen weiteren Bissen gönnt. »Ich denke, was du wirklich willst« – *schmatz, schlürf* – »ist, von allem frei zu sein.«

»Ich glaube nicht, dass Ihre Art von Freiheit mir gefallen würde.«

»Du könntest überrascht sein.« Stripe wirft das halb gegessene Obst ins welke Gras. »Ich biete dir Sicherheit. Hier im Museum liegt die ganze Verantwortung allein bei mir. Und ich kümmere mich gut um meine Besitztümer.«

»Vor allem benutzen Sie sie.« Ich taste nach der Münze an meinem Hals, aber natürlich ist sie nicht da. Plötzliche Panik ergreift mich, und ich muss mich bewusst daran erinnern, dass ich Reinhart nicht brauche, um stark zu sein. Ich bin auch ohne meinen Vater immer noch derselbe. Einfach nur ich. »Agapios sagt, Sie wollen Macht.«

»Oh, das gefällt mir.« Stripe lacht. »Du magst die Welt gerne einfach, was? Hat Agapios auch erwähnt, *wozu* ich die Macht brauche?«

»Nein.«

Er lässt seinen Finger über einen abgesägten Ast fahren. »Menschen denken immer nur daran, was sie *wollen*, und nicht, was sie bereits *haben*. Sie wünschen sich Freunde, bis sie welche bekommen und dann entscheiden, dass sie ihnen nicht gut genug gefallen. Sie wünschen sich Dinge, die sie wegwerfen und durch noch mehr Dinge ersetzen. Sie werden wütend oder traurig oder bekommen

Tobsuchtsanfälle, nur weil etwas nicht so läuft, wie es ihnen passt.« Er reibt mit den Fingern über die raue Schnittkante des Asts und zuckt mit einem schmerzvollen Zischen zurück. »Wenn man dabei so lange zugeschaut hat wie ich, geht es einem unter die Haut.« Er zupft etwas aus seiner Fingerkuppe und starrt darauf. »Menschen sind wie Splitter unter den Fingernägeln. Wie ansteckendes Ungeziefer. Und die Welt ist voll davon.«

»Das heißt, Sie wollen die Menschen loswerden?«

Stripe seufzt und schnippst den Splitter weg. »Nein, das will ich keineswegs. Menschen sind nützlich, wenn man sie richtig kontrolliert. Ich finde bloß, es wäre an der Zeit, sie vernünftiger einzusetzen.«

Er schaut zur Tür des Gewächshauses, als diese aufgeht und Nico den Rollstuhl mit Cass hereinschiebt. Reinhart folgt mit hängendem Kopf.

Mich trifft ein kurzer Blick von Cass, dann schaut sie schnell weg.

»Nehmen wir den Fall deiner Schwester«, sagt Stripe. »Du hast dich ein Leben lang um sie gekümmert, aber damit kannst du nicht ewig weitermachen. Deshalb hast du dich auf die Suche nach Papa gemacht. Weil du Angst hattest. Aber vor lauter Sorge, dass du sie verlieren könntest, hast du vergessen, dich über ihr Leben zu freuen. Von dieser Furcht kann ich dich befreien.«

»Meinen Sie damit, dass Sie Cass am Leben erhalten können?«, frage ich, als Nico sie den Hügel hinaufbringt, gefolgt von Reinhart.

»Mehr als das! Ich kann sie heilen. Genau dieses Versprechen habe ich deinem Vater schon vor Jahren gegeben. Hätte er sich an den Vertrag gehalten, wäre deine Schwester gesund und glücklich, und die ganze Verantwortung, die auf dir lastet, hätte kaum mehr Gewicht als ein flüchtiger Gedanke.«

Das klingt beinah verlockend. Aber nur beinah. Mir ist klar, dass es einen Haken gibt.

Stripe wendet seine Aufmerksamkeit meiner Schwester zu, als sie und Nico am Fuße des Baums ankommen. »Cassia, meine Liebe, du siehst heute Abend ganz bezaubernd aus.«

Tut sie nicht. Sie trägt ihren Pyjama, hat ungekämmte Haare und traurige Augen.

»Alles okay mit dir?«, frage ich.

»Nein«, lautet die kurze Antwort, aber ihr Tonfall sagt deutlich mehr. *Du hättest nie weggehen sollen ... alles ist nur deine Schuld.*

Ich würde ihr gerne ein wortloses *Schon gut, ich arbeite daran* zurückwerfen, aber sie weigert sich, mich anzuschauen. Ich habe keine Ahnung, wie ich das alles jemals wiedergutmachen soll. Trotzdem muss ich es wenigstens versuchen. Auf Nico kann ich mich nicht stützen. Er war mir bisher immer einen Schritt voraus, und ich bin ihm blind gefolgt, doch damit ist Schluss. Ich will nicht länger alles passiv geschehen lassen. Diesmal soll es meine Entscheidung sein, meine Wahl. Nicht Nicos. Nicht Stripes. Auch nicht die von Reinhart, Cass, Agapios oder dem Hotel.

Die Schuld liegt bei *mir*.

Also drehe ich mich zu Stripe um und sage: »Ich bin bereit zu einem Deal.«

Nicos Kopf fährt ruckartig zu mir herum.

Cass richtet sich kerzengerade auf. »Was?!«

Nur Stripe betrachtet mich mit zufriedenem Grinsen. »Tatsächlich?«

»Ja.« Ich schlucke schwer. »Ich will, dass Sie meine Schwester heilen, wie versprochen. Außerdem will ich, dass Sie sie freilassen und den Vertrag mit Nico beenden.«

Was tust du?, formt Nico lautlos mit den Lippen.

Ich bin nicht sicher, aber ich muss *irgendetwas* tun. Mir ist klar, dass ich Stripe nicht genug zu bieten habe, damit er die ganzen Kinder freigibt, aber wenigstens kann ich Cass hier herausholen. Und wenn Nico nicht länger an Stripe gefesselt ist, kann er vielleicht ins Hotel zurückkehren und mit seinem ganzen Wissen dafür sorgen, dass sie mich retten kommen. Klingt weit hergeholt, doch wenn überhaupt jemand trickreich genug ist, um so etwas hinzubekommen, dann Nico. Die Klosterkinder wird Rahki jetzt auf eigene Faust befreien müssen, aber das wird sie schaffen – ich weiß es einfach.

Stripe lacht. »Welchen Preis bist du bereit zu zahlen, damit ich meinen erwählten Nachfolger aufgebe *und* deine Schwester heile?«

Für Cass? Jeden.

»Mich«, sage ich stattdessen laut. »Ich werde hierbleiben und Ihnen dienen. An Nicos Stelle. Freiwillig. Das ist die lohnendste Art von Besitz, nicht wahr?«

»Cam, bitte«, ruft Cass.

»Oh!« Stripe klatscht in die Hände. »Da hat jemand seine Hausaufgaben gemacht! Hat Nico über meine Vorlieben geplaudert? Oder nein. Nicht Nico. Ich wette, es war Sev.«

»Was spielt das schon für eine Rolle, solange Sie bekommen, was Sie wollen?«

»Gar keine!«, trompetet Stripe. Er spaziert auf Reinhart zu und wirft ihm den Arm um die Schultern. Reinhart regt sich nicht. Er ist gebunden und gedankenleer wie die Paktikanten. »Weißt du, damals vor vielen Jahren habe ich deinem Vater genau diesen Handel angeboten. Ich wollte das Gewächshaus haben, ganz ohne Frage, aber noch mehr wollte ich, dass er es mir aus freien Stücken bringt.

Es gibt nichts Exquisiteres als den freien Willen. Für ein bisschen Nervenkitzel braucht man eben das Risiko. Deshalb war ich furchtbar enttäuscht, als ich Reinhart seine Willensfreiheit nehmen musste, weil er den Vertrag gebrochen hatte.«

»Also akzeptieren Sie?«, frage ich. »Sie werden Cass heilen und mir erlauben, Nicos Platz einzunehmen?«

»Nein!«, schreit Cass.

»Versuch nicht, es mir auszureden«, sage ich zu ihr. »Ich weiß, was ich tue.«

Nico hält ihren Rollstuhl mit einer Hand fest und rückt sich mit der anderen den Hut zurecht. Der Ausdruck auf seinem Gesicht sagt deutlich, dass ich gerade seinen ganzen Plan über den Haufen geworfen habe, aber jetzt bin ich an der Reihe, die Führung zu übernehmen.

»Du bist wirklich Reinharts Sohn.« Stripe verengt die Augen zu Schlitzen. »Obwohl ich nur allzu gerne Agapios' Gesicht sehen würde, wenn er erfährt, dass ich seinen erwählten Schüler zu meinem gemacht habe« - er wirft Nico einen Seitenblick zu - »hänge ich mittlerweile sehr an Nico. Die wenigstens haben sein Talent für Bindungsmagie. Und dann auch noch deine Schwester zu heilen ... nun, so etwas hat eben seinen Preis.«

Ich werfe Cass einen entschuldigenden Blick zu, weil ich sie in das Ganze hineingezogen habe. Sie schaut nur grimmig zurück. Wahrscheinlich ist sie stinksauer, dass ich hier um ihre Gesundheit schachere.

»Ich habe einen Gegenvorschlag«, sagt Stripe. »Der Preis, den du mir anbietest, reicht nur für eine von zwei Möglichkeiten. Wenn du dich freiwillig und uneingeschränkt in meinen Dienst stellst, kannst du als Gegenleistung zwischen Folgendem wählen: Entweder gebe ich Nico und deine geliebte Cassia frei, *oder* ich löse mein Abkommen mit Reinhart ein und heile deine Schwester. Freiheit oder Gesundheit. Es liegt nur an dir.«

Ich zögere. Natürlich will ich, dass es Cass besser geht, aber niemals würde ich sie zu einem Leben in Stripes Museum zwingen. »Wenn ich mich für ihre Gesundheit entscheide, wäre Cass dann an Sie gebunden? Ich will mich auf nichts einlassen, was sie in Gefahr bringt.«

»Das würde mir nicht im Traum einfallen. Sie wird weiterhin mein Gast bleiben, sicher und umsorgt, solange du und Nico mir aus freien Stücken dienen. Also werde ich gleich zwei neue Häuser aufbauen können statt nur einem. Wie aufregend.«

»Und was, wenn ich Freiheit wähle?«

»Dann dürfen Cassia und Nico gehen.« Er lächelt. »In beiden Fällen bleibst du an mich gebunden.«

»Und Reinhart?«

Stripes Augen verdunkeln sich. »Dein Vater hat mir zwölf lange Jahre das Gewächshaus vorenthalten. Der Preis für seine Freiheit ist weit höher, als du bieten kannst.«

Ich spüre Cass' Blicke auf meiner Haut brennen. Einerseits stelle ich mir vor, sie zum ersten Mal gehen und laufen zu sehen, ohne Sorge um Komplikationen. Andererseits würde sie mich für immer hassen, wenn ich dafür die Freiheit eines Menschen eintauschen und sie zu einem Leben bei Stripe verurteilen würde. Auf diese Weise hat schließlich alles angefangen, mit einem Handel zu ihrem ›Besten‹. Ich wollte Dad finden, um ihr zu geben, was ich mir immer für sie erhofft hatte.

Aber das waren *meine* Wünsche, nicht ihre. Genau das hat sie ständig versucht, mir zu erklären. Sie ist glücklich damit, sie selbst zu sein. Hier geht es um *ihr* Leben ... um das Mädchen, das die Welt bereisen will und dafür mehr Mut und Stärke braucht, als ich jemals aufbringen werde. Freiheit bedeutet ihr mehr als alles andere. Und ich liebe sie dafür. Sie ist, wer sie ist. Mit ihr ist alles in Ordnung, genau wie sie gesagt hat.

»Ich wähle Freiheit«, sage ich. »Lassen Sie die beiden gehen.«

Stripes Lächeln wird breiter. »Und dafür unterschreibst du einen bindenden Vertrag?«

In meinem Magen beginnt es wieder zu rumoren. »Ja, das tue ich.«

»Wundervoll. Nico, hol uns Papier. Ich kann es kaum erwarten zu sehen, was Cameron für einen Text aufsetzt.«

31

Ans Ende der Äonen

Stripe lehnt am Stamm des Vesima, während ich in meiner Kraut-und-Rüben-Schrift einen Vertrag aufs Papier kritzele. Meine Finger kribbeln, als Nicos Spleiß die Worte einbrennt und dabei eine neue Bindung aus mir herauszerrt.

»Lass sehen«, sagt Stripe, sobald ich fertig bin.

Ich habe einen Großteil der Formulierungen aus dem Blutsbrüderpakt übernommen.

Ich, Cameron Kuhn, überlasse aus freiem Willen sämtliche Rechte an mir selbst und allem, was ich habe, dem Kurator, Mr Stripe. Im Austausch verzichtet er auf seine Rechte an Cassia Kuhn und Nico Flores und allem, was sie haben. Sie sind frei bis ans Ende der Äonen.

Auf die letzten Worte habe ich besonderen Wert gelegt, weil ich sicher sein will, dass er Cass und Nico nie wieder belästigt. Wenn ich schon meine Seele verkaufe, dann will ich es wenigstens richtig machen. Ich hoffe, durch das Ganze verschaffe ich auch Rahki die nötige Zeit, alle Entführten zu retten.

Stripe überfliegt den Vertrag, dann lässt er seinen beiseite gelegten Gehstock mit einer Fußbewegung hochschnellen und fängt ihn auf. Er klappt eine Öffnung in dem knotigen Griff hoch, und ein Spleiß kommt zum Vorschein. »Sehr gut«, sagt er.

Stripe hält das Schriftstück gegen den Oberschenkel gepresst und unterschreibt.

Elektrisch knisternde Energie pulsiert durch mich hindurch, als die Magie Besitz von mir ergreift. Es fühlt sich anders an als der Handschlag, der meinen Pakt mit Nico besiegelt hat, oder die Bindungsmagie der Münzen. Ich fühle mich orientierungslos, als hätte mein Gehirn ausgesetzt und würde sich weigern, wieder hochzufahren.

Bilder durchfluten mein Gehirn. Erinnerungen an einen gigantischen Baum – sogar noch größer als der Vesima. Eine uralte, brennende Stadt. Flutwellen, die durch Straßen und Ziegelmauern brechen. Ein Mann mit Schreibfeder zusammengekauert in einer dunklen Zelle.

»Cam?«, sagt Cass. Jetzt befindet sie sich direkt vor mir, aber ich kann sie nicht anschauen. Der Grund ist nicht nur meine Traurigkeit, sondern Scham. »Alles okay mit dir?«

Nein, nicht im Geringsten.

Weitere Bilder blitzen auf. Eine Armee auf einem Hügel. Ein stählernes Schiff, dessen Rumpf die Meereswellen durchschneidet. Und Kinder ... so viele Kinder.

Die Erinnerungsbilder gehören Stripe. Ich schaue in seine Gedanken, teile sein Gedächtnis wie zuvor mit Reinhart. Nur ist dieses

Bewusstsein unendlich dunkler. Ich starre auf den Mann, an den ich mich gerade gebunden habe. Mir bleibt immer noch verschlossen, was sein Ziel ist oder woher er stammt, aber dennoch weiß ich in diesem Moment unendlich viel mehr über ihn. In seinen zwinkernden Augen liegt eine uralte, schreckliche Gier. Er erinnert mich an die Geistergeschöpfe, vor denen Oma mich immer gewarnt hat, weil sie nach allem hungern, was nicht ihnen gehört. Davor hat sie uns die ganzen Jahre lang mit aller Kraft beschützen wollen.

»Was für eine traurige Seele«, sagt er, als er gleichzeitig in mein Bewusstsein blickt. Ich frage mich, was er darin sieht.

Cass verschränkt ihre Finger mit meinen. Ich bin froh, dass sie hier ist.

»Und was passiert jetzt?«, frage ich, als Stripes Erinnerungen blasser werden und das Magieknistern in meinem Blut nachlässt.

»Jetzt ist es Zeit, sich zu verabschieden«, erwidert er.

Ich schaue Cass an, die noch immer meine Hand hält. Als ich sie für das Hotel verlassen habe, wusste ich, dass ich am Ende zurückkommen würde. Das hier ist anders. Vielleicht sehe ich sie nie wieder.

»Wag es bloß nicht, ›Auf Wiedersehen‹ zu sagen, du Blödmann«, knurrt sie mit feuchten Augen, als ich mich vor ihrem Rollstuhl hinknie.

»Es tut mir leid, Cass.« Und diesmal weiß ich genau, weshalb ich mich entschuldige. Weil ich nicht mehr für sie da sein werde. Weil ich sie verlasse.

Weil ich mir eingebildet habe, ich müsste unser Leben ändern.

»Das kannst du nicht machen«, sagt sie. »Du bist mein Bruder. Also kannst du nicht Stripe gehören. Du gehörst zu mir.«

»Von dir weiß ich, dass mich niemand zu etwas machen kann,

was ich nicht sein will.« Ich brauche meine ganze Kraft, um mein aufgesetztes Lächeln zu behalten. »Kümmer dich um Oma.«

Sie schüttelt den Kopf. »Ich hasse dich.« Aber ihr Blick sagt etwas ganz anderes. Sie hasst nur den Gedanken, dass wir uns jetzt trennen müssen.

Ich spüre eine Hand auf der Schulter. Nico. »Danke«, sagt er, und ich sehe ihm an, dass er es ernst meint.

Als mein Blick auf Stripe fällt, fühle ich ein Zerren in der Brust. Eine Verbindung. Dann schaue ich wieder Nico an, und unser Pakt zerrt ebenfalls an mir. Aber das Gefühl ist nicht dasselbe. Stripe ist mein Herr und Meister, dagegen ist Nico … er ist mein Bruder.

»Wirst du dich um Cass kümmern?«, frage ich ihn, »und für sie sorgen, als ob sie deine Schwester wäre?«

Er nickt. »Natürlich. Alles, was wir haben?«

»Bis ans Ende der Äonen.« Ganz gleich, wie viele Lügen mir Nico bisher aufgetischt hat, durch unseren Vertrag ist er daran gebunden, sich um meine Familie und Cass zu kümmern. Ich hoffe, das wird ausreichen.

»Halt die Augen offen, denn Chancen gibt es immer.« Nico zwinkert mir zu und klopft sich auf die Hosentasche. »Das ist der *Schlüssel* zum Erfolg.«

Seine Bemerkung durchfährt mich wie ein elektrischer Schlag. Nico ist noch nicht fertig. Er hat mal wieder ein Ass im Ärmel.

Stripe macht eine wegwerfende Handbewegung. »Nimm das Mädchen und verschwinde, Nico. Dein Dienst ist beendet.« Er umfasst meine Schulter. »Cameron und ich haben eine Menge Arbeit vor uns.«

Nach einem letzten Blick auf Reinhart – der noch immer ins Nichts starrt – schiebt Stripe mich auf die Türen am anderen Ende des Gewächshauses zu. Jetzt ist es zu spät, um zu widersprechen. Der Handel ist geschlossen. Ich kann nur brav mitgehen und mir wünschen, alles wäre anders. Dann könnte ich jetzt mit Cass und Nico das Museum verlassen. Dann hätte ich nie angefangen, im Hotel zu arbeiten. Dann hätte uns Reinhart nicht vor zwölf Jahren sitzen gelassen.

»Nicht so schnell!« Nico wirft mir sein spitzbübisches Grinsen zu. »Ich habe mich noch gar nicht um *meinen* Teil des Deals gekümmert. Deshalb bin ich schließlich hergekommen.«

Stripe bleckt die Zähne. »Wir beide haben keinen Deal mehr.«

»Falsch gedacht.« Nicos Lächeln wird breiter. »Sie sollten mal Ihre Hosentaschen checken.«

Mr Stripe löst den Griff um meine Schulter und klopft die Taschen seines Nadelstreifenanzugs ab, zuerst langsam, dann schneller, dann wiederholt er panisch alles noch mal.

Nico greift in seine eigene Tasche. »Suchen Sie vielleicht danach?« Er zieht einen Schlüssel heraus. Und zwar nicht irgendeinen, sondern Stripes schwarzen Eisenschlüssel, mit dem er in Honduras die Türen zersplittert und einen Raum aus Scherben erschaffen hat.

Nico hat ihn stibitzt. Er hat den Räuber beraubt.

In Stripes Augen lodert Hass. »Gib ihn wieder her.«

»Das ist ein ganz spezielles Stück, nicht wahr?« Nico fährt mit den Fingern über das Metall. »Ihr Schlüssel, um die Welt zu zerbinden.«

»Gib. Ihn. Her.«

»Aber Sie haben ihn mir doch vertraglich überlassen«, sagt Nico in harmlosem Tonfall. »Jetzt gehört er mir.«

Zuerst bin ich nicht sicher, wovon er spricht. Dann wird es mir schlagartig klar. Mein Vertrag. Als Vorlage habe ich meinen Pakt mit Nico benutzt, fast Wort für Wort. Laut sage ich die Stelle aus dem Gedächtnis auf: »Im Austausch verzichtet Mr Stripe auf seine Rechte an Cassia Kuhn und Nico Flores und *allem, was sie haben.*«

»Ganz genau.« Nico zwinkert mir zu, bevor er sich wieder auf Stripe konzentriert. »Durch Ihre Unterschrift auf Camerons Vertrag haben Sie das Besitzrecht an allem aufgegeben, was ich zu dem Zeitpunkt bei mir hatte. Also gehört dazu auch der Topdreher, den ich mir vorher aus Ihrem Anzug gemopst hatte.« Er inspiziert den Schlüssel eingehend. »Wie schade für Sie ... bestimmt werden Sie ihn vermissen. Ihren wertvollsten Besitz.«

Stripe gibt ein Knurren von sich und marschiert auf Nico zu.

»Nicht doch«, sagt Nico und droht mit dem Finger. Ein Handwedeln, und der Schlüssel ist wie durch Magie verschwunden. »Noch einen Schritt näher und Sie bekommen ihn nie zurück. Wollen wir sehen, was passiert, wenn ich das gute Stück zerstöre?«

Stripes Miene sagt deutlich, dass Nico den Schlüssel trotz aller Tricks nicht lange behalten wird. Aber wie ich Nico kenne, ist das alles Teil seines Plans. Er muss noch etwas in der Hinterhand haben.

Na klar ... mich!

Ich taste meine Jeanstasche ab, und Nicos Münze ist nicht mehr da. Er hat sie zurückgerufen. Als nächsten Schritt muss er nur noch dafür sorgen, dass die Münze und der Schlüssel sich berühren ...

Stripe stampft vorwärts und schubst Nico zu Boden.

Ich klopfe auf meine Tasche und spüre, wie etwas Schweres darin landet.

»Gib ihn her!« Stripe reißt Nico am Kragen wieder auf die Füße und beginnt, seinen Anzug abzusuchen.

Ich stecke unauffällig die Hand in die Tasche und spüre wie erwartet eine Münze. Und einen Schlüssel.

»Tja, ich habe ihn nicht mehr«, sagt Nico zu Stripe, der ihn von Kopf bis Fuß filzt. »Einfach weggezaubert.«

Falls Stripe klar werden sollte, dass ich den Schlüssel habe, ist das Spiel vorbei. Mein Vertrag mit ihm drängt mich, ihm das Gesuchte auf der Stelle zu geben. Der Gedanke pulsiert durch mein Gehirn und meine Finger: Du musst ihm den Schlüssel überlassen!

So muss sich Nico die ganze Zeit gefühlt haben. Und auch Reinhart. Zwar hatten sie ihren Handel mit Stripe freiwillig geschlossen, waren nicht wie die Paktikanten an ihn gefesselt und *gezwungen* zu gehorchen – also anders als Orban –, aber die Bindung hat ihre Gedanken beeinflusst wie jetzt meine.

Wenn ich meinen Vertrag breche, wird Stripe totale Kontrolle über mich bekommen wie bei Dad. Dann bin ich nur ein weiterer Paktikant. Deshalb hat Nico ihm nie zuvor den Gehorsam verweigert, aber jetzt habe ich ihn von diesem Zwang befreit.

Ich muss dem Drang lange genug widerstehen, damit Nico seinen Plan durchziehen kann. Und das werde ich auch schaffen, denn der Blutsbrüderpakt hilft mir dabei. Mom hat ihre Bindung benutzt, um Dad innerlich zu stärken. So konnte er Stripe eine Weile widerstehen, was ausreichte, um uns und das Gewächshaus in Sicherheit zu bringen. Jetzt ziehe ich eine ähnliche Stärke aus meiner Bindung mit Nico. Zwar ist Stripe mein Herr und Meister, aber Nico kann das toppen. Denn er ist mein Bruder ... und eine Familienbindung ist die stärkste von allen.

Stripe lässt ihn zu Boden plumpsen und bleckt die Zähne. »Was hast du damit gemacht?«

Nico klopft sich den Staub vom Anzug. »Das verrate ich Ihnen gerne, nachdem wir mit unserem Deal fertig sind.«

»Was für ein Deal?«

»Sie haben mir mein eigenes Haus versprochen. Das werden Sie jetzt halten müssen. Ich will das Museum.«

Das war also kein Schwindel. Nico hat mir von Anfang an gesagt, dass er ›über ein eigenes Haus herrschen will‹ – ganz gleich, ob das Museum oder das Hotel. Durch mich hat er jetzt die Chance bekommen, und wenn ich den Ausdruck auf Stripes Gesicht richtig deute, könnte der Plan funktionieren.

»Ach ja, und natürlich alles, was ans Museum gefesselt ist«, erklärt Nico. »Die Paktikanten, die Kinder und ihre Verträge. Cam, Cass, Reinhart, jeden Menschen und jeden Ort, den das Haus durch Bindungsmagie festhält. Ich will alles.«

Stripe umklammert seinen Gehstock, bis die Knöchel weiß werden. »Du gieriger kleiner –«

»Oh, Sie glauben, Sie haben mich schon gierig erlebt? Falsch gedacht.« Nico streicht lässig über den Rand seines Huts. »Wir wissen doch beide, dass der Schlüssel entschieden mehr wert ist, als ich verlange. Das ist für Sie ein Schnäppchen. Fast geschenkt ... na ja, oder gemopst.«

Ich kann mir ein nervöses Kichern nicht verkneifen, aber Stripes hasserfüllter Blick lässt mich verstummen.

»Also gut«, zischt er. »Ich akzeptiere die Bedingungen.«

»Prima.« Nico nickt mir zu. »Dann kann Cameron den Vertrag aufsetzen.«

Stripes Lippen verziehen sich zu einem Knurren. Wir haben gewonnen.

Wieder durchfährt mich ein elektrisch prickelndes Gefühl, als Stripe den neuen Vertrag unterschreibt. Die Last meiner Bindung an ihn lüftet sich schlagartig. Ich bin frei.

»Nachdem wir damit fertig sind …«, sagt Nico, als Stripe ihm das Schriftstück aushändigt, »Mr Cam, wären Sie so freundlich, Stripe seinen Schlüssel zu geben?«

»Was?«

Grinsend ziehe ich den Schlüssel aus der Tasche.

Stripe fletscht die Zähne. »*Du* hattest ihn.«

Er kommt mit erhobenem Gehstock auf mich zu, und in seinen Augen lodern Flammen.

Ich weiche zurück. Stripes Miene ist mörderisch. Wenn ich nur wüsste, wie man den Schlüssel benutzt, dann hätte ich eine Abwehrwaffe. Oder vielleicht braucht man Stripes Macht zum Zerbinden.

Stripe zieht den Arm zurück, um zuzuschlagen. Das war's dann also. Mein Nachruf wird lauten: zu Tode geprügelt von einem Typ im Nadelstreifenanzug.

Aber dazu kommt es nicht. Denn als der Gehstock auf halbem Weg zu meinem Schädel ist, zwingt mich ein blendendes Licht, die Augen zu schließen.

Als ich sie wieder aufreiße, umhüllt goldschimmernder Nebel meinen Körper. Glühende Partikel schweben in der Luft wie Weidenpollen, bilden einen Wirbel um mich herum, als sei ich von glitzernden Hotelmünzen umgeben.

Dann lässt der Glanz langsam nach, und ich stelle fest, dass mich nicht nur Licht umschlossen hat – sondern auch Wurzeln. Die knorrigen, kränklichen Wurzeln des Vesima haben sich aus dem Boden geschlängelt und zu einem Schutzschild verwoben, um Stripes Gehstock von mir abzuhalten.

Der Baum … er hat mich beschützt? Wie ist das möglich? Und warum?

Mr Stripe tritt zurück und mustert mit mahlendem Kiefer die

Äste über uns. »Sieh an, du bist also doch nicht ganz aus dem Leben geschieden, Melissa.«

»Melissa?« Ich fahre herum und staune den Baumgiganten an, dessen Wurzeln sich langsam zurückziehen und wieder in die Erde graben. »Mom?«

Turmhoch ragt der Baum über uns auf und beschirmt uns vor der zerrenden Sonne. Ich kann fast sehen, wie die geschwächten Äste des Vesima sich nach mir ausstrecken, während das unbekannte Gift, mit dem Stripe ihn infiziert hat, von seinen Blättern tropft.

Eine warme, kräftige Hand ergreift meine Schulter. »Sie hat es für uns getan«, sagt Dad und blickt hoch ins Blätterdach. »Alles, wozu ich nicht fähig war. Um das Gewächshaus verstecken zu können, hat Melissa sich mit Leib und Seele daran gefesselt, und so wurde sie unbeabsichtigt zu einem Teil des Vesima. Sie wacht immer noch über unsere Familie. Sie beschützt ihre Kinder.«

Ich kann sie spüren. Im Vesima ... und in mir. Mit jedem Schlag meines Herzens durchströmt mich prickelnde Energie, die wispert: *Ich liebe dich, Cameron. Ich habe dich dein ganzes Leben lang geliebt. Und ich werde immer für dich da sein.*

Ich schlucke den wachsenden Kloß in meinem Hals herunter und wende mich wieder Stripe zu. »Ich schätze, das hier gehört Ihnen.«

Mit grimmiger Miene nimmt der Mann im Nadelstreifenanzug mir den Eisenschlüssel aus der Hand.

Und dann verkündet Nico mit erhobenem Haupt: »Nun darf ich Sie bitten, mein neues Zuhause zu verlassen, Mr Stripe. Ich denke, Sie kennen den Weg.«

32

Das Ziel deiner Reise

Tja, das lief besser, als ich dachte.« Nico klopft mir heftig auf den Rücken. »Ein paar Minuten lang hast du mich echt ins Schwitzen gebracht. Ich war nicht sicher, ob wir es durchziehen können, als du dich plötzlich selbstständig gemacht hast.«

Dad drückt meine Schulter. »Alles okay mit dir, mein Junge?«

Ich beiße mir auf die Lippe und schaue zu ihm hoch. Jetzt steht er nicht mehr unter Stripes Kontrolle, und er ... lächelt. Ich würde gerne etwas zu ihm sagen, aber mir fehlen die Worte. Ich weiß ja nicht mal, was ich fühlen soll. Bin ich wütend auf ihn, weil er Cass entführt hat, auch wenn es nicht seine Schuld war? Bin ich froh, dass er endlich frei ist?

Und nach allem, was passiert ist ... kann ich ihm verzeihen?

Ich werfe einen Blick in Richtung meiner Schwester und sehe sie zu Boden starren, wo sich die Baumwurzeln ausstrecken. Tränen glitzern in ihren Augen.

Besorgt laufe ich zu ihr. »Was ist los? Stripe hat dir nichts getan, oder?«

»Nein.« Sie wischt sich über die Nase. »Es ist nur …«

Nico legt eine Hand auf ihre Rollstuhllehne. »Stripe hatte nie vor, dich zu heilen, Cass. Und selbst wenn, wäre es auf eine Art geschehen, die du sicher nicht gewollt hättest.«

»Ich weiß«, schnieft sie.

Dad hockt sich vor Cass, doch seine Worte sind so leise, dass ich sie im Blätterrascheln nicht hören kann. Wärme kribbelt durch meinen Körper, als ich den beiden zusehe. Dann schaue ich zum Vesima hoch, dessen Krone sich in einer Brise wiegt, und habe das Gefühl, vor Glück zu explodieren.

Gleich darauf wird mit klar, dass es im Gewächshaus keine Brise *gibt*. Der Baum bewegt sich aus eigener Kraft, und das Flirren seiner Blätter ist wie eine stumme Sprache.

Was wird jetzt mit dem Vesima passieren? Kann er geheilt werden? Kann Mom … zu uns zurückkehren?

Dad erhebt sich und schaut mich mit traurigen, feuchten Augen an, bevor er mir seine große Hand auf die Schulter legt. »Ich bin froh, dass ich sehen durfte, zu was für einem Mann du heranreifst«, sagt er. »Du und deine Schwester, ihr werdet sicher gut ohne mich zurechtkommen.«

»Ohne dich?«, frage ich. »Aber wo willst du hin?«

»Ich habe gegen meinen Vertrag mit dem Hotel verstoßen«, sagt er und blickt hinauf zum Vesima. Zu Mom. »Ich habe alle in Gefahr gebracht. Melissa hat ihr Leben geopfert, um euch beide und diesen Ort vor meinen Fehlentscheidungen zu schützen. Und wer könnte euch besser aufziehen, als eure Großmutter es getan hat? Ihr verdient etwas Besseres als mich.«

»Also willst du einfach gehen?«, fragt Cass.

Dad schüttelt den Kopf. »Ich sollte mir einen Ort suchen, wo ich keinen Schaden anrichten kann. Schaut nur, was ich unserer Familie schon angetan habe.«

Ich verstehe ihn. Genauso habe ich mich auch gefühlt. Dad fürchtet sich und glaubt, er müsse sich irgendwo verkriechen, wo er um niemanden mehr Angst zu haben braucht.

Aber so funktioniert das nicht. Anders als Stripe sammelt das Schicksal uns nicht aus dem Nichts auf, um uns mit einem Vertrag zu knebeln und zu bestimmen, wer wir sein sollen. Wir selbst entscheiden über das Ziel unserer Reise.

»Du gehörst zu uns.« Ich kann kaum glauben, dass ich das sage … nach allem, was passiert ist. Aber sogar Cass hatte im Kloster Mitleid mit Dad und hat ihn in Schutz genommen. Wir sind verbunden. Deshalb habe ich immer gehofft, dass er zurückkommt. Dieses kleine Stück Bindungsmagie hält unsere Familie zusammen, ganz gleich, was auch geschieht. Ich habe mir so lange gewünscht, einen Vater zu haben, der für uns sorgt, aber vielleicht funktioniert Familie anders.

Vielleicht geht es darum, dass wir *alle* füreinander sorgen.

»Ich möchte wirklich, dass du bleibst«, sage ich. »Wir können uns um dich kümmern, ich, Cass und Oma. Als eine große Familie.«

Cass nickt zustimmend. »Außer natürlich, Oma bringt uns um, weil wir sie letzte Woche eine Million Mal zu Tode erschreckt haben.«

Ich lächele. Unsere Familie ist endlich komplett.

Nico steht neben mir und knufft mich mit der Schulter. »Ihr drei solltet euch auf den Weg machen. Rahki hat die Kinder gefunden und dürfte Hilfe brauchen, die ganze Horde zurück ins Hotel zu bringen.«

Ich werfe ihm einen verwirrten Blick zu. »Woher weißt du das?«

Er tippt sich an den Kopf. »Das Museum gehört jetzt mir, und ich weiß ja wohl, was in meinem Haus geschieht.«

»Du willst bleiben?«, fragt Cass. »Kommst du denn nicht mit uns zurück ins Hotel?«

»Da habe ich nie wirklich hingehört«, sagt Nico. »Ich schätze, deshalb hat deine Mom uns beide zusammengebracht.«

Ich blinzele überrascht. »Sie hat ... was?«

»Zuerst habe ich das Ganze nicht verstanden. Schließlich sollte ich für Stripe das Gewächshaus besorgen, also wieso hat das Hotel mir geholfen, dich in Dallas aufzuspüren?« Er zuckt mit den Schultern. »Aber jetzt macht es Sinn. Dahinter hat deine Mom gesteckt. Sie hat alles eingefädelt und dafür gesorgt, dass du damals den Hoteleingang sehen konntest. Weil sie wusste, wer du warst. Und trotz der Verbindung zum Gegenpart hat das Hotel dich bleiben lassen, weil deine Mom ahnte, was eines Tages aus dir werden könnte.«

»Jetzt weißt du also auch, was das Hotel denkt?«

Nico grinst. »Kann schon sein. Vielleicht findest du das eines Tages raus.« Er steckt die Hände in die Hosentaschen. »Für den verstaubten alten Kasten bin ich sowieso zu ehrgeizig, den kannst du gerne haben. Ich fange jetzt lieber an, mir mein eigenes Imperium aufzubauen.«

Aus seinem Mund klingt das weniger verrückt, als es sollte.

»Weißt du, Cam«, sagt Nico ungewohnt ernst, »du warst der Grund, warum ich es endlich geschafft habe, von Stripe loszukommen.«

»Ach ja?«

Er blickt zu den Ästen empor, von denen noch immer Stripes Gift tropft. »Lange Zeit war er meine einzige Familie. Als ich die Jimenez kennengelernt habe, ist mir langsam klar geworden, wie ein

Leben ohne ihn aussehen könnte. Frei von Stripe. Und dann kamst du. Du hast dich freiwillig an mich gebunden, und ich habe angefangen zu fühlen, wie du fühlst. Die Liebe zu deiner Schwester ... so etwas ist Stripe völlig fremd. Er wird es nie begreifen. Durch dich habe ich eingesehen, dass ich nicht einfach darauf warten darf, von ihm eine Residenz überreicht zu bekommen. Es gibt so viel zu tun. Jede Minute zählt.«

»Reiß das Museum nieder«, sage ich. »Versprich mir, dass du keinen einzigen Menschen daran gefesselt lässt.«

»Genau das habe ich vor«, sagt Nico. Dann streckt er in einer ›Moment mal‹-Geste den Finger in die Luft, als sei ihm plötzlich etwas eingefallen, und rennt zu einer Tür. Kurz darauf kommt er mit zwei Pflöcken zurück. Der eine ist alt und morsch, der andere besteht aus frischem, neuen Holz.

Er hält den morschen in die Höhe. »Damit kommt ihr zurück ins Hotel. Aber steckt ihn bitte erst in ein Türscharnier, wenn ihr aus dem Museum raus seid – ich will nicht, dass die Mamsell hier auftaucht und versucht, mir mein Eigentum abzujagen.« Dann hält er den anderen hoch. »Und dieser Pflock führt hierher, ins Gewächshaus. Warte gerne ein paar Stunden, damit ich mir was von dem Vesima-Holz sichern kann. Danach darfst du ihn Agapios überreichen.«

Ich schaue an dem Baum empor. Mit dem Vesima wird das Hotel seine Mission wieder aufnehmen können, genau wie Mom es wollte. In Zukunft können wir neue Pflöcke herstellen. Neue Türen an uns binden. Neue Herzen berühren. »Danke.«

»Na ja, der Baum ist schließlich deine Mom. Außerdem gehört das Gewächshaus nun einmal zum Hotel. So war es immer. Hoffen wir nur, dass eure Gärtner es schaffen, Stripes Gift zu entfernen.«

Er gräbt in seiner Tasche und legt mir als Nächstes seine Trickmünze in die Hand. »Und die kannst du auch behalten.«

»Aber, ich kann doch nicht ... nein! Ohne Hotelmünze wirst du alles vergessen.«

»Nicht unbedingt. Wir sind Blutbrüder. *Alles, was wir haben,* stimmt's?« Er klopft mir auf die Schulter. »Pass gut darauf auf.«

Ich reibe mit den Fingern über den Smiley, den Nico ins Holz geritzt hat. Er ist ein Schwindler, aber wenn man tiefer blickt, hat er alles getan, um uns zu helfen.

»Die Wahrheit erfährt man auf der Schwelle«, sagt Dad.

Cass schaut auf. »Das ist ein Spruch, den Oma öfter sagt.«

Ich nicke. Vorher war mir nie klar, was er eigentlich bedeuten sollte, aber ich glaube, jetzt verstehe ich den Sinn allmählich: Wer ein Mensch wirklich ist, findet man am besten heraus, wenn sich die Dinge ändern. Und in den letzten zwei Wochen hat sich einfach alles geändert. Vor allem ich selbst. Das habe ich größtenteils Nico zu verdanken.

Cass und Dad verabschieden sich schon mal von Nico, und Dad schiebt den Rollstuhl den Pfad hinab und vom Baum fort.

»Werde ich dich wiedersehen?«, frage ich.

»Mein Zuhause ist auch dein Zuhause«, sagt Nico. »Kann sein, dass wir unterschiedliche Wege gehen, aber ich werde immer hier sein. In meiner Residenz. Du musst mich nur finden.«

Ich umarme ihn zum Abschied. »Ich werde dich vermissen.«

Nico erwidert die Umarmung. »Ich dich auch, Brüderchen. Und jetzt mach dich davon. Finde das Ziel deiner Reise.«

Noch am selben Abend bestellt der Alte Herr mich in sein Büro. »Herein«, ruft Agapios, als ich an der Unterwassertür klopfe. Er hat es sich in einem der Ledersessel neben dem kleinen Holzofen bequem gemacht und winkt mich zu dem anderen, damit ich mich setze.

Die Eremitage ist still bis auf das knackende Reisig im Ofen. Jetzt macht der Alte Herr garantiert Schmorbraten aus mir. Auch wenn am Ende alles gut ausgegangen ist, war es doch meine Schuld. Muss ich das Hotel wohl für immer verlassen?

Aber statt mir eine Strafpredigt zu halten, sagt er: »Danke.«

Ich falte die Hände im Schoß und starre auf das Feuer, weil ich ihn nicht ansehen will.

»Du hast heute viel Gutes bewirkt«, sagt er, »und vielen Menschen geholfen.«

»Ich habe nur in Ordnung gebracht, was mein Dad und ich zuerst vermasselt haben. Wenn wir uns nicht so dämlich angestellt hätten –«

Er bringt mich mit erhobener Hand zum Schweigen. »Das Hotel ist voller Menschen, die Fehler begangen haben.« Seine Stimme ist weich. Aufmunternd. »Wenn es über alle Fehltritte Buch führen würde, hätte niemand mehr das Recht, durch seine Flure zu wandeln.«

»Was ist mit Mom?«, frage ich. »Wird sie – ich meine, wird der Baum wieder gesund? Lässt die Krankheit sich heilen? Kann sie eines Tages vielleicht …«

Agapios schürzt die Lippen. »Das alles wird die Zukunft zeigen. Deine Mutter hat sich vollständig an das Hotel gebunden. Sie existiert innerhalb seiner Wände und bildet das Wurzelgeflecht, das seine Türen zusammenhält. Melissa und der Vesima sind nun ein und dasselbe und nicht mehr zu trennen. Aber ja, ich bin zuversichtlich, dass wir Stripes Gift und die Fäulnis heilen können.«

Stumm starre ich auf die flackernden Flammen und atme Rauchkräusel ein.

»Ich möchte dir ein Angebot unterbreiten«, sagt der Alte Herr nach einem Moment. »Mein Vorschlag, dich als meinen Nachfolger anzulernen, war ernst gemeint. In deiner kurzen Zeit bei uns habe ich vieles von deiner Mutter an dir wiederentdeckt.«

»Ich bin nicht wie Mom.« Die letzten paar Tage haben das wohl mehr als deutlich gezeigt.

»Natürlich nicht. Und du bist auch nicht wie dein Vater. Mein Angebot ist weder an Melissa noch Reinhart gerichtet, sondern an dich. Nur an dich. Das Hotel hat dich gerufen, also bist du gekommen. Du siehst die Gefahren dieser Welt und strebst danach, andere vor ihnen zu beschützen. Und im Augenblick der Krise – die stets unvermeidlich eintritt – vermagst du deine Ängste beiseitezuschieben und dich der Gefahr zu stellen.« Er lehnt sich im Sessel zurück. »Ich habe mit deiner Großmutter gesprochen, und sie ist ganz meiner Meinung. Zwar hast du noch viel zu lernen, doch ich bin überzeugt, eines Tages könntest du ein exzellenter Concierge für das Hotel der Wünsche werden.«

»Das heißt, Sie wollen mich zurückholen? Trotz allem, was ich getan habe?«

»Gerade deshalb.« Der Feuerschein tanzt über seine scharfen Wangenknochen. »Hattest du nicht schon immer das Gefühl, dass die Verantwortung und das Gewicht der ganzen Welt auf deinen Schultern lasten? Betrachte es als Gabe. Bisher bestand deine Welt aus dir und deiner Schwester ... Vielleicht solltest du deinen Fokus erweitern und all denen auf unserem Globus helfen, die es bitter nötig haben?«

»Ich – ich weiß nicht, was ich sagen soll.«

»Die angemessenste Antwort ist wohl, erst einmal auf eine Antwort zu verzichten. Denk über meinen Vorschlag nach. Das Hotel kann die Gesundheit deiner Schwester stärken und erhalten, zumindest bis zu einem gewissen Grad, und die Berufserfahrung deiner Großmutter als Lehrerin würde unserem jungen Personal gewiss zugutekommen. Dein Vater braucht ebenfalls Zeit zum Heilen. Doch abgesehen von deiner Entscheidung wird das Hotel immer einen Platz für dich und deine Familie bereithalten.«

Ein Platz für Oma und Cass … wo man sich um sie kümmert und die Magie dafür sorgt, dass sie mir lange erhalten bleiben. Und Mom …

»Danke, Sir. Ich werde darüber nachdenken.«

Aber in Wirklichkeit weiß ich schon, wie meine Antwort lautet.

Mein Arbeitsplatz ist ein magisches Hotel mit Türen, die hinaus in die ganze Welt führen. Vor einer Stunde habe ich Bretzeln und Schnitzel in Frankfurt am Main gegessen. Davor musste ich ein reiches Paar Flitterwöchler nach Buñol in Spanien begleiten, wo sich bei einem Festival die Leute gegenseitig mit Tomaten bewerfen. Und heute Nachmittag gibt es ein Familienpicknick mit meiner Schwester, Dad und Oma, bei dem wir im Schatten eines gigantischen Baums sitzen und Orangensaft trinken werden.

Aber jetzt muss ich mich erst einmal um das Chaos in Zimmer 2078 kümmern.

»Ich bin vom Abendessen zurückgekommen, und plötzlich waren sie einfach da«, sagt eine Dame mit Schmollmund und weit aufgerissenen Augen. Ihr Ausschnitt quillt vor kostbaren Perlen über, und ihre Ohrringe heben sich glitzernd von der dunklen Haut ab. »Woher können sie nur gekommen sein?«

Sie redet von den Katzen. Einer Unmenge von Katzen. Sie sind überall. Fläzen sich auf dem XXL-Hotelbett. Trinken aus den glänzenden Wasserhähnen im Bad. Klettern auf den Spa-Bademänteln im Ankleidezimmer herum wie Piraten, die sich durch das Tauwerk eines Dreimasters schwingen.

Als ich vor ein paar Monaten diesen Job angenommen habe, hat niemand etwas von Haustierbekämpfung gesagt.

»Da bin ich auch überfragt, Ma'am«, behaupte ich.

Aber das stimmt nicht wirklich. Eine der Katzen hockt auf dem breiten Fensterbrett, leckt sich das Fell und streckt sich, um an der Spielkarte herumzubeißen, die hinten an ihrem Halsband befestigt ist. Bei näherem Hinschauen hat jede Katze eine davon. Durch die Karten weiß ich ganz genau, wer eine Horde Miezen hergezaubert hat, um die Gäste im Hotel der Wünsche zu terrorisieren.

Ich habe Nico seit der Sache im Gewächshaus nicht mehr gesehen. Niemand weiß, wo er steckt. Aber solange er dem Hotel solche Streiche spielt, kann ich sicher sein, dass mit ihm alles okay ist.

»Wir werden Ihr Zimmer so schnell wie möglich wieder in Ordnung bringen«, lasse ich die Dame mit meiner besten Concierge-Stimme wissen, während einige Katzen mitten auf ihrem Bett eine fauchende Balgerei anfangen. Schnell schließe ich hinter uns die Zimmertür, aber da ist schon eine Karo Sieben jaulend in den Flur entwischt. »Vielleicht möchten Sie sich in der Zwischenzeit eine Spa-Behandlung auf Kosten des Hauses gönnen?«

Ich lecke die Spitze meines Stifts an, um die Bindung zu aktivieren, und kritzele hastig eine Nachricht an das Spa-Personal, damit sie unseren Gast aus Zimmer 2078 königlich behandeln. Dann mache ich mich auf den Weg den Flur entlang.

»Moment«, ruft sie mir hinterher. »Sie können doch nicht einfach gehen!«

»Tut mir leid, Ma'am, aber ich muss mich noch um fünf weitere Gäste mit einem ähnlichen Problem kümmern.«

»Was ist mit meinem Zimmer? Können Sie die Unordnung nicht einfach … wegzaubern? Mit Ihrer Magie oder wie man das nennen soll?«

Sie zeigt auf die Münze um meinen Hals. Nicht länger Dads, sondern das Trickserexemplar von Nico. Ich habe Sev gebeten, ein Loch hineinzubohren, damit ich sie als Souvenir immer bei mir tragen kann. Nach so vielen Jahren mit Dads Anhänger fühlte es sich komisch an, nichts um den Hals zu haben.

»Magie kann leider nicht jedes Problem lösen«, sage ich. »Manches müssen wir einfach akzeptieren, wie es ist.« Ich deute eine Verbeugung an. »Haben Sie noch einen angenehmen Abend.«

Als ich zum Liftring eile, muss ich wider Willen lachen. Streiche hin oder her, wenigstens weiß ich, dass sich Nico noch irgendwo da draußen herumtreibt. Er ist ein Teil von mir, ein weiteres Mitglied meiner Familie. Für jeden anderen mögen die Museumstüren verborgen und verriegelt sein, aber für mich ist das egal, denn wir sind aneinandergebunden. Wenn ich überhaupt etwas von Nico gelernt habe, dann ist es Folgendes: Die Welt ist voller Magie … man muss nur wissen, wo man suchen muss.

Und wenn ich ihn irgendwann finde, werde ich es ihm mit gleicher Münze heimzahlen.

Danksagung (und Gästeliste)

Um ein Buch wie dieses druckreif zu bekommen, braucht man ein ganzes Hotel voller fleißiger Leute, und das Schreiben findet nicht im leeren Raum zwischen den Türen statt, sondern dort, wo das Leben ist: in den Foyers, Hotelfluren und Gästezimmern. Also möchte ich allen Menschen von Herzen danken, die mir auf meiner Reise begegnet sind. Freunden wie Davi und Jamie Ake, Jason Stevenson, Gerardo Delgadillo, Daryl Miller, Lindsay Cummings, Caleb und Josh Slinkard, Tyler Hiott, John Paine, Crystal Summers und Josh Torres – danke, dass ihr mich davon abgehalten habt, zum Eremiten zu werden. Auch meine Schriftstellerfreunde haben mich nach Kräften unterstützt. Mein Dank geht an Dani Baxter, Diana Beebe, Mervyn Dejecacion, Alexis Lantgen, Sarah Mensinga, Brad McLelland, Jared Pop, Kristin Reynolds und Holly Rylander für ihre Kritik und Aufmunterung. Besonders danke ich allen beim Mentoring-Programm Pitch Wars und der Autorengruppe Electric

Eighteens – ihr seid meine Cheerleader und meine Gang! Julie Artz, Cindy Baldwin, Eric Bell, Heather Murphy Capps, Jenny und Alex Chou, Amanda Rawson Hill, Kat Hinkel, Michael Mammay, Leigh Mar, Anissa Maxwell, Heidi Stallman und Emily Ungar haben im Kreissaal meine Hand gehalten, während dieses Erstlingsbaby zur Welt kam, und haben mir immer wieder versichert, wie hübsch es ist. Das habe ich echt gebraucht.

Meine ewige Dankbarkeit gehört meiner ersten Agentin Erin Young, die mir für dieses Projekt die Fahrerschlüssel in die Hand gedrückt hat … und Jim McCarthy, der das Steuer übernommen hat, als es nötig war.

Vielen Dank an meine Lektorin Krista Vitola, weil sie diese Reise mit mir geteilt und sich als erstklassige Navigatorin herausgestellt hat. An Catherine Laudone, weil sie uns auf Kurs gehalten hat. An Chloe Foglia, die meinem Hotel erst den richtigen Glanz verliehen, und Katrina Groover, die sorgfältig alle Schlüssel geprüft hat. An Lisa Moraleda, Anna Jarzab, Sam Metzger, Deane Norton, Emily Hutton, Diego Rodriguez, Anthony Parisi, Anne Zafian und alle vom Verlag, die ich vielleicht vergessen habe – danke, dass ihr mir die Türen geöffnet habt. Ihr und besonders mein Verleger Justin Chanda habt mich in eurem Haus willkommen geheißen. Dafür danke ich euch sehr.

Petur Antonsson danke ich für seine fantastische künstlerische Arbeit, die ein Fenster in meine Welt der Türen geöffnet hat. Bestimmt wird das noch viele Leser dazu verlocken, das Hotel zu betreten.

Ein Extradank geht an Mary Virginia Meeks und ihre Schüler, die mir als Beta-Reader gedient haben. Yasmine Aditya, Juliana Cimo, Reagan Craft, Zachary Dunker, Gunnar Gfeller, Maximus

Liando, Ella McManus, Delaney Mann, Simran Mondol, Ashley Nickolyn, Joshua Rule, Kristine Soriano, Jacob Stein, Viha Vishwanathan, Addie Whightsil, Yeji Yang und Shannon Zimmerman: Lesernachwuchs wie ihr macht mir Hoffnung.

Nicht zuletzt danke ich meiner Familie. Mom und Dad, ihr habt mir eine größere Welt geöffnet. Brandi, du bist die beste Schwester aller Zeiten (und liebst Bücher – ein großes Plus). Mama und Papa, ihr habt mir gezeigt, wer ich einmal werden will. Kendrick, du bist der tollste Sohn, den man sich wünschen kann, und ich bin stolz auf dich. Ich danke auch Gott, aber er weiß natürlich schon, was ich zu sagen habe. Und vor allem Shelly, denn du bist die Story meines Lebens, die Beste überhaupt, meine Nummer eins. Ohne dich würde es dieses Buch nicht geben, und schon dafür hast du dir eine riesige Dose Kekse verdient.

Glossar

Anzügler – Sie arbeiten freiwillig für den Gegenpart und sind im Gegensatz zu den Paktikanten an keinen Vertrag gebunden. Wegen ihrer schwarzen Anzüge werden sie Anzügler genannt.

Atrium – Der Innenhof ist gleichzeitig der innerste Kern des Hotels, von hier aus kann man Abkürzungen zu anderen Orten nehmen.

Avatar – Objekte oder Statuen, die durch Münzen an Menschen gebunden werden können und ihrem Willen folgen.

Bildnerei – Verwandlungsmagie

Bindungsmagie – Eine Form der Magie, die in allem Lebendigen steckt. Sie verbindet Menschen, Orte und Objekte miteinander und durchfließt das Hotel.

Concierge – Der Concierge bzw. Grand-Concierge leitet das Hotel und verfügt über einen Topdreher.

Fesselstaub – Die bevorzugte Waffe des Putzgeschwaders ist der

Staubwedel. Mithilfe seines Staubs kann man Gegenstände oder Menschen fesseln, sodass sie bewegungsunfähig werden.

Foyer – Die prunkvollen Eintrittshallen, die jeder Gast als Erstes sieht, wenn er durch einen Klopfer das Hotel betritt. Es gibt unterschiedliche Foyers, zum Beispiel das Nordamerika-Foyer oder das Osteuropa-Foyer.

Gefechtszentrale – Hier befindet sich die Kommandozentrale des Putzgeschwaders, von hier aus wird das Hotel überwacht und verteidigt.

Gegenpart – So nennen sich die ärgsten Feinde des Hotels, die es sich zur Aufgabe gemacht haben, es zu sabotieren und zu zerschlagen.

Kartentische – Sie dienen zur Orientierung im Hotel und zeigen die verschiedenen Hotel-Ringe an. Außerdem kann man mit ihrer Hilfe Leute im Hotel finden.

Klopfer – Alle Türen, die das Hotel und andere Residenzen mit dem Draußen verbinden, also die Ein- und Ausgänge.

Krümmer – Diese Türen verbinden die verschiedenen Orte innerhalb des Hotels miteinander. Sie halten die vielen Teile einer Residenz zusammen.

Liftpiloten – Angestellte des Hotels, die die Aufzüge steuern.

Mamsell – Die Kommandantin des Putzgeschwaders hat neben dem Concierge den wichtigsten Posten im Hotel.

Münze – Nur durch die an das Hotel gebundenen Münzen kann man die Residenz betreten, Avatare steuern und die Kartentische benutzen. In einer Münze werden auch die Erinnerungen an das Hotel gespeichert.

Pagen – Bedienstete des Hotelpersonals, die Gäste ins Hotel eintreten lassen, sich um sie kümmern und ihnen jeden Wunsch von den Lippen ablesen.

Paktikanten – Im Gegensatz zum Anzügler ist ein Paktikant durch einen Vertrag magisch an den Gegenpart gebunden. Die Bindung kann den Paktikanten dazu zwingen, auch gegen seinen Willen zu handeln.

Pflock/Schwellenpflock – Um an einen bestimmten Ort zu gelangen, kann man einen Pflock durch Bindungsmagie daran fesseln und ihn in das Scharnier einer beliebigen Tür stecken. Dann verwandelt sie sich in einen direkten Zugang dorthin.

Pflocker – Ein pistolenartiges, nicht magisches Werkzeug, das dazu dient, den Pflock in die Scharniere rein- und rauszuschießen.

Pflock-Defekt – Wenn ein Pflock versagt, leckt die Bindungsmagie aus ihm heraus, wodurch mehr Druck auf die anderen Türen in der Umgebung ausgeübt wird. Im schlimmsten Fall kann so eine Pflock-Fraktur entstehen.

Pflock-Fraktur – Bei einer Pflock-Fraktur ist das gesamte Hotel in Gefahr, zerstört zu werden. Der defekte Pflock muss umgehend ausgetauscht werden.

Pflockschlinge – Die Schlingen aus Stoff befinden sich an der Kleidung des Hotelpersonals. Dort bewahren die Mitarbeiter Pflöcke auf.

Portier – siehe auch Türhüter

Putzgeschwader – Eine Art Sicherheitsdienst, der die Mission des Hotels vorantreibt und es vor Eindringlingen beschützt.

Residenz – Ein mächtiges magisches Haus, das von Bindungsmagie zusammengehalten wird. Das Hotel und das Museum sind Residenzen.

Schacht – Der große Aufzugschacht, der alle Ebenen des Hotels über Fahrstühle zugänglich macht.

Schlossdreher – Ein magischer Schlüssel, den man mitten in die Tür steckt, um sie auf- und abzuschließen.

Spleiß – Ein magisches Gerät, das vom Gegenpart benutzt wird. Es sieht wie eine Mischung aus Holzstift und Messer aus und kann zum Unterzeichnen von Verträgen oder auch als Waffe verwendet werden.

Topdreher – Ein besonderer Schlossdreher, der als Generalschlüssel alle Türen im Hotel öffnen und abschließen kann.

Türhüter/Portier – Türhüter oder Portiers sind im Hotel dafür zuständig, die Türen (Krümmer und Klopfer) zu beschützen und zu warten. Im Falle eines Defekts müssen sie die Pflöcke schnellstens reparieren, bevor es zu einer Fraktur kommt.

Sean Easley hat in der Grundschule damit begonnen, Geschichten zu schreiben, immer auf der Suche nach Abenteuern. Später arbeitete er jahrelang mit Kindern und Teenagern und hörte sich ihre Geschichten an. Zwischendurch machte er einen Master in Bildungswissenschaften. Heute ist er Schriftsteller und lebt mit seiner Frau und seinem Sohn in Texas, wo er sich immer noch weigert, Cowboystiefel zu tragen.

Das nächste Abenteuer ist nur einen Koffer entfernt …

L. D. Lapinski
STRANGEWORLDS -
ÖFFNE DEN KOFFER UND
SPRING HINEIN!
Aus dem Englischen
von Yvonne Hergane
336 Seiten
ISBN 978-3-8339-0635-0

Flick traut ihren Augen kaum, als sie das Reisebüro *STRANGE-WORLDS* betritt: Nicht nur, dass sich hier unzählige Koffer in allen Farben und Formen stapeln – diese Koffer sind magisch! Durch sie kann man in fantastische Welten reisen! Flick kann ihr Glück kaum fassen. Doch Ladenbesitzer Jonathan und die *STRANGEWORLDS*-Gesellschaft sind in großer Sorge, denn das Gleichgewicht der magischen Welten ist in Gefahr. Und Flick ist die Einzige, die sie retten kann …